Die Veröffentlichung dieses Buches wurde
unterstützt von dem
Deutsch-Tschechischen Zukunftsfonds und
dem Tschechischen Ministerium für Kultur

Umschlaggestaltung, unter Verwendung eines Fotos
von Martin Martinček, »Zvárači v ústí potrubia«
© Slowak. Nationalgalerie, und Layout: Gudrun Fröba
Druck und Bindung: Pustet, Regensburg
ISBN 978 3 88747 268 9

IVAN KLÍMA

STUNDE DER STILLE

ROMAN

Aus dem Tschechischen übersetzt
von Maria Hammerich-Maier

: TRANSIT

INHALT

EINS : LABORECKÝ

Über dem Wasser schwebte eine dünne, kalte Dunstschicht. Die Männer hatten die Hosenbeine hochgekrempelt, eiskalt perlten die Tropfen an ihren Waden hinab, sie konnten sie aber nicht abwischen. Sie zogen mit beiden Händen am Netz. Sie verfingen sich im überfluteten Gestrüpp, stolperten über versteckte Löcher, zitterten vor Kälte und fluchten.

Molnár ging voraus. Er war der Flusswächter, er bewachte also den Fluss und war für das Stück Deich bis zum Wald zuständig. Er vermerkte die Wasserstände und stellte an den Tagen, an denen der Fluss und der Kanal so wie jetzt über die Ufer traten und die Fische im ausgedehnten Wiesengrund weideten, die Richtung ihrer Irrwege fest, damit sie wieder mit dem Netz eingefangen werden konnten. Er musste seine Leute ab und zu anschnauzen, aber sie mochten ihn gern, denn er behielt stets seine gute Laune, was immer das Leben auch brachte. Doch in letzter Zeit war selbst ihm die Lust auf Scherze vergangen. Der ältere seiner Söhne war an der russischen Front gefallen, und seine Frau lag krank darnieder. Er alterte zusehends, magerte stark ab, und der Schelm blitzte nur noch selten in seinen Augen, überschattet von einem starren Ausdruck des Schmerzes.

Das Netz war nun vollends gespannt. Molnár beugte sich zum Wasser hinab, fand einen Pflock und begann, das Netz rasch festzuknoten.

In der Ferne rief jemand seinen Namen, doch er blickte sich nicht einmal um. Das Wasser trieb in stillen Ringen von seinen Händen weg und flutete träge zwischen den Maschen des Netzes hindurch.

Šeman, der ihm am nächsten stand, schrie: »Pavel ruft dich. Du sollst nach Hause kommen!«

Molnár erschrak, doch er bemühte sich, die Angst zu verscheuchen. Das wäre zu viel auf einmal: im Sommer der Sohn und jetzt die Frau. »Wird nichts sein«, sagte er laut, »wahrscheinlich ist der alte Baron gekommen und lädt mich zum Mittagessen ein!«

Šeman lachte laut auf, und Molnár schürzte hastig den letzten Knoten. Dann watete er so schnell er konnte an dem gespannten Netz entlang. »Lass es dir schmecken«, rief ihm Šeman nach.

Seine Frau hatte die ganze Nacht vor Schmerzen geweint, aber am Morgen war sie dann ruhig dagelegen – gewiss ein gutes Zeichen.

Er rollte die Hosenbeine am Ufer eilig hinunter.

»Laborecký ist gekommen und hat mich geschickt, dass ich dich hole«, sagte ihm sein Sohn. Er war mager und groß für seine dreizehn Jahre.

»Was macht Mama?«, fragte er. »Hat sie geweint?«

»Sie hat gebetet!«

»Aha.« Er hatte den Eindruck, dass sein Sohn noch etwas hinzufügen wollte. Er machte sich manchmal Sorgen, wenn sein Sohn schwieg. Der ältere, Vilo, der nicht mehr unter den Lebenden war, hatte ihn nie beunruhigt, der war nach ihm geraten, sie waren sich sehr ähnlich gewesen, und er hatte Vilo genauso gut verstanden wie sich selbst. Pavel jedoch kam ihm manchmal ganz fremd vor, er lachte nie laut und konnte Stunden lang schweigen. Einmal, als er seinen Sohn beobachtet hatte, war es ihm vorgekommen, als ob sich Pavel in Gedanken die ganze Zeit über mit jemandem unterhielte, denn hin und wieder hatte sich ein scheues Lächeln auf dem Gesicht des Jungen abgezeichnet.

»Woran denkst du?«

»An Vilo«, antwortete der Junge, »ich stelle ihn mir vor, wie er dort liegt.«

»Daran solltest du nicht denken!«

»Er hat mir eine Ziehharmonika versprochen, bevor er weggefahren ist!« Und er fügte hinzu: »Angeblich hört der Mensch danach nur noch lauter Musik. Aber ich glaube, dass im Jenseits Stille herrscht.«

Sie gingen durch die einzige richtige Straße des Dorfes, kleine Häuser mit Storchennestern auf den grünlich schimmernden Dächern kauerten auf beiden Seiten, mit Holzzäunen und riesigen Zugstangen an den Brunnen.

»Warte, bis der Krieg erst vorbei ist«, versprach Molnár, »dann kaufen wir uns eine Harmonika, du singst, ich spiele, und wir ziehen zusammen umher. Wir werden viel sehen. In Amerika wirst du Häuser mit hundert Stockwerken und am Meer noch höhere Deiche sehen. Dann kommst du zurück und baust das alles hier.«

Ein sehr altes Märchen, er erzählte es Pavel oft, aber Pavel glaubte nicht mehr recht daran.

Ihr Haus stand am Ortsrand, bis zum Fluss waren es drei Minuten; wenn der Fluss über die Ufer trat, reichte das Wasser bis zur mittleren der fünf Stufen, die zur Küche hinaufführten.

»Warte draußen«, befahl ihm der Vater.

In der Küche stand dieser merkwürdige Mensch; er wirkte immer massiger als er in Wirklichkeit war, weil er den Pelz aus ungeschorenem Schafsfell nie ablegte, und auch der Kopf sah mächtiger aus, denn er war mit einer weißen Mähne und einem rotblonden Bart besetzt.

»Ich schau mir deine Frau an«, teilte ihm Laborecký mit, »wie du es mir hast ausrichten lassen.«

Laborecký war kein Arzt, doch er hatte viele Jahre lang in Kanada gelebt, in entlegenen Holzfällercamps, wo jeder sein eigener Koch, Schneider und Arzt sein musste, und dort hatte er gelernt, wie man Wunden verband und Indianerbalsame und Salben herstellte und auch, wie man leichte Schmerzen von solchen unterschied, die dem Tod vorausgingen.

»Deine Frau wird sterben!«

Molnár stockte der Atem. Er konnte es nicht glauben, war seiner Frau doch äußerlich keine Veränderung anzumerken, kein Husten quälte sie, und sie spuckte auch kein Blut. »Du könntest doch irgendeine Arznei bringen und ihr den Bauch einsalben … wo sie solche Schmerzen hat.«

»Der Schmerz wird abklingen«, antwortete Laborecký, »es geht schon dem Ende zu. Aber koch ihr einen Sud aus Mohnsamen, der lindert ihre Leiden.«

»Aber gibt es denn nichts … dass sie noch weiterleben kann?«, flüsterte Molnár. Endlich begriff er. »Der Krieg ist an allem schuld«, klagte er bitter, »und das Wasser. Wir haben hündisch gelitten.«

Der Alte nickte mit dem Kopf. So sind sie, dachte er, sie brauchen immer etwas, worauf sie die Schuld abwälzen können, anstatt sie bei sich selbst zu suchen.

»Vergangenes Jahr hat es mir das ganze Heu vernichtet und ist bis zum Winter stehen geblieben, nichts ist gewachsen. Ich musste die Kuh verkaufen.«

»Du hast deinen eigenen Sohn fortgeschickt!«, unterbrach ihn Laborecký, »Du hast zugelassen, dass er in den Krieg zog!«

Molnár drehte sich zum Fenster. Der Schmerz schnürte ihm die Kehle zu, er lebte doch anständig, er patrouillierte ganze Nächte lang am Fluss, wenn es regnete, um die Leute zu warnen, und er hatte nie etwas Böses im Sinn gehabt. Warum machte ihm Laborecký wegen seines Sohnes Vorwürfe? Er hatte gehen müssen. Und er, sein Vater, hatte geweint, als er ging.

»Sie haben ihn getötet«, sagte er zum Fenster gewandt, »red nicht von ihm.«

»Jeder Tod beschwört einen anderen herauf«, hörte er den Alten, »du willst deinen Brüdern den Tod schicken, aber der Tod wählt blind und kommt statt ihrer zu dir.« Laborecký ging mit kleinen Schritten zur Tür. »Auch Tiere hängen am Leben«, fuhr er fort, »und weinen, wenn sie das Ende nahen spüren. Ich habe einen Angler gesehen, der hatte Tränen in den Augen, als er eine Lachsmutter tötete. Nur die Menschen töten sich gegenseitig, ohne zu weinen.«

2

Pavel saß am Brunnenrand. Er spähte in die Ferne, dorthin, wo die ersten Berge aufragten, und lächelte. Als er Laborecký sah, öffnete er die Gartenpforte, und als der alte Mann dicht an ihm vorüberging, flüsterte er: »Können wir Ihnen morgen die Fische vorbeibringen?«

Doch Laborecký antwortete nicht, er ging langsam auf der schlammigen Straße weiter, an deren Rändern schmutziges Wasser stand.

Die Nacht brach herein. Das Dorf schlief, begraben unter der Finsternis und eingeschlossen vom Wasser.

Pavel Molnár hastete die Dorfstraße entlang, er trübte mit seinen nackten Füßen das Wasser in den blanken Pfützen. Mitten im Dorf machte die Straße eine scharfe Biegung nach rechts. Dort holte ihn Michal Šeman ein, der ein Jahr älter, aber um einen Kopf kleiner war als Pavel. Er war rotblond und sommersprossig, um die Nase war die Haut mit Pusteln übersät, die nie verheilten. Er war das Gespött der andern, keiner nahm ihn ernst, weil er nicht selbstständig dachte, sondern immer nur nachplapperte, was er hörte. Doch Angeln ging er, das wünschte sich Jožka Baňas, dem Michals unverhohlene Bewunderung schmeichelte.

Jožka Baňas wartete vor dem Wirtshaus seines Vaters auf die beiden. »Kommt schon, Jungs!«, flüsterte er ungeduldig. Bei ihm begann schon unter der Nase der Bart zu sprießen, aber seine Stimme war noch hoch, krächzend und unangenehm. Er war der Älteste von den Dreien und blickte geringschätzig auf die anderen herab, sie stahlen aus Not, während er stahl, weil er es aufregend fand. Für die paar Heller, die sie von Laborecký bekamen, konnte man sich gerade mal ein Päckchen Zigaretten kaufen, und die könnte er genauso gut dem Vater aus der Theke stibitzen.

Er sagte: »Gestern war ich mit Papa Bier holen. Züge mit Panzerwracks sind angekommen. Mindestens hundert! Und abgeschossene Flugzeuge.« Er sagte das nur, damit sie wussten, dass er in der Stadt gewesen war, während sie beide das ganze Jahr über im Dorf hockten.

Vom dunklen, hohen Schloss schlurfte eine helle Gestalt auf sie zu. Sie drückten sich an den Zaun, dann erkannten sie, wer es war, sprangen direkt vor ihm auf die Straße, und Šeman sang:

»Adam, erster Mann, erster Mann,
hat ein Messer hinten dran.«

Der Mann hob die Augen, sie leuchteten hell in seinem bärtigen Gesicht: »Ihr wilden Teufel«, er bleckte die weißen Zähne, »ihr Schafsköpfe, ihr Trampeltiere!« Dann erkannte er Pavel Molnár, und ein Gedanke regte sich in seinem verwirrten Gehirn. »Was macht dein Papa«, brummte er heiser, »passt er auf, der Gute? Er soll das Wasser nur hüten, sonst reißt es uns noch alle ins Verderben.«

Die Straße endete gleich hinter dem Schloss, sie wateten durch das seichte Wasser, in dem der mondhelle Himmel flimmerte. Sträucher wippten über dem Wasser, schlanke Eschenzweige tanzten steif auf dem blanken Wasserspiegel, das Schilf rauschte, Enten flatterten erschreckt aus dem dichten Gestrüpp auf, ihre Flügelschläge zerrissen die Finsternis.

Das Wasser wurde tiefer, es reichte dem kleinwüchsigen Šeman bald bis an die Taille, endlich ertastete Pavel die leichten Schwimmer, die das Netz trugen.

Sie blieben stehen. Jožka Baňas knöpfte sein Hemd auf. Er hatte sich einen Sack um die Hüfte gewickelt. Dann reichte er den beiden anderen lange, rostige Messer. Das leise Planschen der gefangenen Fische erregte ihr Jagdfieber.

»Schnell, macht schon!«

Sie fuhren blind zwischen die Maschen des Netzes hinein, die sich unter den Messerschnitten weich auflösten, sodass die befreiten Fische schnell in den aufgehaltenen Sack hineinglitten.

»Das reicht«, entschied Jožka. Er wand den Sack zu und reichte ihn Molnár. »Da hast du, und wie gehabt.« Die Hälfte gehörte Pavel.

Ganz in der Nähe schrie ein Rohrspatz, Kröten quakten, und die drei Jungen rannten über den aufgeweichten Deich davon.

3

Sie verkauften die Fische an Laborecký, Pavel musste immer dabei sein, einen andern würde der Alte nicht in sein Haus lassen. Er hatte das Haus so gebaut, dass es weder vom Dorf noch von der Straße aus zu sehen war. Er ging selten ins Dorf, eigentlich nur, wenn ihn jemand bat, einen Kranken zu besuchen, und nicht jeder fand bei ihm Gehör. In die Kirche ging er nicht, er war in Kanada einer Sekte beigetreten, in der jeder sein eigener Priester war und sich die Heilige Schrift nach eigenem Gutdünken auslegen konnte, wobei er als oberstes Gebot zu beachten hatte: Du sollst nicht töten!

Nachdem er zurückgekehrt war, hatte er einige Jahre als Rinderhirt gearbeitet. Die Leute erzählten von ihm unglaubliche Geschichten. Einmal kalbte angeblich bei den Puškars eine Kuh, es sah übel aus. Die Geburt war so schwer, dass sie den Tierarzt riefen. Der betastete das Kalb von außen und innen und sagte: »Das ist eine Missgeburt, fahrt zum Metzger, bevor es zu spät ist.«

Es war die einzige Kuh der Puškars, sie konnten sich nicht damit abfinden, sie zu verlieren. Irgendjemandem fiel in dem allgemeinen Gejammer Laborecký ein. Er kam in seinem Schafspelz, den er schon damals bei jedem Wetter trug.

»Eine Missgeburt?«, wunderte er sich.

Er wusch sich die Hände und trat auf die Kuh zu, die vor Schmerzen brüllte. Das halbe Dorf drängte sich in dem Stall, jede von Laboreckýs Bewegungen wurde genau beobachtet.

Laborecký steckte seinen Arm in den Leib der Kuh. »Ha«, rief er aus, »es hat zwei Köpfe!« Er überlegte, dann ließ er sich mehrere Messer bringen, wählte das am besten geeignete aus, ein Messer mit einem langen Griff und einer kurzen Schneide, erhitzte die Schneide über einer Flamme und führte den langen und schwierigen Schnitt im Leib der Kuh durch.

Zwei Stunden soll es gedauert haben, bis er den blutüberströmten, verkrüppelten zweiten Kopf aus der Kuh herauszog, und während dieser Zeit waren nichts als das Brüllen und Keuchen des gepeinigten Tieres zu hören.

Als er das Kalb aus dem Leib der Kuh zog, überschrien sich die Schaulustigen gegenseitig. Laborecký wusch sich die Hände, leerte ein Gläschen Schnaps und ging nach Hause. Noch lange ging diese Geschichte von Mund zu Mund, und die Leute riefen von nun an Laborecký zu Hilfe, wenn ein Tier oder auch ein Mensch erkrankte.

In der letzten Zeit behandelte er jedoch nur noch selten Kranke, und auch um die Hirtenstelle bewarb er sich seit Jahren nicht mehr. Er ernährte sich vom Fischfang und züchtete Bienen, und aus dem Honig brannte er Schnaps, für den er in der Stadt treue Abnehmer hatte.

Er war schon sehr alt, und Schwaden grauer Wolken trübten oft seine Augen. Er saß gerne vor dem Haus auf einem Holzstuhl, den er selber gezimmert und mit geschnitzten Blüten verziert hatte, ließ die Sonnenstrahlen langsam seinen Schafspelz erwärmen und horchte auf die Axtschläge, die aus weiter Ferne zu ihm drangen. Er sah die unendliche Fläche des Abitibi-Sees vor sich, der See glänzte blau in der Mittagssonne und war an Wintertagen mit Eis bedeckt. Er jagte mit Harry Lachse, und als die gefangene Lachsmutter dann auf dem reinen Schnee lag und dieser durch die Wärme ihres verendenden Leibes auftaute, sah er in den Augen seines Freundes Tränen.

»So ist das«, brummte er vor sich hin, »wegen eines Tieres weinen sie, wegen eines Menschen nicht.«

Dann stand er auf und ging in die dämmrige Stube hinein, die von Wildkräutern duftete – Maßliebchen und Beinwurz, Ginster und Seifenkraut – und in der seine fünf Katzen schlummerten.

Er machte nie Licht, selbst an den Winterabenden nicht, obwohl er selten schlief und stattdessen meistens nur auf der Holzpritsche ausgestreckt lag, zugedeckt mit seinem Pelz, und über die Menschen nachsann; darüber, was geschehen würde, wenn sich alle weigerten, eine Waffe in die Hand zu nehmen und aufeinander zu schießen. Er sah sich selber in seiner Phantasie als Apostel, der den Menschen die Botschaft von der Liebe und der Brüderlichkeit verkündete. Er sah sich in der Einsiedlertracht von Stadt zu Stadt pilgern und die falschen Priester aus den Kirchen verjagen, die nach wie vor die Waffen segneten. Er ging nur selten unter Menschen, manchmal ließ er tagelang niemanden in sein Haus, dann wieder bewirtete er Gäste mit gebackenem Fisch, Kartoffeln oder einfach nur mit frischem Honig und hörte sich an, was sie über die Welt draußen, über den Krieg und die Fronten erzählten. Er wusste über alles Bescheid, was geschah, er hatte auch von den Jungs gehört, die irgendwo in den kalten Steppen von einem Krieg niedergestreckt wurden, der sinnlos war und nichts als Leiden über sie und ihre Völker brachte. Aber er hatte kein Mitleid mit ihnen, sie trugen selbst die Schuld an ihrem Tod, denn sie erhoben die Waffe gegen andere Menschen, und jeder Tod beschwört einen anderen herauf.

Die übrigen Dorfbewohner verstanden Laboreckýs Philosophie nicht. Der Krieg war für sie eine Katastrophe, die wie ein Unwetter heranjagte und dem sie machtlos ausgeliefert waren, sie waren über jeden Toten verbittert, wehklagten und haderten mit dem Allerhöchsten. Sie verfluchten ihre Ohnmacht, diese ewige Ohnmacht, mit der auch sie einst in einen ebenso sinnlosen Krieg gezogen waren.

Laborecký verachtete die andern. Er redete am liebsten mit sich selber oder mit dem jungen Molnár, der seine Gedanken wie eine Offenbarung aufnahm.

»Hast du mir wieder Fische gebracht!« Er hatte in der Nacht sehr schlecht geschlafen, die anhaltende Feuchtigkeit war allmählich in seinen Greisenleib gekrochen und verursachte ihm Schmerzen.

»Häng sie ins Wasser«, wies er den Jungen an, »ich gehe erst nächste Woche auf den Markt.« Er freute sich nicht über die Fische, aber er war froh, dass Pavel da war. In der schlaflosen Nacht hatten ihn viele Gedanken gequält, und nun konnte er sie jemandem mitteilen.

»Du siehst schlecht aus, mein Junge! Nimm dir Honig und iss dich satt!«

Pavel holte den Tontopf mit dem Honig, der immer an derselben Stelle im Regal stand. Der alte Mann schnitt eine Scheibe Schwarzbrot von einem Laib ab und sagte dabei langsam: »Wir haben uns alle zu Sklaven der Dinge gemacht. Die Leute denken: Was ist schon schlecht daran, sich in den

Dienst der Dinge zu stellen! Aber es ist unmöglich, Dinge zu besitzen und zugleich Kinder Gottes zu bleiben. Die Dinge nehmen dir die Freiheit. Und dann rufen sie dich eines Tages und stecken dir eine Flinte zu: Schieß auf deine Brüder! Und du wunderst dich: Was haben sie mir denn getan? – Sie wollen dir deinen Besitz wegnehmen!«

Der alte Mann begann zu husten. Es kam ihm nicht darauf an, ob ihn Pavel verstand oder nicht. Er war schon zufrieden, wenn der Junge ihn unverwandt ansah, es war ihm gleich, zu wem er sprach, solange es nicht die leeren Wände waren.

Der Junge kaute zufrieden das Honigbrot, dabei gingen ihm merkwürdige Gedanken durch den Kopf. Er dachte an seinen Bruder, der in einem fernen Land gestorben war, und daran, dass er ihm beim Abschied eine Harmonika versprochen hatte. Und jetzt lag er irgendwo, einen Stein unter dem Kopf, immer denselben Stein mit der scharfen Kante. Seine Augen weiteten sich bei dieser Vorstellung, und die ausgetrocknete Kehle brannte.

»Denk daran«, fuhr Laborecký fort, »dass alles, was du tust, unserem Herrn und den Menschen dienen muss, die er sich als sein Ebenbild geschaffen hat – und nicht den Dingen! Der Mensch braucht nur das Leben, die Luft und die Freiheit. Wie ein Reh, ein Fuchs oder eine Wildgans.«

Dann erzählte er, wie schon so oft, von der Jagd auf dem zugefrorenen Abitibisee, von einem Mord im Holzfällercamp und vom Markt in einem Städtchen, wohin die Indianer mit ihren kleinen braunen Pferden geritten kamen, von dem Wolkenkratzer in Toronto, in dem es alles zu kaufen gab, was je ein Mensch erfunden hatte – jenem Philistertempel, in dem die Menschen ihre Freiheit stückchenweise verkauften und sich dem Dienst an den Dingen verschrieben.

Der Junge hörte zu, sein Blick ruhte auf den Flammen und dem Feuerschein rings um den Ofen. Er vergaß zu essen und malte sich große Seen aus, die mehr Wasser fassten als die, welche er kannte, und das Meer mit unzähligen Wogen und Fischen, die größer waren als die, welche er kannte, Fische mit sonderbaren Köpfen und einen Fisch, der weiß war wie die Blüte einer Knotenblume, einen Fisch, der einen violetten Kopf und Zähne so gelb wie Maiskörner hatte. Und Delphine. Im Meer gab es sicher alles, er stellte sich das Meer vor und auch sich selbst, wie er auf einer hohen Welle schwamm, die ihn immer weiter forttrug bis zu einer Insel, auf der Vögel mit langen Hälsen auf sandigen Böden tanzten und Zuckerpalmen wuchsen.

Gegen Mittag holte Laborecký einen der Fische. Er trennte den Kopf ab und schlitzte den Leib, der noch zuckte, mit einem langen Messer auf. »Auch dieser elende Fisch will leben«, brummte er, »und wir töten ihn nur deswegen, weil wir Hunger haben.« Er salzte ihn, würzte ihn mit Kümmel und briet ihn in einer rußigen Pfanne. Die Luft war erfüllt vom warmen Duft des Fisches.

Laborecký erinnerte sich an Pavels Mutter, die wahrscheinlich gerade im Sterben lag. Er dachte an die Schmerzen, die sie bis zur Bewusstlosigkeit gequält hatten und die jetzt auch für immer erstarben. »Du musst nach Hause, mein Junge, deine Mutter geht von dir, sie wird Abschied nehmen wollen.«

Der Junge begriff nichts, und Laborecký stellte die Pfanne auf den Tisch. Sie aßen zusammen den gesalzenen Fisch mit dem Kümmel, dann sagte der alte Mann: »Nächsten Dienstag gehe ich mit euren Fischen auf den Markt. Du kannst mitkommen.«

Als der Junge gegangen war, saß der Alte wieder müde auf seinem Stuhl und dachte an die Molnárová, die im Sterben lag. Weder ein fremder Tod noch fremde Schmerzen konnten ihn noch erschüttern, doch er grübelte darüber nach, woher so viel Leid kam und warum. Und wieder fühlte er sich darin bestätigt, dass alles Leid dem Hass entsprang, der die Menschen die Waffen gegeneinander erheben ließ, und dass man die Menschen nur dazu bringen müsse, die Gewehre niederzulegen und einer dem andern ein Bruder zu sein. Doch wer konnte sie dazu veranlassen, wenn die Geistlichen vom Teufel in Uniform bestochen waren, wenn sich die ganze Welt vom Militär korrumpieren ließ?

4

Der Schlamm spritzte von den Schuhen, vorne gingen der Priester mit den Ministranten und vier Männer, die den Sarg mit der armen Molnárová trugen, dahinter Molnár und sein Sohn und zuletzt die Dorfleute mit schwarzen Tüchern und schmutzigen Schuhen.

Zum ersten Mal sah Pavel Molnár den Tod aus nächster Nähe. Der Tod des Bruders erschien ihm wie ein tiefer Schlaf mit einem Stein unter dem Kopf, doch nun begriff er die Starre der Augen und Ohren, diese vollkommene Taubheit für das Weinen, das Flüstern und Flehen.

Er stolperte hinter den forsch ausschreitenden Erwachsenen her und bemühte sich, Hoffnung zu schöpfen, doch er hatte das Gefühl, sich in einem leeren Raum zu bewegen, in dem seine Stimme ungehört verhallte, und dass ihm keiner antworten würde, wenn er laut schrie, dass er leben wolle.

Er blickte den Vater an, der immer, selbst in den schlimmsten Momenten, zuversichtlich blieb und sogar dann noch lachen konnte. Doch der Vater nahm keine Notiz von ihm, er dachte an seine Frau, an längst vergessene Nächte, und er bedauerte, dass sie so rasch vergangen waren und er seiner Frau so wenig Freude geschenkt hatte, solange sie noch am Leben gewesen war. Sie war rasch gealtert, vielleicht wegen der Krankheit, vielleicht durch die Arbeit oder den Schmerz, als ihr vor Jahren die Tochter gestorben war. Er hatte nie darüber nachgedacht, solange sie am Leben gewesen war, alle Frauen alterten hier rasch, und die Männer mussten sich anderswo Trost suchen. Auch Molnár ging manchmal zu einer Zigeunerin, wenn er in der Stadt war. Sie wusch in einem Hotel das Geschirr und war nicht einmal hübsch, sie tranken etwas und hatten ihren Spaß zusammen. Sie wohnte in einer hässlichen Bude am Stadtrand, in der es nach Speiseresten, Lumpen und ranzigem Fett roch. Nie war ihm das als schwere Sünde erschienen, auch wenn er es gebeichtet hatte. Doch nun bedrückte es ihn, dass er seine Frau betrogen hatte, die hier vor ihm her getragen wurde und die er nicht mehr bitten konnte: Verzeih mir, ich habe gesündigt. Und er dachte daran, dass sie trotz der bitteren Not, in der sie lebten, für ihn gekocht und Wäsche gewaschen und sich um die Ziege gekümmert hatte. Das alles würde er nun selber tun müssen, oder es würde weiß Gott wer tun. Er legte dem Jungen die Hand auf die Schulter, und als der Sohn die Augen zu ihm hob, versuchte er ihm zuzulächeln, aber der Junge brach in Tränen aus.

Der Trauerzug war am Ziel. Nicht einmal eine Einfriedung war vorhanden, nur Kreuze standen in mehreren Reihen schief nebeneinander, und in der Mitte ragte eine Jahrhunderte alte Tanne auf, die einzige weit und breit, sie war genauso einsam wie diejenigen, die hier ruhten.

Der Totengräber konnte das Grab nicht herrichten. Die Grube war mit Wasser voll gelaufen.

Sie ließen den Sarg hinab, und obwohl sie es vorsichtig taten, spritzte das Wasser in einem hohen Bogen heraus und Molnár ins Gesicht.

Die Frauen klagten bitterlich und warfen eine Handvoll Erde in die offene Grube, die Krumen platschten leise ins Wasser.

Pavel betrachtete den hölzernen Deckel des Sarges, der aus dem braunen, trüben Wasser hervorguckte und wankte. Nun wusste er also, was dieser Tod war, der seinen Bruder dahingerafft hatte und auch ihn holen würde. Das wusste er nun, und die Beine wurden ihm schwer. Er schloss die Augen, um der Wirklichkeit zu entkommen. Doch er sah noch immer den Holzdeckel in dem braunen Tümpel des Grabes vor sich; der Tümpel weitete sich aus und verwandelte sich in einen Fluss, und der Sarg schwamm wie ein metallenes Schiff darauf, mitgerissen von einer wilden Strömung, die Gischt spritzte auf den Deckel, während er, Pavel, am Ufer entlang stürmte und schrie: Anhalten! Das Schiff schwamm jedoch immer schneller, und der Fluss verbreiterte sich gegen den Horizont hin, und dort schnitt ihn eine scharfe Kante ab, sodass das Wasser donnernd in die Tiefe stürzte, während er, Pavel, jetzt auch im Wasser stand und von der Strömung mitgerissen wurde.

Er öffnete die Augen. Das Grab war bereits mit Erdreich zugeschüttet, und die Frauen beruhigten sich allmählich. Der Vater kniete am Grab und weinte.

Da erblickte Pavel in der Ferne eine Gestalt im Schafspelz, die näher kam, das weiße Haar leuchtend wie Nebel auf einer Wiese bei Tagesanbruch.

Pavel vermeinte den Duft von Feuer und gebratenem Fisch zu riechen und eine tiefe Stimme zu hören, die über das Leben sprach, er war sehr froh, dass der alte Mann, der so viel gesehen hatte und so viel wusste, gekommen war.

Am Dienstag gehen wir auf den Markt, kam Pavel in den Sinn, und er wartete, bis Laborecký auf ihn zutrat und ihm seine trockene, knorrige Greisenhand auf die Schulter legte.

5

Die Stadt glich einem großen Dorf, die Häuser hatten Ställe mit Strohdächern, auf den Höfen standen leere Pferdewagen. Auch die Straße war schlammig wie bei ihnen im Dorf. Nur am Stadtplatz gab es einige mehrstöckige Häuser, und neben der Kirche wurde zweimal in der Woche Markt abgehalten.

Sie hielten an ihrem Platz direkt vor der Kirchenmauer. Der Junge half dem alten Mann, das Schaff mit den Fischen von der Karre zu heben. Die Karre drehten sie um, so dass sie jetzt als niedriges Tischchen diente. Laborecký legte einen Holzschlägel und ein langes Messer darauf und hängte die Waagschalen an der Deichsel auf. Als er alles vorbereitet hatte, richtete er sich auf. Dann stand er die ganze Zeit über regungslos und in Erinnerungen versunken da. Er lockte die Kunden nicht, feilschte nicht wie die anderen, er wartete, bis die Dämchen in ihren unvernünftigen Stöckelschuhen auftauchten und sich zierten, wenn die toten Fische zuckten, und bis seine Stammkunden kamen, um sich ihre Flasche Honigschnaps abzuholen.

Die Leute strömten vorüber, Frauen blieben stehen und sogen den Geruch der Fischleiber ein, eine Gruppe betrunkener Soldaten wankte vorbei. Einer von ihnen fragte: »Hast du was Scharfes für die Kehle, Onkelchen?«

»Erst wenn du die Uniform ablegst!«

Die Soldaten lachten grölend und der, der gefragt hatte, tippte sich mit dem Finger an die Stirn.

Laborecký drehte sich zu Pavel um: »Schau sie dir an. Man hätte sie gleich bei der Geburt ertränken sollen.« Und er schimpfte eine Weile auf die Soldaten, die nur Leid über die Menschheit brächten.

Vielleicht wollten sie das gar nicht, überlegte Laborecký, aber was blieb ihnen anderes übrig? Darauf lief alles hinaus, dass sich der Mensch seine Freiheit rauben ließ. Er fiel auf das Spiel herein, das sie die ganze Zeit mit ihm trieben. Zuerst nahm man ihm nur wenig weg, etwas Geld für die Steuern, hatte er aber kein Geld, dann eine Geiß. Der Mensch sagt sich: Gut, dass sie mir nur die Geiß genommen haben, ich habe noch den Acker, das Haus und die Kuh. Dann nehmen sie ihm den Acker und das Haus weg, und nachher rauben sie ihm die Freiheit und ziehen ihm eine Uniform an. Da tröstet sich der Mensch: Was nützt mir schon die Freiheit, wenn sie mir nur zu essen geben und mich am Leben lassen. Dann zetteln sie einen Krieg an, und der Mensch sagt sich: Wenn sie mich nur im Hinterland lassen, damit ich am Leben bleibe. Aber sie stecken ihn in einen Schützengraben, und dort ballert er wie von Sinnen. Erst jetzt bittet er Gott, er möge wenigstens seine Frau und die Kinder am Leben lassen. Der andere aber, der im Schützengraben gegenüber, der bittet um das Gleiche. Und dann schießen sich die beiden gegenseitig nieder, und es kommen neue Soldaten, die auch die Frauen und Kinder töten. Laborecký war überzeugt, als Einziger begriffen zu haben, was da gespielt wurde, und bedauerte, dass die übrige Menschheit so im Dunkeln tappte.

Er stand noch immer regungslos da, die Greisenaugen starrten ins Leere, und die Lippen murmelten etwas. Der Junge hatte schon einige Fische verkauft und wartete darauf, dass ihn der alte Mann gehen lassen würde. Endlich riss sich Laborecký von seinen Gedanken los.

»Lauf«, ermunterte er den Jungen, »geh ins Wirtshaus, sing ein wenig für die Leute und kauf dir was.« Er gab ihm Geld. Das Wirtshaus lag gleich an der Ecke des Platzes, seit dem Morgen war es voller Leute: Fuhrleute, Soldaten und Marktweiber, die ihre Ware schon verkauft hatten und nun mit ihren vielen Röcken behäbig dasaßen, um sich für die Heimfahrt zu stärken.

Pavel blieb an der Tür stehen und beobachtete die abgehetzte Kellnerin, die Teller mit Kuttelflecksuppe und verschmierte Biergläser austrug, die Soldaten gaben ihr einen Klaps auf den Hintern und pöbelten sie an, aber sie lachte nicht, schrie die Soldaten auch nicht an, wahrscheinlich nahm sie es gar nicht wahr. Schließlich bemerkte Pavel an dem Tisch beim Fenster den einbeinigen Mann, mit dem er am vergangenen Markttag zusammengesessen hatte. Der Einbeinige hatte ihm von Russland erzählt, von der Front, von niedergebrannten Dörfern, und er hatte sich sogar daran erinnert, Pavels Bruder gekannt zu haben. Dann hatten sie gesungen.

Pavel ging zum Tisch des Einbeinigen, der erkannte ihn: »Setz dich, Zwirn!« Er lachte hell auf über diese Anrede, die ihm gerade eingefallen war. Ein Soldat saß noch mit am Tisch. Er war blass, und eine Brille verdeckte seine geröteten, tränenden Augen, aber er beachtete Pavel überhaupt nicht.

»Schau, was ich für dich habe, Zwirn«, rief der Einbeinige und holte eine kleine Ziehharmonika unter dem Tisch hervor. »Du hast mir doch erzählt, dass dir dein Bruder eine versprochen hatte, nicht? Ich kann sowieso nicht spielen!«

Die Harmonika war alt, der Balg an mehreren Stellen mit einem schmuddeligen Pflaster geklebt. An der Seite war ein Name mit fremden Schriftzeichen eingeritzt. Weiß Gott, wo der Einbeinige die Ziehharmonika her hatte. Der wandte sich an den Soldaten: »Der Bruder von ihm pennt schon in der Ewigkeit. Das steht dir auch noch bevor.« Der Einbeinige grinste, der Soldat verzog keine Miene.

»Ja, pennen, das ist eine feine Sache«, fuhr der Einbeinige fort, »doch nicht in alle Ewigkeit! Ich habe früher schrecklich gern gepennt, meinen Vater hat das immer geärgert, und er hat mich mit kaltem Wasser begossen.«

Er nippte an seinem Bier, der Soldat starrte unablässig mit seinen wunden, tränenden Augen ins Leere. Pavel nahm die Harmonika, neigte sich vor und schlug leise ein paar Tasten an.

»Na, spiel«, forderte ihn der Einbeinige auf, »das Lied von der Mutter und dem Räuber, spiel es, ich mag es gern!« Dann fuhr er fort: »Aber dort draußen konnte man sich nicht auspennen. All die Wochen, die wir marschiert sind, erinnerst du dich noch daran? Was für eine Schinderei. Kaum hast du dich hingelegt: Auf! Vorwärts! Und diese Nässe! Wir wurden überhaupt nie trocken.«

Der Soldat nickte und schluckte.

»Und als wir dann dort waren«, fuhr der Einbeinige fort, »war es noch schrecklicher. Ich hatte Angst, dass ich einschlafe. Ich sagte mir: Kaum machst du die Augen zu, kommt schon was geflogen, und du stirbst, ohne dass du was davon merkst, und kommst nicht einmal mehr dazu zu sagen: Herrgott, vergib mir.«

»Das ist doch ganz gleich«, brach der Soldat endlich sein Schweigen, »wie es dich erwischt!«

»Ich sitz' im Schützengraben, Mittag, alles still. Ich sage mir: Jetzt kommt nichts geflogen, und da habe ich die Augen geschlossen, eine Minute, fünf

Minuten vielleicht, und auf einmal ein furchtbarer Knall. Was ist?, hab ich geschrieen. Nichts! Nichts war. Da waren die Schüsse schon bei mir im Kopf drin losgegangen.«

»Und das da?«, fragte der Soldat und zeigte auf das leere Hosenbein.

»Da haben sie uns in einen Angriff gehetzt«, sagte der Einbeinige grimmig, »dreißig von den Unsrigen sind liegen geblieben... Was soll's, wenigstens kann ich jetzt ordentlich blaumachen!« Er strich sich über das leere Hosenbein. »Spiel schon das Lied von dem Räuber! Warum spielst du nicht?«

Pavel drückte den Balg einige Male zusammen, die Harmonika gab ein paar Töne von sich. Er war traurig, er dachte an seinen Bruder, an seine Mutter und an sich selbst. In drei oder vier Jahren würde auch er ins Feld ziehen müssen und sich dann nicht trauen, die Augen zu schließen, und er würde sich vor dem Tod fürchten, der plötzlich angeflogen kam. Ich werde nicht gehen, überlegte er, ich nehme kein Gewehr in die Hand, nie werde ich ein Gewehr in die Hand nehmen, genau wie es mir Laborecký gesagt hat.

Der Soldat mit den wunden Augen begann plötzlich zu erzählen: »Wir sind drei Wochen im Dorf Malaja Aleksejewka gelegen. Die Häuser waren zum Teil niedergebrannt, und wir wohnten in der Schule. Die war auch ganz aus Holz, aber das Feuer hatte sie verschont.« Er redete langsam, er kam irgendwoher aus dem Norden, und Slowakisch war nicht seine Muttersprache, er musste die Wörter mühsam zusammenklauben.

»Ein Dorf wie bei uns zu Hause«, erzählte er. »Holzhäuser und Lehmhütten. Und auch Leute wie bei uns. Und in der Kirche ein Pope wie bei uns, und die Weiber sangen wie bei uns, dass mir zum Heulen war.«

Der Soldat nahm die Brille ab. Seine Augen waren jetzt noch stärker gerötet und noch stumpfer.

»So ein unsinniger Krieg. Menschen desselben Volkes kämpfen gegeneinander. Und wann ist mir das klar geworden? Ich habe Dörfer gesehen, die sie angezündet hatten. Und einen Haufen Leichen! Aber alles erschien mir wie ein Traum. Ich habe etwas gesehen und mir gesagt: Da ist nichts! Das gibt es gar nicht! Erst dort ist mir dann alles klar geworden. Zwei Tage vor unserem Rückzug haben sie mich als Aufklärer vorgeschickt. Der Weg führte mich über Weiden und durch Dickicht. Ganz einsam. Aber wunderschön, die Vögel haben gesungen. Als ob überhaupt kein Krieg wäre. Und dann habe ich den Buben gesehen. Gelbe Haare, eigentlich fast weiß. Ungeschoren. Nur ein Hemd am Leib, ein gelbes, geflicktes Hemd. Er ist mir wie ein Schmetterling vorgekommen. Er ist barfuß gewesen und die Beine baumelten in einem Granattrichter. Das Wasser darin ist bestimmt kalt gewesen, wo doch der Schnee eben erst getaut war.

Was tust du da? Bist du von hier? Er hat nichts gesagt, und so habe ich gefragt: Verstehst du mich nicht?

Aber ja!, hat er gesagt.

Warum sagst du dann nichts?

Keine Lust.

Er war alt genug für die zweite oder dritte Klasse. Vor mir brauchst du keine Angst haben, hab' ich ihm gesagt. Und nimm die Beine aus dem Wasser raus!

Ich hab' noch ein Stück Zucker in der Tasche gehabt. Nimm's!, hab' ich zu ihm gesagt.

Aber er hat nicht einmal den Kopf gehoben.

Da, nimm schon! Aber er blieb stumm.

Er hat mir leid getan. Du willst nichts? Aber er blieb stumm.

Ich habe gesagt: Ich nehm dich mit ins Dorf. Du kannst doch nicht hier sitzen bleiben. Aber er blieb stumm.

Ich dachte, er macht das absichtlich, um mich zu ärgern, und da bin ich wütend geworden: Du Bankert, sag doch was! Und hab' ihm eine runter gehauen.

Gleich darauf hat es mir leid getan. Aber er hat nur die Augen gehoben und gesagt: Ich will schlafen, wenn ich schlafe, dann bin ich von allem weg.«

Der Soldat verstummte. Was er nicht mehr erzählte, war, dass auf einmal in seinem Kopf etwas platzte, und anstatt den Befehl auszuführen, war er in seine Stube zurückgekehrt, hatte für seinen gesamten Sold Wodka gekauft, einen Liter Wodka, und sich besoffen, bis er auf allen Vieren in der Stube herumkroch und flennte wie ein Kind. Und mit einem Mal kam alles wieder hoch: die Toten, die Gehenkten, die niedergebrannten Dörfer, die Totenklagen, die Gräber ohne Kreuze.

Er blinzelte mit seinen kurzsichtigen, entzündeten Augen: »Weil du vom Pennen geredet hast!«, bemerkte er zum Einbeinigen.

»Pfeif auf den Krieg«, riet ihm der Krüppel, »und du spiel!«, schrie er Pavel an.

Pavel stand auf.

»Warum geht ihr dann hin?«, fragte er.

»Sei still!«, brüllte der Einbeinige, »frag nicht so blöd, du Bankert!«

Doch der Soldat sagte: »Wenn das einmal losgeht, kannst du nichts mehr tun. Da erschlagen sich die Leute gegenseitig und stecken die ganze Erde in Brand, dass nichts mehr übrig bleibt, nicht ein einziges Täubchen. Tun kannst du dagegen gar nichts.«

Die Kellnerin stellte einen Teller Suppe vor den Jungen hin.

»Du wirst schon noch sehen«, sagte der Soldat.

»Nichts als saufen kannst du da«, lachte der Einbeinige, »und beten, aber darauf scheißt du, weil der Herrgott auch auf dich scheißt!«

Der Teller vor dem Jungen dampfte, die Suppe roch stark nach Majoran, und dem Jungen hob sich plötzlich der Magen. »Ich muss gehen. Wollt ihr die Suppe haben?«

»Gib her«, befahl der Einbeinige, »du hast gar nicht gespielt, Zwirn. Du bist mir ein schöner Fratz!«

»Lass ihn«, mischte sich der Soldat ein. Er starrte wieder mit seinen wunden Augen vor sich hin. Dann rief er der Bedienung zu: »Zwei Doppelte.«

Der Junge zwängte sich zwischen den Tischen durch.

Dort, wo zuvor Laborecký die Fische verkauft hatte, war jetzt ein großes Gedränge. Der Alte stand auf der umgestürzten Karre, Pavel erblickte seinen großen weißen Kopf, der über der Menge aufragte, der Mund bewegte sich langsam.

»Brüder«, sagte der Alte, »warum wollt ihr eure Seelen mit Sünden beladen?«

Die Menge hörte ihm zu, es war mucksmäuschenstill, nur bei der Schießbude etwas abseits erklang Musik. Laborecký wandte sich an den Soldaten vor ihm: »Sie werden dich töten, mein Sohn, und du stirbst in der Sünde! Wozu? Und warum?«

Der Soldat senkte die Augen und begann zu zittern.

»Du gehst zugrunde, ohne dass dir die Absolution erteilt wurde«, fuhr Laborecký fort, »und würde sie dir erteilt, so wäre es eine Lüge! Dein Leib bleibt draußen liegen, und deine Seele wird wie ein hungriger Köter über die Felder streunen. Mein bejammernswerter Sohn!«

Zwei Männer in schwarzen Uniformen zwängten sich durch die Menschenmenge, doch Laborecký predigte weiter, immer lauter, während sich eine beängstigende, bedrückende und vollkommene Stille um ihn her ausbreitete. Sogar der bei der Schießbude stellte das Grammophon ab und hörte zu.

»Ihr Elenden«, rief Laborecký. »Aber kann der Mensch denn so erbärmlich sein? Wer kann dich, Bruder, zwingen zu töten? Du bist es, der deinen Händen befiehlt! Lass die Hände von der Waffe! Wirf sie weg! Die befleckte und sündige Mörderin! Das Verhängnis deiner Seele, das Werkzeug des Teufels! Und was immer dir dann auch zustoßen mag, deine Hände und deine Seele bleiben rein. Du befleckst sie nicht. Du rettest das Leben deines Nächsten und gewinnst selbst das ewige Leben.«

Der Soldat, den Laborecký angesprochen hatte, nahm mit zitternder Hand die Mütze vom Kopf und warf sie auf den Boden. Dann schnallte er den Patronengurt ab.

Ein Raunen ging durch die Menge, und die beiden Männer in schwarzer Uniform rafften sich endlich auf und bahnten sich den Weg zu Laborecký. Bevor sie jedoch etwas tun konnten, stieg der Alte von sich aus herab und trat zwischen sie. Er hatte den Pelz sorgfältig zugeknöpft, und die Erregung war aus seinem welken Gesicht gewichen. Er wirkte nur noch alt, ruhig und müde, er hatte nun das vollbracht, was er noch vollbringen konnte. Er konnte friedlich mitgehen, wohin sie ihn auch bringen würden. Die Menschen traten schweigend auseinander, eine Frau schrie kreischend auf, und im Nu gerieten alle in Aufruhr, sie schüttelten die geballten Fäuste, einer stieß den anderen zur Seite, und sie versuchten, den Alten den Schwarzen zu entreißen.

Doch Laborecký schritt ruhig zwischen den beiden einher, er mochte Mitleid mit ihren grausamen, verblendeten Seelen empfinden, die weder den Menschen noch das Leben verstanden und zweifelsohne ein schreckliches Ende finden würden. Auch ihr körperlicher Tod würde furchtbar sein, sie würden beide wie wilde, von Jägern zu Tode gehetzte Hunde oder Katzen verenden.

Als sie an der Ecke des Platzes ankamen, blickte sich Laborecký um und sah, dass der junge Molnár wie ein verwundetes Zicklein hinter ihm herlief.

»Onkel«, rief Pavel.

»Hab keine Angst, mein Junge!«

»Onkel!«, schrie der Junge verzweifelt und lief auf ihn zu.

»Ich bin wohlauf«, sagte der Alte zu ihm, »hab keine Angst, mein Junge! Einmal werden sie alle ein Einsehen haben, und mir ist jetzt wohl zumute.«

Der schwarze Kerl versetzte ihm einen Stoß, und Laborecký schritt schweigend weiter. Pavel sah ihm regungslos nach, bis die drei vollständig verschwunden waren. Dann kehrte er zu der verwaisten Stelle an der Kirchenmauer zurück. Die Marktweiber riefen schon wieder ihre Preise aus, und die Käuferinnen feilschten um leinene Tücher, Zwiebeln und Eier. Manche schleppten bereits ihre vollen Taschen weg, und die Soldaten drängten zur Schießbude hin. Offenbar dachte keiner mehr an den alten Mann.

Der Junge stellte die Karre wieder auf die Räder und lud das leere Schaff und die Waage auf. Wie können nur alle so tun, als ob nichts geschehen wäre, wo doch gerade der Beste von ihnen verhaftet wurde? Derjenige, der ihnen das Leben retten wollte…

Laborecký stand ihm noch immer vor Augen, sein weißer Kopf, der die Menge überragte.

Er blinzelte einige Male, weil er ein Brennen in den Augen spürte, dann zog er mit einem Ruck an der Deichsel und zwängte sich mit der Karre zwischen die Leute.

An diesen Morgen wirst du dich erinnern

Die Wirtin saß in ihrer Stube und las in einem Kalender, die Hängelampe bis zur Tischplatte heruntergezogen. Sie hob den Kopf und schnauzte: »Solche Gäste hab' ich gern. Jetzt behauptet bloß noch, dass ihr ein Ehepaar seid!«

Ihr Gesicht war feist. »Ich gebe euch getrennte Zimmer.«

»Wie haben Sie das erkannt?«, fragte der Mann. Er war groß und kräftig und an den Schläfen vorzeitig ergraut.

Die Wirtin lachte, es schmeichelte ihr, dass sie ihn irritiert hatte. Es war ganz einfach: Eheleute wollen sicher gehen. Sie bestellen das Zimmer einen Monat im Voraus, schleppen ihre Koffer am Morgen an und treiben sich nicht in feuchten Nächten eng umschlungen im Freien herum. Sie nahm den Ausweis des Mannes. »Diplom-Ingenieur?« Ihre Stimme wurde etwas freundlicher. Er war ein hübscher Mensch und noch dazu gebildet. »Dipl.-Ing. Martin Petr. Welcher ist denn der Vorname?«

Sie nahm die Schlüssel, die trockenen Dielen knarrten, sie schloss eine Tür auf, die in ein rosarot tapeziertes Zimmer führte, in dem es nach Schimmel roch. »Hier können zum Beispiel Sie schlafen«, sagte sie zu dem Mädchen, »aber nicht, dass ihr euch in der Nacht zueinander stehlt! Und dann kommt mir eine Kontrolle ins Haus! Nicht, dass es mir wegen euch an den Kragen geht.«

»Das ist doch selbstverständlich«, verwahrte er sich, »gute Nacht!« Er nickte dem Mädchen zu.

Sie verschwand zwischen den Tapetenwänden, sog den kalten Schimmelgeruch ein, rollte die Jalousie auf, öffnete das Fenster, setzte sich auf das quietschende Pensionsbett und blickte in die Dunkelheit hinaus, wo über dem Wald warmer Dunst aufstieg.

Sie wartete auf ihn, sie waren noch nie zusammen allein gewesen, aber da sie entschlossen war, mit ihm zu leben, wartete sie nun ungeduldig auf ihn, und ihr schien, dass der Raum ohne ihn leer sei, ebenso wie das Leben ohne ihn leer wäre.

Dann kam ihr der Gedanke, dass vielleicht wirklich eine Kontrolle kommen könnte und es dumm wäre, wenn sie erwischt würden, und dass sie kein Recht habe, leichtsinnig ein Risiko einzugehen, man war ja nicht allein auf der Welt. Aber wie könnte ich noch leben, ohne dass er mir zumindest ein Weilchen gehört? Wir würden sie bestimmt hören, sagte sie sich, die schlagen immer Krach. Sie dachte nicht mehr an den Krieg. Sie stellte sich vor, wie es sein würde, wenn er kam, sah seine Hände im Geist vor sich und fühlte sogar ihre Wärme, sachte und einlullend. Sie schlief wirklich, aber ohne die Augen zu schließen, und als er kam, stand sie auf, und erst jetzt zog sie den Mantel aus: »Dreh dich um! Wenn uns jetzt der alte Herr sähe!« Sie lachte leise. Sie nannte ihren Vater absichtlich so, wie ihn alle nannten, die mit ihm zusammen arbeiteten, auch ihr Freund.

Er lachte auch, dann horchte er auf das Geräusch des Wassers, das hinter ihm aus dem Krug plätscherte und mit dem sie sich die Hände wusch.

Sie wartet gewiss darauf, dass ich etwas sage, etwas Nettes, Sanftes, zum Beispiel, dass ich sie gern habe. Er war aber nicht gut darin, zärtliche Worte zu finden. Im Geist nannte er sie sein *Entchen*. Sie drehte beim Gehen die Fußspitzen nach außen und wiegte sich in den Hüften. Aber auch dieses Kosewort hatte er noch nie laut zu ihr gesagt.

Wenigstens dass ich sie gern habe, dachte er, muss ich ihr sagen. Und wie gern er sie hatte, er hätte nie geglaubt, dass er sich so heftig verlieben könnte, da ihm das auch früher, vor zehn Jahren, nicht widerfahren war, als er noch in einem besseren Alter gewesen war.

Er blickte zu dem dunklen Fenster hin, vor dem die Äste einer jungen Kastanie schaukelten, die er jedoch gar nicht wahrnahm. Vor einem Jahr hatte er sie zum ersten Mal gesehen. Es war ein regnerischer, gar nicht sommerlicher Tag gewesen, ihm fielen zuerst leichte Schritte auf, die durch den Hausflur eilten, auf dem sich sonst nur Männer bewegten, dann öffnete sie die Tür, sie war völlig durchnässt, einer kannte sie und sagte: »Aber der alte Herr ist gerade weggefahren…« Dann hatten sich fünf der rauen Kerle darum gerissen, ihr trockene Schuhe und einen Pullover auszuleihen und das Bett zu überlassen.

Am folgenden Morgen brachte er sie mit dem Moped zum Zug. Es war nicht schwer, auf dem sehr schlechten Fahrweg eine Panne vorzutäuschen.

Der Waldboden war weich, er fluchte zum Schein ein wenig. Sie beugte sich zu ihm hinab, hielt ihm die Schraubenmuttern, eine rollte weg, und sie rutschte auf den Knien auf dem Nadelreisig herum und tastete den feuchten Boden ab.

Was haben Sie früher gemacht?

Wann?

Zuvor!

Als ob das wichtig wäre. Ich habe Geologie studiert. Sie hatte eine sehr sonderbare Stimme, eine tiefe, tiefdunkle Stimme.

Und jetzt?

Das ist egal. Es ist doch nicht wichtig, was man macht.

Irgendwie muss man doch anfangen, sagte er verlegen.

Womit?

Wenn man einen andern kennenlernen will.

Ich muss ihr jetzt sagen, dass ich sie gern habe, sonst sage ich es nie oder erst, wenn es keinen Sinn mehr macht.

Er bemerkte die Kastanie vor dem Fenster, lehnte sich hinaus, und es gelang ihm, einen Zweig mit großen, fünffingrigen Blättern abzureißen.

»Was tust du da?«, fragte sie.

»Ich wollte dir etwas sagen.«

»Gut, sag es. Aber dreh dich nicht um.«

Doch er schwieg, er hasste solche Gespräche, bei denen man zärtliche Torheiten ersann und sich in nichtssagenden Floskeln über die Liebe erging, er hatte noch nie mit ihr über die Liebe gesprochen, sondern bloß über die banalsten, alltäglichsten Dinge und natürlich über den Krieg, der auch längst zur Normalität und Teil des Alltags geworden war, vielleicht verband sie der Krieg sogar mehr als alles andere. Er verstärkte bei allen die Sehnsucht, einen nahen Menschen zu haben, und er lebte schon lange allein. Sie hatten im Übrigen keine gemeinsamen Interessen, bis auf die Musik, die liebten sie beide, wenn auch jeder auf seine Art. Er hörte gern Musik, spielte jedoch kein Instrument und sang nie, es sei denn, um einen tiefen Schmerz zu mildern, einen solchen Schmerz, bei dem sie wahrscheinlich in Tränen ausbrechen würde. Seiner Freundin wiederum machten Konzerte keinen Spaß, lieber zupfte sie die Gitarre und sang dazu mit ihrer sehr tiefen, fast unweiblichen Stimme.

Manchmal malten sie sich zusammen das Leben im Jenseits aus, nicht ihr eigenes, sondern allgemein, doch auch hier schieden sich ihre Vorstellungen.

Das Wasser hinter ihm hörte auf zu plätschern.

»Viel hast du mir gesagt!« In ihrer Stimme schwang eine zärtliche Nachsicht mit. »Ich verstehe dich natürlich«, setzte sie hinzu, »aber du hättest mir auch etwas ganz Gewöhnliches erzählen können, zum Beispiel, was du als Junge werden wolltest. Dazu braucht es nicht viel Poesie.«

Als Junge hatte er davon geträumt, eine riesige Gesellschaft zu besitzen, die unerhörte Bauten errichtete. Kraftwerke, die Meeresenergie nutzbar machten, mächtige Spiegel zum Auftauen der Polareismassen. In seiner Phantasie reiste er mit einem eigenen Flugzeug nach Bandar Abbas zu seinem größten Bauvorhaben, doch dort überfielen ihn Gangster, die ihm die Pläne stahlen, die er entworfen hatte und die kein anderer so entwerfen konnte.

Er lachte.

»Worüber lachst du?«

»Über meine Phantastereien«, sagte er, »die sehr töricht waren.«

Sie fand, dass man mit Lachen viel weniger lügen könne als mit Worten, und freute sich, dass er gerade in dieser Situation lachte. »Komm jetzt!«

»Du wirst dich schon noch an mir satt hören«, versprach er. Sie schwiegen, und nur das alte Bett, das schon Tausende von Schlafenden und Liebenden beherbergt hatte und aus dem längst jegliche Scham und Empfindung gewichen war, gab Geräusche von sich.

Erst viel später öffnete er wieder den Mund, um etwas zu sagen, doch er nickte jäh ein, sein Kopf sank an ihre Schulter, die ganze Last seines Kopfes und Nackens. Sie streichelte seine Schläfen, in der Finsternis waren sie dunkler als bei Tag. Dann strich sie ihm mit den Fingerspitzen über das Gesicht. Sie befühlte die feinen Fältchen, die von den Augen wegliefen, die raue Haut ein Stück weiter unten, das seichte Grübchen an der Oberlippe und den breiten, im Schlaf halb geöffneten Mund. Das alles ist mein, dachte sie, und ein nie gekanntes Glücksgefühl stieg in ihr auf.

Als er erwachte, war es noch dunkel. Sie stand am Fenster, glatter als der zarteste Leib eines entrindeten Baumes. Er hatte einmal im Böhmerwald eine Trasse vermessen, eine alte Tanne war ihnen im Weg gestanden, sie hatte einen breiten Stamm mit einer schorfigen, schwärzlichen Rinde, war jedoch noch gesund und voll Kraft. Er hatte einen dicken Keil in das lebende Holz getrieben und im Geist vor sich gesehen, wie der Stamm umsinken würde, wie er vergebens mit den Ästen an den umliegenden Bäumen Halt suchen würde, ein jähes Mitleid mit dem lebenden Körper des Baumes, den er nicht retten konnte und der unter den Axtschlägen zugrunde gehen musste, hatte ihn erfasst, und dieses Mitleid empfand er jetzt wieder überaus heftig, ohne dass er sich erklären konnte, warum es plötzlich in ihm aufgestiegen war. »Einmal«, sagte er sehr leise, »habe ich so eine alte Tanne fällen lassen…«

»Du bist schon wach?«

Ihre Stimme weckte ihn vollends auf, und er richtete sich auf den Ellbogen halb auf: »Was tust du da?«

»Ich warte, bis die Sonne aufgeht«, sagte sie. »Ich will mir den Anblick dieses Morgens einprägen.«

Er schloss die Lider halb, doch er schlief nicht mehr ein, er ließ den Blick auf dem hellen Umriss ihres Körpers im dunklen Fenster ruhen, der ihm zu einem Tropfen zerrann und zu einem Mund, dessen Atem ihn gestreift hatte, und zu Augen, die in die Dunkelheit blickten, große, leicht schräg zueinander stehende Augen.

»Vielleicht wird nie wieder ein Morgen sein wie dieser«, sagte sie, »vielleicht bricht bald überhaupt kein Morgen mehr an.«

Er wollte rasch etwas einwenden, was man in solchen Augenblicken so sagt, doch ein beklemmendes Gefühl beschlich ihn. »Fürchtest du dich vor etwas?«

»Nein!« Dann korrigierte sie sich: »Mag sein. Wer hat denn heute keine Angst?«

Er blickte sie an und wartete, sie schwieg, über den Baumwipfeln wurde es allmählich hell.

»Machst du bei diesen Sachen mit?«, fragte er. »Das habe ich mir schon gedacht«, fügte er dann hinzu. »Ich soll wohl nicht fragen...?«

»Jetzt nicht! Lass uns jetzt nicht daran denken.« Sie trat vom Fenster zurück und kleidete sich an, dabei fröstelte sie. Er hörte, wie sie sich bewegte, und war froh, dass er es hörte, Leben und Hoffnung steckten in diesen Bewegungen und all das, was er bisher nicht gehabt hatte.

»Du musst vorsichtig sein.«

»Das bin ich doch immer.« Sie lachte.

»Muss das sein, dass du da mitmachst?«

Im Zimmer wurde es hell, und mit dem Tageslicht kehrte der Krieg zurück und all das, von dem die Tage randvoll waren: die Sinnlosigkeit, die Ohnmacht und die Uniformen und die Lüge und das Warten und die verzweifelte Angst. Dich retten, da ich dich liebe und da ich weiß, dass sie dich abführen können, auf immer.

»Du kannst doch nichts ändern! Es ist sinnlos!«

»Und was soll Sinn haben?«

»Du!«

»Ich?« Sie lachte leise. »Das sind Ausflüchte...«

»Die Arbeit.«

»Auch jetzt?« Sie trat wieder ans Fenster, suchte ihr Gesicht in der Glasscheibe, fuhr sich mit den Fingerspitzen über die Augenbrauen, und als sie sah, dass er sie betrachtete, lachte sie ihm im Spiegel der Fensterscheibe zu.

»Jetzt hat nichts einen Sinn«, sagte er, »nur das Warten.«

»Worauf?«

»Darauf, dass der Krieg zu Ende geht.«

»Ach nein, nichts als warten! Wir können doch dem, was sie tun, nicht gleichgültig gegenüber bleiben.«

Ihre Stimme hatte plötzlich einen fremden Klang, der ihn erschreckte. Sie drehte sich zu ihm um: »Dich lässt es doch auch nicht gleichgültig.«

Er antwortete nicht, und sie redete schnell und eindringlich, als ob sie sich selbst überzeugen müsste: »Nein, … nur weißt du es nicht. Wir müssen uns immer erst alles bewusst machen. Viele Leute denken einfach nicht an die Gräuel. Aber sobald sie anfangen nachzudenken, wird ihnen klar, dass es nicht ausreicht, einfach nur abzuwarten.«

Seine Freundin blickte ihn vertrauensvoll an, denn sie liebte ihn, doch ihm flößte dieses Vertrauen beinahe so etwas wie Furcht ein. »Schau, die Sonne«, sagte er rasch, »du wolltest sie doch aufgehen sehen!«

Sie betrachteten beide den Saum des Himmels, den ein rötlicher Schimmer färbte. Er legte ihr die Hand auf die Schulter. Sie blickte sich um: »Wird dir dieser Morgen auch in Erinnerung bleiben?«

Er nickte.

ZWEI : DIE JURCOVÁ

Das Dorf hatte noch nie so viele Wagen gesehen. Sie parkten in den Bauernhöfen, getarnt mit Netzen, hastig zusammengerafften Zweigen oder wenigstens einer farbigen Plane.

Die Männer waren schon einige Tage lang im Einsatz, sie hoben in dem sumpfigen Boden einen langen Graben aus. Ungarische Soldaten liefen im Dorf herum, stahlen Hennen und riefen den Mädchen unablässig etwas nach. Die Offiziere saßen in Józios Hof, aßen auf ausgebreiteten Landkarten aus Konserven und tranken dazu Wein aus Józios Keller. Er hatte ihnen den Wein selbst angeboten, halb aus Angst, halb in der Hoffnung, dass er doch etwas dafür bekäme, doch sie gaben ihm nichts. Um Mitternacht kam plötzlich Bewegung in die Ungarn, Deutsche waren aus der Stadt gekommen, eine ganze Kompanie, sie schwärmten in die Häuser aus und brüllten: Partisanen, Partisanen!

Sie steckten die Zigeunersiedlung in Brand, und gegen Morgen führten sie die ganze Familie von Jozef Smoljak hinter das Haus des Irren Adam, Smoljaks ältester Sohn Štěpán war vor einem Jahr in die Berge geflohen, und erschossen sie alle: den greisen, halbblinden Großvater, den Vater und auch die Mutter und die zwei Schwestern Štěpáns. Dann holten sie den Irren, und er musste eine tiefe Grube ausheben und alle fünf Leichname hineinwerfen.

Schließlich begossen die Deutschen Smoljaks Haus mit Benzin, damit es besser brannte, und in der Tat, als sie es anzündeten, loderte eine mächtige Feuersbrunst auf, die ganze Umgebung war hell erleuchtet und es war, als ob ein schreckliches Unwetter tobte.

Im Haus gegenüber kniete die Witwe Jurcová vor einem alten Kreuz, sie fürchtete nicht so sehr um ihr Leben wie um ihr Haus, um diese elende, niedrige Hütte aus ungebrannten Lehmziegeln, eine der ärmlichsten Hütten im ganzen Dorf. Für die Jurcová aber war die Hütte das Einzige, was sie besaß, und sie wusste, dass sie keine bessere mehr bekommen konnte, denn sie war allein und hatte keine Männerhände mehr, die sparen und bauen konnten.

Sie war keine wirkliche Witwe – obschon inzwischen vielleicht doch, denn ihr Mann war im achtundzwanziger Jahr nach Amerika gegangen, ein halbes Jahr nach der Hochzeit und vier Monate, bevor sie ihre Tochter zur Welt brachte. Sie hatten aus Liebe geheiratet und geglaubt, sie würden sich bald wiedersehen, sobald Matěj in Übersee das Geld für ein neues Haus verdient hätte. Schon damals war die Hütte schlecht gewesen, die Feuchtigkeit stieg in den Lehmmauern hoch, und durch die schmalen Fenster fiel kein Sonnenschein.

Als ihr Mann beschlossen hatte wegzugehen, hatte die Jurcová ganze Nächte lang geweint, aber viele gingen weg, auch ihr Vater war schon einige Jahre weg, und eigentlich war das gut so, denn es wurde jetzt immer schwieriger, nach Übersee zu gelangen.

Sie erinnerte sich sehr gut an jenen Tag: am Bahnhof war es heiß gewesen, sie war auf dem offenen Perron gestanden und hatte sich sehr schlecht gefühlt, vom Weinen, von der Sonne und der durchwachten Nacht, sie wollte wenigstens ein paar Augenblicke mit ihm allein sein, doch er hatte die letzten Tage nur noch anderen Leuten gehört. Sie hatten ihm Briefe gebracht, eine Unzahl von Bitten mitgegeben, mit Schnaps hatten sie ihn herumgekriegt, und die letzte Nacht hatten sie alle durchgezecht, gesungen und gelacht, als ob er nur auf den Markt oder zur Mahd führe. Auch sie hatte gelacht und gesungen, aber sooft sie ihn anblickte, liefen ihr die Tränen über die Wangen.

Der Zug war ganz pünktlich eingefahren, er hatte sie rasch geküsst und stand dann noch am Fenster. Er hatte für die Reise den einzigen Anzug angezogen, den er besaß: den dunkelblauen mit den roten Streifen, und in der Hand hielt er seinen Hut. Sie konnte ihn nicht einmal mehr ganz sehen, sondern nur die klare Stirn, die glänzenden schwarzen Haare und das Jackett. Sie hatte seine Kleider durchgesehen, bevor er abreiste, denn dort würde sie ihm keiner ausbessern. Noch sah sie seine Schultern und sein Gesicht, noch war er hier. Der Zug setzte sich sehr langsam in Bewegung, und sie lief ihm mit ihrem dicken Bauch nach und rief: Matěj, Matěj! Sie lief und lief, bis der letzte Waggon sie überholte, dann schrie sie: Fahr nicht weg, doch da hörte er sie schon nicht mehr. Sie sah noch seine Hand, die winkte, und dann nichts mehr.

Er schrieb ihr nur einen einzigen Brief, dass es in Amerika keine Arbeit gebe. Einige Wochen lang habe er am Bau geschafft, doch auch dort gebe es nun keine Arbeit mehr, und er würde gern nach Hause zurückkehren, wenn er sich die Reise leisten könnte, aber daran sei nicht zu denken. Sie bewahrte den Brief zwischen ihren Heiligenbildchen auf.

Meine geliebte Frau, endete der Brief, *nur an Dich denke ich die ganze Zeit, der ich vor Gott meine Liebe versprochen habe, und ich weiß, dass es irgendwann ein Wiedersehen geben wird.*

Danach hatte sie nichts mehr von ihm gehört, und sie wusste nicht, ob er noch am Leben oder schon tot war. Sie war ihm während der ganzen sechzehn Jahre kein einziges Mal untreu gewesen, und ihr verlassener Leib alterte langsam ganz ohne Freude und Liebkosungen.

Alles, was ihr geblieben war, waren die Tochter, die Kirche, der Schnaps und eben das Haus, dieses kleine, verwahrloste Häuschen. Und auch wenn sie kaum mehr Wünsche hatte, so träumte sie doch manchmal davon, dass Janka einmal in ein schönes Ziegelhaus einheiraten und sie mitnehmen würde.

Der Widerschein der Flammen tanzte auf den rußgeschwärzten Wänden, während die Jurcová betete: »O Maria, du unsere Zuflucht, erbarme dich meiner und dieses Hauses, wo sollten wir sonst unser Haupt zur Ruhe betten.«

Sie spürte den Hauch des Feuers, der immer glühender zum Fenster hereinwehte. »Muttergottes«, flüsterte sie in Panik, »du hast so viele Bitten von mir nicht erhört. Den Mann hast du mir nicht zurückgebracht, so lass mir wenigstens diese Hütte. Ich habe nichts mehr«, flüsterte sie, »ich bin nur noch ein Bündel Elend!«

»Mama!«

»Heilige Jungfrau… Wo hast du dich so lang herumgetrieben?«

»Mama! Evakuierung!«

»Bitte für uns! Flehe deinen Sohn um Hilfe an für uns! Unbefleckte! Du lässt mich allein und treibst dich in der Nacht herum.«

»Mama!«, wiederholte Janka, »alle fliehen!«

Die Tochter stand so in der Tür, wie sie zuvor aus dem Haus gelaufen war, sie hatte nur einen Rock über dem Nachthemd an, die bloßen Schultern bedeckte ein Baumwollumhang, ihre langen blonden Haare waren vom Ruß fast schwarz.

Sie setzte sich auf das zurückgeschlagene Bett.

»Die Deutschen vertreiben die Leute aus ihren Häusern«, sagte sie außer Atem, »sie machen einen fürchterlichen Krawall. Der Puškárová haben sie so hart auf den Rücken geschlagen, dass sie liegen geblieben ist.«

Sie war sehr erschöpft, verschreckt und hilflos.

»Was setzt du dich dann hin!«, schrie die Jurcová. »Sitz nicht da wie eine Glucke.«

Sie nahm das Federbett und stopfte es in einen großen Überzug.

»Muttergottes«, flüsterte sie dabei, »du nimmst mir noch das Letzte, was ich habe! Erbarm dich einer armen Seele. – Spann die Kuh an!«, herrschte sie die Tochter an.

Das Feuer toste noch immer wie ein wütender, verheerender Sturm, und die umliegenden Häuser, Dächer und sogar der Staub der Straßen färbten sich rot in seinem Schein. Auch die Schule und die beiden Gebäude daneben standen bereits in Flammen, das Haus des Lehrers Kostovčík und Vrábels Haus.

Die Kuh stand in ihrem Verschlag, der ans Haus angrenzte, getrennt nur durch eine Wand, die die Kuh mit ihrem Atem zu erwärmen half. Jetzt bohrte sie die Hörner in die Tür, und das Mädchen meinte blankes Entsetzen in ihren Augen zu sehen.

Sie versuchte, die Kuh vor die kurze Deichsel zu spannen, doch das Tier stemmte sich dagegen, es stand schwer und steif da und schien jeden Augenblick durchgehen zu wollen.

»Warte, ich helfe dir«, rief jemand über den Zaun.

Sie erkannte Pavel Molnár, er ließ sich in letzter Zeit oft in der Nähe ihres Hauses blicken.

»Mach schon!«, schrie die Jurcová drinnen. Sie bemerkte den Jungen. »Was willst du denn hier?«

»Nichts. Vater hat gerade seinen Rundgang gemacht. Er ist bestimmt noch in Petrovice.«

»Gut möglich«, murmelte die Jurcová zerstreut. Dann kam ihr ein Gedanke: »Du kannst dein Federbett zu uns herüber bringen... Na, wie du willst«, setzte sie ungerührt hinzu, als sich Pavel nicht rührte.

Er ging mit den Frauen ins Haus, um nicht nur so rum zu stehen. Frauen können immer eine Hilfe brauchen.

In der Lampe auf dem Tisch qualmten die letzten Tropfen Öl. Janka packte Geschirr in ein Tischtuch ein.

»Zeig her, ich helfe dir«, sagte er.

»Lass nur!« Sie schwang sich den Ranzen auf den Rücken und wies mit dem Kopf auf die Tür: »In der Kammer ist Powidl, du kannst es dir nehmen, wenn du willst!«

In der Kammer lag etwas Buchweizen auf dem Boden, auf den Regalbrettern standen leere Töpfe, die Alte hatte offenbar schon alles eingepackt, nur ein großer Topf Powidl stand noch in der Ecke. Er nahm den Deckel ab und schöpfte sich eine Handvoll von der süßen Masse ab, dann deckte er den Tiegel wieder zu und hob ihn auf die Schulter.

In der Nähe explodierte eine Granate, das ganze Haus erbebte, eine der kleinen Fensterscheiben zerbarst. Aus dem brennenden Haus gegenüber schoss eine Funkensäule empor.

Er hörte, wie sich ganz nah ein Schrei in das Tosen der Flammen mischte. Jemand rannte wie wahnsinnig durch die Straße, dann war wieder eine

Explosion zu hören, und aus einem der Dächer schlugen niedrige Stichflammen heraus.

Die Kuh reckte den Hals und muhte erschrocken. »Los jetzt!«, schrie die Jurcová und ließ die Peitsche auf das aufgescheuchte Rind knallen. Sie dachte jetzt nur noch daran, wie sie von hier weg käme, aber als der Wagen knarrend und quietschend zum Tor hinaus rollte, blickte sie zurück, um noch einmal ihre kümmerliche Hütte im Feuerschein zu sehen. Den Ort, an dem sie geheiratet, dann ein halbes Jahr in Liebe und sechzehn Jahre mit Warten zugebracht hatte. Mit der Hütte war im Grunde ihr ganzes Leben verbunden, alles, was sie hatte. Sie drehte sich nochmals um, dann schwang sie die Peitsche: »Zieh an, du Biest!«

Janka hielt sich hinter dem Wagen, sie versuchte, sich das Kopftuch umzubinden, die Finger zitterten ihr, Pavel Molnár betrachtete ihre hoch gehobenen Arme, sie waren weiß, glatt und zart, und er sehnte sich danach, sie zu berühren.

Sie wurden von Bajkos Wagen und den zwei Wagen Jóžios überholt, hinter jedem Wagen trabte ein Fohlen her. Dicht darauf folgte der Wagen des Gastwirts Baňas. Er hatte es sogar geschafft, auch Weinfässer und Schnapsflaschen aufzuladen, auf dem obersten Fass saß seine Frau, sie betete halblaut, die zerzausten grauen Haare wehten im Wind. »O weh, Gott, das Ende der Welt!«, rief sie der Jurcová zu.

Sie fuhren aus dem Dorf hinaus, hinter ihnen tauchten im seltsamen Zwielicht des Herbstmorgens in der Ferne noch andere Wagen auf, und noch weiter hinten blitzte Granatfeuer auf, das Dröhnen der Geschosse erschütterte die Luft.

Erst am Abend spannten sie die müden Tiere bei einem Buchenhain aus, die Männer fachten ein kleines Feuer an und brieten Speck mit Brot und Zwiebeln, bis alles geröstet war, dann kauten sie das Essen bedächtig und blickten nach Osten, wo noch immer kleine und größere Feuer aufloderten, und auch nach Süden, wo ihr Dorf unter einer vollkommenen Finsternis begraben lag.

»Jungfrau Maria, heilige Muttergottes, reinste Jungfrau.« Die Jurcová konnte den Blick nicht von der Finsternis losreißen. Zeitweilig vermeinte sie auch dort, wo das Dorf lag, einen schwachen Lichtschein zu sehen, aber das war wohl nur der Widerschein ihrer Angst.

Sie stand vom Feuer auf und ging zu ihrem Wagen. Sie deckte die Plane ab, warf sie auf die Erde und sagte zu Pavel: »Leg dich unter den Wagen. Dort hast du es wenigstens trocken.«

Ihre Tochter schlief oben, auf dem Packen Federbetten, so angezogen, wie sie am Morgen aus dem Haus gegangen war, nicht einmal das Kopftuch hatte sie abgenommen.

Die Jurcová setzte sich auf die kurze Deichsel, ihr war nicht nach Schlafen zumute, sie starrte unablässig in die Finsternis hinaus, dorthin, wo ihr Haus stand.

In einigen Tagen würde der Krieg wahrscheinlich zu Ende sein. Sie versuchte sich vorzustellen, was sich durch das Kriegsende ändern mochte, doch sie konnte sich gar nichts vorstellen. Vielleicht würde ein Brief von Matěj kommen, oder er würde selbst kommen und eine Menge Dollars mitbringen, die er in den sechzehn Jahren angespart hatte. Sie seufzte laut. Sie wusste, dass das nicht passieren würde, es war bloß ein Märchen, sie redete es sich ein, wenn sie sich besonders verlassen fühlte. Das Haus werden sie mir anzünden, und dann verbrennt auch mein Heu... Das war das einzige, was sie vom Kriegsende zu erwarten hatte. Sie hatte auch gehört, dass die Russen ihnen die Felder wegnehmen und Kolchosen gründen würden, sobald sie kämen, sie würden einem nur eine Ziege und ein paar Hühner lassen. Aber davor war ihr nicht bange, ihr schien, dass es nicht mehr schlimmer kommen konnte, als es schon war, als ihr ganzes Leben gewesen war.

Wenn nur das Haus nicht abbrannte. Es ist schäbig, flüsterte sie, aber immerhin ein Dach über dem Kopf.

Am Feuer rief jemand nach ihr, sie ging zu den andern, trank puren Slibowitz, Baňas hatte ihr eine ganze Korbflasche vom Wagen herunter gereicht, und dabei blickte sie fortwährend in die Richtung, wo ihre Hütte stand.

»Er hat bei Lipov im Wald gelebt«, erzählte die Baňasová, »fünf Tage die Woche hat er gefastet und die Bücher gedeutet, was wirklich in ihnen steht. Und der hat das vorausgesagt: Am zweiundzwanzigsten Sonntag nach der Herabsendung des Heiligen Geistes steigt ein ganzes Heer von Engeln vom Himmel herab und trompetet mit goldenen Trompeten.«

»Die Engel werden höchstens mit den eigenen Ärschen trompeten«, unterbrach Baňas sie und lachte schallend.

»Angeblich haben sie im Meer auch ein Instrument gefunden«, warf die Bajková ein, »und darauf hat das alles gestanden. Aus dem Osten kommen die Brände, aus dem Norden die Stürme.«

»Dann sind wir wenigstens alle Sorgen los«, sagte Bajko. »Wo schauen Sie denn ständig hin, Jurcová?«

Baňas' Haus war besser als das der Jurcová, doch er dachte jetzt nicht an sein Haus, seine größte Sorge galt seinem Sohn. Dem ältesten seiner drei

Söhne. Damals, als er sein Handwerk gelernt hatte, war er stolz auf ihn gewesen, der Junge hatte es sogar bis in die Stadt gebracht, bis in die Fabrik. Dann, zu Beginn des Krieges, hatte er sich der Schwarzen Garde angeschlossen. Baňas hatte ihm keinen Vorwurf daraus gemacht. Jeder ist seines Glückes Schmied – er selbst hatte früher die Kommunisten gewählt, weil er glaubte, dass sie ihm zu mehr Boden und einem anständigen Leben verhelfen würden, und dass sie Kriege verhindern würden, er hatte den Krieg in schlechter Erinnerung. Aber nichts davon bewahrheitete sich, er hatte sich also wohl geirrt, und so sagte er zu Štěpán nur: Du selbst bist deines Glückes Schmied, du willst die Religion und die Ordnung schützen, nun denn, schütze sie! Aber lass dich auf keine Schurkenstreiche ein. Aber es war kaum ein Monat her, da kam der Junge ganz verändert zurück, er redete fast nichts, rauchte eine nach der andern, die erste Nacht kroch er überhaupt nicht in die Federn, er lief im Zimmer hin und her und betrank sich allein. Erst am Morgen setzte er sich aufs Bett, und so fand ihn der Vater: Was ist denn mit dir geschehen?

Fragt nicht, Vater! Aber dann erzählte er ihm alles.

Und es war entsetzlich … entsetzlich.

Er befahl seinem Sohn zu schweigen. Der Sohn fuhr wieder weg, und sein Vater betete von nun an nur noch für ihn.

Niemand erfuhr freilich etwas davon, und wenn jemand Baňas fragte: Was macht Štěpán? Dann sagte er: Alles in Ordnung, er arbeitet und sucht sich eine Frau. Doch er dachte ständig über das nach, was ihm sein Sohn erzählt hatte, und vor allem darüber, ob es überhaupt möglich war, dass jemand solche Verbrechen verzieh, und ob man mit solchen Verbrechen leben konnte. Und wenn erst die Russen kämen und davon erführen… Davor hatte Baňas die meiste Angst, daran musste er die ganze Zeit denken.

»Was habe ich denn zu befürchten?«, lachte Baňas, »Dass meine Flaschen beim Weltuntergang in die Brüche gehen? Ich habe, sakra, einhundertsechzig Flaschen Schnaps mit.«

»Wo du immer deinen Kopf hast«, kreischte die Baňasová, »beten solltest du, nicht ans Saufen denken.«

»Ich denke nicht ans Saufen«, brauste er auf, »ich verdiene mein Geld mit dem Schnaps. Soll ich ihn vielleicht den Soldaten überlassen? Auch wenn die sonst nichts draufhaben, an die Weiber und den Suff gehen sie immer so ran, dass für andere nichts mehr übrig bleibt.«

Er lachte schallend, stand auf, ging zum Wagen, holte eine neue Flasche unter der Plane hervor, zog den Korken mit den Zähnen heraus, tat einen langen Zug und gab die Flasche an die Umstehenden weiter. »Trinkt«, sagte er, »in einer Stunde ist es mit uns vielleicht schon vorbei. Und wenn nicht, umso besser, dann gönnen wir uns noch einen!«

Die Flasche reichte bis zur Jurcová, weiter nicht, es war nicht mehr viel darin, die Jurcová leerte sie und warf sie ins Feuer. Sie war nun fröhlicher und begann halblaut vor sich hin zu trällern. Sie hatte ja doch etwas vom Leben: sich so betrinken, aber auch am Sonntag in der Kirche, wenn die Orgel spielte und sie dazu sang, in solchen Augenblicken vergaß sie alles, ihre Verlassenheit, den Schmerz, die Arbeit, ihr Haus, und es schien ihr, als ob Jesus, der Herrscher der Armen, durch die bunten Kirchenfenster einträte, und sie vermeinte aus seinem Mund einen Gesang zu hören, der reiner und schöner war als alles auf Erden.

»Heilige Muttergottes«, rief Baňas aus, »schaut doch!«

Sie besann sich, dass sie schon lange nicht mehr in die Finsternis hinüber geblickt hatte, sie fuhr herum und sah einen hellen Schein über der Stelle, an der ihr Dorf gestanden hatte.

»Trinkt«, schrie Baňas, »auf mein seliges Wirtshaus, es geht gerade in Flammen auf.«

Die Jurcová zweifelte nicht daran, dass auch ihr Haus brannte. Nicht einmal das hast du mir bewahrt, dachte sie bitter. Du Heilige! Du Unbefleckte! Du reinste – Dirne!

Sie empfand unsäglichen Schmerz und Verbitterung. Sie trank noch etwas, und dann wurde ihr alles gleichgültig. Jetzt gab es nichts mehr, was ihr teuer war, sie hatte nichts mehr zu verlieren noch zu gewinnen. Sie stand vom Feuer auf und torkelte zu ihrem Wagen.

Am Feuer grölten die Betrunkenen, Rauch stieg auf, aber dahinter in der Ferne stieg ein anderer, noch schwärzerer, ein Unheil verkündender Rauch auf. Die Jurcová richtete sich ein wenig auf, um ihn zu sehen, und da erblickte sie einen Schatten mit breiten Flügeln, der geradewegs auf ihre Augen herab schwebte, und ein großer Stern fällt vom Himmel, der brennt wie eine Fackel, vergib mir, Herr, für kurze Zeit wurde sie ohnmächtig und schwebte in einen weichen Mantel gehüllt durch die Lüfte.

Sie landete auf nassem Laub, das toll gewordene Pferd galoppierte an ihr vorüber, und eine verzweifelte Stimme schrie: »Ich sehe nichts mehr«.

Dann wurde es still.

2

Der Wagen über Pavel kippte um. Etwas Schweres fiel ihm auf die Brust, er wälzte es im Halbschlaf zur Seite, dann erkannte er, dass es der Powidltiegel war, er hob ihn auf und tat einige blinde Schritte. Ein Stück weiter erblickte er ein blutiges Bündel, doch er konnte in der Dunkelheit nicht unterscheiden, ob es ein Mensch oder ein Tier war. Er spürte, dass auch an seinem Bein eine klebrige, lauwarme Flüssigkeit hinunter rann, er erstarrte vor Entsetzen, spürte sogar für einen Augenblick einen Schmerz, aber er hatte bloß den Topf mit dem Powidl verkehrt herum gehalten. Dann sprang er über Baumstrünke, Lichter blitzten zwischen den Zweigen auf – sie wollten ihn töten –, irgendwo weit hinter ihm rief jemand seinen Namen, er getraute sich nicht zurückzublicken, dann erkannte er Janka Jurcová, die hinter ihm her lief.

»Pavel! Pavel!« Ihr Kleid war an der Schulter mit Blut getränkt, sie konnte die Schreie, die sich ihrem Mund entrangen, nicht zurückhalten. »Pavel!«

Sie lehnte sich müde an einen Baum, er löste ihr Kopftuch und verband ihr die Schulter, so gut er konnte. Die zuckenden Lichter über ihnen erloschen, es wurde plötzlich still, nur das trockene Laub raschelte leise, wo waren sie nur hingeraten? Sie wollte an nichts denken, legte sich müde auf den Boden, den feuchten und kalten, und wimmerte in einem fort. Nicht vor Schmerz, der Schmerz machte ihr nichts aus, den war sie längst gewohnt, die Mutter hatte sie oft geschlagen, mit einer feuchten Rute auf den nackten Hintern, und das war ein heftigerer Schmerz gewesen als der, den sie jetzt empfand. Aber der Schreck war noch nicht aus ihren Gliedern gewichen, die Bombe hatte unmittelbar neben ihr eingeschlagen, sie hatte den Boden erschüttert, Erdklumpen waren durch die Luft geflogen, sie konnte nicht mehr atmen, und irgendjemand hatte fürchterlich gebrüllt, während ihr das Blut in einem dicken Strom und fast schmerzlos aus der Wunde geflossen war. Immer wieder befiel sie große Angst und unablässig hörte sie jenen entsetzlichen Schrei, auch jetzt noch, nachdem es vollkommen still geworden war.

»Nicht, dass du mich im Stich lässt!« Es kostete sie Anstrengung, die Worte auszusprechen, »nicht, dass du mich im Stich lässt!« Er war zwar noch ein Junge, sogar jünger als sie, aber sie glaubte, dass er sie beschützen könnte.

Pavel saß neben ihr und zitterte vor Kälte. »Sei still«, schrie er sie an, »sei still, sonst finden sie uns hier!«

Das Tuch um Jankas Schulter saugte sich mit Blut voll, und ihre Lippen brannten vor Durst. Sie dachte an ihre Mama, vielleicht war sie ums Leben gekommen – dann bin ich jetzt also ganz allein. Sie wollte die Zeit ein wenig zurückdrehen, einen anderen Weg nehmen, einen anderen Weg als den, welchen ihr Leben in der Wirklichkeit genommen hatte, sie wollte nicht hier im Wald sein, nicht allein sein, ihr Schluchzen wurde immer krampfhafter, sie konnte sich nicht beherrschen.

Er wollte ihr helfen, doch er war dazu nicht fähig, in dieser Finsternis, in dem fremden, öden Wald, er wusste nicht, was am nächsten Tag geschehen würde, wohin sie gehen würden, ob sein Vater noch am Leben war, er wusste nicht, wie sie aus diesem Wald hinaus finden sollten, hatte keine Ahnung, wo ein Weg sein konnte. Er saß in der Falle, einer tückischen Falle, und kein Ausweg in Sicht.

Immerhin sind wir hier zu zweit, dachte er. Auch wenn das Mädchen in einem so kläglichen und erbärmlichen Zustand war, war er froh, dass er nicht allein war. Und er hatte das Gefühl, dass er schon lange neben ihr saß und sie ihm dabei ans Herz gewachsen war und er sie brauchte.

Er erinnerte sich daran, dass ihm Laborecký einst davon erzählt hatte, wie er sich mit einem gewissen Jim in den Wäldern beim See verlaufen habe, und dass sie fünf Nächte und sechs Tage umhergeirrt seien, bevor sie auf Menschen gestoßen seien. Und als sie schließlich den Weg entdeckt hätten, hätten sie erkannt, dass sie noch etwas entdeckt hätten: ihre Freundschaft zueinander.

Laborecký fiel ihm ein, der zuletzt ganz verlassen gewesen war, und er fand, dass es kein größeres Unglück geben konnte als in eine Falle zu geraten und vollkommen allein zu sein. Dann gab es kein Entrinnen mehr, und der Mensch ging zugrunde wie ein Tier.

Das Mädchen schluchzte noch immer, doch die Weinkrämpfe ebbten allmählich ab.

Er streckte sich neben Janka aus, blickte zu den schwarzen Baumkronen hinauf: Wie schrecklich musste es sein, in einer Falle zu stecken und zu wissen, dass nur noch der Jäger mit der Flinte kommen konnte? Warum hatten es die Menschen zugelassen, dass sie selbst wie Tiere wurden: wie Füchse und Wölfe, die ständig von anderen gehetzt wurden?

Wenn ich erwachsen bin, überlegte Pavel, mache ich alles anders – ganz anders. Er begriff jetzt, warum Laborecký die Soldaten gescholten hatte, dass sie schossen, ohne es wirklich zu wollen. Doch Laborecký hatte allein gestanden. Er hatte sich mitten auf dem Markt hingestellt und gepredigt, und die Menge hatte ihm mit angehaltenem Atem zugehört. Doch dann, als die zwei ihn abgeführt hatten, hatten die Leute bloß gemurrt und waren wieder ihres Weges gegangen.

Pavel betrachtete Janka, während sie schlief, er bemerkte, dass ihr Gesicht auch in der Dunkelheit sehr blass war. Das Blut lief nicht mehr an ihrem Arm hinunter. Er war froh, dass wenigstens sie bei ihm war, und er wünschte sich, immer jemanden wie Laborecký um sich zu haben, jemanden, der ihm helfen würde, den Weg aus der Falle zu finden.

Er beugte sich über Janka: »Schläfst du?« Und als sie sich regte, flüsterte er rasch: »Wir müssen gehen, wir können nicht einfach nur warten!«

3

Sie wollten zurück, zurück zu ihrem Dorf, über dem eine dicke Rauchwolke schwebte. Nur drei Wagen waren noch da, den einen beluden sie mit ihrem Zeug, auf den zweiten betteten sie den toten Bajko und auf dem dritten lag Baňas' Frau im Sterben. Die Explosion hatte ihr ein Bein abgerissen, und obgleich sie die Wunde mit allem verbanden, was sie zur Hand hatten, mit einem Handtuch und darüber Streifen von einem Bettbezug, schwand das Blut allmählich aus ihrem Körper und tropfte durch die Ritzen des Wagens auf den Boden und färbte das feuchte, welke Herbstgras rot.

»Schaut, welch eine Verwüstung, aber die drei Flaschen sind noch ganz.« Und Baňas drehte die Flaschen, auf denen noch die bunten Etiketten leuchteten, vor den Augen der andern.

Mitten auf einem Rübenfeld war ein Panzer mit einem fünfzackigen Stern stecken geblieben. Vier Soldaten in gelbgrüner Uniform schraubten daran herum. Jožka Baňas sagte erschrocken: »Russen!«

Dann zeichneten sich die ersten Häuser im Rauch ab, das äußerste war Molnárs Haus.

»Das eure steht also noch!« Die Jurcová zeigte auf das Haus. Sie war noch im Ungewissen, noch konnte sie beten, noch konnte sie hoffen.

»Pavel!«, schrie eine Stimme in der Ferne. Eine lange, hagere Gestalt stürzte ihnen aus dem Rauch entgegen. Janka sah, wie sich die beiden in die Arme fielen. »Wir sind frei«, schrie Molnár. Doch Janka schenkte ihm keinen Blick, nicht einmal ein Kopfnicken, sie hatte die Augen nach vorne gerichtet auf die Biegung, hinter der ihr Anwesen lag, dem sie sich näherten.

Dann hatte sie endlich freie Sicht.

Auf der Seite der Straße, auf der ihr Haus gestanden hatte, gähnte eine lang gezogene, rußgeschwärzte Brandstelle, aus der traurige Mauerreste aufragten.

Sie fuhren in den Hof hinein, neben dem Brunnen lag die verkohlte Zugstange, der versengte Blecheimer hing noch am Haken.

Die Jurcová kletterte vom Wagen und beugte sich über den Brunnenrand, als ob sie feststellen wollte, ob auch das Wasser verbrannt wäre. Doch das Wasser stand im Brunnenschacht, zugeschneit mit Aschenflocken, keiner brauchte es nun mehr.

»Wohin jetzt?«, fragte Janka.

Die Jurcová richtete sich auf, trat durch die angesengte Tür ins Haus und starrte fassungslos auf die verrußten Mauern. Sie entdeckte unter der Asche auf dem Boden einzelne Gegenstände: den zusammengebrochenen Schrank, das blecherne Waschbecken und einen geborstenen Krug.

Die alte Bajková, die Mutter des Toten, sagte hinter ihr: »Du kannst einstweilen zu uns ziehen. Die Stube steht ja jetzt leer...«

In dem Schrank hatten noch Matějs alte Schuhe gestanden, er hatte sie nicht mitgenommen, sie waren schon zu sehr verschlissen gewesen, doch die Jurcová hatte sie all die Jahre über aufbewahrt, sie waren das Einzige, was ihr von ihm geblieben war.

Sie fuhr mit der Hand in die schwarze, schlackige Masse in der Ecke und zog tatsächlich ein Stück verschmortes, mit Eisen beschlagenes Leder hervor. Dann grub sie die Finger in die warme, leichte Asche: »Matěj!«, schrie sie auf, »Matěj!«, flüsterte sie.

Ein furchtbarer, verzweifelter Schmerz schnürte ihr Brust und Kehle zu, sie musste ihm nachgeben, sie presste die Luft aus der Lunge heraus, es klang wie das lang gezogene Heulen eines Wolfes. Sie bettete den Kopf auf die lauwarme Erde, sie wollte nichts mehr sehen noch hören noch fühlen, wollte nicht mehr leben.

Dann stand sie auf und ging mit raschen Schritten zur Bajková, die vor ihrem eigenen Haus wartete.

4

Janka lag in dem fremden Zimmer. Sie hatten kein Bett für sie und hatten ihr nur einen Strohsack in die Ecke geschoben; in der Mitte des Zimmers standen die Überreste ihrer Habe auf dem Boden: eine Truhe und Bündel mit Wäsche und Mutters schmutzige Galoschen, die Mutter trank im Nebenraum und stieß ab und zu zusammenhanglose Schreie und Flüche und sinnlose Anschuldigungen aus. Die alte Bajková schluchzte laut vor Schmerz über den Tod ihres Sohnes: »Und er ist in Sünde gestorben, wahrscheinlich treffen wir uns nie wieder.«

Ein fremder Soldat spielte vor dem Fenster eine langgezogene, klagende Melodie auf der Trompete, er spielte sehr gut, auch wenn die Melodie nicht für Trompete geeignet war und er sie bestimmt früher einmal auf einem anderen Instrument gespielt hatte, aber jetzt hatte er nur die Trompete.

Janka konnte nicht schlafen. Sie musste immer an die letzten Tage denken, an die Explosion, die sie vom Wagen geschleudert hatte, an die Flucht ins Nichts, daran, wie sie gegen Morgen durchfroren und nass durch den Wald zurückgegangen waren. Pavel hatte sie gestützt und zuletzt fast getragen, er hatte sogar versucht sie aufzuheitern und ihr erzählt, dass die Menschen einmal einen zweiten Mond erfinden würden, damit es des Nachts heller wäre. Sie hatte sich bemüht ihm zuzuhören, doch der Durst hatte sie gequält, und sie konnte an nichts anderes denken als an Wasser, bis sie schließlich zu einem Sumpf mit grünlichem, fauligem Wasser gekommen waren. Sie hatte die Lippen angesetzt und getrunken, so wie Katzen trinken oder auch Säuglinge. Sie hatte das Wasser gierig eingesogen, noch jetzt empfand sie die überwältigende, grenzenlose kühle Wonne. Sie hatte mit einem Mal erkannt, wie schrecklich es sein musste, nicht zu leben, den brennenden Mund nicht kühlen und eine solche Wonne nicht empfinden zu können. Sie hatte sich zu Pavel umgedreht und laut gesagt: Jetzt lebe ich wieder! Doch er hatte wohl kaum verstanden, wie sie das meinte.

Hauptsache, mein Arm heilt bald, dann ziehe ich in die Stadt.

Sie sollte im Herbst eine Stelle antreten, nur als Hilfskraft, aber trotzdem freute sie sich darauf. Sie freute sich darauf, dass sie die ewig betrunkene und herumschreiende Mutter los wäre, und sie freute sich auf das Stadtleben. In Jankas Vorstellung glich die Stadt einem riesigen Gasthaus, in dem unablässig Musikkapellen spielten und schön gekleidete Leute tanzten, zu anderen, interessanteren Klängen tanzten als zu abgedroschenen Csardasmelodien.

Jemand klopfte ans Fenster. Sie erschrak, sprang vom Strohsack auf: »Wer ist da?« Sie erkannte Pavel Molnár.

»Was machst du?«

»Ich habe schon geschlafen.«

»Und der Arm?«

»Es geht.«

Er wusste nicht, was er sonst noch sagen sollte. »Der Arm schmerzt wahrscheinlich in diesem Zustand?«

»Es geht«, wiederholte sie. Im Nebenraum lachte jemand betrunken.

»Mama säuft!«

»Mein Papa ist auch im Wirtshaus.« Wieder wusste er nicht, was er noch sagen sollte.

»Ich bleibe nicht hier«, sagte Janka plötzlich, »sobald mein Arm ausgeheilt ist, ziehe ich in die Stadt.«

»Und dann kommst du nicht mehr zurück?«

»Eher nicht!«

»Schade!«

»Warum?«

»Nur so.«

Sie lachte. Sie erwartete, dass er noch etwas sagen würde, doch er sagte nichts mehr. Er trat einige Male mit dem Fuß gegen die Mauer und ging.

Janka streckte sich auf dem muffigen Strohsack aus. Die Trompete war verstummt, dafür sang ganz in der Nähe eine hohe Tenorstimme, sie sang schöner, als Janka jemals jemanden singen gehört hatte, und es war ein fremdartiges, unbekanntes Lied.

Plötzlich rührte es sie, dass sie noch lebte, dass sie allein in der Stille lag und ein Dach über dem Kopf hatte und dass irgendjemand so schön sang, dass der Krieg zu Ende war, dass sie bald in die Stadt ziehen und dort erst richtig zu leben anfangen würde, dass Pavel Molnár nach ihr gesehen hatte. Sie hegte zärtliche Gefühle für ihn und fühlte das Bedürfnis, ihm irgendein ganz besonderes Wort zu sagen, doch sie kannte kein solches Wort. Dann erinnerte sie sich an den kleinen Ziegenbock, der einst, als sie noch ein Kind gewesen war, hinter ihr her gelaufen war, der an ihr gehangen hatte und den sie gemocht hatte, und sie nannte den Jungen im Stillen: du mein mageres Zicklein. Das erschien ihr überaus lieb und feinfühlig, und sie sagte sich diese Wörter im Stillen immer von neuem vor und fühlte sich so glücklich wie nie zuvor.

5

Es war noch nicht lange nach Mitternacht, Janka war gerade am Einschlafen, und die Unterhaltung nebenan, der Gesang und die Schüsse in der Ferne drangen nur manchmal wie aus einem unwirklichen Traum in ihr Bewusstsein. Dann spürte sie einen Atem, der nach Alkohol roch, und die Stimme der Mutter flüsterte: »Steh auf!«

Sie wusste nicht, was geschehen war, doch die Stimme der Mutter flüsterte immer eindringlicher: »Steh auf und zieh dich an!«

»Müssen wir schon wieder flüchten?«

»Sei still!«, schrie die Mutter sie an.

Sie schlichen durch den Garten und schlüpften bei der hinteren Pforte auf die Tenne hinaus, dann stapften sie über ein abgeerntetes Maisfeld, die kurzen, scharfen Stoppeln schnitten sie in die Waden und knackten laut.

»Wohin gehen wir?«, fragte Janka die Mutter.

»Sei still!« Dann sagte sie halblaut: »Da draußen liegen schon so viele. Denen kann alles gleich sein. Aber wir müssen überleben.«

Die Mutter war betrunken, sie betrank sich oft, aber nur deswegen ging sie nicht mitten in der Nacht auf die Felder hinaus. Dem Mädchen wurde plötzlich bang ums Herz. »Der Arm tut mir weh.«

»Aber du gehst doch nicht mit dem Arm!«

Aufgescheuchte Raben kreisten über ihren Köpfen, ein süßlicher Aasgeruch hing in der Luft. Sie kamen an einem verendeten Fohlen vorüber, dann noch an anderen Pferdekadavern.

»Hier habe ich sie gesehen«, brummte die Jurcová. Bis zu diesem Zeitpunkt hatte sie weder Aufregung noch Angst empfunden, sie hatte sich alles genau überlegt, auch einen Sack hatte sie sich unter den Rock gestopft. Doch jetzt meldete sich das schlechte Gewissen. »Es ist nichts Verwerfliches daran«, knurrte sie »wo sie uns doch alles weggenommen haben.«

Sie hatte den Eindruck, dass nichts auf dieser Welt mehr ein Verbrechen sein konnte, weil im Grunde nur noch lauter Verbrechen geschahen, und dass alles mehr oder weniger gegen Gott gerichtet war, und dass sich Gott wahrscheinlich schon längst von den Menschen abgewendet hatte, falls er je über sie gewacht hatte.

In einer flachen Mulde tauchte die schwarze Masse eines zerstörten Panzers auf, und die beiden Frauen unterschieden im Grau der Nacht drei Gestalten, die eine lehnte sitzend am Panzer, die anderen beiden lagen zusammengesackt im Gras.

»Man hat sie noch nicht begraben«, flüsterte die Jurcová, »es ist noch niemand hier gewesen.«

Janka blieb stehen. Sonderbar, dass im ganzen, weiten Raum der Nacht nur diese drei Gestalten zu sehen waren. »Ich gehe nicht hin!«

»Sei still!«, brauste die Jurcová auf und schlug ihr hart ins Gesicht.

»Ich gehe nicht hin«, wiederholte das Mädchen verstockt.

Die Jurcová drosch wie von Sinnen auf sie ein, sie schlug ihr ins Gesicht und auf den Rücken, bis Janka den Kopf hängen ließ und ihr gehorsam wie ein Fohlen nachtrottete, das bis zur Erschöpfung gehetzt worden war, bevor man ihm das Halfter anlegte.

»Warte«, flüsterte die Jurcová begütigend. Sie zog aus der breiten Tasche ihres Kleides eine Flasche heraus und reichte sie dem Mädchen: »Trink nur.«

Janka hielt die Flasche in der Hand, außerstande, sie an den Mund zu führen.

»So trink schon!«, schrie die Jurcová.

»Na gut«, beschwichtigte Janka und nahm einen Schluck aus der Flasche, die schon zu drei Viertel leer war.

Der erste Leichnam lag auf der Seite. An der Stelle, wo der Kopf in den Nacken überging und auch der Helm endete, klaffte eine schwarze Wunde.

Sie standen über den Toten gebeugt, die Jurcová zögerte noch, sie versuchte, die Gesichtszüge zu erkennen, doch sie waren ihr völlig fremd.

»Das ist keine Sünde, was wir tun«, zischte sie, »Töten ist eine Sünde. Das war die größte Sünde. Räum ihm die Taschen aus!«, befahl sie ihrer Tochter. Als sich das Mädchen nicht regte, drückte sie ihr den Sack in die Hand und bückte sich selber, wälzte den schlaffen Körper hin und her, der Helm fiel klirrend auf den Boden, und die erloschenen Augen starrten jetzt geradewegs in den sternenlosen Himmel.

Der Soldat hatte eine ganz gewöhnliche Tabakdose, einen Beutel mit halb geschmolzenen Bonbons, ein graues Militärtaschentuch und ein in Leder gebundenes Notizbuch in der Tasche.

»Er ist arm wie eine Maus«, flüsterte die Jurcová wütend.

Janka ließ den Sack fallen. »Komm, gehen wir! Was glaubst du, was du hier findest?«

»Halt's Maul!«

»Rutsch mir den Buckel runter!«, schrie Janka die Mutter an, »such hier, was du willst. Aber mich lass damit in Frieden!« Der Helm lag vor ihren Füßen. Sie bückte sich, hob ihn auf und hielt ihn über dem Kopf in die Höhe. »Wag dich nicht heran. Ich bring dich um. Ich bring dich um!«

»Du Dirne«, keuchte die Jurcová schwer, »wo wirst du schlafen? Was wirst du fressen?«

»Irgendwo schlaf ich schon.«

»Du Hure!« Sie riss ein Grasbüschel aus und schleuderte es nach dem Mädchen. Der Erdbrocken prallte gegen den harten Stahl des Panzers.

Sie sah ihre Tochter davonlaufen, sie lief mit wackligen, unsicheren Schritten. »Du Dirne«, schrie sie ihr nach, »dass ich dich auf die Welt gebracht hab!« Dann stockte sie. Die Stille und die Nähe der Leichen wirkten beklemmend.

Der zweite Tote lag mit dem Gesicht zur Erde, ein bulliger Kerl, auf seiner feuchten Uniform war kein einziger Blutstropfen zu sehen. Der Jurcová schoss der Gedanke durch den Kopf, dass dieser Mensch gar nicht tot wäre, nur müde nach der langen Reise, und dass er mitten auf der weiten Weide umgefallen und eingeschlafen wäre.

»Ich tue ihm nichts«, murmelte sie, »ich habe noch nie jemandem etwas zu Leide getan. Nur die anderen mir. Ich habe die Gebote befolgt«, sagte sie, während sie sich mit dem leblosen Körper abmühte. »Ich habe jeden Abend gebetet...«

Schließlich hatte sie den riesigen Körper auf den Rücken gedreht und sah das von Brandwunden entstellte Gesicht, das nichts Menschliches mehr an sich hatte, nicht einmal eine Spur von Schmerz. Entsetzen und Abscheu erfassten sie, doch sie überwand sich und durchsuchte die durchnässten Taschen auch dieses Toten, fand jedoch nichts darin außer einem Bleistiftstumpf und einem Päckchen Verbandsmull.

Wenn sie mich töteten, dachte sie, wären meine Taschen auch leer.

Die Schuhe nehme ich mir wenigstens, als Ersatz für die Schuhe von Matěj. Sie versuchte, dem Toten die Schuhe von den Füßen zu ziehen, doch in den zwei Tagen, die er schon tot dalag, hatten die Schuhe Feuchtigkeit gezogen, waren steif geworden und steckten wie angewachsen an den Füßen.

»Das schaffe ich nicht«, sagte die Jurcová halblaut, »dann bleib halt mit ihnen liegen!«

Plötzlich übermannte sie eine Schwäche. Alles, was sie tat, war vergebens und umsonst; selbst wenn sie allen Toten die Schuhe auszöge, sie könnte sich weder ein Haus darum bauen, noch bekäme sie den Mann zurück, noch würde sie glücklich werden.

Sie betrachtete die drei Toten, und jetzt, da sie nicht mehr hinter deren Habe her war, wurde ihr bewusst, dass das doch Menschen waren, dass sie irgendwo Frauen und Mütter hatten und dass sicher jemand auf sie wartete, so wie sie selbst seit vielen Jahren wartete...

»Wer hat euch hierher geschickt, Jungs?«, sagte sie, »Auf unsere Weide? Nicht einmal begraben hat man euch, die Raben werden euch fressen!«

Sie nahm den Sack und schüttete die paar Sachen, die sie gefunden hatte, auf den Boden, riss große Grasbüschel aus und legte sie den Toten behutsam auf die Brust.

Dort lassen sich die Störche nieder

Der Krieg war zu Ende.

Über der Stadt leuchteten Raketen auf, in einem Fenster in der Nähe spielte eine Harmonika, Akazien dufteten.

Martin Petr stand an einer Hausecke, an einen Betonpfeiler gelehnt, und wartete. Ringsum herrschte ein Getümmel, Weinen und Wiedersehensfreude, graublaue Lumpen, er wollte diesen Horror am liebsten nicht sehen, doch er musste warten. Ein Kastenwagen mit Frauen hielt an, die Türen sprangen krachend auf, eine dicke Krankenpflegerin half der ersten Frau heraus.

Der Ingenieur vermochte den Blick nicht von dem gelben Gesicht und dem kahlen Schädel abzuwenden, das Bein, das aus der abgerissenen Hose hervorragte, bestand nur noch aus Haut und Knochen. Es gehörte einer Frau, vielleicht war sie einmal schön gewesen. Kommen Sie, meine Liebe, Sie sind zu Hause, die dicke Pflegerin schluchzte laut, die Frau tat wankend einen Schritt, ihre Augen irrten sehnsüchtig suchend umher, dann hefteten sie sich auf ein Ziel. Ein noch junger Mann löste sich aus der Menge, er schien nichts zu begreifen, vielleicht ihr Sohn. Der Ingenieur hörte ihre Stimme, eine schwache, mädchenhafte Stimme, sie sagte nur einen Namen, und auch der junge Mann sprach nur einen Namen aus, es war also nicht ihr Sohn, sondern vielleicht ihr Mann oder Geliebter. Der Ingenieur beobachtete die beiden und spürte, dass ihm vor lauter Verzweiflung Tränen in die Augen schossen, die er nicht zurückhalten konnte, eine Woge schmerzlichen Mitleids. Der Mann nahm den geschorenen Kopf zwischen seine Hände, drückte ihn an sich. Die Pflegerin half einer anderen Frau aus dem Wagen heraus, die Leute drängten heran, Autos hupten, Pferde wieherten, der Ingenieur wartete reglos, wieder ging ein Tag zu Ende, und er wartete immer noch, versteinert und ohne seine Umgebung wahrzunehmen, der Frühling war bereits vorüber, es wehten keine Fahnen mehr, und die Menschen gingen umher und wisperten lautlos Worte.

Immer wenn die Autos mit Frauen eintrafen, bahnte er sich einen Weg durch die Menge und suchte in den entstellten Gesichtern nach einem ganz bestimmten Augenpaar, denn das Einzige, was er vielleicht erkennen würde, was die Qualen wohl kaum bis zur Unkenntlichkeit verändern konnten, waren wahrscheinlich die Augen. Er mischte sich unter die Menschen, fiel ihnen mit seiner Frage zur Last. Aber sie gaben ihm zur Antwort: Nein, wir sind nicht von hier, oder: Wir kennen sie nicht, und vergaßen ihn sogleich wieder. Erst am zehnten Tag erwiderte jemand mit einem hilflosen Lächeln und ein paar tröstenden Worten: Sie war eine gute Genossin, wir mochten sie alle... Nichts weiter, sie war ja nur eine von vielen Toten.

Zehn Tage hatte er ausgeharrt, nun konnte er also gehen. Er schritt rasch durch die Arkaden, ringsum in Tränen aufgelöste Gesichter, Menschen erkannten sich wieder, halbtolle Freudenschreie hallten in seinen Ohren.

Er suchte das Weite, lief durch unbekannte Straßen, die sich mit bekannten Straßen mischten und ihn in ein Gespinst einhüllten, das seinen Schmerz allmählich dämpfte; doch da tauchten aus dem Häusergewirr über dem aufgerissenen Pflaster vertraute Steine und Schritte und Worte auf, und Stimmen riefen ihm etwas zu.

Entchen, hatte er sie genannt. Dann sah er sie, sie kam ihm auf dem gegenüberliegenden Gehsteig entgegen. Entchen, rief er ihr zu, andere zärtliche Namen hatte er nicht für sie gehabt, nun empfand er deswegen einen lähmenden Schmerz, denn später hatte sie nur noch Schimpfnamen zu hören bekommen.

Er besann sich, dass sie tot war, und versuchte sich vorzustellen, wie sie im Sterben lag, er verglich ihr Bild mit jenem der Frauen, die in den letzten zehn Tagen auf geschmückten Wagen gebracht worden waren, aber statt dessen sah er sie vor einem verdunkelten Fenster stehen, weiß, mit aufgelöstem Haar.

Er konnte nicht mehr weitergehen, er setzte sich auf ein Steinmäuerchen, eine grüne Rakete leuchtete über seinem Kopf auf, und unweit davon spielte jemand auf einem herrlichen Flügel Chopin, Pferde wieherten, Kinder kletterten auf einer zerlegten Barrikade herum, eine Frauenstimme schrie: »Nach Hause! Marsch ab in die Heia!«

Mein Entchen! Du hattest Haare wie die Sonne, wenn sie am Morgen aufgeht, mein Morgenrot, meine Liebste, er sah ihren Rücken, der glatter war als der zarteste Leib eines entrindeten Baumes, er wollte ihn streicheln. Auch ihre Stimme hörte er, die ihm vertrauensvoll sagte, dass sie ihn liebe, der Atem stockte ihm, sie war allein dort gewesen, er hatte ihr nicht beigestanden, alles Böse und Gute hatte sich ohne ihn zugetragen, dabei hatte sie gesagt: Dir ist das doch nicht einerlei, was sie tun!

Was für ein Mensch bist du also?

Noch immer erklang Chopin, fröhliche Stimmen brachen in ein lautes Lachen aus, vor ihm schwebten graue Umrisse von Gesichtern und Sachen, und über allem hing ein glühend roter Himmel, aus dem ihn ein Augenpaar anblickte. Er war in der Tat mitschuldig an dem, was geschehen war, er hatte sich gleichgültig gegenüber den Geschehnissen und den Menschen verhalten, auch wenn er laut geworden und mit ihnen gestritten und gelacht hatte, es war ihm dennoch gleichgültig gewesen, was mit ihnen geschah, er hatte sich nicht darum gekümmert, ob sie am Leben blieben und wie sie lebten, er hatte gedacht, dass das nicht seine Sorge sei, dass es sich nicht lohne, für andere zu sterben, die um kein Haar besser seien als er, doch sie waren besser gewesen als er, all die Männer, all die Frauen, und mit seiner schweigenden Duldung hatte man sie durch Hunger und Schläge gequält und in Gräber geworfen.

Das Klavier verstummte jäh.

Er strich durch die nächtliche Straße, er konnte weder weinen noch schreien, doch auch schweigen konnte er nicht, der Schmerz hätte ihn erstickt. Er trällerte leise eine Melodie vor sich hin, dann lenkte er seine Schritte auf ein ihm bekanntes Haus zu und läutete an der Tür mit dem Namensschild: *Dipl.-Ing. Josef Stařec.* Sie hatten ihn immer *alter Herr* genannt, obwohl er noch gar nicht so alt war.

»Martin«, rief ihre Mutter aus, »Sie haben den Krieg überstanden?« Dann erst fuhr ihr der Schrecken in die Glieder, und sie wartete bang.

Ein ergrauter Mann trat aus einem Zimmer in die Diele.

Aus ihnen wären wohl Verwandte geworden, und sie hätten sich allwöchentlich zum Kaffeetrinken und zu einer Partie Schach getroffen, vielleicht hätte er hier jenes Zuhause gefunden, das er schon so lange vermisste. Er ließ den Kopf hängen und schluckte.

Sie führten ihn in ein Zimmer mit düsteren Möbeln, an den Wänden tickte eine ganze Sammlung von Uhren um die Wette.

»Weißt du etwas von ihr?«

Es war also das letzte Mal, dass er hier saß, er schlürfte betreten den Kaffee, den sie ihm eingegossen hatten, noch ehe er zu reden angefangen hatte, aus dem Nebenzimmer drang ein anhaltendes Schluchzen herüber, und der Mann sagte plötzlich: »Du gehörst trotzdem zu unserer Familie, wenn du möchtest... Du bist allein, nicht wahr?« Er stand auf und nahm eine Flasche mit drei Sternchen aus dem schwarzen Schrank heraus. »Das hatten wir für ihre Rückkehr aufgehoben. – Nein es kann nicht sein, ich kann es nicht glauben!«

Sie tranken, wie einst in der Holzbaracke, mitten im Wald, wenn es regnete, wenn ihnen traurig zumute war und die Deutschen an allen Fronten siegten.

»Was willst du jetzt machen?«, fragte ihn der alte Mann.

»Heute Morgen war ich bei den Kommunisten. Ich habe eine Beitrittserklärung unterschrieben!«

»Ihretwegen?«

»Unter anderem... Ich musste etwas tun, nachdem ich schon so lange untätig gewartet hatte!«

»Ich verstehe dich gut«, sagte der alte Mann, »auch wenn die Welt nichts weniger braucht als Fanatismus.«

»Ich will kein Fanatiker werden.«

»Ich weiß, ich weiß«, sagte der alte Mann matt, »wir wollen uns doch jetzt nicht streiten... Und sonst?«

Petr wusste nicht, was er sonst noch tun würde, er wusste nur, dass alles, was er früher vorgehabt hatte, sinnlos geworden war und dass er all seine Wünsche aufgegeben hatte. Er will kein eigenes Büro als Landvermesser mehr, will keine Karriere machen, sehnt sich nicht mehr nach einer eigenen Wohnung, nach ein bisschen Komfort oder ein paar guten Freunden.

Der alte Mann fuhr sich mit der Hand über die Augen. »Martin, Martin, wie allein wir doch manchmal sind.«

»Ich will fort, weit fort von hier«, sagte der Jüngere, »irgendwohin, wo alles anders ist und im Argen liegt, sodass man an nichts anderes denken kann als daran, dass man lebt und etwas schafft.«

»Ja«, nickte der alte Mann, »vor dem Krieg haben wir im Osten Land vermessen ..., dort, wo im Frühjahr immer Storchenschwärme in die uralten Sümpfe ziehen. Wir haben Land für große Bauvorhaben vermessen, die niemals verwirklicht wurden. Dann kam der Krieg. Es gibt dort Anopheles. Malaria.«

Der alte Herr schwelgte ein paar Augenblicke lang in Erinnerungen. Weitläufige Niederungen, umgeben von steilen Berghängen strichen durch seine Gedanken, lang gezogene Dörfer mit Häusern, die aus Lehmziegeln gebaut oder aus Eichenblöcken gezimmert waren, Kirchenglocken und schwarze Frauentrachten, vom Wasser überflutete Ebenen, ein ganzes Meer, aus dem grüne Sträucher herausragten, und das duldsame Gejammer der Leute. Er sagte: »Ich würde auch am liebsten wegfahren. Weit weg. An einen fernen Ort, an dem alle Erinnerungen erlöschen.« Er stand auf, um seine Frau wenigstens ein bisschen zu trösten.

Der Ingenieur blieb allein zurück. Er goss sich ein Gläschen ein, eine angenehme, warme Müdigkeit durchströmte ihn. Er neigte seinen großen Oberkörper ein wenig vor, stützte den Kopf auf die Hand und dachte: Ich gehe fort. Vielleicht genau dorthin. Dann wird mir wohler sein. Überall wird mir wohler sein als hier.

Er schloss die Augen. Aus dem Nebenzimmer drang leises, wimmerndes Schluchzen herüber, die Uhren tickten hastig, in der Ferne knallte ein Schuss.

Er sah einen tiefblauen Himmel vor sich, Schilfrohr raschelte leise, dann ein Rauschen, er sah Störche, die über uralte Sümpfe hinweg zogen.

DREI : DER PRIESTER

»Gelobt sei Jesus Christus.«

»In Ewigkeit.«

Die Leute gingen in Grüppchen zum Schloss, das am Rand des Dorfes stand.

»Gelobt sei Jesus Christus.«

»Wie steht's, Jurcová, habt ihr schon zu bauen begonnen?«

»Schön wär's, Hochwürden! Die Mauern lassen wir stehen, nur das Dach machen wir neu. Die Schwester kommt, sie hilft mir!«

Der Priester nickte. Im Grunde interessierte ihn das nicht. Aber er war ihr Seelsorger, er wusste, dass sie sich freuten, wenn er sie nach ihrer Gesundheit, ihren Kindern, den Verwandten im Ausland, nach der Ernte und auch nach ihren Plänen fragte. Ihre Sünden teilten sie ihm schon von alleine mit – auf den Knien. Und ihre Sünden waren genauso dürftig, uninteressant und ewig dieselben wie ihre Pläne.

Acht Jahre betreute er diese Pfarrei schon, als er begonnen hatte, war er noch keine dreißig Jahre alt gewesen, schlank, schwarzhaarig, blässlich, mit großen, schwermütigen Augen. Die Mädchen ließen keine einzige Messe aus, und die alten Frauen empörten sich: Was konnte ihnen ein solches Bürschchen schon erzählen, wie wenig erbaulich würden die Gottesdienste nun sein!

Doch der Priester war ein guter Redner und hatte schauspielerisches Talent, er verstand es, jeder Geste die richtige Portion Würde und seinen Worten den nötigen Nachdruck zu verleihen. Die Leute ließen daher Nachsicht walten, mit der Zeit lobten sie ihn sogar, und bald geschah im Dorf nichts mehr ohne sein Wissen und seine Zustimmung.

Er hatte lange von einer besseren Pfarrei und einem anderem Leben als hier in diesem abgeschiedenen Dorf geträumt, doch dann versöhnte er sich mit seinem Los, im Laufe der acht Jahre hatte er vier Republiken erlebt, und manchmal schien ihm, es sei besser hier zu leben als an einem Ort, an dem diese Wechsel allzu tiefgreifende Veränderungen mit sich brachten. Die Ruhe hatte auch ihren Wert, er widmete sich dem Gärtnern, züchtete ausgefallene Rosensorten, neunzehn Farbschattierungen hatte er, von der zinnoberroten Jessie bis zur violetten Štefánik-Rose und seiner eigenen, purpurroten Zuchtsorte.

Bis dann, am letzten Tag der Frontkämpfe, sich jener schreckliche Vorfall ereignete, der ihm für viele Wochen Ruhe und Schlaf raubte. Doch alles ging noch einmal glimpflich aus, war nun in eine Decke des Schweigens gehüllt, und obwohl ihn beim Zubettgehen noch immer die Angst quälte, was wohl der nächste Tag bringen werde, war es ihm schon fast zur Routine geworden, dass dieser genauso verlief wie all die vorangegangenen Tage, und seine Angst flaute allmählich ab.

»Gelobt sei Jesus Christus.«

»In alle Ewigkeit, Herr Józio!«

»Schön blühen sie, Hochwürden. Wer hätte das gedacht, in dieser Gegend.«

Der Priester lebte auf. »Die Leute haben mir angst und bange gemacht, dass Rosen hier nicht gedeihen würden. Es sei zu trocken und der Boden zu karg.« Er lachte. »Hier würde sogar das Manna wachsen. Nur macht es eine Menge Arbeit. Wie viele Eimer Wasser ich schon geschleppt habe!«

Sie schritten langsam, würdevoll nebeneinander her.

Mich haben sie abserviert, dachte Józio. Fünfzehn Jahre lang war ich Bürgermeister und auf einmal bin ich ihnen nicht mehr gut genug. Aber Priester werden immer gebraucht. Vom Schloss ertönte Musik. Es war enteignet und eine einklassige Schule darin untergebracht worden, die gerade feierlich eröffnet wurde. Vor der Steinmauer stand ein offener, mit Laub geschmückter Wagen.

Was für ein Holzkopf, dieser Vrábel, dachte Józio, und der soll jetzt reden. Der bringt doch keinen einzigen ordentlichen Satz zusammen.

Der Priester nickte lächelnd nach allen Seiten. Er ging ganz nach vorne, bis zu dem Wagen, verschränkte die Arme vor der Brust und wartete. Die Sonne tränkte seine schwarze Soutane mit ihrer Glut, ihre Wärme stieg ihm wie Wein in den Kopf. Der neue Lehrer sei ein Ungläubiger, munkelte man. Nun, das war seine Sache. Der würde schon noch sehen. Und er, der Priester, musste ihm Paroli bieten, auch wenn er sonst ein netter junger Kerl war. Dies hier war kein Boden für Ungläubige.

Vrábel erklomm umständlich den geschmückten Wagen und ließ seinen Blick gequält über die Leute schweifen. Zum Teufel, dachte er, jetzt soll ich schon wieder reden. Bringt doch gar nichts. Das hat sich alles dieser verdammte Idiot ausgedacht, und er warf dem Priester einen hasserfüllten Blick zu. Er meint, ich müsste jetzt dies und jenes … weil sie mich gewählt haben. Absoluter Mist. Ich scheiße auf das Seelenheil.

Dann zog er die Rede heraus, die ihm der Priester aufgesetzt hatte, und begann zu lesen:

»Freunde, liebe Christen, an diesem feierlichen Sonntag, dem sechzehnten nach der Ausgießung des Heiligen Geistes…«

Auf dem hohen, moosbedeckten Turm wehte die bunte Fahne träge im Wind. Über dem Dach jagte sich ein Turmfalkenpärchen. Die Leute betrachteten raunend den ausgemergelten Mann mit der Brille, der neben dem Wagen unruhig von einem Bein auf das andere trat und der weiß Gott von woher kam, um ihre Kinder zu unterrichten.

»... und so werden unsere Kinder in diesem schönen Gebäude, das uns dank der neuen Behörden und Gottes Gnade geschenkt ist, weiterhin die weltlichen Wissenschaften und Gottes Wort kennen lernen«, las Vrábel verdrossen vom Blatt.

Das Raunen schwoll an und verwandelte sich in den Ohren des Priesters in Orgelmusik, die Luft war erfüllt von den Düften des sommerlichen Abends. Er empfand eine tiefe Befriedigung und Freude, dann aber, wie so oft in letzter Zeit, befiel ihn plötzlich schwindelnde Angst.

Alles ist glimpflich ausgegangen, dachte er rasch, ich brauche mich vor nichts mehr zu fürchten.

Vrábel beendete seine Rede, einige Männer klatschten.

»Scheiße«, machte sich Vrábel so lautstark Luft, dass der Priester es hörte und ihm einen missbilligenden Blick zuwarf.

Dann erklomm der neue Lehrer den Wagen. Die Augen in seinem mageren Gesicht huschten nervös hin und her, seine hohe, weinerliche Stimme kreischte.

Er hatte in der Tat Grund zur Klage, schließlich war er in das letzte Nest versetzt worden, in dem es nichts als eine Kirche, eine Schule und Schlamm auf den Straßen gab. Doch hegte er in einem verborgenen Winkel seiner Seele eine alte, kindliche Sehnsucht. Er wollte etwas tun, Menschen verändern und Hoffnung in ihnen wecken, und wer genau hinhörte, merkte, dass es nicht Klage, sondern vielmehr Empörung war, was in seiner Stimme mitschwang. Er wollte die Menschen aufrütteln und ihnen schon bei dieser ersten Begegnung Selbstvertrauen einflößen. Er ließ sich über das Land ringsum aus, die Leute würden es jetzt bald in überaus fruchtbaren Boden verwandeln, ihr Leben, ihre Häuser würden sich dadurch verändern, und sie würden glücklich werden, wie alle in dieser neuen, freien Volksrepublik. Aber um das alles zu erreichen, müssten sie viel wissen und nicht nur das Vaterunser herunterbeten, sie müssten etwas über die Wirklichkeit lernen. Daher forderte er alle auf, streng zu ihren Kindern zu sein und ihnen Achtung vor der Schule einzuflößen.

Als der Lehrer endete, antwortete ihm tiefes Schweigen. Keiner machte auch nur einen Mucks.

Du weißt nicht, wie man sie richtig anfasst, Bürschchen, zog der Priester eine Grimasse. Du willst ihnen etwas über ihren Boden erzählen, den sie doch selber am besten kennen. Und du schmähst die Gebete, die sie täglich beten.

Der alte Valiga gab seinen Musikanten ein Zeichen: der Geige, der Harmonika und dem Bass. Der Festakt war vorüber.

»Willkommen bei uns, Herr Lehrer.« Er trat auf den Lehrer zu. »Wie gefällt es Ihnen bei uns?« Der Blick des Lehrers drückte Missbehagen aus, und das freute ihn. »Wo werden Sie wohnen?«, fragte er.

Der Lehrer zuckte mit den Schultern.

»Im Pfarrhaus würde sich ein freies Zimmer für Sie finden. Wenigstens für die erste Zeit, falls Sie eins brauchen.«

»Vielen Dank, aber das dürfte nicht nötig sein.«

»Es ist schwer, hier ein anständiges Zimmer zu finden.« Ihm fiel auf, dass die Leute ungewöhnlich aufgewühlt waren. Sie eilten ins Dorf zurück.

Es musste etwas geschehen sein. Er kannte seine Leute genau und wusste, dass sie sich nicht grundlos aus der Ruhe bringen ließen.

»Und jetzt erst recht«, fügte er hinzu, »viele Häuser sind abgebrannt, und die Leute mussten zusammenrücken.« Er blickte den Menschen nach, und seine Unruhe wuchs. »Kommen Sie doch einmal bei uns vorbei«, lud er den Lehrer ein, »auf einen Plausch. Es kann hier an den Abenden recht trübselig sein!«

Sie reichten sich die Hand, und der Priester kehrte langsam und gemächlich ins Dorf zurück. Doch er ging nicht ins Pfarrhaus, sondern schritt weiter durch das Dorf bis dorthin, wo früher die Schule und die Häuser der Jurcová und der Smoljaks gestanden hatten. Er erblickte einen Militärjeep. Die Leute umringten ihn und starrten ins Wageninnere.

Der Priester beschleunigte seinen Schritt. Er trat so nahe an die Menge heran, dass er die Gesichter der Umstehenden erkennen konnte. Und dann erkannte er auch den Mann im Wagen.

»Allmächtiger Gott«, flüsterte er.

Der junge Smoljak stieg aus, er war der Einzige von der ganzen Familie, der am Leben geblieben war, niemand hatte mehr mit ihm gerechnet. Er trug ein einfaches Uniformhemd ohne Schulterklappen und ging zu der Stelle hin, wo sein Elternhaus gestanden hatte, das linke Bein zog er nach.

Die Leute blieben schweigend in einiger Entfernung stehen. So viele sind gefallen, schoss es dem Priester durch den Kopf. Die Baňasová hat ein Splitter getötet, und auch den Bajko, den Vater von drei Kindern, hat eine Granate zerrissen.

Smoljak stand reglos auf der Brandstätte. Er betete nicht, er war Atheist, er schrie auch nicht auf, verzog nicht einmal den Mund, schließlich trat die alte Bajková auf ihn zu: »Bete, mein Junge, bete für sie alle!«

»Wie?«, stieß der junge Smoljak heiser hervor.

»Sie haben sie erschossen, mein Junge!« Die Alte nickte, sie hatte ein schwarzes Tuch um den Kopf geschlungen. »Du bist alt geworden«, flüsterte sie, »schaust aus wie einer mit vierzig.«

Smoljak kniete auf der nasskalten Brandstätte nieder und begann zu wühlen, er wühlte wie ein Hund, der Lehm und die feuchte Asche klebten an seinen Fingern, er scheuerte sich die Fingerkuppen blutig, aber er hörte nicht auf zu wühlen.

Der Priester stand noch immer abseits der Menge, sein Kopf war leer, er konnte keinen Gedanken fassen, konnte der Gegenwart nicht entrinnen. »Erbarmungswürdige Seele«, sagte er schließlich flüsternd mehr zu sich selbst, »Gott, der Allmächtige, sei dir gnädig!«

2

Pavel erblickte in der Ferne Janka, sie kam näher, er konnte nicht glauben, dass sie es war, er hatte sie schon sehr lange nicht mehr gesehen. Bald nachdem die Front in ihre Gegend vorgerückt war, war sie weggefahren und seither kein einziges Mal daheim gewesen. Sie trug jetzt ein auffälliges Kleid, war auch etwas fülliger geworden und hatte eine andere Frisur, er erkannte sie dennoch an ihrem wiegenden, weichen Gang. Er lief vor das Haus. »Janka!«, rief er.

»Ach, du bist es! Was brüllst du denn so?«

»Na, wegen dir! Weil du dich endlich wieder mal blicken lässt.«

Sie betrachtete ihn forschend. »Mein Gott, ja«, sagte sie, »du bist noch genauso mager wie früher. Wie die Ziege vom Adam.« Sie wurde leicht verlegen und fragte daher rasch: »Was treibst du denn so?«

»Nichts, gelegentlich kleine Geschäftchen mit dem Jožka. Aber wahrscheinlich gehe ich zum Fluss. Wie Papa.«

»Aha!«

»Und du?«

»Es ist sehr vornehm dort«, sagte sie ausweichend, »aber ich gehe trotzdem weg. Ich suche mir etwas Besseres.« Sie reichte ihm die Tasche. »Ich würde ganz gern irgendwo im Büro arbeiten.«

Sie betrachtete die niedrigen Hütten, die in einer Reihe dicht nebeneinander standen, die Dächer mit Moos bewachsen, ein Jaucherinnsal bahnte sich den Weg durch die dicke Staubschicht der Straße. »Ich möchte nicht hier bleiben. Das ist kein Leben hier.«

»Ich gehe später auch fort.«

»Wohin?«

»Das weiß ich noch nicht, weit fort.«

»Aha«, sagte sie ohne Interesse. Dann erzählte sie: »Vergangene Woche haben sie bei uns die Schönheitskönigin gewählt. Das war was. Aber die, die sie gewählt haben, war mager. Wie du!« Sie folgte ihm mit ihrem leichten, wiegenden Gang, auf den sie sich etwas einbildete. »Wenn ich abends dort spazieren gehe, belästigen mich die Männer in einem fort. Ich lasse mich aber auf keinen ein. Dennoch geben sie mir keine Ruhe.«

»Hast du einen?«, fragte er. Eine wehmütige Beklemmung beschlich ihn, die er sich nicht erklären konnte und die ihm dennoch die Sprache verschlug.

»Nein! Ich habe ein paar Freundinnen, mit denen gehe ich manchmal aus.«

Die Mädchen, mit denen sie befreundet war, waren älter als sie, sie hatten längst Freunde: Soldaten, Ladengehilfen, Arbeiter aus der Ziegelei. Sie schliefen mit ihnen und erzählten Janka Einzelheiten, die sie zugleich abstießen und reizten. Sie hatte noch niemanden, sie war überzeugt, dass sie jemanden finden würde, der tüchtiger und auch interessanter wäre als diese gewöhnlichen und langweiligen Liebhaber ihrer Freundinnen.

Die Hütte der Jurcová hatte noch immer die angekohlten Fenster unter dem neuen Dach. Janka und Pavel blieben stehen. Pavel bemühte sich, seine Enttäuschung zu verbergen. »Kommst du noch mit spazieren?«

Janka zögerte. »Na gut. Aber nur kurz. Vor dem Abendessen.«

Er wartete hinter dem Schloss, dort, wo sich alle Liebespärchen trafen, und auch solche, die es erst werden wollten.

Dann gingen sie zusammen durch das weite, leere Wiesenland, über dem ein dünner Nebel hing. Es war diese Leere, die sie mit Freundinnen, Lichtern, Musik und Umzügen mit Lampions vertreiben musste, mit der Stadt.

Er hörte ihr zu, das blühende Gras duftete süß, vor einigen Wochen hatte auch ihn die Sehnsucht gepackt, etwas von der Welt zu sehen. Im Norden waren angeblich ganze Städte verödet, er und Michal Šeman hatten sich verabredet, Michal träumte von Orten mit versteckten Schätzen, doch an dem Morgen, an dem sie aufbrechen wollten, hatte der Vater Michal verprügelt, und Pavel war allein losgezogen.

Auf Trampelpfaden über taufeuchte Wiesen durch einen grauen Morgen, an der Hauptstraße hatte ihn ein Militärlaster mitgenommen, die Soldaten hatten ihm nicht einmal gesagt, wohin sie fuhren, und das war eigentlich auch egal, sie tranken aus einer Korbflasche mit abgeschlagenem Hals, der Wein lief Pavel über die Brust auf den Bauch. In einer Kirschenallee hauten sie mit ihren Bajonetten Zweige ab, die Kirschkerne spuckten sie auf die Straße, dann fuhren sie durch ein Mohnfeld, hinter ihnen zwei farbige Reihen von abgeschlagenen Blütenköpfen, vor ihnen eine steinerne Stadt.

Sie parkten auf dem breiten, abschüssigen Stadtplatz, an dessen unterem Ende ein Kirchturm aufragte. Pavel sprang auf das Pflaster hinab, ging an einer Reihe randvoller Mülleimer entlang, der Wind raschelte in dem weggeworfenen Zeug, vor dem Dom war ein Gewimmel: Leute mit weißen Armbinden, Bollerwagen mit Koffern, eine Spielzeugente, Sonntagskleider und Uniformhosen, eine wimmernde Alte mit geschwollener Nase, der Wind trieb Papierfetzen vor sich her, ein verwilderter Hund riss auf einem stinkenden Abfallhaufen Innereien aus Kadavern heraus.

Pavel schlich an alledem vorbei und trat in den Dom. Rissige Gewölberippen zeichneten sich über dem stillen Halbdunkel ab, unter seinen Tritten knirschten die Scherben der geborstenen Fensterscheiben, er trat zu den Trümmern des Altars. Eine vergoldete Statue lächelte auf dem Schutthaufen, den starren, heiligen Blick himmelwärts gerichtet, wo die Wolken dieses Sommertages über der aufklaffenden Wunde des Domes träge hinweg zogen.

Pavel kniete am Rand einer dunklen Pfütze nieder.

Gott im Himmel, flüsterte er, gib mir ein Zeichen, dass du dies alles siehst, diese Kirche, die Statue, die hier liegt, meinen Bruder und meine Mutter, uns und alles, was geschehen ist!

Eine Wolke trieb langsam weiter, blendend weiß, darunter ein Vogel im Flug.

Gott im Himmel, flüsterte er, Allmächtiger, beende das Leiden, lass uns glücklich leben. Vollbringe das. Gib mir ein Zeichen, dass du es vollbringen wirst!

Hinter ihm klapperten Schritte.

Er erblickte eine sonderbare Gestalt in einem knöchellangen Tweedmantel, der Schädel war kahl geschoren, die Nase im ausgemergelten Gesicht gebrochen.

Steh auf!, sagte der Mann, wozu betest du? Sein Gesicht verzog sich zu einer scheußlichen Grimasse. Hast du die da draußen gesehen?, fragte er. Hier haben sie für den Sieg ihres Reiches gebetet! Nichts haben sie mehr, weder ihr Reich noch diese Kirche. Hier lässt sich keiner mehr blicken, bis auf die Krähen und dich! Er lachte triumphierend auf. Vorbei damit: mit den Kirchen, den Führern, den Reichen. Aus und vorbei, wiederholte er, vorbei! Er hob den

Blick. Oh, meine Brüder, wehklagte er, Mutter! Die Scherben knirschten wieder, draußen sank die Sonne, der Mann blieb stehen und starrte zu der Menge hinüber: Es gibt nur einen Gott, schrie er, es gab nur einen Führer. Alle eure Köpfe für einen Kopf. Menschen, was ist aus euch geworden.

Keiner blickte sich nach ihm um, er lachte und schrie auf Deutsch: Einmal bleiben wir doch alle weg! Zudem – wer weiß…?

Pavel bahnte sich einen Weg durch ein Trümmerfeld, dann strich er durch die ausgestorbene Stadt: Katzen, Hunde, Bürgerhäuser mit vorspringenden Giebeln, Tauben, ein Springbrunnen mit einem Löwen, ein Schild *Begräbnisanstalt*, zwei Autowracks mit silbernen Rosen als Emblem – *Bäckerei Hans Noske*, der Laden würde immer nach Brot riechen, eine Knetmaschine und schwarze, gefettete Formen standen noch herum.

»Und hast du dir etwas genommen?«, fragte ihn Janka.

»Nein«, sagte er.

»Mein Gott, was bist du für ein Esel!«

Der flimmernde Schein einiger Petroleumlampen in der Ferne war alles, was noch vom Dorf zu sehen war, vor ihnen strömte der Fluss gemächlich dahin, das Ufer war zerfurcht, ein Militärwagen rostete am Wasser.

»Schade, dass du damals nicht dabei warst!«

»Was dir nicht alles einfällt!«

»Wir hätten auf den Turm steigen können!«

Die Dunkelheit brach herein. Nie ging sie abends allein aus, nur zusammen mit ihren Freundinnen. Sonst stellten ihr die Männer unvermeidlich nach. Sie erinnerte sich plötzlich an die Nacht damals, als ihr Pavel den Arm verband, er lag neben ihr, sie hörte seinen Atem, eine einsame Trompete erklang in der Ferne, sie spielte laut, bis sie an ihrer eigenen Wehmut erstickte, das war sehr schön gewesen, sie erschrak.

»Komm jetzt«, sagte sie, »ich muss nach Hause. Mama wird wütend sein!«

Doch stattdessen setzten sie sich auf der Uferböschung nieder, ringsum standen verstreute, niedrige Weiden am Wasser, die Blätter rauschten leise, der Fluss roch nach Fäulnis, die Frösche quakten immer lauter.

»Vom Turm aus würden wir alles Mögliche sehen«, sagte Pavel, »vielleicht sogar das Meer!«

»Was dir nicht alles einfällt!«

»Vielleicht sogar noch mehr. Eine Insel im Meer. Und Palmen. Und Delphine würden im Sand liegen. Und auf der Insel würde nur ein einziges Haus stehen. Ein Haus aus Glas.«

Er wollte sie wohl zum Lachen bringen, und sie hätte auch gerne gelacht, doch die Müdigkeit überwältigte sie, eine wohlige Müdigkeit, seine Worte drangen so leise an ihr Ohr wie die Berührung eines Windhauchs, ein angenehmes Wispern zwischen dem Quaken der Frösche und der Stille.

Er verstummte, sie versuchte, sich an seine letzten Sätze zu erinnern und fragte:

»Warum gläsern?«

»Wegen des Lichts!«

»Was dir nicht alles einfällt!« Sie folgte seinen Gedankengängen überhaupt nicht.

»In einem solchen Haus musst du ganz anders leben«, sagte er, »du kannst nur auf Zehenspitzen gehen, damit du nichts zerbrichst.«

Sie stellte sich ein gläsernes Haus vor und lachte endlich.

Dann fragte er:

»Würdest du mit mir dorthin gehen?«

»Wohin?«

»Würdest du es tun?«

Sie stand auf. »Komm jetzt!« Sie trat einen Schritt zurück, ohne den Blick von ihm abzuwenden. »Was dir nicht alles einfällt!« Sie wich nun nicht mehr zurück, und er umschlang sie linkisch und stieß ihr noch linkischer die Nase ins Gesicht. Seine Hände spürten die wundersame Wärme des fremden Körpers, und ein Gefühl durchströmte ihn, stärker und seliger, als er es sich je erträumt hätte, wenn er in seiner Phantasie zu fernen Ufern mit Zuckerpalmen schwebte. Siehst du, siehst du, maulte ein großer, weißlicher Delphin und schwamm rasch davon, und sie blieben beide an dem zerfurchten Ufer mit den Weiden im Wasser ganz allein zurück.

3

Der Priester saß im Sessel mit dem goldenen Wappen, rauchte und horchte auf die weinerliche Stimme des Lehrers Lukáš im Nebenraum, der sich mühte, den Kindern einzutrichtern, was *Heimatland* bedeutete.

Für die Schule waren vorerst zwei Räume beschlagnahmt worden. Die Möbel aus dem größeren Raum waren in den kleineren geschafft worden, nur die Geweihe an den Wänden und das schäbige Adelswappen über der Tür blieben hängen, auf dem Buchenparkett waren mehrere Schulbänke in drei Reihen aufgestellt worden, jede Bank sah anders aus, auf den Pulten waren Schriftzüge in vier verschiedenen Sprachen eingeritzt, je nachdem, aus welcher Ecke des Grenzgebiets die Bank stammte.

Der kleinere Raum diente als Lehrerzimmer. Man hatte hohe Rokokoschränke, eine Diana aus Caracas-Marmor, drei chinesische Vasen, einen Schreibtisch mit grüner Filzauflage, einen Sekretär und zwei Spieltische hineingezwängt, auf dem einen hatte der Lehrer einige Hilfsmittel ausgebreitet: einen Abakus, einen ausgestopften Maulwurf, zwei Phiolen mit in Spiritus eingelegten Nattern und vier Bilder; das mit dem Doppeldecker am blauen Himmel symbolisierte den Fortschritt der Menschheit, das mit den weißen Medusen im grauen Meer veranschaulichte die Quallengattung der Aurelia und stand für das Leben im Meer überhaupt und alles Exotische und Phantastische, während die zwei übrigen Bilder bloß die Heumahd und den Berg Říp zeigten.

Der Lehrer wohnte auch in diesem Zimmer. An der Fensterwand stand ein riesiges Himmelbett. Und auf dem zweiten Spieltisch lagen noch ein paar Sachen, die er für seine Arbeit benötigte.

Der Priester stand auf, wühlte in dem Bücherhaufen auf dem Boden herum. Janko Kráľ, Voltaire, Flaubert. Er schlug ein Buch auf, einige Sätze waren mit einem roten Stift unterstrichen, andere sogar mit einer Feder.

»Grässlich!«, seufzte der Priester.

Die Art und Weise, wie die Religionen von Gott sprechen, ist unerhört, sie handeln ihn mit allzu großer Sicherheit, Leichtsinnigkeit und Vertraulichkeit ab. Besonders die Geistlichkeit, die den Namen Gottes stets auf der Zunge führt, empört mich...

Er klappte das Buch zu und ging zum Sessel zurück.

»Das Heimatland«, schrie der Lehrer nebenan, »ist das Erhabenste, was ihr besitzt. Ihr müsst alle für euer Heimatland arbeiten. Es gibt nichts Heiligeres, nichts Höheres, euer Heimatland gehört dem Volk...«

Mein Junge, dachte der Priester, die verstehen weder, was Heimat noch was Gott noch was eine Revolution ist. Deshalb wurden ja die Legenden ersonnen. Damit sich die Kinder etwas unter diesen Begriffen vorstellen und die Erwachsenen an sie glauben können.

Der Schlossverwalter klingelte zur Pause. Lärmende Kinder stürmten die Treppe hinunter, er hörte, wie sie sich entfernten, bis sie schließlich ganz verschwunden waren.

Der Lehrer trat in den mit Möbeln vollgestopften Raum. »Ach, ich habe völlig vergessen, dass die Kinder noch eine Stunde Religion haben sollten. Ich habe sie schon nach Hause geschickt.«

Der Priester schluckte die Kränkung hinunter, lächelte: »Das macht nichts. Kürzen Sie das nächste Mal Ihre Stunde, dann holen wir das nach.«

»Ich denke, es gibt Wichtigeres, was die Kinder nachholen müssen!«

»Was kann wichtiger sein, als den Glauben zu festigen, der die Menschen zum Seelenheil führt?«, widersprach der Priester.

»Alles«, brauste Lehrer auf, »alles andere ist wichtiger!«

»Sie sind Atheist«, sagte der Priester, »und denken, dass Sie keinen Gott brauchen. Und daraus folgern Sie, dass er auch für alle anderen überflüssig sei.«

Auf der Stirn des Lehrers traten die Adern hervor, seine Augen huschten unruhig hin und her. »Es geht nicht darum, was ich denke«, schrie er, »sondern darum, was wahr ist. Es gibt keinen Gott. Ihr habt ihn erfunden!«

»Auch darum geht es nicht!«, widersprach der Priester, »Selbst wenn wir ihn erfunden haben sollten! Entscheidend ist, dass die Menschen einen Glauben brauchen. Sie wollen an etwas glauben. An etwas Großes und Läuterndes, das ihrem Leben Sinn verleiht... Sie sind Sozialist?«

Der Lehrer antwortete nicht, er trat ans Fenster, er hasste alle Priester, und nichts widerstrebte ihm mehr, als seine Überzeugungen vor ihnen darzulegen.

»Was ihr verkündigt, ist auch nur ein Dogma«, bemerkte der Priester, »auch daran kann man nur glauben.«

Der Lehrer fuhr heftig herum. »Das ist etwas ganz anderes. Wir wollen die Menschen befreien ..., aber ihr habt euch Gott ausgedacht, um zu verhindern, dass der Mensch logisch denkt und sich aus seiner Not befreit.«

»Sie irren. Unsere Lehre will den Menschen auch befreien. Und wenn das bisher nicht geglückt ist ... es lag stets in der Hand der Menschen. So wie eure Lehre... Ihr werdet schon sehen, was daraus wird! Was die Menschen mit der Zeit daraus machen!«

»Das werde ich in der Tat sehen«, bekräftigte der Lehrer, »ich glaube fest daran, dass ich das noch erleben werde.«

»Verzeihen Sie«, lächelte der Priester, »aber ich wollte noch sagen, dass die Leute an ihrer Misere selbst schuld sind.« Das war sein Lieblingsthema. Er dachte viel über die verworrenen Verhältnisse nach und glaubte, er habe die Wurzeln des Übels entdeckt. »Durch den Hass! Die Ungleichheit und Machtgier ..., das ist Ihnen ja nichts Neues; ein unreines Gewissen, das dazu zwingt, den Nächsten zu hassen, und der Hass steigert das menschliche Elend immer mehr.« Der Priester neigte den Kopf, es wirkte wie eine eingeübte Geste, doch er tat es, um die Furcht in seinem Blick vor dem Lehrer zu verbergen.

»Herr Pfarrer«, sagte der Lehrer, »das Elend kommt nicht vom Hass, sondern der Hass kommt vom Elend. Wir beseitigen die Not und damit auch den Hass.«

Der Priester schwieg. Um welchen Kreislauf geht es hier eigentlich, überlegte er. Elend durch Hass, Hass durch Elend? Am stärksten ist doch der Hass zwischen denen, die am meisten haben, und Kriege zetteln solche an, die nicht einmal mehr wissen, wie viel sie besitzen. Woher rührt der Hass bei ihnen? Vom Machtstreben! Und in der Gier nach Macht beladen wir uns alle mit Sünden und Verbrechen, unsere befleckten Lippen verwandeln die Wahrheit in Lüge, und die Lüge gebiert neuen Hass. Und das Schlimmste ist, dass alle das Recht verspielt haben zu richten, keiner ist mehr unschuldig genug!

»Wir beseitigen die Not«, wiederholte der Lehrer, »auch hier!« Er wies auf die offene Landschaft vor dem Fenster.

»Hier? Sie wissen das wahrscheinlich noch nicht: aber dort, wo Sie hingezeigt haben, steht oft das Wasser. Hier ist mehrmals im Jahr Hochwasser.«

»Das Wasser lässt sich bändigen!«

»Wer soll das Wasser bändigen?«

»Die Leute«, erklärte der Lehrer triumphierend, »die Leute, in die Sie so wenig Vertrauen haben.«

»Ich werde darum beten, dass Sie Recht behalten. Dass sie das schaffen.« Der Priester nahm seinen steifen schwarzen Hut von der Garderobe und setzte ihn auf, er trug ihn selbst bei der schlimmsten Hitze.

Er ging die Holztreppe langsam hinunter. Ein Fanatiker, sagte er sich. Fanatiker sind gefährlich, sie können die Menschen ins Verderben treiben. Aber noch öfter gehen sie selber zugrunde. Und die Sache, für die sie kämpfen, sowieso.

Nur die heilige Kirche hatte bisher noch alle ihre Fanatiker überstanden. Die Kirche, die schon…

4

Jožka Baňas blickte auf seine Armbanduhr. Sie war sein ganzer Stolz, es war eine silberne Uhr mit einem breiten, mit Messingzwecken beschlagenen Armband, an dem metallene Anhänger baumelten. Wenn Jožka mit Mädchen sprach, hob er den Arm plötzlich hoch, der Ärmel rutschte zurück, und an seinem Handgelenk klirrten die kleinen Hufeisen, Herzchen, dreiblättrigen Kleeblätter und goldenen Anker.

»In einer halben Stunde müssen wir fertig sein«, befahl er. Er hatte ein tolles Geschäft an Land gezogen und hatte es eilig. »Zieh den Mantel aus, du legst dich darunter«, befahl er Pavel.

Es war ein Lieferwagen der Marke Mercedes. Er war Pavel an dem Abend aufgefallen, als er mit Janka hier gewesen war, die Karosserie war völlig ausgebrannt, der Motor von Dieben entwendet. In der ganzen Gegend war kein einziges anständiges Autowrack mehr zu finden, und so griffen sie auf solche Wracks zurück, die sie vor einem halben Jahr noch links liegen gelassen hatten. Sie bauten einzelne Teile aus, die vielleicht einmal zu gebrauchen waren und die weder das Wetter unbrauchbar gemacht noch jemand mitgenommen hatte, luden sie auf eine Karre und kippten sie bei Jožka Baňas im Schuppen auf den Boden.

Als die Front bei ihnen durchgezogen war, hatten sie Jožka zum Militär einberufen und einer motorisierten Einheit zugeteilt. Er hatte damals erfahren, welche Wunderwerke Automobile waren und mit welcher Leidenschaft man sie lieben konnte. Er war oft an Fahrzeugen vorüber gefahren, die umgestürzt, verbeult und ausgeplündert mitten im Feld lagen, rostig und der allmählichen Zerstörung anheim gegeben, und hatte einen Plan gefasst.

Als er nach Hause zurückgekehrt war, hatten sich ihm Pavel Molnár und Michal Šeman angeschlossen, er hatte ihnen ein paar Kronen gezahlt und versprochen, ihnen eines Tages ein Auto zusammenzubauen, doch zunächst schraubte er hinter dem Wirtshaus nur an seinem eigenen: die schmale Schnauze von einem Studebaker, der Rahmen von einem Mercedes, der Motor von einem Gaz, die Sitze von einem Adler. Die Fahrerkabine hatte er selbst entworfen, sie hatte zwei Sitzreihen, auf denen sechs Leute Platz fanden, sie war schon fast fertig, bloß lackieren musste er sie noch und an der Seite aufmalen: *Jožka Baňas – Transporte.*

Sie kurbelten den Wagenheber bis zum Anschlag hoch. Die Vorderräder hingen jetzt in der Luft, zwei riesige Zähne, ein Maul, bereit, Pavel zu verschlingen, der ohne Mantel unter dem Wagen lag, am Rücken spürte er die Kälte des Erdbodens, in den Öl eingesickert war, er schob die Beine nach vorne, stieß an etwas Schweres, ein dumpfes Geräusch, er richtete sich auf den Ellbogen halb auf; ein rußgeschwärzter, länglicher Gegenstand, Kleiderfetzen, dann erkannte er einen angesengten Kopf und einen mit Öl beschmierten Körper.

»Gott im Himmel«, flüsterte er. Der Rücken rutschte wieder über die schmierige Erde, das Blut pulsierte in der wund gescheuerten Haut.

Er kroch unter dem Auto hervor, hinaus in die Kälte und zog sich am eingedellten Kotflügel hoch. »Da liegt ein Mann.« Er drückte die Lider krampfhaft zu. Er sah einen Raum voller Autowracks; reglose Autos, der muffige Geruch der Karosserien, eine Leere, in der gedämpfte Stimmen erklangen.

»Mit Glotzen allein kommen wir nicht weiter«, brach Jožka Baňas das Schweigen, »sollen wir ihn nicht woanders hinschaffen?«

Pavel antwortete nicht, er hatte Jožka wohl nicht gehört. Doch der verstand es auf seine Art. »In Ordnung«, tat er verständnisvoll, »hier hast du. Für die Leiche.«

Einen zerknitterten Hundertkronenschein in der Hand, regloses Warten. Šeman atmete geräuschvoll.

»Was ist, stinkt dir das Geld?«

Pavel löste sich vom Kotflügel, die Erde wankte merkwürdig unter ihm, er tat einige Schritte nach vorne ins Leere und begann wegzugehen.

»Du würdest den Hunderter nehmen, was?« sagte Jožkas Stimme hinter ihm.

»Na klar, ich bin doch kein Ochse«, antwortete Šeman.

Pavel ging immer weiter, er ging sehr langsam, doch die Stimmen wichen nicht zurück, sie schwirrten ihm nach.

»Nur der nicht«, hörte er Jožkas Stimme, »aber der hat immer irgendwas. Er hat Ideale!«

Gelächter. Es brach sich am gläsernen Himmel, hallte vielfach nach.

»Für diesen Schein schaffst du uns den Leichnam vom Hals … ja?«

»Na klar.«

»Und singst auch noch dabei?«

»Ich singe dabei.«

»Hörst du? Was spinnst du denn? Er macht's!«

Pavel schleppte sich durch das niedrige Gras, über biegsame Halme, die nicht knackten, er drehte sich um, er hatte sie schon weit hinter sich gelassen, zwei Männchen hopsten um das rostige Wrack herum, über ihnen kreiste ein Bussard, er begriff nicht, was mit ihm geschehen war, er beobachtete, wie eine Gestalt auf das eingedrückte Dach kletterte, was hatte das für einen Sinn, irgendwo lag auch sein Bruder, endlich wusste er, wie er dort lag, nicht zugedeckt, nicht einmal ein namenloses Kreuz. Sind wir hierzu auf die Welt gekommen?

Ihn erfasste unermessliche Angst und auch die Sehnsucht, einen Sinn zu erkennen. Ein wilder, düsterer Schatten schwirrte über die Weide. So starben sie also, welch eine absonderliche Welt und welch ein absonderliches Leben, wie rätselhaft handelte Gott. Konnte es überhaupt sein, dass er so handelte? Vielleicht sind die Menschen wie die Vögel, sie schlüpfen aus und sterben, wenn sie geschossen werden, oder sterben in einem Versteck im hohen Gras; wie die Tiere, die Fische, oh Gott. Er wollte ein Gebet sprechen, doch ihm fiel keines ein, er empfand plötzlich die unendliche Höhe, die über ihm war; die Sonne und bei Dunkelheit die Sterne, sonst nichts, nichts, nur in der

Ferne noch zwei unscheinbare Gestalten, die sich damit abmühten, ein verrostetes Rad von einem Wrack abzumontieren.

5

Der Priester ruhte nach dem Mittagessen aus, er liebte die Siesta, gute und friedvolle Träume stellten sich dann ein, Szenen aus der Kindheit, rote Züge fuhren über Wiesen und bunte Tücher leuchteten am Himmel auf. Er kehrte in längst vergangene Zeiten zurück, in denen seine Seele noch unbeschwert gewesen war, nicht belastet mit diesem schrecklichen Unfrieden und der ewigen Angst.

Manchmal jedoch riss ihn ein Grauen aus diesen Träumen, das der Todesangst glich. Er hörte jemanden ans Tor pochen, dann deutliche Schritte, die näher kamen, und das Gegröle einer feuchten Kehle, und er konnte nicht unterscheiden, ob jemand hier und jetzt grölte oder in der Erinnerung. Er wachte ganz auf, der Traum kehrte nicht mehr zurück, er war ganz allein in der Stille der großen Pfarrstube, an deren kahlen Wänden sein Blick keinen Halt fand außer an dem düsteren Kreuz.

Auch diesmal riss ihn ein Pochen am Tor aus dem Schlaf, und als er den Weg aus dem Traum in die Wirklichkeit zurück suchte, konnte er das angsterfüllte Trugbild nicht abschütteln, das Pochen ging in Schritte über, und dann hörte er eine Stimme, die er gut kannte.

»Guten Tag, Herr Pfarrer«, grüßte Smoljak, »störe ich Sie beim Mittagsschlaf?«

»Nein«, antwortete der Priester schwer atmend, »ich bin immer im Dienst.« Seine Hände zitterten, und er musste all seinen Willen aufbringen, um ruhig zu bleiben. »Setzen Sie sich.«

»Ich werde mich nicht setzen.« Smoljak humpelte an dem langen Tisch vorbei zum Fenster.

»Sie fragen sich, was ich denn will. Ob ich vielleicht vor dem Kreuz in die Knie gegangen bin. Das wäre ein Fang, was?«

»Ich bin kein Menschenfischer.« Der Priester bemühte sich, ruhig zu sprechen. »Ich fange niemanden. Niemanden«, wiederholte er, »alle sind vor Gott gleich.«

Smoljak drehte sich zu ihm um. Sein Gesicht war hässlich, bedeckt mit großen, geröteten Poren, die kräftige Nase hatte rote Flecken. Eine lange, blutunterlaufene Narbe reichte von der Nase bis zum rechten Ohrläppchen, sie zog die rechte Gesichtshälfte zusammen und legte das wunde, tränende Auge bloß.

»Ich suche den Mörder«, stieß Smoljak hervor.

»Den Mörder?«

»Irgendwer hat die Meinen verpfiffen, Herr Pfarrer. Was denken Sie?«

»Ich weiß nicht«, antwortete der Priester, »es ist nicht meine Art, solche Worte zu gebrauchen.« Er war jetzt ganz ruhig, sehr konzentriert, setzte eine Miene teilnahmsvoller Würde auf. Denn seine Botschaft lautete: Mein Königreich ist nicht von dieser Welt.

»Vielleicht wissen Sie ja was«, keuchte Smoljak schwer. »Die Leute gehen zur Beichte. Eine solche Sünde vergräbt man nicht in seiner Seele...« Sein wundes Auge ruhte starr auf dem Gesicht des Priesters.

»Was wollen Sie von mir?«

»Aha, das Beichtgeheimnis!«, grinste Smoljak. »Aber es gibt doch Verbrechen ... auch für Sie gibt es Verbrechen«, schrie er, »die kein Mensch decken darf...«

»Ich kann mir nicht vorstellen, was mich dazu bringen könnte, ein Geheimnis zu verraten, das ausschließlich für Gott bestimmt ist.«

»Ich, ich werde Sie dazu bringen! Verlassen Sie sich drauf!«

Der Priester schwieg. Er bemerkte, dass in einer von Smoljaks Taschen ein schwerer metallener Gegenstand steckte und sie nach unten ausbeulte.

»Sie leben unter uns«, schrie Smoljak, »und wenn wir sie nicht einfangen wie Raubtiere, fangen sie wieder an. Und richten noch mehr Unheil an als das, was sie schon verbrochen haben.«

Der Priester neigte den Kopf.

»Ob einer selbst getötet oder nur andere verraten hat«, sagte Smoljak hasserfüllt, »die Schuld bleibt die gleiche.«

»Entschuldigen Sie, aber zu richten ist nicht Sache der Menschen.«

Smoljaks Gesicht lief rot an. »Du Jesuit«, schrie er, »hast dir die heiligen Phrasen trotz allem nicht aus dem Kopf geschlagen?«

»Ich weiß, dass wir schuldig sind, alle sind wir in einer gewissen Weise schuldig. Aber ich kann Ihnen nichts sagen. Selbst wenn mir jemand etwas anvertraut hätte. Und es hat mir niemand etwas anvertraut.«

»Gut. Wie Sie wollen.« Smoljak humpelte zum Priester. »Wir werden uns noch sprechen, Herr Pfarrer! Aber anders als heute!«

Der Priester neigte den Kopf, als ob er ihm beipflichtete, dann trat er einen Schritt zurück, und Smoljak ging an ihm vorbei. Er hörte Smoljaks Schritte im Flur verhallen, dann fiel die Tür ins Schloss, und erst jetzt konnte der Priester seiner Erregung freien Lauf lassen. Er sank aufs Sofa, machte sich geräuschvoll Luft. Dann ging er auf den Flur, nahm den Korb und das Messer, in solchen Augenblicken fand er nur Trost bei seinen Rosen. Am Zaun wartete der junge Molnár, als er den Priester erblickte, zog er den Hut und grüßte laut.

Der Priester nickte ihm zu, er wollte alleine sein, junge Rosenranken schneiden und zusehen, wie farbloses Blut aus ihnen hervorquoll, an etwas ganz anderes denken. Aber der Junge ging nicht weg.

»Ich wollte ..., hätten Sie einen Augenblick Zeit, Hochwürden?«

»Was hast du auf dem Herzen, mein Junge?«, fragte er mit einer Stimme, in der pflichtbewusste Freundlichkeit mitschwang. Er setzte sich auf die Bank bei der Mauer und kniff die Augen müde zu: »Ich höre.«

Er fühlte den Sonnenschein auf den Lidern, doch noch immer sah er Smoljaks rot angelaufenes Gesicht vor sich. Ein primitiver Mensch, der anderen wie ein Gendarm drohte. Gendarmen sind an die Macht gekommen, und sie wollen den Leuten weismachen, sie hätten sie von unserer Herrschaft befreit.

Der Junge wusste nicht, wie er anfangen sollte, er wartete auf eine Frage des Priesters. Doch der Priester schwieg, er saß noch immer mit halb geschlossenen Augen da, horchte in sich hinein, auf seinen Hass auf diesen Primitivling, der in ihm aufkeimte und den er zu unterdrücken versuchte.

»Manchmal suchen mich Zweifel heim«, ergriff der Junge das Wort, »und dann glaube ich an nichts mehr! Weder an den Sinn dessen, was wir tun, noch daran, dass jemand unsere Gebete hört. Dass es einen Gott gibt!« Er seufzte tief.

Der Priester schwieg noch immer. In seiner Seele klaffte eine große Leere, er blickte den Jungen mit gesenkten Lidern an. Als er im Alter des Jungen gewesen war, war er fest im Glauben und glücklich gewesen, er hatte daran geglaubt, dass Gott die Welt in sechs Tagen erschaffen habe und gnädig sei, er hatte an die Sakramente geglaubt, an eine ewige Gerechtigkeit, daran, dass die Sünden durch die Beichte von ihm genommen würden, und bei alledem war ihm wohl zumute gewesen, er hatte sich glücklich gefühlt, auch dann noch, als er schon ein Jahr im Priesterseminar verbracht hatte und beobachtete, dass die Mädchen den Zöglingen nachblickten, wenn sie auf der Straße gingen, und dass ihm ältere Leute voller Achtung begegneten, auch damals hatte er noch seinen Glauben gehabt und war glücklich gewesen. Doch die jetzige Zeit war nicht so, dass der Mensch bedingungslos glauben konnte. Der Glaube zerfällt, ehe er noch ganz geboren ist, und der Mensch steht nackt da, nur mit seinem Verstand, vor dem ihm graut.

Der Junge schlug die Augen nieder. Er sprach von seinem toten Bruder, von den Gefallenen, die ohne Vergebung der Sünden starben, und solchen, denen nicht vergeben werden konnte. Was hatte all das Leid für einen Sinn, wozu brauchte Gott es, wo er doch allmächtig war?

Die Worte des Jungen drangen wie ein fernes Echo an das Ohr des Priesters. Solche Gedanken waren ihm nicht fremd. Er kannte dieses Unbehagen, schon damals im Priesterseminar hatte es ihn manchmal beschlichen. Wenn sie abends in ihren Zellen saßen und sich über ihre Zweifel unterhielten, wenn sie heimlich Voltaire lasen und über die unbefleckte Empfängnis spotteten; der Satan versucht euch, meine Söhne; der Weihbischof war höchstpersönlich zu ihnen gekommen: Ihr müsst glauben. Er hatte stundenlang mit ihnen geredet, abends hatten sie ihn dann betrunken singen gehört, seine Fenster gingen in den Garten hinaus, sie waren geduckt im Schatten darunter gesessen und hatten gehört, wie er schlüpfrige Anekdoten von sich gab. Damals war er noch überzeugt, dass das Böse nicht bis in das Wesen der Kirche, die christliche Glaubenslehre, vorgedrungen sei, sondern bloß in einzelnen Menschen stecke, und er wollte wie ein Apostel leben und den anderen mit gutem Beispiel vorangehen, wollte ebenso arm, so bescheiden leben wie sie und noch demütiger sein als der barfüßige Heilige Franz. Doch nichts davon hatte sich bewahrheitet, stattdessen war seine Beklemmung stetig gewachsen, die Zweifel raubten ihm Kraft und zerstreuten seine guten Vorsätze, und zu alledem hatte er noch diese furchtbare Sünde auf sich geladen. Wie kann ich predigen, wie kranke Herzen trösten, wenn ich selber krank bin? Für den Bruchteil einer Sekunde sah er das Jenseits: ein leerer Raum, in dem alles versank, und weder ein Gott noch Hoffnung wohnten darin.

Er kniff die Augen zu, es war spät geworden. Wieder einmal war es spät geworden, wie schon so oft, aber etwas musste er dem Jungen antworten, also sagte er matt: »Glaube, mein Junge! Es ist nicht recht, zu zweifeln und Gottes Pläne zu hinterfragen. Durch Zweifel ebnest du dem Teufel den Weg.«

Der Priester erhob sich von der Bank, und der Junge sagte: »Danke.« Kein Wort mehr.

Der Priester war nun allein. Er beugte sich über ein Beet mit gelben Rosen, schnitt die drei schönsten ab, die Stängel trugen auch Knospen, er kehrte in die Pfarrstube zurück und stellte die Rosen in eine Vase.

Alle Menschen sind mit Sünden beladen, überlegte er, nach diesem Krieg, in dieser Zeit. Er dachte an den Lehrer Kostovčík, der oft mit ihm hier zusammen gesessen hatte, und an den Lehrer aus Petrovice, an Jóžio, an Šeman, alle waren sie hier mit ihm am Tisch gesessen, hatten sich frohgemut unterhalten und seinen Apfelwein getrunken, und jetzt hatte jeder irgendein Unrecht auf sich geladen.

Wie konnten sie da noch über andere urteilen und für Gerechtigkeit eintreten? So viele Menschen hatten Unrecht auf sich geladen. Wohin trieben sie die Menschheit? Und wie würden sie leben? Mit welchen neuen Verbrechen würden sie sich von den alten Sünden freikaufen? Die Gewalt, einmal auf die Menschen losgelassen, umkreiste sie wie ein wütendes Raubtier und riss immer neue Opfer.

Erneut sah er das rot angelaufene Gesicht mit der Narbe vor sich und hörte die unangenehme, röchelnde Stimme: Auch jener war von der Gewalt gezeichnet.

Smoljaks Drohung jagte ihm plötzlich Angst ein: davor, dass er seine Stimme tatsächlich nochmals hören und dies der schrecklichste Augenblick seines Lebens sein würde.

Der Priester ging unruhig im Zimmer hin und her. Ich gehe weg von hier. Sooft ihn in den letzten Wochen die Angst beschlichten hatte, hatte er von einer neuen Pfarrei in den Bergen geträumt, an einem abgelegenen Ort, wo niemand ihn kannte, wo Efeu und wilder Wein die Mauern überwucherten, und er hörte den tiefen Klang einer alten Orgel und einen Chor aus hohen Mädchenstimmen singen: *Ave Maria, gratia plena.* Mädchen in weißen Kleidern traten zum Altar, in ihren Augen stand Bewunderung und Anteilnahme und Freundschaft, und seine Seele war befreit, nicht mehr durch die Sünde belastet, frei und rein. Er wusste, dass es auf dieser Welt keine solche Pfarrei geben konnte, höchstens vielleicht in jener anderen, ewigen, lieblichen Welt, die frei von Hass war. Aber er ahnte zugleich auch, dass es keine solche Welt jenseits des irdischen Daseins gab, in der ein lieblicher Friede herrschte, nur die Träume der Urväter und die unendlichen, kalten Weiten des Alls. Vielleicht hatte tatsächlich jemand die Welt erschaffen, doch wenn dem so war, war der Schöpfer allzu groß und mächtig und unermesslich, um sich mit bedeutungslosen menschlichen Existenzen abzugeben.

Er begann ein Gebet zu flüstern, aus alter Gewohnheit, doch statt der barmherzigen Mutter Gottes traten drei SS-Männer und Vrábel in seine Stube, Vrábel machte nur den Übersetzer: Kommunisten und Juden! Sie müssen sie kennen!

Ich bitte ergebenst, Juden haben wir keine. Die haben wir auf Befehl der Regierung fortgeschickt. Und Bolschewiken…

Warum schweigen Sie? Schauen Sie mich an! Fürchten Sie sich nicht, Hochwürden. Die Bolschewiken sind auch Ihre Feinde. Entweder Sie liefern die andern aus, oder die andern liefern Sie aus!

Jungfrau Maria, gnadenreiche.

Ein Schlag traf ihn ins Gesicht.

Er zitterte, der Schweiß stand ihm auf der Stirn, wieder der Schatten der Angst, der unablässig über seiner Seele kreiste. Nur ein einziger Name, dann würden sie ihn in Frieden lassen. Stille, Stille, Regentropfen, wenn wenigstens der Vrábel nicht dabei wäre, diese unscheinbare, lachhafte Figur. Regentropfen, ihr sanfter Aufprall, platsch, platsch, platsch, in der Stille verwandelte es sich in ein lautes Knallen. Er wischte sich mit dem Zipfel des Ärmels über die Stirn.

Erst jetzt besann er sich, dass Pavel Molnár zu ihm gekommen war, um Trost und Rat zu suchen. Ich habe ihn enttäuscht, vielleicht endgültig. Welch einen Trost kann ich dir schon spenden? Anstatt die Menschen der Erlösung näher zu bringen, führe ich sie in die Sünde.

Er wusste jedoch, dass er Trost spenden musste, heute, morgen, und dass er predigen und vor der Sünde und dem Hass warnen musste, denn das war sein Beruf, und diesen brauchte er, um zu leben.

Ich bin nicht der Einzige, dachte er erleichtert. Wie viele Leute predigen Erlösung, während ihre Gedanken erfüllt sind von Machtgier, Verstellung und Zorn und Angst und Lüge. Ich bin bloß ein Mensch, und der Mensch ist sündhaft.

Andern den Regenschirm über den Kopf halten

Es war mindestens schon die zehnte Tür, der zehnte Mann, alle hatten den Bauingenieur höflich abgewiesen, dabei hatten sie tausend andere Angelegenheiten mit ihm besprochen, sie waren nervös, unausgeschlafen und unrasiert gewesen.

Auch dieser hier war nervös, er hatte graue, müde Augen, im Gesicht eine schlecht verheilte Narbe und ein Uniformhemd an.

»Guten Tag, Furda«, stellte er sich dem Ingenieur vor und ließ ihn sein Anliegen vortragen, und während er redete, unterschrieb Furda irgendwelche Papiere, auf dem Tisch lag eine auseinander gefaltete Landkarte mit vielen roten Kreuzen: »Das sind die abgebrannten Brücken, oben in den Bergen ist alles abgebrannt, wissen Sie, die Niederung, dafür ist jetzt keine Zeit. Die Wälder sind voller Minen, jeden Tag gibt es eine Menge Verletzter, und wir haben nur einen Doktor. Man sollte rasch ein Grundstück für ein neues Krankenhaus vermessen lassen, vielleicht findet sich jemand, der es baut.«

»Mir ist es gleich, wo ich arbeite!«, sagte der Ingenieur.

»Hervorragend«, freute sich der andere, seine müden Augen blinzelten lebhaft, er holte eine Flasche aus dem Schrank, dazu zwei Senfgläser, goss die Gläser voll. »Das ist noch ein russischer«, erklärte er, »Sie sind der Erste, der von drüben hierher kommt. Zumindest in Ihrem Fach.« Er bemerkte, dass Petr ein Abzeichen auf dem Aufschlag trug: Hammer und Sichel. »Da haben wir etwas Gemeinsames«, sagte er, »woran wir beide glauben. Dann können wir uns ja duzen.«

Er nahm eine Landkarte und fuhr mit dem Finger darüber. »Die Verhältnisse, die du hier kennenlernen wirst, sind entsetzlich. Aber dann merkst du, dass etwas Großartiges im Gange ist. Das Volk beginnt zu erwachen. Wir machen wunderbare Dinge. Ich weiß nicht, ob du das auch so empfinden wirst. Ich stamme von hier. Von früh bis spät fahre ich in der Gegend herum und schlucke die Tränen hinunter. Nein, du kannst dir das überhaupt nicht vorstellen. Diese bittere Not. Keiner hat sich je um diesen Landstrich hier geschert. Die Ungarn, die Tschechen und die Slowaken waren hier, aber alle haben nur zugesehen, dass sie billige Arbeitskräfte bekommen! Keine Straßen, keine Bahn, kein Krankenhaus, keine einzige Fabrik. Nichts gab es hier. Nur Wälder und Hütten und Kirchen aus Holz. Und das hat man mit Kanonen beschossen, und die Deutschen haben die Dörfer in Brand gesteckt, alles haben sie niedergebrannt.« Er unterdrückte ein Schluchzen. »Aber immer wenn ich glaube, vor Verzweiflung wahnsinnig zu werden, erwacht plötzlich die Hoffnung in mir. Jede Not hat ihren Tiefpunkt, an dem es nicht mehr weiter bergab, sondern nur noch bergauf gehen kann. Die Leute lassen es jetzt nicht mehr zu, dass ihnen die Herrschaft oder das Land aus der Hand gerissen werden. *Wir* lassen das nicht mehr zu.«

Der Ingenieur sah durch das Fenster hinter Furdas Rücken einige zerstörte Häuser. Woher kommt plötzlich all diese Zuversicht? Dachte er. Woher kommen diese Leute, die auf Trümmerfeldern bereits Häuser sehen und auf Brandstätten schon den Duft von Brot riechen? Das hat wohl mit dem Krieg zu tun. Oder es gab sie auch früher, und ich habe sie nur nicht gekannt. Dies war ihm schon in den ersten Wochen nach Kriegsende aufgefallen, als noch niemand wusste, was zu tun war, als noch nicht einmal die Straßenbahnen regelmäßig fuhren, als man Lebensmittel von der UNRRA bezog, als Geschäfte beschlagnahmt, Aufrufe entgegengenommen und Verräter gefasst wurden. Damals hatte ihn eine grauhaarige Frau in seiner Einzimmerwohnung aufgesucht, in der Grube fehlten Arbeiter, sie schickten immer einen Wagen für die Nachtschicht, Abfahrt beim Sekretariat. Der Wagen war schäbig und hatte einen großen Kessel für Holzgas, hinter dem Kessel steckte eine Fahne, eine Handvoll Männer wartete schon, es war ihnen anzusehen, dass sie gerade von der Arbeit kamen, dann fuhren sie durch die tiefe Nacht, die Männer unterhielten sich halblaut, sie machten sich über den knochendürren, entsetzlich abgemagerten Rückkehrer aus dem KZ, David Fuchs, lustig; es rührte sie, dass er mit ihnen fuhr, obwohl er nicht zupacken konnte. Aber er fuhr mit den andern in den Schacht ein, die Arme dürr wie ein Schaufelstiel, totenblass. Martin Petr empfand die Schmerzen, die David Fuchs bei jeder Bewegung hatte, als ob es seine eigenen Schmerzen wären. Warum fuhr dieser Mensch mit ihnen in den Schacht, er sollte besser im Sanatorium liegen.

»Vielleicht kommen dir die hiesigen Menschen rückständig und ungebildet vor«, sagte Furda zum Ingenieur, »doch es steckt etwas in ihnen ..., etwas von diesen Bergen ..., von dieser Natur ..., wenn du sie erst einmal näher kennst, wirst du dich hier wohl fühlen. So, und jetzt stelle ich dir die Bescheinigung aus. Ich würde dir auch einen Wagen geben«, sagte er, während er schrieb, »aber bei dieser Entfernung, der Wagen käme erst in etwa drei Tagen zurück, wer weiß! Und wegen eines einzigen Mannes ... du verstehst mich doch?«

»Es wird mich schon jemand mitnehmen.«

»Bestimmt«, versicherte ihm Furda, »auch Soldaten fahren in diese Richtung, sie beseitigen die Minen und bessern die Brücken über die Vlahá aus. Und falls du etwas brauchst«, sagte er, als sie sich die Hände reichten, »findest du mich hier. Vorausgesetzt, ich bin noch am Leben.«

Bei der Pforte, wo er seinen Koffer und Ranzen abgestellt hatte, lag nur noch der Ranzen. Dem alten Pförtner quoll eine große, trübe Träne aus dem einzigen Auge, das er noch hatte. Es gehen halt so viele Leute durch...

Er hatte Lust, die Fenster eins nach dem andern einzuschlagen und jemanden zu ohrfeigen, den Dieb zu fassen und zu zwingen, durch den Staub auf der Straße zu kriechen, stattdessen schrie er den Pförtner an: »Du blöder Schafskopf, wozu glotzt du hier die ganze Zeit!«

Vor dem Lagerschuppen stand eine lange Menschenschlange an, die Leute bekamen hier karierte Cowboyhemden, Mehlsäcke und Grapefruitsaft, Baumwolldecken, Nägel und Stühle. Er ging schnurstracks auf sein Ziel zu, den Ranzen nahm er nicht mehr vom Rücken, der Lagerhalter führte ihn durch ein Gässchen zwischen Kisten und Säcken, die nach Kaffee rochen, in einen Raum, in dem alle möglichen Gerätschaften lagen: Hammer und Reifen und metallene, bunt gestrichene Holme, Krampen und Schreibmaschinen, es erschien ihm schier unglaublich, entdeckte er doch ein altes Messzeug, ein Stativ und auch ein Messband, Donnerwetter, hatte er Glück!

Er unterschrieb dem Lagerhalter der Form halber ein paar Scheine, die Leute gafften verwundert, das Zeug, das er wegtrug, eignete sich ganz klar weder zum Essen noch zu sonst etwas Nützlichem.

Auch gut, dass sie mir den Koffer gestohlen haben, sonst könnte ich das hier nicht tragen. Und er brach in schallendes Gelächter aus, während er durch die verwüstete Straße ging. Eine Latte mache ich mir selber und male sie an, ebenso die Stangen. Oder ich schreibe David.

Er kaufte sich für alle seine Marken ein Weißbrot und ein Kilogramm Wurst, am Bahnhof schichtete er die Sachen zu einem Stapel, setzte sich darauf und wartete, bis der Zug kam. Ringsum wimmelte es von Soldaten, Mädchen in dunklen Röcken und mit geblümten Tüchern sangen mit sich überschlagenden Stimmen ein Lied, ein einbeiniger Zigeuner schleppte einen geflickten Sack auf dem Rücken, eine Lokomotive verschob drei Waggons, aus denen rostige Kanonentrümmer herausragten, die Leute riefen sich in einem schwer verständlichen Dialekt etwas zu.

Ihm wurde bewusst, dass er keinen einzigen Menschen hier kannte und nicht wusste, wo er schlafen würde. Das zumindest hätte ihm ein wenig Sorgen machen sollen, doch er war bloß neugierig, was ihn erwartete. Dann stellte er sich ein abgelegenes Stück Land an einem Waldrand vor, er würde es vermessen, er hatte noch niemals ein Grundstück für ein Krankenhaus erschlossen. Zuerst muss ich einen Figuranten finden. Der sollte wenigstens leidlich schreiben und rechnen können. Vielleicht ein Mädchen, dachte er, ein hübsches Mädchen, und er begann an dieses Mädchen zu denken, mit dem er tagsüber arbeiten und nachts schlafen würde.

Dann kam endlich der Zug, vier überfüllte Waggons, auf deren Trittbrettern Menschentrauben hingen, der Ingenieur zwängte sich in den letzten Waggon, stand im Gedränge auf dem Gang und drückte seine Schätze an die Wand, die Luft war schwer von heißem Schweißgeruch, Schmutz und alkoholisiertem Atem.

Durch ein Stück Fenster sah er die Landschaft vorüberziehen, steile Berggipfel mit vergilbten Baumkronen und rotem Laub auf den Sträuchern, niedergebrannte Dörfer, Erdhütten, aus denen Rauch aufstieg, Lehmhütten und Strohdächer, Holzschuppen, die nur mit grünem Nadelreisig eingedeckt waren und in denen offenbar Menschen lebten, er empfand eine wachsende Anteilnahme an ihnen und ihrer Heimat.

Er stieg bei einem ausgebrannten Bahnhäuschen aus, die Ruinen eines vor kurzem verwüsteten Klosters ragten zum Himmel empor; eine Bittprozession ohne Gesang zog ihm entgegen: Was werdet ihr tun, wie werdet ihr euch selbst wiederfinden, wieder Türen öffnen und ganz gewöhnliche Wörter sprechen und lieben können? Die schweigsamen Bittgänger gingen auseinander, sie stiegen in die Erdhütten hinab, liefen auf Seitenpfaden weg, zuletzt waren nur noch zwei übrig, er und ein schmächtiger Alter in einer Leinenhose mit Gummigaloschen an den bloßen Füßen und einer grünen Decke mit der Aufschrift *U.S. Army* in großen schwarzen Buchstaben auf der Schulter, auf dem Kopf trug er einen Hut, der wie ein umgestülpter Eimer aussah.

»Ist es wahr, dass wieder ein Krieg kommt?«, fragte ihn der Alte.

Petr erschrak. »Zwischen wem denn?«

»Ich habe gehört, zwischen dem Russen und dem Amerikaner! Der Amerikaner hat angeblich eine solche Bombe, er wirft sie ab, und ein ganzes Stück Welt ist vernichtet. Und ein Feuer lodert hoch auf, bis zum Mond.«

»Aber gehen Sie, wer hat Ihnen so was erzählt?«

»Die Leute sagen das, wirklich«, sagte der Alte, »der Mensch ist zu allem fähig. Er mag das Feuer, also zündelt er. Damals im Herbst, als der Deutsche hierher kam, trieb er die einen in die Kirche und die andern hinters Dorf in den Wald. Und die Soldaten schütteten Benzin aus, dann legten sie Feuer. Die Flammen loderten hoch auf – wie das prasselte. Wir haben geschrien und unsere eigene Stimme nicht mehr erkannt, und dann plötzlich dort aus der Kirche, aus der Ferne; meine Tochter war drinnen, und ich habe gehört, wie sie gellend schrie und heulte, sie und ihre kleinen Söhne, wie sie in den tobenden Flammen weinten und schrien. Und ein Deutscher, ein Offizier, sein Gesicht war schwarz vom Ruß, der brüllte: Singen! Singen! Und so haben wir gesungen, wir haben wie von Sinnen gesungen bis tief in die Nacht, bis das Geprassel aufhörte und niemand mehr schrie, bis es ganz still war.« Der Alte lüftete den Hut und ging auf dem Trampelpfad über die vergilbten Hügel davon.

Der Ingenieur war jetzt allein, und als die Nacht hereinbrach, holte er einen Pullover und eine Zeltplane aus dem Rucksack, schlug sein Nachtlager unter einer hohen Eiche am Waldrand auf und schlief sofort ein. Es tagte bereits, als ihn das Dröhnen von Motoren weckte, es war eine ganze Wagenkolonne, gleich der erste Wagen hielt an, ein Offizier prüfte seine Papiere gründlich, dann salutierte er, drückte ihm die Hand und ließ ihn in seinen Jeep einsteigen. Die Straße wand sich über abschüssige Hänge und war mit Schlaglöchern übersät, sie verließen sie und fuhren schaukelnd im Schritttempo über eine holprige Wiese. Sie passierten provisorische Brücken und noch öfter sorgsam abgesteckte Furten. Es war Nachmittag, als er von einem kahlen Bergkamm aus eine niedergebrannte Stadt erblickte.

Die Soldaten setzten ihn auf einem Gelände ab, das früher der Stadtplatz gewesen sein mochte, er blickte den wegfahrenden Wagen nach, dort, wo früher Gärten gewesen waren, ragten abgebrannte Baumstrünke auf, keine einzige Blume hatte überlebt. Alles Farbige war von diesem Ort gewichen, bis auf eine orangefarbene Tafel an einem neu errichteten Schuppen: *Gemischtwaren*.

Man zeigte ihm den Weg zum Arzt. Er musste einen grünen Berghang hinaufgehen, oben traf er in einer Militärbaracke eine Krankenpflegerin an. Der Arzt war am Vorabend in die Berge gefahren, eine Flecktyphusepidemie, viele Dorfbewohner warteten hier auf ihn. Rollen von mit Blut getränktem Verbandsmull, Gipsbeine, eine wiederkäuende Kuh, auf dem Wagen, den sie zog, lag ein Einbeiniger im Sterben, seine Schreie übertönten das leise, undeutliche Geraune der wartenden Patienten.

Endlich erschien der Arzt, in hohen Stiefeln, groß und breitschultrig, die Augen blutunterlaufen von der Müdigkeit, mit großen Händen, die früher einmal mit der Schaufel gearbeitet haben mussten: »Einer nach dem andern, Freunde!« Und er ging rasch weiter, sodass die ausgestreckten Hände ihn nicht erreichen konnten.

Der Ingenieur setzte sich auf eine der Holzstufen, von oben drangen in Tränen erstickte, kaum verständliche Worte zu ihm. Er blickte hinunter, auf die verwüsteten Wälder, in die sanften Mulden der Wiesen, auf die kleinen Gestalten der Menschen, die zu Fuß auf dem Pfad gingen, und wartete. Um neun Uhr abends humpelte der letzte Patient davon, der Arzt kam zur Tür heraus und rief: »Kommen Sie herein, mein Lieber!«

Sie saßen in einer kleinen Kammer, in der nur ein Tisch voller Akten, eine blecherne Waschschüssel mit einem Krug, ein Schrank und ein Klappbett waren. Die Schwester brachte zwei große, aufgewärmte Konservendosen und ein paar Flaschen Bier.

»Sie sind also hier, um das Grundstück für ein neues Krankenhaus zu vermessen?«, fragte der Arzt, »Seien Sie willkommen.« Er schlang das Fleisch mit den Rosinen hungrig in sich hinein und redete mit vollem Mund. »Sie ahnen gar nicht, welche Mühe es mich gekostet hat, das Grundstück zu erkämpfen. Sehen Sie?« Er sprang vom Tisch auf und schob seinen Gast zum Fenster.

Draußen waren nur Regen und Finsternis zu sehen, doch der Ingenieur hatte den Berghang am Nachmittag schon bis in jeden Winkel hinein inspiziert. »Das ist ein Standort für ein Krankenhaus, was?«, rief der Arzt. »Im Parteikomitee sitzen lauter Bauern, der eine führt den Hof allein und dem andern hilft noch ein Bruder oder wenigstens der Vater. Die können sich gar nicht vorstellen, dass eine Wiese eine heiligere Bestimmung haben könnte, als von Kühen abgegrast zu werden. – Es wird eine nasse Nacht geben. Wir haben keine Zeit, das Dach zu reparieren. Können Sie vermessen, wenn es regnet?«

»Ich muss sowieso erst die Messgeräte herrichten und Figuranten finden. Eilt es denn so sehr?«

Der Arzt antwortete nicht.

»Auf einen Tag mehr oder weniger kommt es nicht an. Haben Sie jemanden, der Ihnen den Bauplan zeichnet, das Krankenhaus baut, die medizinischen Geräte beschafft und haben Sie überhaupt Leute, die im Krankenhaus arbeiten wollen?«

Der Arzt neigte den Kopf. »Wir werden diese Leute haben«, presste er hervor, »das Krankenhaus brauchen wir unbedingt! Überall explodieren Minen, und bis ins nächste Spital sind es fünfzig Kilometer. Und wen kann ich schon dorthin bringen lassen, wenn die Straße nicht befahrbar ist? Nächsten Monat tritt ein neuer Arzt den Dienst an… Dann sind wir zu zweit. Und Sie sind doch auch hier. Was wollen Sie noch mehr!«

Der Ingenieur schüttelte den Kopf. »Ja aber, solche Narren wie ich…« Er lachte. Vielleicht würden die Fachkräfte wirklich kommen. Das war ja auch seine Hoffnung.

»Und Sie?«, fragte der Arzt, »woher kommen Sie? Haben Sie hier jemanden?«

»Nein.«

Der Arzt drehte sich rasch um, neigte sich zu ihm und fragte: »Aber zu Hause haben Sie doch jemanden?«

»Ein paar Bekannte.«

»Gut, gut«, der Arzt nickte, »aber warum sind Sie so weit fortgegangen?« Und als der Ingenieur nicht antwortete, setzte er rasch hinzu: »Bei mir liegen die Dinge einfach. Ich bin hier geboren… Doch was zieht einen Menschen aus so großer Entfernung hierher?«

Der Ingenieur wollte ihm erklären, dass ihn gerade diese von der Welt abgeschiedene Ferne angezogen habe. Doch das war eigentlich nur der erste Impuls gewesen: spurlos verschwinden, weg von allem, was ihn an die Tage mit ihr erinnerte. Dann hatte der Wunsch überhand genommen, irgendwie die lange Zeit des Schweigens wieder gutzumachen. Er wollte arbeiten, bis zur Erschöpfung selbst solche Arbeiten verrichten, die andere ablehnten, deshalb hatte er damals auch in der Nachtschicht die Fahrten in den Grubenschacht übernommen.

Deshalb, aber auch weil er die einsamen Abende in seiner Einzimmerwohnung gefürchtet hatte. Es war ihm genauso ergangen wie dem ehemaligen KZ-Häftling David, beide flüchteten aus der Einsamkeit ihrer Wohnungen, fürchteten sich, sonntags gegen Mittag dorthin zurückzukehren, fürchteten den halben Tag und die ganze Nacht, er lud David meistens zu sich ein, manchmal gesellten sich noch andere zu ihnen, er blies die Gummimatratze auf, die er beim Vermessen immer mithatte, und sie schliefen alle in demselben Zimmer zwei oder drei Stunden, dann grillten sie auf dem Gaskocher Würste und stritten: der Sozialismus, die Demokratie und die Einparteienherrschaft. Alles, nur nicht das, was gewesen war, meinte David, dass sie mit den Menschen wie mit Fliegen spielten. Er hatte eine eigene Vorstellung von der Zukunft: Eine Gesellschaft, in der das Volk regiert, weder Parteien noch Politiker, sondern wirklich das Volk.

Das Volk, wer ist das, das Volk? War denn das Volk nicht auch bei all dem Morden beteiligt gewesen?

Nein, es sei dazu verführt worden. Man habe seine Armut und mangelnde Bildung ausgenutzt. Aber wir reichen ihm jetzt den Schlüssel zur Wahrheit.

Um Mitternacht trennten sie sich, sie dachten, sie stünden unmittelbar an der Schwelle zu einer Gesellschaft, in der es weder Not noch Ungleichheit noch Hass gäbe, und die Kriege in alle Zukunft unterbinden würde. Diese Vision schien so greifbar nahe und war so einlullend, dass sie die paar Minuten Leere ausfüllte, die ihm zwischen Davids Weggehen und dem Schlaf verblieben, sodass er dann ohne Qualen einschlafen konnte. Doch unter der Woche erfasste ihn wieder die unüberwindliche Verzweiflung darüber, dass sie den Krieg nicht überlebt hatte, er rief David an, sie zogen zusammen von Wirtshaus zu Wirtshaus, und er, der nie viel redete, erzählte von ihr und von seiner Kindheit und sang sogar. Gegen Morgen führte ihn der stets nüchterne David heim, bettete ihn auf die Couch und zog sich leise zurück.

So kann es nicht weitergehen, hatte er überlegt, als er eine Stunde später die lähmende Schwere der Trunkenheit von sich abzuschütteln suchte, ich muss etwas tun. Etwas, das mir hilft, ein aufrechter Mensch zu bleiben.

Die Niederung mit den Störchen fiel ihm ein, er hatte alles über jene Gegend gelesen, dessen er habhaft werden konnte, und er hatte so eine Ahnung, dass es dort ein Vorhaben gäbe, bei dem er mitwirken könnte.

Als er in den Zug einstieg, winkten ihm am Bahnsteig einige Freunde nach, er hatte überhaupt nicht den Eindruck, dass er in die Fremde führe, in eine Wüste mit Wölfen, eine Gegend voll Minenfeldern und Flecktyphus, vielmehr hatte er das Gefühl, dass er abreiste, um seinem Leben Sinn zu geben.

Er hatte sich sogar gefreut.

Das alles hätte er nun also dem Arzt erzählen können, doch da hätte er sehr lange reden müssen, und daher sagte er bloß: »Sie haben meine Frau ermordet ..., wir waren noch nicht verheiratet, aber sie war meine Frau... Ich wollte sehr weit weg, so weit wie möglich...«

»Da haben Sie Recht getan«, antwortete der Arzt rasch. »Mit allem Gewohnten brechen! Und Sie haben sich einen guten Ort ausgewählt. Hier können Sie sich nützlich machen. Wenn Sie für andere nützlich sind, werden Sie niemals ...«, er suchte angestrengt nach einem Wort, sagte aber nur: »... traurig sein.«

Der Ingenieur seufzte ein paar Mal und versuchte, die Lederstiefel auszuziehen. »Sie sind nach Maß gefertigt«, erzählte er, »zwölftausend habe ich dafür bezahlt, schauen Sie!«

Er hatte die Stiefel ausgezogen und zeigte dem Arzt einen dünnen Rand um den Stiefelschaft herum. »Das ist Klebstoff. Er hat mich vor dem Flecktyphus gerettet. Bis zu vierzig Läuse pro Tag klebten an ihm, als wir entlaust wurden. Erfindungen des zwanzigsten Jahrhunderts!« Er lachte hell auf.

Der Arzt brachte einen Stoß Militärdecken vom Flur herein. »Bett hab ich keins, aber wenn Sie zwei davon unter sich ausbreiten und sich mit zweien zudecken, schlafen Sie wie eine Prinzessin... Es ist scheußlich hier, sie haben gar keine Vorstellung davon, wie scheußlich. Kein räudiger Gaul würde hier bleiben, nur der Mensch bleibt.«

Er öffnete den Schrank, zog aus dem Haufen schmutziger Hemden und ungeputzter Schuhe ein schwarzes Kästchen hervor, auf dessen Deckel ein weißes Hündchen Männchen machte: *His master's voice.* Der Arzt legte eine Platte auf, riss die Kurbel an und setzte den kleinen Hebel in Gang:

Grüß dich Gott, lieber, dummer Narr Iwanitsch!
Steh auf und preise uns,
Tief vor uns verneige dich...

Die stumpfe Nadel kratzte, doch der Arzt saß regungslos da, den Kopf auf die Hand gestützt, und lauschte dem schlichten Gesang, diesem einsamen Gesang mitten in der einsamen Nacht. Auch der Ingenieur hörte zu, und ein Gefühl tiefer Freude durchströmte ihn, das auch dann noch anhielt, als die Platte zu Ende gespielt war und der Arzt das Kästchen wieder zuklappte.

»Das spiele ich als Abendständchen«, sagte der über das Grammophon geneigte Arzt, »wenn ich einen Gast habe.«

»Danke«, fuhr Petr aus seiner Versunkenheit auf, »ich danke Ihnen sehr.«

»Der Mensch braucht nicht viel, um zufrieden zu sein. Sein täglich Brot und ein Dach über dem Kopf. Und das Gefühl, dass er den andern zumindest ein wenig nützlich ist.« Er löschte die Petroleumlampe und kroch umständlich ins Eisenbett. Die Regentropfen klatschten auf den Tisch und in die Waschschüssel in der Zimmerecke. »Das ist das Wichtigste«, fuhr der Doktor fort, »ich glaube nicht an gute Taten. Und auch nicht an die Unsterblichkeit der Seele. Wenn man Ihnen einen Menschen bringt, den eine Mine zerrissen hat, wissen Sie, dass es ein absolutes Ende gibt. Auch wenn das ungerecht ist. Sie gehen Ihren Weg, und plötzlich ist das Ende da, nur weil jemand, der Sie nicht einmal kennt, eine Falle errichtet hat. Ich denke oft über diese Fragen nach, wenn man mir hier Verstümmelte bringt. Was ist denn der Mensch eigentlich? Und was die menschliche Seele? Das Ganze sitzt im Gehirn, Millionen von Zellen, eine wunderbare Konstruktion, das sind Sie. Und wieder eine andere Konstruktion, das bin ich. Irgendwann, vielleicht in tausend Jahren, werden die Menschen ein künstliches Gehirn bauen. Warum nicht? Sie haben schon viel erfunden und schaffen auch das. Und wenn Sie ein Hirn hinbekommen, das genauso ist wie das Ihre, werden Sie plötzlich wieder am Leben sein. Sie oder ich oder zum Beispiel Hitler. Aber zuerst wird man Sie fragen: Wie haben Sie sich damals verhalten? Sie, wird man sagen, Sie haben die Erde aufgewühlt und Minen vergraben, um damit Mitmenschen zu töten. Wie schändlich! Und man wird Sie zermalmen! Für immer vernichten! Und mein Wunsch wäre, dass auf die Frage: Und Sie, Doktor Krivulo, was haben Sie getan?« – Die Antwort blieb der Arzt schuldig, denn er war mitten im Satz eingeschlafen. Der Ingenieur lag jetzt allein da, hellwach, und horchte auf das Rauschen des Regens, er konnte nicht einschlafen. Vor seinem geistigen Auge erstand eine verstümmelte Landschaft, von der Erde stieg Rauch auf, Menschen schufteten auf Trümmerfeldern, und mittendrin ertönte die dröhnende Bassstimme des Arztes.

Sein Vater kam ihm in den Sinn, auch ihm war es wichtig gewesen, für andere da zu sein. Weiß Gott, warum ihm gerade dies Foto seines Vaters vor Augen trat: sein Vater sitzend, umgeben von seinen Schülern, sehr zufrieden aussehend und ehrwürdig. Jedes Jahr hatte er mindestens sechzig junge Menschen ins Leben entlassen, denen er den Tod Alexanders und den Fall Karthagos und eine Vorstellung von der Schlacht bei Austerlitz eingetrichtert hatte. Er hatte seine Grundsätze gehabt und seine Art, die Dinge zu sehen: Meine Damen und Herren, Napoleon war ein genialer Mensch, doch er verkörperte die Idee einer totalitären Macht, und deshalb musste er in der Verbannung elendiglich zugrunde gehen. Die Menschheit reift für die Demokratie, was soviel wie *Volksherrschaft* bedeutet. Tag für Tag hatte er im Sessel neben dem Bücherschrank gesessen: Masaryk, Čapek, Remarque, Upton Sinclair, die Politik ist ein schmutziges Geschäft, die Demokratie, das ist ehrenhafte Arbeit, nur sie schafft Werte. Im achtunddreißiger Jahr hatte man ihn vorzeitig in den Ruhestand versetzt, er wollte sich auf keinen Fall anmerken lassen, wie sehr ihn das beschämte, er hatte sogar Gäste zu einer Abschiedsfeier eingeladen, einige Professoren und eine alte Tante, bei der Feier aß er soviel wie sonst nie und erzählte Anekdoten, trockene und etwas altväterliche Anekdoten, geeignet, den Geschichtsunterricht aufzulockern. Alle lachten, doch mit jeder Minute nahmen die Traurigkeit und das Unbehagen zu. Dann war die Feier vorüber. Die Gäste gingen. Nur die Lüster brannten noch, und ein sinnloses Gewirr von Speiseresten und halb leeren Gläsern, herumstehenden Stühlen und überquellenden Aschenbechern blieb zurück. Der Vater stand erstarrt in der leeren Zimmerecke, ein Nachtfalter flatterte zum Fenster herein; die Kurve des fliegenden Schattens an der Wand. Doch der Vater regte sich nicht, die Stille dauerte an, wenn er wenigstens geschrien hätte, wenn er geflucht hätte, wenn ein Glas umgestürzt wäre, wenn jemand gekommen wäre, um die Stühle zurechtzurücken, aber so kündigte die Situation ein Ende an: ein Ende der Bewegung, der Ordnung, des Lebens, und das begriff sein Vater offenbar.

Gleich zu Beginn der Okkupation hatte sein Vater erfahren, dass sich drei seiner Schüler den Faschisten angeschlossen hatten. Vielleicht waren es auch mehr, das konnte er nicht mehr in Erfahrung bringen, er schluckte eines Tages vor dem Schlafengehen fünf Dragees Luminal. Anderen nützlich sein, aber wie? Die Politik ist ein schmutziges Geschäft, ehrenhafte Arbeit schafft Werte, doch dann kommt ein anderer und macht sie zunichte. So viele Menschen widmeten sich ihrer Arbeit, und dann machte jemand sie zunichte, fünf Dragees Luminal, Dörfer ohne Dächer, eine brennende Kirche, in die man Menschen eingesperrt hatte, wie laut sie geweint hatte, sie und ihre kleinen Söhne, Baumstrünke… Und alle, alle waren wir ganz und gar unschuldig.

Hoffentlich kann ich es besser machen. Immerhin bin ich ja einer Partei beigetreten, die die Welt verändern will. Er glaubte fest daran, dass er gemeinsam mit den Menschen, die wie er dachten, alles zum Guten ändern könnte: sodass niemand mehr zwischen den Menschen Zwietracht säen und sie aufeinander hetzen konnte… Darum bin ich hier, sagte er sich, und in seiner großen Müdigkeit vermeinte er die Zukunft klar zu sehen, sie war voller wichtiger Aufgaben, getragen von dieser Mission. Er wollte sich noch ausmalen, was er alles in der nächsten Zukunft tun würde, doch er hatte keine

Kraft mehr zu denken, er horchte nur noch auf den monoton in die Waschschüssel tropfenden Regen und schlief schließlich ein.

Dann auf dem Flur draußen eine vor Schmerzen brüllende Stimme, das Hallen von Schritten. Er erblickte den Arzt, der die Petroleumlampe anzündete und mit der Lampe hinauslief, hörte ihn schreien: Los, Männer!

Er stand auf, strich benommen die Decken glatt, kleidete sich an, es war noch nicht einmal zwei Uhr früh, draußen rauschte noch immer der Regen. Im Nebenraum gellten schmerzerfüllte Schreie, der Ingenieur ging auf den Flur hinaus und warf einen Blick durch die offene Tür. Ein Mann lag blutüberströmt auf einem breiten, mit einem Betttuch bedeckten Tisch, das Blut tropfte in die Regenpfütze auf dem Boden. Eine schlaftrunkene Schwester legte die Instrumente bereit, der Arzt wusch sich die Hände.

»Kann ich irgendwie helfen?«, fragte der Ingenieur.

»Danke«, sagte der Arzt, »haben Sie so etwas schon mal mitgemacht?«

»Nein!«

»Dann wohl kaum!« Er blickte zur Decke. »Es sei denn«, er wies in die Ecke, in der ein altmodischer, schwarzer Regenschirm lehnte, »dass Sie den dort über uns halten.« Er trocknete sich die Hände sorgfältig ab.

Der Ingenieur nahm den Regenschirm, spannte ihn auf und ging damit zum Operationstisch.

»Nehmen Sie sich in Acht«, mahnte der Arzt, »ich habe jetzt keine Zeit für Sie. Und schauen Sie lieber weg, wenn Sie so was nicht gewohnt sind.«

Tropfen klatschten auf den gespannten Stoff des Regenschirms, er sah dem Arzt zu, der Sehnen mit einem langen Messer durchtrennte und dann die Wunde vernähte, während ihm Blut über die Hände lief. Dann bemerkte der Ingenieur die Totenblässe im Gesicht des Patienten, der Mann musste ja doch sterben. Die Beine wurden ihm plötzlich bleiern schwer, kalter Schweiß trat ihm auf die Stirn. Er kniff die Augen ein wenig zu, das kommt von der Müdigkeit. Plötzlich wurde ihm die verzweifelte Sinnlosigkeit seiner Lage bewusst. Warum besserten sie das Dach nicht aus, wozu hatte er die unendlich weite Reise hierher auf sich genommen? Um andern den Regenschirm über den Kopf zu halten? Und was weiter?

Der Arzt verband die Wunde. Er trocknete sich die schweißbedeckte Stirn, das Schlimmste war geschafft: »In den ersten Tagen mussten wir Streifen zerrissener Uniformhemden anstelle von Mull nehmen.«

Sie trugen den Mann mit den amputierten Beinen in den Nebenraum, der Arzt goss sauberes Wasser in die Waschschüssel, seine Hände, sein Mantel und sogar das Gesicht waren mit Blut bespritzt.

»Muss er sterben?«, fragte er den Arzt.

»Wahrscheinlich schon«, sagte der, »mit Sicherheit. Sie haben fast einen ganzen Tag gebraucht, um ihn hierher zu bringen!«

Der Ingenieur schob den Regenschirm einige Male auf und zu, die Tropfen spritzten nach allen Seiten.

Draußen in der undurchdringlichen, wilden Finsternis der Berge rauschte noch immer der Regen.

VIER : DER LEHRER

Der Lehrer stellte das Blechkännchen mit dem Kaffee von der Kochplatte weg und goss sich Kaffee in eine Tasse aus echtem Meißner Porzellan. Auch der Kaffee war echt, er hatte eine Hand voll Bohnen für sich abgezweigt, als er die Sendung von der UNRRA an die Kinder verteilte. Er machte es sich im Sessel bequem und speiste königlich: ein Osterbrot und Osterpasteten, beides hatte ihm die Tochter des Hausmeisters gebracht, wahrscheinlich hatte sie es auch seinen Vorgängern gebracht, sie oder ihre Mutter, ein kleiner Obolus vom Hausmeister der Schule, aber ihn freute es. Er war in bester Festtagslaune – nach so vielen Wochen Schufterei ein bisschen Ruhe, Zeit für eigene Gedanken.

Er beendete das Mahl und räumte das Geschirr weg, dann spähte er aus dem Fenster. Er kam selbst aus den Bergen und hatte zuvor schon einige Jahre in einem kleinen Dorf unterrichtet, das am Fuß der zerklüfteten Anhöhen lag. Die unermessliche Weite der Ebene mit ihrer Reinheit und ihrer Stille hatte ihn bezaubert, die schmalen Bänder der glitzernden Wasserläufe, das gelbgrüne Dickicht der Büsche im Frühling, die dunklen Wildentenzüge. Es war eine unberührte, erstaunliche Schönheit, aber auch ein Zeichen von Not und Elend. Ein Land, das noch nie einen Pflug gesehen hatte. Eine Ödnis.

Warum versucht ihr nicht etwas anzubauen?

Da kommt doch immer das Wasser.

Alle redeten hier vom Wasser. Wie es im vorigen Jahr das Land überflutet hatte und im vorvorigen Jahr, und warum es dieses Jahr noch keine Überschwemmung gegeben hatte. Auf dem Stamm der Weide vor seinem Fenster schimmerte eine weiße Kerbe, die er gerade noch mit der ausgestreckten Hand erreichte. So hoch war das Wasser gestanden.

Er kniff die Augen zu: Im Geist sah er Weidenbüsche vor sich, die langsam aufblühten, duftende Nuss- und Pfirsichbäume, Trauben an überladenen Weinstöcken. Die Erde war grobkörnig, er ließ sie durch die Finger rieseln und atmete tief ein. Er liebte die Erde, er hatte sich immer gewünscht, ein Obstbauer oder auch nur ein gewöhnlicher Bauer zu werden, aber dazu hätte er wenigstens ein kleines Stück Land gebraucht. Wenigstens ein kleines Stück von diesem unfruchtbaren Boden, der hier brach lag und für niemanden einen Nutzen hatte. Es betrübte ihn, dass sich die Leute damit abgefunden hatten und ihm nichts als eine magere Weide abtrotzten.

Er ließ sich wieder in den Sessel plumpsen und nahm ein sorgfältig eingeschlagenes, dickes Heft vom Couchtisch.

Notizen aus der Unterrichtspraxis,
aufgezeichnet von Petr Lukáš, Lehrer in Blatná.

Ursprünglich wollte er nur ein pädagogisches Tagebuch führen, aber er schrieb alle seine Gedanken über die Schüler und deren Eltern auf.

Heute, am 20. Februar 1946, kam die Schülerin der zweiten Klasse Elena Puškárová mit einer geschwollenen Hand in die Schule. Ich nahm ihr den Verband ab, und ein scheußlicher Gestank drang heraus.
Was hast du da?
Bitte, das ist Mist, damit es nicht weh tut.
So heilt man hier noch Krankheiten. Die alte Brudňaková holt ihr Wasser aus dem Fluss, und das trinken sie dann auch. »Schon unsere Ahnen haben es getrunken, und gesund waren sie, haben Sie was dagegen?«, sagte sie zu mir. Viele Leute denken hier so: Wie es die Ahnen machten! Wie dumm!
5. März:
Gestern kam der Kreisarzt und brachte mir eine Schachtel Chinintabletten gegen Malaria. Er nannte mir diejenigen, die jeden Tag kommen und die Tabletten vor meinen Augen schlucken müssen, weil sie sie sonst überhaupt nicht einnehmen würden und sich diese schreckliche Krankheit, die wie eine Geißel Gottes hier wütet, noch mehr ausbreiten würde. Manche weigern sich, und ich muss selbst zu ihnen auf die Höfe gehen.
3. April:
Manche Kinder reden in der Schule überhaupt nichts, wie die kleine Puškárová oder Bajko Kašpar oder Brudňák Mikoláš. Letzterer hat mir unter Tränen anvertraut, dass sie ihm daheim rundheraus gesagt hätten, der Lehrer, der könne ihm nichts Gutes beibringen, denn er glaube nicht an Gott, und er solle daher kein einziges Wort des Lehrers im Unterricht wiederholen. So halten es tatsächlich auch viele Erwachsene, sie erwidern nicht einmal meinen Gruß und schweigen, wenn ich ihnen wegen der Kinder ins Gewissen rede.
ICH MUSS ETWAS TUN!
Aber was? Von früh bis spät bin ich ununterbrochen eingespannt, und wenn ich einmal ein wenig Freizeit habe, schreibe ich den Leuten Gesuche oder sitze in einer Versammlung. Das mag auch seinen Zweck haben, aber das Einzige, was wirklich Sinn hätte, wäre die Leute wachzurütteln: aus ihrer Demut, damit sie gegen die Kirche und gegen das grimmige Schicksal ankämpfen, das ihnen wie ein wilder Wolf an die Kehle springt.

Es folgte eine Seite, die er immer wieder aufs Neue aufschlug.

Ich habe einen Entschluss gefasst!!

Ich werde direkt unterhalb vom Schloss auf der Wiese ein Versuchsfeld anlegen! Mit den Kindern baue ich kleine Deiche gegen das Wasser und schütze das Land so vor Überschwemmungen. Auf den Beeten pflanze ich Tabak und Wein und die besten Früchte an, die hier gedeihen. Ich werde das Volk davon überzeugen, dass es auch anders als nur in Not und Elend leben kann!

Und darunter hatte er beim wiederholten Lesen dieses Eintrags einige weitere Gedanken notiert:

Wer einmal begonnen hat, sich gegen sein Schicksal aufzulehnen, für den gibt es kein Zurück mehr.

Das Schlimmste ist das Schweigen. Wenn du das Schicksal hinnimmst, wie es kommt, muss am Ende ein Sklave aus dir werden, selbst wenn du als Zar geboren wärst!

Das klang etwas pathetisch, doch ihn wühlten diese Worte jedes Mal von neuem auf, wenn er sie las, und sie wirkten immer nachdrücklicher auf ihn selbst zurück. Er ergriff rasch die Feder und schrieb unter die letzte Zeile:

Wer einmal gelernt hat sich aufzulehnen, kann nicht mehr völlig unterworfen werden, denn in ihm keimt schon ein starkes Freiheitsgefühl. Der Mensch büßt immer dann seine Würde ein, wenn er nichts weiter als bloß leben will! Nun denn, erhebt euch!

Aber allein kann ich nichts ausrichten, sah er auch diesmal ein. Und wer schließt sich mir an, wenn ich ihm keine Krone zahlen kann?

Er wollte wenigstens mit jemandem über das Ganze reden, über die kleinen Deiche, die Bedrohung durch das Wasser, die er selbst nur vom Hörensagen kannte, und diesen Boden, den er bestellen wollte. Nur, die Einheimischen würden ihn auslachen. Für sie war es ein unfruchtbares, nutzloses Land, sie erwarteten nichts mehr davon und hielten jeden, der etwas Gegenteiliges behauptete, für verrückt.

Er hielt es nicht mehr in seinen eigenen vier Wänden aus.

Er wartete eine Weile vor dem Tor des Schlosses, das Dorf duftete nach Kernseife und Osterbraten, hinter den Zäunen gingen Männer in ihren festlichsten Anzügen herum, die sie aus uralten Truhen hervorgekramt hatten, und aus mehreren Häusern war das närrische Jauchzen der Mädchen zu hören, die versuchten, die Burschen mit Wasser zu bespritzen. Er nahm das alles wie im Halbschlaf wahr.

Er schritt zügig um das Schloss herum, holte einen Spaten aus dem Schuppen und ging die kurze Stiege hinab, in deren Mauer ein rostiger Ring zum Festbinden eines Bootes stak.

Der Boden war mit kurzem, hartem Gras bewachsen, er sog den Duft des Grases ein, dann grub er eine schmale, tiefe Rinne und sah zu, wie sich das Wasser langsam auf dem Grund sammelte. Das gibt eine Menge Arbeit, dachte er, das wird eine fürchterliche Schinderei.

Eine schwarz-weiß gefleckte Jagdhündin kam aus dem Dorf angerannt, der junge Molnár folgte ihr auf dem Fuß, die Schrotflinte seines Vaters über der Schulter.

Der Lehrer kannte ihn, er hatte schon mehrmals mit ihm gesprochen und war erstaunt gewesen, welch verschrobene Ideen der Bursche im Kopf hatte.

»Hinter was bist du denn her?«, rief er ihm zu.

»Hinter Enten!«

»Das ist ein Leben, über die Wiesen laufen und auf Enten ballern!«

Er lachte. »Ich schieße Ihnen einen Erpel. Soll ich?«

»Warum nicht? Ich zahle dir was dafür.«

Er wartete darauf, dass ihn der Bursche fragen würde, was er denn da mache, und dass er ihm dann ein wenig von seinen Plänen erzählen könnte.

Doch Molnár sagte nur: »Wir bringen Ihnen das reinste Himmelsbrot«, nahm die Flinte und feuerte einen Schuss in die Krone einer hohen Erle, einige Spatzen flatterten erschreckt auf, und der Bursche lachte laut.

Dann war der Lehrer wieder allein. Er hörte das Glockengeläut im Dorf und weiter weg in der Ebene, und eine Gruppe Mädchen ging mit wiegenden Schritten am Kanal entlang und sang Weisen, die ihn schwermütig stimmten. Er redete halblaut mit sich selbst: Dorthin würde er das Wasser ableiten, und an dieser Stelle würde er Erde aufschütten, die Sonne schien hier kräftig, und die Schlossmauer schützte vor dem kalten Wind, sogar Nüsse und Wein könnten gedeihen, die Mädchentraube oder der Furmint. Er atmete bereits den Duft der Tabakblätter ein, hörte raschelnde Maisblätter und stellte sich vor, wie er, den viele Dorfbewohner nicht einmal zur Kenntnis nahmen, sie aus ihrer Lethargie herausreißen und ihnen zu einem würdigen Dasein verhelfen würde, das sie wohl nie kennengelernt hatten.

2

Die kleinen Gehöfte waren menschenleer, nur Hunde und Kinder waren zu Hause geblieben, in Józios Garten hingen reife Kirschen, Pavel schwang sich über den Zaun, plötzlich setzte in der Kirche Orgelspiel ein, ein Chor von einander übertrumpfenden Stimmen, er warf seiner schwarz-weiß gefleckten Hündin eine Handvoll Kirschen hin, dann ging er die einsame Straße entlang, an seinem Gürtel baumelten zwei Erpel mit grünem Gefieder an den Hälsen. Es war dieses Jahr schwer, Erpel zu erlegen, das Wasser war kaum über die Ufer getreten, die Wildentenschwärme waren über das Gebirge weiter gezogen, nur einzelne Pärchen hatten sich in den versteckten Morasten niedergelassen. Aber er wusste wo, er schlug sich von einem zum nächsten durch, allein und unbemerkt von allen, mit Ausnahme der Hirten mit ihren umherziehenden Herden.

Daheim wand er einen Draht um die Hälse der Erpel und ließ sie in den Brunnen hinab, bis die leblosen Köpfe den Wasserspiegel berührten.

»Einen bekommt der Lehrer«, sagte er zu der Hündin, »weil wir es ihm versprochen haben.« Dann ging er in die Stube, breitete sich ein schmutziges Handtuch über die Knie und begann, die Flinte zu putzen.

Der Hund lag vor seinen Füßen, und Pavel redete auf ihn ein. »Alle tun so, als ob er ein Teufel wäre. Im Ernst. Aber vielleicht ist er nur ein wenig bekloppt. Genau wie wir zwei.«

Der Hund gähnte, und Pavel lachte in sich hinein. Von dem Tag an, an dem er von dem rostigen Wrack am Flussufer weggelaufen war, war er nicht mehr bei Jožkas Abenteuern mit von der Partie gewesen, er hatte jetzt im Grunde überhaupt keine Freunde mehr, er hatte niemanden, der ihm nahe stand, außer seinem Vater und vielleicht noch Janka. Er dachte oft an Janka, er hatte ihr sogar geschrieben, und nach sehr langer Zeit hatte sie ihm geantwortet, nur ein paar Sätze. Sie habe jetzt eine bessere Stelle, eine recht passable Stelle in einem großen Büro. Er hatte geschrieben, dass er sie dann ja wohl besuchen könne, und sie hatte diesmal sehr rasch geantwortet, er solle nicht kommen, es sei schade um das Geld, denn sie habe sowieso keine Zeit.

Er war trotzdem hingefahren, hatte sie in einer Hotelküche angetroffen, sie spülte Geschirr, war im Gesicht rot vom Dampf und hatte feuchte, fettige Haare, sie hatte keine Minute frei und war noch dazu erbost, dass er überhaupt gekommen war.

Er setzte die Flinte zusammen, beugte sich zum Hund hinab: »Wir gehen zum Lehrer«, sagte er, »penn nicht dauernd!«

Draußen waren Männerstimmen zu hören. Das war Vaters Sonntagsgesellschaft, die sich dem Haus näherte. Sie würden eine Weile am Zaun stehen bleiben, ihre Debatten würden von den Weibern zur Ernte schweifen, von der Ernte zu nächtlichen Eskapaden und zum Wasser, vom Wasser zum Wein, vom Wein zu den Weibern und von diesen schweren Herzens zum Krieg und vom Krieg frohgemut zu den Weibern.

Er erkannte verschiedene Stimmen: »... im Nachthemd«, schwatzte der alte Baňas, »einem solchen ... uh, uh...«

Sie lachten.

Dann hörte er die Stimme des Vaters. »In Petrovice kam diese junge Zigeunerin zu mir, die Vilgová: Großmächtiger Herr, ich möchte beim Fluss arbeiten. – Sie sind doch überhaupt nicht zur Schule gegangen. – Nein. – Können Sie überhaupt schreiben? – Kann ich nicht.«

Die Männer lachten. Vater riss wieder mal seine Witze. Das beherrschte er vorzüglich, einmal hatte er von einem Begräbnis so erzählt, dass sich die Leute fast totgelacht hatten.

»So, was können Sie denn? Frage ich sie. Kinder machen, das kann ich!«

Sie brüllten vor Lachen, auch Pavel lachte mit. Er mochte die Geschichten seines Vaters und hörte sie immer wieder gerne. Er wünschte sich, auch solche Geschichten erzählen zu können, doch wie oft er es auch versuchte, es lachte keiner. Wahrscheinlich, weil er immer etwas Unpassendes einflocht.

»Bist du da?«, rief der Vater vom Flur her. Pavel hörte, wie er die Schuhe abstreifte. »Du warst wieder nicht in der Kirche.« Er ging in Strümpfen zum Schrank und nahm zwei riesige Wirtschaftsbücher heraus. In das erste trug er alles ein, was das Wasser betraf, in das zweite klebte er Anekdoten ein, die er aus Zeitungen und alten Kalendern ausschnitt: *Graf Andrássy ritt einmal durch seine Herrschaft und traf einen treu ergebenen Heger. Der Graf bot ihm eine Zigarre an, und wider alle Gepflogenheiten griff der Heger zu.*

»Nein, ich war nicht in der Kirche.«

»Als Einziger!«, sagte der Vater, ohne vom Buch aufzublicken. »Du als Einziger.«

»Und der Lehrer!«

»Richtig, und der Lehrer.« Der Vater ließ sich auf keinen Streit ein. Sein ganzes Leben hatte er noch nie auch nur an einen Streit gedacht. »Ja, der Lehrer, der kann sich das leisten… Er ist Lehrer, er kann tun und lassen, was er will. Er kann sogar den Mantel mit der Innenseite nach außen tragen.«

Pavel zog den Mantel aus und wendete die Innenseite demonstrativ nach außen.

»Das ist seine Sache«, fuhr der Vater fort, »doch du siehst darin bloß wie ein Esel aus.« Er hatte schon viele Seiten voll geklebt, obwohl er erst nach dem Krieg damit begonnen hatte, nachdem seine Frau verstorben und sein ältester Sohn nicht wieder heimgekehrt war, er musste die leeren Blätter mit irgendetwas füllen, und er hatte seine Freude daran. Wie viele fröhliche Menschen gibt es doch auf der Welt, wenn die sich alle einmal treffen könnten! »Es gehört sich, dass man den Sonntag heiligt!«

»Warum?«

»Weil wir Christen sind.« Er fand solche Debatten eher beschämend, doch er fühlte sich für die Erziehung des Jungen verantwortlich. »Man kann mancherlei über die Priester denken«, setzte er hinzu, »aber glauben muss man! Darum leben wir. Und zieh diesen Mantel aus!«

»Wir glauben doch«, sagte Pavel und fasste den Hund am Nackenfell, »wenn wir manchmal draußen herumlaufen, schauen wir nach oben und sehen, dass der Himmel voller Engel ist, und er bellt sie dann an!« Auch dieser Scherz war ihm nicht geglückt, er brachte den Vater nicht zum Lachen. »Also, wir gehen«, sagte er verunsichert.

Auf dem Hof drehte er sich zur Hündin um: »Aber wir glauben doch... Ich glaube, dass einmal, dass einmal...« Er atmete tief ein. Dann fischte er einen Erpel aus dem Brunnen, es war ein Prachtexemplar, das Federkleid war noch nicht verblichen und glänzte metallisch. »Vielleicht will er, dass wir bei seinen Experimenten mitmachen«, redete er weiter mit der Hündin. »Das würde dir gefallen, was?«

Sie gingen bei dem hinteren Türchen hinaus und liefen ausgelassen über die Höfe.

3

Über der Ebene zog ein Nachtgewitter auf, ein Blitz zuckte, und der ganze Gastraum der Schänke schimmerte in einem bläulichen Licht. Der Gastwirt Baňas blickte zum Fenster hinaus: »Die Flut kommt.«

Der Lehrer saß mit dem Schreiner Vrábel an einem Tisch und erzählte von seinen Beeten, bald würden sie reif für die Ernte sein. Er persönlich hatte die Tabaksetzlinge und das Pfirsichpfropfreis beschafft und den Mohn gesät und eingewalzt. Vrábel lächelte ungläubig. Pavel Molnár setzte sich zu den beiden und hörte gespannt zu, obwohl das alles für ihn nichts Neues mehr war, er war außer den Schulkindern der Einzige im Dorf, der dem Lehrer half, selbstverständlich unentgeltlich, weil der Lehrer ihm dafür nichts geben konnte außer der Zusage, dass er einen Teil der Ernte bekäme – sollte die Frucht gedeihen. Doch der Bursche legte gar keinen Wert auf einen Lohn, er setzte noch mehr Hoffnung in die kleinen Felder als der Lehrer selbst.

»Die Zuckerrüben, wie die wachsen«, prahlte der Lehrer, »habt ihr die Blätter gesehen?«

»Ich habe sie gesehen«, sagte Vrábel, »ich sehe vom Fenster aus alles. Das ist ein Jux, Herr Lehrer, ein richtiger Jux!« Ihm war nicht klar, warum sich der Lehrer zu ihm an den Tisch gesetzt hatte. Er stand auf und holte drei Gläser vom Schanktisch.

»Auf Ihr Wohl!«, stieß er mit dem Lehrer an. Aber der Lehrer trank nicht, das gehörte sich doch nicht, dass ein Lehrer trank. »Wir planen, Bewässerungsanlagen zu bauen«, berichtete er. »Vielleicht können Sie uns helfen, Herr Vrábel. Wir müssen eine Rinne graben.« Er zog ein Stück Papier aus der Tasche und skizzierte seinen Plan.

Vrábel setzte seine Brille mit der dicken Fassung auf und betrachtete die Zeichnung.

»Das ist ein Witz«, sagte er, »seien Sie mir nicht böse, wir sind ja Nachbarn.«

Doch der Lehrer war beleidigt. »Ihr bildet euch alle was darauf ein, wie schlau ihr seid! Es regnet euch in die Stuben hinein, und ihr lobt noch Gott dafür.«

»Das ist wirklich ein Witz«, wiederholte Vrábel eigensinnig, »ein grandioser Unfug. Trinken Sie doch!«

Am Nebentisch meldete sich Smoljak zu Wort: »Unsere Bauern sind für nichts zu haben, Herr Lehrer. Probieren Sie's erst gar nicht. Die müssen zuerst politisch wachgerüttelt werden ... erst dann ist mit ihnen etwas anzufangen.«

»Wenn sie das nicht aufweckt, was dann?«, versetzte der Lehrer zornig.

Er blickte sich im Gastzimmer um. Da saßen sie breitbeinig in ihren Hanfhosen: der alte Brudňák, der seinem Sohn verboten hatte, in der Schule zu reden, und das Wasser aus dem Fluss trank, und Puškár, der nässende Wunden mit Pferdemist verarztete, er hatte ihn um etwas Mist für seine Beete gebeten: Ich gebe keinen her, genauso gut kann ich ihn unter der Hundehütte vergraben.

Politisch wachrütteln, dachte der Lehrer verbittert. Da willst du ja noch mehr als ich. »Also bauen Sie uns die Rinne?«, fragte er Vrábel.

Vrábel schwieg. Er schimpfte gern, aber eine Bitte schlug er selten aus. »So ein Unfug«, wendete er sich an Pavel, »dass du ihm das nicht ausredest. Du kennst dich doch hier aus!«

Vrábel nahm den Zettel, faltete ihn mehrfach zusammen und steckte ihn in die Tasche. »Was soll's, man kann sie nachher zu Trögen für die Schweine zersägen.«

»Danke.« Der Lehrer stand auf. »Ich werde es Ihnen nie vergessen.«

Das aufziehende Gewitter machte ihm Sorgen. Er ging hinaus.

In der Ferne zuckten lautlose Blitze, und finstere Wolkenpyramiden türmten sich in unermessliche Höhen. Er wollte nochmals zu seinen Beeten, und er hörte die Schritte des einzigen Menschen, der an ihn glaubte. Pavel lief ihm nach. Er ging um das Schloss herum, da sah er schon, die Tabakblätter zitterten unruhig, die Schäfte der Maispflanzen wippten leicht unter den Windstößen, die Mohnblüten hatten sich in der Finsternis geschlossen. Er setzte sich auf einen Stein. Er hing an diesen kleinen Feldern, träumte davon, dass er in ein oder zwei Jahren, wenn er dem Boden seine Fruchtbarkeit zurückgegeben hätte, so viel ernten würde, wie sie unten an der Grenze ernteten, und dass die Leute staunen und begreifen würden, dass sich das ganze Tiefland in einen solchen Garten verwandeln ließe.

»Du wirst schon sehen, was wir alles erreichen werden«, sagte er, »welche Häuser ihr euch eines Tages alle bauen könnt!«

Das Wasser schimmerte in den schmalen Rinnen, welch eine Mühe es sie gekostet hatte, Mulm in Körben aus dem Wald zu holen, vermodertes Laub, sie hatten eine dünne Schicht Humus in den harten, ausgemergelten Boden eingeharkt. Wie viele Tage sie allein gebraucht hatten, um den schmalen Wall der niedrigen Deiche gegen das nicht vorhandene Hochwasser zu bauen, die Kinder hatten in Holzzubern Wasser für die Rinnen herbeigeschleppt... Er blickte zu den heraufziehenden Wolken und sagte rasch, um die Angst zu verscheuchen. »Es geht mir nicht um Häuser ..., du kannst ein großes Haus haben, ein Dutzend Zimmer, Kristalllüster, und trotzdem unglücklich sein. Ich will hier bei den Leuten etwas bewegen.«

Der erste Blitz fand sein Echo, der Wind trug das Grollen zu ihnen.

»Am schlimmsten ist die Ruhe«, er musste fast schreien, um den Wind zu übertönen, »die Unterwürfigkeit! Ergebenheit! Jeder, der etwas will, sehnt sich auch nach Freiheit, denn nur so kann er sein Ziel erreichen. Er beginnt die Freiheit zu lieben und lehnt sich gegen die Kirche auf... Sich gegen das Überkommene auflehnen, etwas Besseres und Vollkommeneres wollen, erst das macht einen Menschen aus dir.«

Sein Unbehagen wuchs. Vielleicht war er wirklich wie ein eigensinniges Kind, ein Narr. Er redete schnell und hektisch, um die Furcht zu verjagen.

Pavel Molnár hing an seinen Lippen, er verstand nicht alles, aber er hatte manchmal den Eindruck, dass der Lehrer das Leben besser verstünde als alle andern, die ihm je begegnet waren, und vielleicht hatte er tatsächlich den Weg aus dieser Falle gefunden, die auch ihn selbst erschaudern ließ, er war froh, dass er dem Lehrer zuhören konnte.

»Darum will ich es ihnen beweisen«, erklärte der Lehrer, »wenn sie erst sehen, was wir auf die Beine stellen, werden sie begreifen, wie viel auch sie selbst zustande bringen und wie sie leben können. Die Sehnsucht nach einem besseren Leben wird in ihnen erwachen und sie und die Verhältnisse hier verändern!

Der Gewittersturm brauste über das Land, sprühende Funken zuckten durch die Finsternis, Bäume neigten sich knarrend im gespenstigen Zwielicht, die endlose Weite überzog ein grauer Schleier, dann schob sich ein Sturzregen heran, undurchdringlich wie eine Säulenwand.

Er erinnerte sich plötzlich, dass so Lawinen heranrollten. Einmal, als er noch ein Kind gewesen war, war er in den heimischen Bergen gewesen, als er plötzlich ein leises Grollen hörte, er wusste nicht, woher es kam, es schwoll an und ging allmählich in ein bebendes, rumpelndes Dröhnen über, er erblickte eine gewaltige Schneemasse, die sich über einen Hang hinunter wälzte und vor seinen Augen in eine Felsschlucht donnerte, ein unwirklich anmutendes Bild, die Vision eines Kampfes, Bäume brachen um und wurden von den Schneemassen in die Tiefe gerissen.

Einige Sekunden später war die Lawine im Abgrund verschwunden, erst im Frühjahr hatte man das ganze Ausmaß der Verwüstung erkannt, und ein heller, kahler Streifen hatte sich von der Schlucht über den Hang hinauf gezogen.

Schließlich sprang er auf: »Los!«, rief er. Er lief zu den Beeten hinaus und schaufelte mit bloßen Händen den Lehm, der die Rinnen verstopfte, heraus. Bald begriff er, dass es vergeblich war. Er schlug den Kragen seines durchnässten Mantels hoch. »Was machen wir jetzt?«, fragte er. »Was wird nun geschehen?«

Als sie dann unter dem Gewölbe des Hausflurs im Trockenen standen, fragte er noch einmal: »Was wird nun geschehen?«

Der Junge neben ihm hielt den Kopf gesenkt. Sie waren also doch zu schwach, zu schwach und ohnmächtig.

»Vielleicht geschieht gar nichts«, flüsterte der Lehrer, »das Gewitter geht wieder vorüber.« Dann kniff er müde die Augen zu. Im Kampf überwältigt zu werden … aber durch eigene Dummheit eine Niederlage einstecken müssen… Wem war damit gedient?

4

Jožka Baňas ging in der Stadt wie gewohnt auf ein Gläschen Wein in die Schänke. Er trank drei Gläschen und war schon in gehobener Stimmung und redselig, als er in der verrauchten Küche hinten Janka Jurcová erblickte. Er ließ sie rufen.

Ihre Arme waren bis zu den Ellbogen hinauf nass, auf der Schürze Wasserflecken, sie blickte an ihm vorbei ins Leere.

»Hier arbeitest du jetzt?«

»Na«, sagte sie, »nur für einige Zeit. Ich will zum Gericht, ins Büro. Ich habe schon ein Gesuch geschrieben.«

Er ging zu ihrem Chef, gab ihm drei Hunderter und kaufte sie für den Nachmittag frei, er konnte es sich leisten, sein Wagen war voll beladen mit Eternit aus dem Grenzgebiet, ein tolles Geschäft.

Sie wohnte in einem Dachstübchen oben in der Gaststätte, sie lief hinauf, um sich umzuziehen, auf dem Korso begann gerade der Markt: Tücher, Hemden, Trompeten, Männchen machende Äffchen, Haarbänder, süße Versprechen aus Marzipan und bemalte Krüge, Rosenkränze und Gebetbücher, ein Papagei sagte die Zukunft voraus.

Jožka kaufte ihr feurige, orangefarbene Korallen aus billigem Glas. »Siehste«, pries er sein Geschenk, »jetzt bist 'ne echte Dame.«

Am Rand des Marktes wippten Schaukeln, Lautsprecher überbrüllten sich gegenseitig, ein Autodrom surrte.

Er schoss ihr eine Puppe mit einem Kreppröckchen, dann stiegen sie in eines der Autos, mit einer Hand lenkte er, mit der anderen fasste er sie um die Schultern, er prallte heftig gegen die farbigen Rennwägelchen und lachte laut, wenn sie vor Angst aufschrie.

Dann führte er sie in ein Kaffeehaus. Noch immer ließ sie sich vom Glanz des Stadtlebens betören: riesige Lüster, Stuckdecken, Kellner in Schwarz, die sie mit »gnädiges Fräulein« anredeten, sentimentale Tangos, herausgeputzte Provinzdamen.

Sie tanzten viel, er hielt ihre Hand und schwatzte. Ein Bus, der in eine Schlucht gestürzt war, er rettete eigenhändig acht Menschen das Leben, darunter diese berühmte Sängerin, er hatte sie schon im Theater gehört, sie sang so schön, dass die Leute draußen vor dem Theater wie vom Donner gerührt stehen blieben, eine vornehme Mamsell, und nun war sie völlig verunstaltet, erwürgen Sie mich, hatte sie ihn gebeten, als er sie zu seinem Wagen getragen hatte, aber er hatte ihr geantwortet: Eher erwürge ich mich selber, Gnädigste!

Sie lächelte abwesend. Vielleicht gefalle ich ihm, dachte sie, warum hätte er mich sonst eingeladen. Das kostet ihn doch eine Menge Geld. Doch es kam ihr merkwürdig vor, dass er sich ausgerechnet sie aussuchen sollte: Er war zu erfolgreich, kam viel in der Welt herum und hatte bestimmt schon eine Menge Mädchen kennengelernt. Aber vielleicht hatte er keine gefunden, die er wirklich mochte. Sie war sich ziemlich sicher, dass sie sein Herz gewinnen könnte, wenn sie mehr Zeit hätten.

»Wann fährst du wieder?«, fragte sie.

»Gleich nachher«, erklärte er mit wichtiger Miene, »man hat wenig Zeit für sich selbst, wenn man es zu was bringen will.«

»Du wirst es zu was bringen!«

»Ganz sicher!« Er war davon überzeugt. Er wollte sich zuerst ein paar Lastwagen und dann ein Haus in der Stadt zu kaufen. Er sah sie schon vor sich, eine lange Reihe großer Autos, auf deren Karosserien sein Name prangte, Lastwagen mit roten Aufschriften auf blassblauen Seitenwänden füllten die Straßen*: Jožka Baňas, Fuhrunternehmen.*

»Würdest du mir überallhin folgen?«

Sie war ganz verdutzt und zu keiner Antwort fähig. Sie neigte den Kopf und starrte auf den abgetretenen Läufer auf dem Kaffeehausboden.

»Ich kaufe ein Haus, es wird uns ganz allein gehören.«

»Und warum ausgerechnet ich?«

»Du hast mir schon immer gefallen. Oft, wenn ich unterwegs bin und ein Mädchen sehe, denke ich: ganz die Janka. Und plötzlich muss ich an dich denken … du gehst mir nicht aus dem Kopf!«

Sie lachte. »Ich denke auch manchmal an dich. Du gefällst mir auch.«

Draußen wurde es plötzlich finster, von der Ebene wälzten sich Wolken heran, so schwarz, dass selbst die dunklen Dächer der Häuser dagegen weiß wirkten, als ob sie mit Reif überzogen wären. Die Bäume bogen sich im Sturm, ein großer Papierfetzen wirbelte hoch oben durch die Luft, eine einsame Katze huschte Schutz suchend durch die Straße.

Sie blieben in einer Toreinfahrt stehen, er nahm ihren Kopf zwischen seine Hände. »Wir würden gut leben«, flüsterte er, »es würde uns an nichts fehlen. Und ich hätte dich!«

Er küsste sie, sein Schnurrbart stach sie. Sie wiederholte jedes Mal, wenn sie Atem schöpfte: »Genug jetzt.« Doch er küsste sie immer wieder und fragte: »Würdest du bei mir bleiben?« Und sie hauchte: »Vielleicht…«

Hinter ihnen knarrte eine Tür, ein feistes Gesicht lugte heraus: »Suchen Sie jemanden?«

»Komm, gehen wir zu dir!«

Sie gingen durch die zugige Straße, der Wind blies ihnen den Staub in die Augen. Sie dachte daran, dass ihre Freundinnen diese Erfahrung schon längst gemacht hatten: Die Männer wollen immer nur das Eine! Du musst sie zumindest ein wenig hinhalten.

Aber er nicht, dachte sie, er meint es doch ernst!

Sie kamen zu der Gastwirtschaft, in der sie arbeitete.

»Lass uns da hineingehen.« Sie wies auf den Speisesaal.

»Ich dachte, wir gehen zu dir.«

»Nein, ich … es ist nicht aufgeräumt … ein andermal…«

»Aber ich muss doch morgen fort!«

Sie schwieg.

Regen setzte ein, der Wind peitschte die Schauer in den Torbogen.

»Du kommst doch wieder.«

»Komm! Du hast mir doch versprochen, dass du mir überallhin folgst.« Er stieg die kalten, muffigen Stufen allein hinauf, erst oben auf dem Treppenabsatz blieb er stehen und wartete.

Doch sie blieb regungslos unten im Torweg stehen, dann drehte sie sich plötzlich um und lief auf die Straße hinaus, bei jedem Schritt spritzte das schmutzige Regenwasser von den Schuhen; sie lief durch die menschenleere Stadt, ohne zu wissen wohin.

5

Der Morgen brach an, ein unglaublich dunkler, von Feuchtigkeit gesättigter Morgen. Der Lehrer stand in seiner Stube am Fenster, er lehnte regungslos an der kalten Steinmauer und betrachtete das unter Wasser stehende flache Land; der graue, trübe See dehnte sich wogend bis zum Horizont, er konnte nicht glauben, was er mit eigenen Augen sah.

Er starrte auf die Landschaft hinaus, Tabakblätter trieben auf dem Wasser, Mohnköpfe soffen ab, alles übrige hatte das Wasser bereits geschluckt.

Alles hatte das Wasser verschlungen, jetzt erst begriff er, wie töricht sein Vorhaben gewesen war. Er war überheblich gewesen und hatte in Wahrheit nichts begriffen, sie aber wussten, was kommen würde, ihnen war wahrscheinlich auch klar, dass hier nur etwas angebaut werden konnte, wenn man das Tiefland mit Deichen vor den Überschwemmungen schützte.

»Aber wie viele Hände«, sagte er laut, »es bräuchte unzählige Hände, um ein solches Wasser zu bändigen.«

Die Angst, die ihn bedrückt hatte, als das Unwetter nahte, hatte sich gelegt, er empfand nur die abstumpfende Einsamkeit seiner kalten Kammer.

Im Dorf läutete eine Glocke. Ja, es war Sonntag, der Tag des Herrn, er zog die Gummistiefel und den Regenmantel an, draußen fiel Nieselregen. Er schlug den Kragen hoch, eine lange Menschenschlange drängte in die Kirche.

Die Kirche ragte auf ihrem hohen Sockel auf, ein Leuchtturm an der Meeresküste, die einzige Sicherheit und Stütze im Leben, der Wind kräuselte die Wellen, die an die Steinmauer schwappten.

So ist das, dachte er. Was kannst du ihnen schon beibringen?

Da waren sie, sie knieten in der Kirche nieder, besprengten sich die Stirn mit Weihwasser und hörten das tausend Jahre alte Wort: *»Bei ihm allein ist Weisheit und Heldenkraft, bei ihm sind Rat und Einsicht.*

Wenn er einreißt, baut keiner wieder auf; wen er einschließt, dem wird nicht mehr geöffnet. Wenn er die Wasser dämmt, versiegen sie, lässt er sie frei, zerwühlen sie das Land.«

Der Lehrer glaubte einen triumphalen Spott auf den Lippen der Versammelten zu erkennen. Welch eine Schande. Seine Wut kam wieder hoch. Über den Triumph der eigenen Niedrigkeit zu lachen, wie dumm, dachte er bitter. Wenn du etwas Gutes für die Menschen tun und sie lehren willst, besser zu leben, triffst du nur auf Hass, aber wenn du dich hinstellst und ein uraltes Lied singst, finden sie es gut. Aber ich habe ja gar nichts Gutes vollbracht, erschrak er plötzlich. Ich war ein Narr. Ich habe ihre Rückständigkeit belächelt, anstatt sie ernst zu nehmen, als sie mich warnten. Und ich habe nichts erreicht. Ich habe sie höchstens in der Überzeugung bestärkt, dass sie in ewiger Verdammnis leben.

Als er nach Hause kam, hörte er im Flur die leisen, tiefen Klänge einer Harmonika. Ihm wurde bewusst, dass es ja doch einen Menschen gab, der an ihn glaubte, an ihn und an seine Pläne. Was sollte er ihm jetzt sagen?

Pavel Molnár wartete auf ihn, an die Kammertür gelehnt. Als er das gequälte Gesicht des Lehrers erblickte, klappte er die Ziehharmonika zu und sagte rasch: »Sei's drum, Herr Lehrer, morgen packen wir's von neuem an!«

Der Lehrer nickte. Hatte er doch immer gesagt, wer sich einmal gegen das Schicksal auflehne, den könne kein Rückschlag mehr in willenlose Ergebenheit zurückwerfen.

Er trat ans Fenster. »Wie lange dauert es, bis das Wasser fällt?«

»Eine Woche«, antwortete Pavel, »in einer Woche ist vom Wasser nichts mehr zu sehen.«

»Na, siehst du«, lachte er schief, »dann krempeln wir die Ärmel gleich wieder hoch. Wegen ein bisschen Wasser geben wir uns doch nicht geschlagen!« In seiner Stimme schwang ein falscher Ton mit, er wusste es und fürchtete, auch der Junge könnte ihn bemerken, daher redete er immer weiter. Doch je länger er redete, desto mehr verstrickte er sich in Lügen: »Das Wasser kommt kein zweites Mal«, sagte er hastig. »Und selbst wenn es wiederkäme! Dann stocken wir die Deiche auf. Das wird bei den Leuten einschlagen! Dass wir nicht klein beigegeben haben!«

Ich bin an meiner eigenen Dummheit gescheitert, dachte er. Aber deswegen darf ich ihm doch nicht für alle Zukunft den Mut nehmen.

»Ja«, sagte Pavel Molnár. Er bemerkte die kleinen Schweißperlen auf der blassen Stirn des Lehrers. Wir fangen nie wieder von vorne an, begriff er, und diejenigen, die uns verspotteten, hatten Recht. Der Blick des Lehrers wich ihm aus, irrte in die Ferne, der Lehrer schämte sich vor Pavel. »Vielleicht helfen sie uns jetzt! Die Leute helfen sich hier immer gegenseitig, wenn das Wasser kommt.«

Der Lehrer redete in einem fort. Er wiederholte, was er schon so oft gesagt hatte und was sich der Junge immer still und interessiert angehört hatte. Doch beide fühlten jetzt, dass es bloß Worte waren.

Dann trennten sie sich, Pavel versprach, dass er gleich morgen wiederkommen werde, und ging die Holzstufen hinunter. Als er auf die schlammige Straße trat, klappte er die Harmonika auf, spielte leise, abgerissene Töne und dachte dabei an den Soldaten, der ihm die Harmonika geschenkt und dabei gesagt hatte: Man kann nichts machen, nur saufen oder beten. Diese Worte hallten ihm jetzt in den Ohren.

Als der Lehrer allein war, zog er sein sorgfältig eingeschlagenes Heft heraus, die letzten Seiten waren mit Angaben zu seinen Versuchsfeldern voll geschrieben, mit den Daten der Aussaat, der ersten Keimlinge und Blüten. Er notierte:

Am 27. Juni nachts vernichtete ein Gewitter alles. Ich dachte, ich könnte das Volk hier mobilisieren, doch das schaffe ich nicht. Da muss jemand kommen, der mehr Macht hat als ich, eine stärkere Kraft. Ich weiß nicht, was jetzt werden soll. Wenn ich hier bleibe, werde ich den Leuten nur noch zum Gespött sein, deshalb muss ich fort. Aber eine Seele immerhin konnte ich in ihrer Beharrlichkeit bestärken und sie aufrütteln, sich gegen das erbärmliche Leben hier zu wehren. Das tröstet mich.

Wenn du die Wölfe zum ersten Mal heulen hörst

Der Bauingenieur wohnte in einer winzigen Sägemühle, sie war im Krieg zerstört worden und nun für immer verstummt, nur ein paar Räume waren erhalten, in denen er selbst, der Bauleiter und dessen Frau sowie einige Arbeiter wohnten, die am Bau der Straße mitarbeiteten und es zu weit nach Hause hatten, um täglich zu pendeln.

Er schlief nur ab und zu hier, er führte weiter weg zwischen den Hügeln Vermessungen durch, zog eine unsichtbare Trasse, die Idee einer Straße durch ein vergessenes Tal, am Ufer eines glitzernden Flüsschens entlang, in dem sich Forellen tummelten. Durch eine Einöde, über der nur Bussarde einsam kreisten und sonntags eine Glocke läutete, an Hütten vorüber, die aussahen, als wären sie aus Märchen hervorgezaubert, in denen Hexen in den Nächten schaurige Lieder sangen. Die Sträucher rochen nach Schnaps, und ein vollbärtiger Pope sang in der kleinen Holzkirche in der Sprache der Ahnen, der Gesang Dutzender Kehlen, wild, rau und erquickend sickerte in die Holzwände und weckte die Schatten der Vergangenheit.

Es war einmal ein Pop,
doof wie ein Stock,
war am Bazar, ging hin und her,
guckt dort, was wohl zu kaufen wär'.

Weiß Gott, wer diese Verse verfasst hatte, Petr konnte sich keine Namen merken.

Es hatte sich rasch herumgesprochen, dass sie die Felder vermessen würden: Das Land würde verteilt werden, die Leute standen allzu ehrerbietig im Kreis um ihn herum. Verstrubbelte Schädel, Uniformmäntel, Uniformhemden – die Toten hatten denen aushelfen müssen, die am Leben geblieben waren.

Wenn er mit ihnen in der Schänke saß, schwiegen sie beflissen oder erzählten von den jüngsten Ereignissen, sie sinnierten umständlich und polternd, ihre Gedanken vermischten sich mit Gesang und Lachen und Weinen, und anderntags feierten sie einen ihrer Heiligen: Alexej, Nikolaj oder Peter. Sie zogen in die Kirche, der Ingenieur hatte keinen, der ihm die Latte hielt, und nachher sinnierten sie umso feierlicher und tranken umso leidenschaftlicher und beteuerten, ganz bestimmt und für immer fortgehen zu wollen – doch sie gingen nicht fort, weil sie da geboren waren und sich an brennende Panzer und an das Deck der »Washington« erinnerten, und weil das Gerücht umging, dass die selige Muhme, nachdem sie gestorben war, in der Vorwoche im Wald hinter dem Friedhof gesehen worden sei. Verlorene Geschöpfe! Er lachte mit ihnen und trank mit ihnen, und die Unzufriedenheit nagte an ihm, denn alles schien hier zwecklos und gehörte dem Gestern an: dieses Tal, diese Menschen und ihre Gedankenwelt, das Einzige, was in die Zukunft wies, war seine Straße, ein Band zwischen zwei Epochen, aber auch das erschien ihm belanglos und unnütz, denn trotz der Idee, dass sie zwei Epochen verbinden sollte, waren es bloß einsame Täler, die sie verband, und niemand brauchte sie, mit Ausnahme von ein paar Leuten, die der neuen Zeit keinen Nutzen brachten.

Er verfiel in Melancholie, verwilderte äußerlich und innerlich, trank viel, trug wochenlang dasselbe Hemd und ungeputzte Stiefel, denen der Geruch von Kartoffeln, Stroh und der Qualm der Stuben anhaftete, in denen er schlief. Er wanderte langsam berg- und talwärts und ließ mit jedem Tag die Welt, in der etwas geschah und über die Geschicke der Welt und somit auch dieses Tales entschieden wurde, ein Stück weiter hinter sich.

Doch das hatte auch etwas Beruhigendes, die Zeit schritt nicht voran, nur das Laub färbte sich langsam gelb, und die staubigen Wege verwandelten sich im Herbst in kleine Bäche, nichts hatte hier Eile, nur das Regenwasser, und Stille pflanzte sich hier wieder nur in Stille fort, tief wie der Grund des schlummernden Waldes.

Auch auf den Sitzungen wurde nichts Wichtiges besprochen: nur die Straße, Steine und Sand, Hilfen für zu Schaden Gekommene und Ziegel für Häuser und auch, was jemand in den letzten Jahren Großes geleistet hatte; Heldentum schrumpfte zu amtlichen Bescheinigungen zusammen und Bescheinigungen verwandelten sich in Zementsäcke. Die großen Ideen und Ziele, die er für so wichtig hielt und die ihn hierher verschlagen hatten, versanken in der Stille langsam in einen tiefen Schlaf.

Nur gelegentlich, wenn ein Brief von einem seiner Freunde kam, rüttelte ihn das auf, ich kann doch nicht immer so leben. Abends verfasste er beim Kerzenschein eine Antwort aus kurzen, trockenen Sätzen, und dabei erfasste ihn wieder seine alte Schwermut. Die Abende damals vor einem Jahr, der Tee und die endlosen Gespräche, David, der von der Zukunft träumte. Alles wird wohl mehr Zeit brauchen, als du es dir vorgestellt hast, ich erlebe tagtäglich die geistige Dumpfheit, die hier herrscht, hier richtest du nichts aus, daher fresse ich bloß und schlafe und saufe und vermesse die Straße, nicht einmal eine Frau habe ich noch angerührt.

Als er schon fast bis zum Ende des Tales vorangekommen war, nahm er sich einen neuen Figuranten, einen kleinen, kräftigen Mann mit schütterem, gelblichem Haar über einer hohen Stirn und schwarzen Zähnen im großen Mund, Vasil Fedor. Er stammte aus einem Nest in Wolhynien, hatte in Galizien und vor dem Ersten Weltkrieg auch in Belgien gelebt, er hatte in Bergwerken und bei der Bahn gearbeitet und war dann, weiß Gott warum, hier gelandet, im letzten Zipfel des Tales, vielleicht war das Ackerland hier am billigsten gewesen, oder es hatte ihn zu entfernten Verwandten gezogen, vielleicht war er auch vor irgendetwas geflohen, er sprach nie darüber. Aber er wollte auch hier menschenwürdig leben und baute sich ein Haus, das einzige richtige Haus in dieser Kärglichkeit, er hatte ein Zimmer mit Möbeln darin, ja sogar eine Bibliothek, ein sonderbarer Mensch, er schaffte es hier zu leben, sich um die Belange des Rests der Welt zu kümmern und drei Kinder großzuziehen, ohne seine Frau zu schlagen.

Im Dorf nannten sie ihn den »Politiker«, obwohl er keiner Partei angehörte. Als junger Mensch hatte er in Galizien offenbar an Versammlungen der Kommunisten teilgenommen, vielleicht war er damals sogar in der Partei gewesen, er hatte die Rosa reden gehört, die musste jeder gern haben, der sie kannte, sie vertraute den Leuten und diese wiederum ihr, das war anders als später – später musste etwas passiert sein, das er in beharrliches Schweigen hüllte, so wie man von Untreue oder einem Verrat nicht spricht.

Sie stritten oft, wenn sie über einen verschneiten Berghang zurückgingen oder im Winter tief im Wald an einem Lagerfeuer saßen und Tee aufwärmten.

»Ich habe lange gebraucht, Herr Ingenieur, bis ich verstanden habe, was Kirche, Gott und Glaube bedeuten. Und jetzt, da ich es weiß, darf meine Gesinnung mit keiner Religion in Verbindung gebracht werden, nur mit dem hier«, er tippte sich an die hohe, kluge Stirn. »Wie viele sind nicht auch schon von den Kommunisten abgeurteilt worden. Sie werden glauben, dass das zu Recht geschehen sei. Doch mich wird man nie von der Notwendigkeit überzeugen, Menschen abzuurteilen, sogar zum Tode zu verurteilen … zuweilen einfach deswegen, weil jemand unbeugsam war… Wenn Sie damit erst einmal angefangen, wann und wo können Sie dem dann noch ein Ende setzen? Und was wird dann aus der Gerechtigkeit, die doch alle wollen?«

Vom grauen Himmel rieselte Schnee, sie saßen einander in ihren schweren Pelzen gegenüber, der Atem gefror ihnen vor den Mündern, Petr kam es absurd vor, dass er in diesem gottverlassenen Dorf solche Diskussionen führte. Es war absurd, aber er erblickte darin ein Lebenszeichen, genau wie in dem qualmenden Feuer und dem Blechtopf voll dampfendem Tee.

»Ihr werdet schrecklich viel Blut vergießen«, erklärte Vasil Fedor bedächtig, »ehe ihr den Menschen aus seinem Elend befreit und ihm zu seinem Recht verhelft, und dabei weiß jeder, dass ihr ihm das Leben oder zumindest die Freiheit rauben könnt, einfach, weil er euer Missfallen erregt hat oder euch irgendwie verdächtig vorkommt. Was hat er dann aber von seinem Recht? Was, wenn er es vorzieht, darauf zu verzichten? Wozu dann das Blutvergießen? Wenn es um einen Menschen geht, möchte ich mir immer selbst eine Meinung von Schuld oder Unschuld bilden. Und auch davon, was Recht und Gesetz ist. Denn die Richter, Herr Ingenieur, den Richtern wird ihr Handwerk zur Gewohnheit, genau wie allen anderen auch. Und auch sie wollen ihr Auskommen haben, genau wie alle anderen. Wer ihnen ihr tägliches Brot gibt, dessen Gesetz achten sie. Doch wer durchschaut das? Die

Richter sind klug, sie verdrehen Lüge zu Wahrheit und Unschuld zu Schuld. Über Fälle von schwerer Schuld sollten die Menschen selbst befinden, anstatt dem Geschwätz der Richter zu trauen. Ist dies nicht der Fall, so wird in Vergessenheit geraten, wie die Gesetze und die Gerichtsbarkeit eigentlich beschaffen sein sollten, und man wird einfach glauben, dass sie schon in Ordnung seien. Doch ich will nicht einfach glauben, Herr Ingenieur, mir reicht es schon, wenn ich sehe, wie hier an den Sonntagen alle in die Kirche strömen und das glauben, was ihnen die Popen vorlügen.«

»Gerade deswegen«, sagte der Bauingenieur zu seinem Figuranten, »gerade deswegen sollten Sie der Partei beitreten. Wer sonst soll hier dem Aberglauben ein Ende setzen?«

»Ich würde beitreten, wenn ich dann nicht gezwungen wäre zu glauben…«

»Niemand zwingt Sie zu etwas«, wandte der Ingenieur empört ein.

»Sie sind zu jung. Sie haben das nicht mehr erlebt. Aber früher verlangte keiner blinden Glauben von uns, wir hatten nichts als unseren Verstand. Kommunismus bedeutet, dass Vernunft und vollkommene Gerechtigkeit regieren. So hat Rosa es ausgedrückt.«

»Das behaupten wir alle«, unterbrach ihn der Ingenieur.

»Ja. Aber dass die Gerechtigkeit gesiegt hat, das werdet ihr gleich behaupten müssen, sobald ihr an die Macht gekommen seid. Auch wenn es eine Illusion ist und ihr am liebsten weinen möchtet, werdet ihr es doch behaupten müssen.«

»Ihre Sorge ist überflüssig«, gab er schroff zurück, »überlassen Sie das uns… Sie wollen nicht kämpfen, also halten Sie sich da raus!«

Fedor bemerkte, wie sehr der Ingenieur verärgert war, und verstummte. Es gibt nichts Schlimmeres, als wenn jemand gerade erst eine Wahrheit entdeckt zu haben glaubt und sie sogleich aller Welt weismachen will. Was weißt du schon vom Kommunismus? Von der Anfangszeit, als wir ganze Nächte hindurch stritten und dabei keiner gegen einen anderen Misstrauen hegte. Oder ihn »Abschaum der Menschheit« schimpfte. Und als keiner den andern fürchtete. Und wir vor niemandem buckelten. Doch dann… Nein, er kann mich nicht verstehen. Und er wird mir nicht glauben, er muss es selbst erkennen. Alle müssen es selbst erkennen.

Sie schwiegen nun beide, der Schnee rieselte unablässig vom Himmel herab, eine erstaunliche Stille, nur das brennende Holz knackte leise. Dieser Mensch hat bestimmt etwas Schlimmes erlebt, dachte der Ingenieur, ein Unrecht oder eine Enttäuschung, deswegen kreisen seine Gedanken ständig um die Gerechtigkeit. Aber wir wollen doch alle eine gerechtere Gesellschaft. Wäre der Kommunismus nicht gerechter als alles bisher Gewesene, würden doch nicht so viele Menschen ihre Hoffnungen an ihn knüpfen.

Sie kehrten oft erst zurück, wenn es schon dunkel war, er schlief jetzt in Fedors Haus, kam wochenlang nicht ins Tal hinunter. Fedors Frau kochte für sie beide Kartoffeln, vermengte sie mit Grieben und reichte Milch oder hausgemachtes Sauerkraut dazu. Sie aßen alle zusammen am Tisch mit der gestickten Tischdecke, und Fedors Frau erzählte dabei die Neuigkeiten aus dem Dorf und von ihren Kindern: Dass das jüngste die Katze geärgert habe und dem älteren ein Zahn ausgefallen sei, und dass die Kinder die Wölfe heulen gehört hätten, als sie durch den Wald heimgegangen seien. Es waren uralte, tausendjährige Neuigkeiten, und sie erinnerten ihn an sein Zuhause.

Petr wäre wahrscheinlich auch über die Feiertage bei Fedor geblieben und erst abgereist, nachdem er die Trasse bis zum letzten Haus des Dorfes gezogen hätte, hätte ihm nicht der Förster Popovič kurz vor Weihnachten eine Botschaft aus der Sägemühle mit einer Einladung vom Bauleiter zum Essen am Heiligen Abend gebracht. »Da steckt bestimmt seine Frau dahinter, Sie werden ihr ins Auge gestochen sein«, scherzte der Förster. »Kein Wunder, wenn man Sie mit dem ihrigen vergleicht.«

Er hatte keine rechte Lust, mit dem Pferdeschlitten ins Tal zu fahren. Doch ich werde einen Abstecher in die Stadt machen, nahm er sich vor, und etwas für die Kinder kaufen.

Er lieh sich von dem ewig betrunkenen Nachbarn ein Pferd, es war seit dem Krieg auf dem linken Auge blind, aber sonst angeblich ein vortreffliches Tier.

»So viel Schnee«, ängstigte sich Vasil Fedor, »das hält uns auf. Ich hätte die Straße schon gern fertig.«

»Schweig!«, herrschte ihn seine Frau an, »lass mich wenigstens an den Feiertagen mit der Arbeit in Ruhe.«

»Sie wissen ja«, sagte Vasil Fedor, »die Straße bedeutet für uns die Welt.«

Er versprach, binnen drei Tagen zurück zu sein, das halbblinde Pferd tat ein paar träge Schritte, und sie winkten ihm nach, bis er hinter den Bäumen verschwunden war.

Der Weg fiel sachte ab; das Pferd trabte leicht über die niedrige Schneedecke.

Er schloss die Augen, Bilder aus der Erinnerung tauchten auf: Er kommt nach Hause, die Mutter erwartet ihn, ein großer Weihnachtsbaum, die Kerzenflämmchen flackern, unter dem Baum ein Schaukelpferd, ein Pony, dessen einzige Glocke bimmelt, der Schlitten knirscht leise, bergauf, bergab, das Wachs duftet. Das Knattern von Schüssen schreckte ihn auf.

»Was war das?«, fragte er laut.

Doch das Pferd ging in dem gleichen, ruhigen Schritt weiter, und das beruhigte ihn, obwohl es vielleicht nur deswegen nicht scheute, weil es auch taub war.

Sie erreichten die Straße, und das Pferd hielt von allein vor der Sägemühle an, es war das einzige Haus weit und breit, vielleicht hatte das Pferd früher Holz hierher gebracht.

Er spannte aus und führte es in den Stall – dann ging er durch den langen Flur und öffnete die Tür zu seinem Zimmer. Zu allererst heizte er den Ofen an, dann holte er Wasser, erhitzte es in der weißen Waschschüssel und wusch sich gleich am Ofen, das Wasser zischte, und er prustete vor Wonne.

Dann kleidete er sich sorgfältig an und ging über den Flur, um den einzigen Besuch abzustatten, den er hier machen konnte.

Die Frau war allein zu Hause. Sie saß im Polstersessel, die Beine unter sich eingezogen, und las. »Nett, dass Sie gekommen sind.« Sie stand langsam auf und trat ein paar Schritte auf ihn zu. »Sie sind mir nicht böse, dass ich Ihnen die Nachricht geschickt habe? Ich dachte, dass Sie sich einsam fühlen müssten, allein in den Bergen, unter diesen Leuten. Und ich und mein Mann freuten uns darauf, dass wir uns unterhalten und Weihnachtslieder singen würden.«

»Es ist nett von Ihnen, dass Sie an mich gedacht haben«, sagte er.

»Aber es ist etwas Unangenehmes dazwischen gekommen«, lachte sie, als ob sie ihm vielmehr etwas sehr Angenehmes mitteilen wollte, »mein Mann musste zu seiner Mutter fahren … sie hat ein Telegramm geschickt. Ich hätte ihn vielleicht begleitet, nur … es blieb nicht mehr genug Zeit, um Sie zu benachrichtigen.«

Sie bemerkte seine Verwunderung und lachte erneut: »Es ist gut, dass Sie schon da sind, ich fürchte mich hier. Die Männer reden davon, dass Banden über die Grenze einfallen und durch das Land ziehen… Ich hatte solche Angst. Wieso schauen Sie so? Wir können zusammen zu Abend essen… Das Essen ist schon fertig.«

Sie ging in die Küche, seine Augen irrten über die Wände, Stickereien, lila Blumen, braune Blumen und der Farbdruck eines Heiligenbildes, auf einem Bücherbrett Bände in Leinen von einem Buchbinder aus der Gegend: *Die Dämonen* und *Anna Karenina*, in der Küche brutzelte das Fett, die Wärme flimmerte in trägen Wellen ins Zimmer, *Arrowsmith*, die *Portugiesischen Sonette* und *Die Gräfin Cagliostro*.

Sie brachte Teller mit Goldrand, goss Schnaps in schlanke Gläser, dann ging sie sich umziehen, aus der Küche zog weihnachtlicher Duft herüber, seine letzten Weihnachten hatte er in der hölzernen Krankenhausbaracke verbracht, der Doktor hatte einen leckeren Punsch gekocht, er hatte außer ihm noch den Postmeister, dessen Frau und zwei Krankenschwestern eingeladen, sie hatten getrunken, gesungen, in Erinnerungen geschwelgt, und Schwester Vanda hatte auf einem Petroleumkocher Fische gebraten. Das war sein erstes Weihnachten nach Kriegsende gewesen, er hatte ihm besorgt entgegengesehen, aber zu seinem eigenen Erstaunen war es dann recht fröhlich verlaufen. Man muss wissen, wozu man lebt, und er war sich damals sicher gewesen, einen Weg gefunden zu haben, wie er leben und gegen die Gleichgültigkeit ankämpfen wollte, die der Nährboden der Lethargie und in der Folge der Wehrlosigkeit gegenüber verbrecherischen Handlungen ist.

Sie kam mit einem Holztablett zur Tür herein, auf dem mehrere Schüsseln standen. »Es ist nichts Besonderes.« Sie hatte ein Abendkleid mit einem tiefen Ausschnitt angezogen, an den Ohren funkelten große goldene Ringe, die Lippen waren mit einem Lippenstift nachgezogen, im schwarzen Haar eine goldene Nadel, eine Möchtegern-Carmen.

»Ich wundere mich«, sagte er, »dass Ihr Mann Sie allein zurückgelassen hat – so eine schöne Frau.«

Sie schien eine derartige Bemerkung erwartet zu haben. »Es bleibt ihm nichts anderes übrig, wir leben schon lange nicht mehr wie Mann und Frau zusammen. Sie wissen das doch, alle wissen es.«

Er hatte überhaupt kein Bedürfnis, sich ihre Bekenntnisse anzuhören, und antwortete nicht, aber sie redete trotzdem weiter: »Er ist ein Fremder für mich. Wir haben uns arrangiert. Ich koche und wasche für ihn und leiste ihm Gesellschaft, damit er nicht ganz allein ist. Und er ernährt mich dafür. Das ist für beide nicht immer bequem… Auch wenn wir es beide gerade aus Bequemlichkeit tun.«

Sie redete sehr ruhig, während sie aß. Offenbar berührte sie dieses Thema nicht mehr als irgendeine andere Unterhaltung.

»Ich wollte mich sogar schon von ihm trennen. Ich sagte den Leuten: Das ist ein hinterhältiges Aas. Im Krieg hat er sich bis zum Schluss hervorgetan… Aber niemandem lag etwas daran, ihn einzusperren, sie haben uns lediglich hierher geschickt.«

»War er ein Denunziant?«

»Was weiß ich?« Sie zuckte mit den Schultern.

Ein heftiger Widerwille kroch in ihm hoch. »Interessiert Sie das denn gar nicht?«

»Ich habe nichts mit ihm gemein, bis auf den Namen.«

Als sie sah, dass er widersprechen wollte, sagte sie rasch: »Heute ist doch Weihnachten, wir wollen uns die Laune nicht verderben.«

Selbstverständlich, dachte er, ich kann auch an etwas anderes denken, wenigstens heute. Seit Monaten war ich mit keiner Frau mehr zusammen. Er blickte sie an und versuchte, nicht daran zu denken, dass er bald mit ihr schlafen würde.

»Wir könnten ein wenig singen«, schlug sie vor. »Ich habe schon so lange nicht mehr gesungen. Der kann überhaupt nicht singen. Mögen Sie Musik?«

»Ja.«

»Ich war verrückt nach Maurice Chevalier. Haben Sie auch für solche Idole geschwärmt, als Sie noch zur Schule gingen?« Das war offenbar ein Thema, das sie immer anschnitt. Ohne das ging es nicht. Wahrscheinlich, weil es die alten Gefühle hervorlockte.

»Ich wollte Missionarin werden. Die Mission, Palmen, der Dschungel, eine Insel mit Leprakranken. Eines Tages bringen sie den Sohn des Gouverneurs. Einen Jäger und Dichter.«

Sie kniff die Augen zusammen, ihre Stimme wechselte in einen anderen Tonfall, sie zog eine kleine Komödie ab. Wie oft mochte sie diese Geschichte schon erzählt haben! Tatsächlich hatte sich in ihrem Leben etwas Ähnliches zugetragen, sie wollte die Geliebte des kranken Sohnes eines Gouverneurs werden und ihm ihr Leben opfern, dann aber hatte sie den glatzköpfigen Besitzer einer Baufirma geheiratet, er bekam einen Bauch und las jeden Morgen den »Slowaken«; er konnte schallend lachen, aber sie fand ihn nicht unterhaltsam. Warum hatte sie ihn geheiratet? Sie wusste es selbst nicht genau, es hatte sich so ergeben, eine gute Partie, ihre Mutter hatte sich gefreut, die Freundinnen hatten sie um ihn beneidet; er hatte ihr eine Handtasche aus Krokodilleder geschenkt.

»Da sehen Sie, wie weit es mit uns gekommen ist.« Sie stand auf und trat ans Fenster. »Es schneit noch immer... Und die Leute hier, was sind das nur für Leute! Was wollen die? Als man dort oben eine Fabrik zu bauen begann, sind sie mit Sicheln auf die Arbeiter losgegangen ein...« Sie wartete seine Antwort nicht ab. »Ich bin froh, dass Sie hier sind... Mit Ihnen ist der Abend ganz anders. Ich denke oft an Sie. Ich will versuchen zu erraten, warum Sie in diese Einöde gekommen sind. Es muss etwas Trauriges vorgefallen sein... Ich denke an Sie und sage mir: eine unglückliche Liebe oder irgendein furchtbares Unglück... Jedes Mal, wenn ich Sie gesehen habe, hatten Ihre Augen einen traurigen Glanz.«

Sie hatte schon einen Schwips und wurde sehr sentimental, aber auch er hatte schon viel getrunken, ihre Worte machten ihn leicht schläfrig und stimmten ihn melancholisch.

»Sie wollen es mir nicht erzählen?«

»Wissen Sie, ich rede nie viel. Ich muss ein langweiliger Gast sein.«

»Nein – Sie haben interessante Augen. Sie könnten ein Jäger oder auch ein Dichter sein.«

Sie war durch und durch banal – jede Bewegung und jeder Satz von ihr, vielleicht musste sie so sein, denn auch alles andere hier war banal: die Wärme, der selbst gebrannte Schnaps und die Bilder an der Wand, alles war gewöhnlich und hausbacken und mittelmäßig, eine Durchschnittswohnung, deshalb konnte er sich hier wie zu Hause fühlen; der Kopf drehte sich ihm leicht. Er rückte seinen Stuhl zu ihrem Polstersessel und erzählte ihr, wie sie einmal zu Kriegsbeginn in irgendeinen Ort gefahren waren, um einen Bauplatz für eine Sägemühle zu vermessen, wie sie dort eine ganze Delegation empfangen hatte, der Lehrer und der Förster und der Bürgermeister, und wie sie ihnen ein Gastmahl bereiteten, sie hatten ein Schwein geschlachtet und ein Bierfass angestochen. Dann führten sie sie zu dem Bauplatz und sagten: Also, hier kommt der Spielplatz hin. Es war eine dumme Verwechslung wie im *Revisor* und diese Idioten waren sehr wütend geworden und verlangten, dass sie ihnen nachträglich das Essen bezahlten.

Er lachte so heftig, während er diese Anekdote zum Besten gab, dass er kaum mehr reden konnte. Das Petroleum in der Lampe ging zur Neige, der Docht qualmte, sie stand auf. Nur der Spalt im Kanonenofen leuchtete noch rot im Raum, und draußen schimmerte weißlich der rieselnde Schnee, sie ging zurück, blieb neben ihm stehen und wartete. Er zog sie an sich, ihre Ohrringe glitzerten rötlich, sie waren aus Gold, sie schloss die Augen, da sehen Sie, wie weit es mit uns gekommen ist.

Mitten in der Nacht wachte er in großer Furcht auf, neben ihm schnarchte jemand, das war er nicht gewohnt, aber es war nicht das, was das Unbehagen bei ihm ausgelöst hatte.

Plötzlich hörte er einen Laut, ein lang gezogenes Heulen: hunnuu … tönte es aus der Ferne, der stillen und öden Weite des Raumes, dann kam das Geheul näher und flog über den Schnee.

Wölfe, begriff er. Was zieht sie in eine solche Nähe zu den Menschen?

Er stand auf, ging zu dem vereisten Fenster und ließ das Geheul und die Kälte ins Zimmer herein. Er fühlte sich elend, die Zähne klapperten ihm vor Kälte. Er ging auf Zehenspitzen auf den eisig kalten Flur hinaus, auch sein

Zimmer war kalt, er zündete eine Kerze an und wühlte hastig im Ranzen, schließlich fand er ein dickes Notizbuch, zwischen dem Deckel und der ersten Seite lag ihr Foto. Er betrachtete sie, aber was er jetzt brauchte, war nicht ihr Bild, er wollte Sätze lesen, menschliche Sätze, Bestandteile der Sprache, einen der Gedanken, die er so gerne mochte. Er blätterte das Notizbuch durch: Zahlen über Zahlen, die Winkel von Polygonen, drei Paar Socken, Stative bestellen, der Tante schreiben, hundertachtundfünfzig Kronen für Konserven.

Lieblichster, ranker Schatten,
darf ich mit Ihnen gehen?
Obwohl von Ihrer Schönheit trunken,
ein Schatten ich auch nur bin.

Zwischen zwei Blättern steckte ein zusammengefalteter Zettel von ihr, der einzige, den er noch hatte, seine alte Tante hatte alle ihre Briefe verbrannt, heimlich, mitten in der Nacht, während er schlief. Es hatte ihr Angst gemacht, solche Briefe im Haus zu haben, auch wenn sie ihm gehörten und außer ein paar Worten der Liebe aus den Kriegstagen nichts enthielten. Welch ein Irrsinn, wenn man sich wegen Liebesbriefen fürchten musste; der Zettel war nicht einmal ein Brief, sondern nur eine Nachricht: *Hättest du nicht Lust, dir den* Tarzan *anzuschauen? Kauf Karten für morgen Abend, der wird ohnedies verregnet sein, ich warte vor dem Kino.* Die Eintrittskarten lagen unter dem nächsten Blatt. Sie waren schon leicht vergilbt. Sie war an jenem Abend verhaftet worden und hatte nie wieder auf ihn gewartet. Er klappte das Notizbuch zu.

Was suche ich eigentlich? Überlegte er. Ich wollte doch etwas. Ich wollte etwas holen. Sollte es das gewesen sein?

Wieder hörte er in der Ferne das Heulen. Sie sind schon hier, dachte er wieder, und dabei hat der Winter doch eben erst begonnen. Und plötzlich fielen ihm die Schüsse wieder ein, die er gehört hatte, das leise Knattern von Maschinengewehren, es war weit hinter ihm gewesen, das Pferd hatte nicht einmal seinen Schritt beschleunigt.

Er watete über den verschneiten Hof, das Pferd schlief mit dem einen Auge, das es noch hatte, es war offenbar wirklich taub, denn es öffnete das Auge erst, als er es mit der Hand berührte. Er zäumte es mit fahrigen Bewegungen auf, dann kehrte er ins Haus zurück und weckte sie: »Ich muss hinauf. Jetzt gleich. Verzeihen Sie mir...«

»Aber das spielt doch alles keine Rolle. Ich warte auf dich.«

Mitten im Wald erblickte er eine schwarze Gestalt, die durch die Schneewehen wankte. Er erkannte den Förster Popovič.

»Herr Ingenieur«, rief der Förster, »Gott stehe Ihnen bei. Gut, dass ich Sie treffe. Wenden Sie das Pferd, im Dorf ist eine Bande.«

»Was für eine Bande?«, fragte er.

»Die UPA«, schrie er. »Sie sind gestern eingefallen. Ich habe eine Schießerei gehört, und heute sehe ich von oben den Rauch. Sie haben das Dorf in Brand gesteckt, die Bestien.«

»Wenn sie das Dorf angezündet haben«, sagte der Ingenieur, »dann sind sie nicht mehr dort.«

»Wer weiß. Man soll den Herrgott nicht versuchen.«

Der Ingenieur zuckte mit den Schultern.

»Wenden Sie das Pferd«, bedrängte ihn der Förster, »die töten Sie ... oh Gott!«

Das Pferd mühte sich den Berg hinan, die kleine, schwarze Gestalt des Försters kullerte unten durch den Schnee, bis sie schließlich seinen Blicken entschwand.

Wieder zerriss ein klagendes Geheul die Luft, und diesmal hörte er auch wütendes Bellen. Wieder ergriff ihn die Furcht, er musste all seine Kräfte aufbieten, um das Pferd nicht zu wenden und zurück zu reiten. Das Pferd schnaubte nervös, und auch dem Ingenieur schien es, als ob er den Geruch von Hunden und beißendem Qualm röche.

Das kommt daher, machte er sich selbst Mut, dass ich sie zum ersten Mal höre. Das ist bei allem so. Wenn man dem Tod zum ersten Mal ins Auge blickt, verspürt man Grauen, und wenn man zum ersten Mal küsst, ist man glückselig. Dann gewöhnt man sich daran.

Aber gerade das wollte er nicht, in Gewohnheiten verfallen. Alles hängt eigentlich vom Menschen ab. Zwei Dinge, die aneinander stoßen, berühren sich jedes Mal auf dieselbe Art, weil sie gleich bleiben. Aber wenn ein Mensch und ein Ding oder Mensch einander berühren, sollte es jedes Mal anders sein, denn die Menschen sind fähig, sich ständig zu verändern.

Das Pferd wieherte und blieb stehen. Auf dem Schnee zeichneten sich schwarze Rußflöckchen ab.

»Lauf«, rief er dem Pferd zu, »lauf, mein Kleiner!« Er klopfte ihm auf den müden Rücken.

Als er auf dem Plateau oben ankam, war das Feuer schon längst erloschen, nur von einigen Brandherden stieg noch ein himmelblauer Rauch auf. Die untere Ortshälfte hatten sie nicht angerührt, still stand sie da. Das Pferd lief auf seinen Hof zu.

Auch das Haus, in dem er gewohnt hatte, stand noch, er sah es von weitem, die hohen Fenster, die Ziegelmauer. Er sprang ab, das Pferd trottete zum Nachbarhaus und blieb vor seinem Stall stehen. Er öffnete die Tür, im Vorraum lag ein fremder Mann in einer grauen, dreckigen Uniform und mit einer klaffenden Wunde am gespaltenen Schädel. Einige Schritte dahinter Vasil Fedor, die Kinder ruhten regungslos auf dem Bett, die Mutter kniete daneben, über sie gebeugt, das Haar auf der Bettdecke ausgebreitet. Er stieg über die Leichen, strich über die Stirn der beiden Buben, wich einen Schritt zurück, aus den offenen Augen der toten Frau sprach eine unmenschliche Angst, er beugte sich zu ihr hinunter, dann wandte er sich ab und drückte ihr die Augen zu. Die Fingerspitzen froren ihm von diesen Berührungen ein, der Tod blieb zäh daran haften, erstmals sah er die Leichen getöteter Menschen und wusste nicht, was er tun sollte, schließlich bückte er sich nach dem toten Mädchen, nahm es auf den Arm und trug es durch den niedergetrampelten Schnee zum Nachbarhaus, wo das halbblinde Pferd noch immer wartete.

Die Haare des Mädchens wehten um seine Hüften, einige Strähnen waren blutverkrustet, er bettete die Tote auf den Schlitten und kehrte ins Haus zurück.

Sind sie gekommen, um sie oder mich zu töten? Sie kämpften angeblich gegen die Kommunisten, rächten sich für begangenes Unrecht. Sie wollten mich töten! Vielleicht flüchteten sie auch, und Vasil trat ihnen in den Weg. Aber warum haben sie die Kinder getötet? Er trug alle Toten hinaus. Das Pferd wieherte unruhig, doch es wartete, es war gewohnt zu warten, bis es beladen war.

Einmal kehrte er noch zurück, auf dem Bett, auf dem vermutlich er tot liegen sollte, lag ein Buch mit zerrissenem Einband, er setzte sich und zündete sich mit zitternden Fingern eine Zigarette an.

Er war von der unsinnigen Vorstellung besessen, dass er die Schuld an allem trüge, hatte er doch in diesem Haus seine Bleibe gehabt. Was hatte er das ganze Jahr über getan? Er hatte getrunken und sich an das elende Dasein hier gewöhnt und ab und zu mit Vasil Fedor gestritten, und während hier diese schrecklichen Dinge passierten, hatte er mit einer Frau geschlafen, die er nicht einmal liebte. Ich bin wieder in sie versunken, dachte er bitter, in diese Gleichgültigkeit. Sein Leben hier war nur ein Alibi. Ungewaschene Hemden und der Verzicht auf Behaglichkeit, als ob das etwas bedeutete…

Er hörte draußen Geräusche, doch er beachtete sie nicht, er sog nur gierig den Rauch ein. Was soll ich jetzt machen? Er betrachtete die reglose Gestalt Fedors, er hörte seine bedächtige Stimme noch ganz deutlich, es war entsetzlich, dass sie ein für allemal verstummt war, für immer erstorben, wie oft hatten sie gestritten, meistens über Gerechtigkeit. Welch ein Urteil würde Vasil wohl über jene fällen, die sogar Kinder umbrachten, warum hatte er so viel über die Gerechtigkeit nachgedacht? Und das hier in diesem Tal, in dem es keine Richter gab und in dem die Gerechtigkeit und die Ungerechtigkeit dasselbe trunksüchtige und abgemagerte Gesicht hatten? Er musste etwas Schlimmes erlebt haben, etwas, von dem er nicht sprach. Er hätte ihn fragen sollen, dann hätte er vielleicht etwas sehr Wichtiges erfahren. Doch er hatte es versäumt, und jetzt gab es niemanden mehr, der es ihm mitteilen konnte.

Ein Luftzug drückte die Tür auf, und Petr erblickte den schwarzen Pferderücken.

»Du wartest auf mich?«, fragte er.

Draußen bückte er sich und rieb sich lange die Hände im Schnee, dann ergriff er die Zügel und schrie: »Hü!«

Vom nahen Wald drang das Bellen der Wölfe zu ihm. Er hob den Kopf und blickte in die Richtung, aus der es kam.

Und das Pferd mühte sich mit seiner Last ins Tal.

KAPITEL FÜNF : DER SPASSVOGEL UND DER NARR

Feiner Staub rieselte vom blassen Morgenhimmel. »Pfui«, sagte der alte Molnár und klopfte mehrmals auf seinen Anzug. Unter der Hand zeichneten sich dunkle Flecken ab. Es war der Sonntagsanzug. Die Dürre würde die Ernte wieder vernichten. Man sollte etwas tun, damit es regnet, überlegte er. Oder wenigstens die Kanäle bauen. Gute Bewässerungskanäle, er sprach schon so lange von ihnen, dass ihm niemand mehr zuhörte und ihn keiner mehr ernst nahm. Bis auf den Lehrer, früher einmal. Doch jetzt hörte ihm nur noch Adam, der Irre, zu. Der nahm ihn immer ernst. Molnár nutzte das manchmal aus, wenn er seine Scherze machte, um die Leute ein wenig aufzuheitern. Er wollte den Unglücksraben nicht verletzen, sie waren eigentlich Freunde gewesen, bevor diese schreckliche Sache mit Adams Frau passiert war. Adam war ein lebensfroher Mann und sehr geschickt gewesen. Er brachte es fertig, sich mit einem Halben auf der Stirn auf den Boden zu legen und wieder aufzustehen, kein bisschen Schaum schwappte dabei über den Rand des Glases, und er konnte zwei Stühle auf einmal balancieren, den einen auf dem Kinn und den anderen auf dem Handballen. Auch aufs Messerwerfen verstand er sich, er konnte aus der Ferne ein Herz mit Initialen in einen Baum ritzen.

Sie waren beide auf die Bauernhöfe im Süden arbeiten gegangen, diese Abende unter dem warmen Himmel, dieser übermütige Unfug, den sie zusammen trieben, sie versteckten Sachen und rieten, wo sie waren, lasen Frauen aus geschlossenen Briefen vor und weissagten ihnen die Zukunft. Der Adam kam dabei schlecht weg, eine blieb ihm am Hals hängen. Molnár wusste nicht mehr, wie sie hieß, aber er erinnerte sich an ihr Gesicht, ein breiter Mund, große Lippen, sie war blond, zart, und ihre Haut war mit Sommersprossen übersät. Er machte den Trauzeugen für die beiden, die Hochzeit dauerte zwei Tage lang, sie bestrichen eine ganze Bank mit Leim, fünf Männer saßen darauf fest, vier konnten sie noch losreißen, aber den Ondřej Puškar mussten sie aus der Hose herausziehen.

Diese Geschichte erheiterte ihn jedes Mal, wenn er an sie zurückdachte. Aber dann, im Frühjahr nach der Hochzeit, überraschte das Hochwasser Adams Frau im Wald, sie geriet in Panik und verlor wahrscheinlich die Orientierung, drei Tage und drei Nächte lang ruderten sie in Booten über das überflutete Weideland und zwischen die Bäume hinaus, ständig beteuerte jemand, er habe Schreie gehört, dabei war sie wahrscheinlich schon längst tot gewesen. Adam fuhr Tag für Tag mit den anderen hinaus, bis ihn am letzten Tag ein schlimmes Fieber niederwarf. Sie fanden die Frau erst zehn Tage später, nachdem das Wasser wieder gefallen war.

Man trug den Leichnam auf den Hof, Adam hatte noch immer hohes Fieber, doch er erkannte sie, er erstarrte und blieb eine Weile bei ihr stehen, dann lief er fluchtartig davon, er rannte durch das ganze Dorf und irrte im Wiesengrund umher. Mitten in der Nacht kehrte er zurück, man hörte ihn durch die Straße gehen und singen, als ob er besoffen wäre, und die Leute sagten, er habe gut daran getan, sich zu betrinken. Aber er war nicht betrunken, sondern sein Verstand hatte sich getrübt, er glaubte, er käme spät nachts von einem Rendezvous zurück, deswegen sang er. Zwangsvorstellungen beherrschten von da an sein Gemüt, seine Stimmung wechselte viele Male am Tag, seine Gefühle waren verwirrt und er hatte das Erinnerungsvermögen verloren. Er wurde kindisch, begann Scherben von Butzengläsern zu sammeln und glaubte alles, was die Leute sagten, auch wenn sie ihn zum Narren hielten.

Einer wenigstens vertraut mir, dachte Molnár, er erinnerte sich immer wieder an die frühere Freundschaft, er war der Einzige, der ab und zu bei Adam vorbeischaute und sich sein zusammenhangloses Gerede anhörte. Auch heute machte er bei Adams Hütte Halt, bis zum Gottesdienst war noch etwas Zeit.

»Hast du gut geschlafen?«, fragte er.

»Frag nicht so«, sagte Adam. »In der Früh sind Kinder gekommen und haben mir was vorgesungen.«

»Was?«

»Weiß nicht«, gestand Adam beschämt, »ich kann mich irgendwie nicht erinnern. Aber was sagen die Leute über die Dürre?«

»Mancherlei«, antwortete Molnár, »unter anderem, dass du sie verschuldet hast, du hättest dich nicht aus dem Paradies vertreiben lassen sollen!«

Adam erschrak. »Ich kann doch nichts dafür. Ich kann mich an nichts mehr erinnern!«

»Ist ja gut!«

Die Luft in dem halbdunklen Zimmer war feucht und stickig, das Feuer, das Adam bei Tagesanbruch angezündet hatte, ging langsam aus, Adam saß auf einem niedrigen Schemel und wartete voller Furcht, was ihm Molnár noch sagen würde.

»Ich dagegen glaube«, fuhr Molnár fort, »dass du für die Leute eine Menge tun kannst. Du weißt es nicht, aber du bist ein besonderer Mensch, du hast manchmal gute Ideen, die keinem einfallen außer dir.«

Es machte ihm Spaß, so zu reden, er scherzte auf eine feine, verdeckte Weise, doch es war auch Ernst dabei, denn Adam glaubte ihm, das wusste er, und der Irrsinnige würde nachdenken über das, was er ihm sagte, bis ein Nebel seine Gedanken verschleierte, es würde ihm Freude machen. Molnár war froh, dass er Adam erheitern und ihm in seinem traurigen Zustand etwas Hoffnung geben konnte, was hätte er sonst auch für ihn tun können? Der Mensch brauchte eigentlich nur wenig: ein Lächeln und eine schwache Hoffnung, um die Welt und das Leben zu ertragen.

»Jetzt lebst du in Armut«, sagte er zu ihm, »aber das muss nicht so bleiben. Viele Könige haben arm angefangen.«

Adam nickte zustimmend.

»Sie beginnen hier gerade mit einem Bau«, fuhr Molnár fort, »hast du das gesehen?«

»Du darfst mich so was nicht fragen«, erwiderte Adam, »ich erinnere mich nicht an das, was ich gesehen habe. Kann ich auch an dem Bau mitarbeiten?«

»Bestimmt«, versprach ihm Molnár, »du wirst eine Menge Arbeit leisten, und die Leute werden es dir nie vergessen.«

»Und was wird aus der Ziege?«

»Wir zwei«, fuhr Molnár fort, »wir bauen noch was. Du wirst schon sehen, mein Alter!«

Die Kirchenglocke läutete, der Gottesdienst würde gleich beginnen, Adam zwängte die großen, etwas geschwollenen Füße in zerfetzte Galoschen, setzte den Hut auf und band die Hose um die Taille mit einer Schnur zusammen, die von einem alten Fischernetz stammte und viele Knoten hatte, dann gingen sie zusammen aus dem Haus. Adams Kopf war heute ungewöhnlich leicht, er hörte niemanden singen und auch nicht das Rauschen des Wassers, er sah die Dinge ringsum klar, den feuchten Staub, die Fensterscheiben, in denen sich das Tageslicht brach.

An einem Zaun hing ein großes, handgeschriebenes Plakat:

Arbeit am Bau von Deichen in der Gemeinde
Guter Lohn
Meldet euch Sonntag früh beim Ausschuss
(auch die Pferde!)

Er las das Plakat und freute sich, dass er den Text so gut verstand. Jemand hatte mit einem Bleistift daruntergeschmiert:

Meldet eure Pferde
dann seid ihr sie los

Er las auch das, und er freute sich so sehr darüber, dass er lange vergnügt in sich hineinlachte. Plötzlich fiel ihm ein, wie er früher gewandert war, seine Habe hatte er in einem Ranzen auf dem Rücken getragen, die Abende waren voll Gesang gewesen, und Geschichtchen waren erzählt worden, der Spaß hatte gar kein Ende genommen. Er las die wenigen Wörter immer wieder und so aufmerksam, dass sie ihm im Kopf nachhallten, als er sich wegdrehte. Er würde beim Deichbau mitarbeiten, Deiche waren gegen das Wasser. Ihm war klar, dass er das Wasser nicht mochte, er hasste es, obwohl ihm die Ursache dieses Hasses nicht mehr bewusst war. Er stellte sich die Mittagshitze vor, Männer unter einem Baum im kühlen Schatten, und er kaut Brot und Speck.

Er hörte Stimmen, vielleicht klangen sie schon länger, doch er hörte sie erst jetzt, barfüßige, zerlumpte Buben, einer von ihnen hatte Fetzen eines blauen Hemds über den Stiel einer Heugabel geworfen, ein anderer hatte einen Schuh ohne Sohle auf einem Ast aufgespießt: »Adam, erster Mann, Adam, erster Mann«, viele Jahre riefen sie ihm das schon nach, und das Schlimmste war, dass ihm ein Nebel sein Gehirn verschleierte und er sich nicht erinnern konnte, wie lange er schon auf der Welt war und ob er in seiner Kindheit noch andere Menschen um sich gehabt hatte oder wirklich der erste Mann war, wie die Buben behaupteten.

Er schrie die Buben an: »Ihr täppischen Bären, ihr Wildpferde!« Und die Kinder lachten und hatten ihren Spaß.

Wieder sah er nur den hohen Baum vor sich, unter dem er zusammen mit den anderen Männern sitzen und sich unterhalten würde, er hätte Gesellschaft, man würde sich gegenseitig Geschichten erzählen, er suchte in seinem Kopf nach Geschichten, die er den andern erzählen konnte, doch es fiel ihm nichts ein, aber das machte nichts, die Leute unterhielten sich immer gut, wenn er dabei war, er brauchte ihnen gar nichts zu erzählen.

»Da würden wir mittags unter einem Baum liegen, wie früher, nicht?«

»Wie wann?«

Adam versuchte sich zu erinnern. »Du fragst immer so«, sagte er. Er sah den Baum ganz deutlich vor sich, einige schliefen, Frauen mit gebräunten Waden, ihr blondes Haar auf dem niedergetretenen Sommergras, er fühlte eine beklemmende Ahnung in sich aufsteigen.

Die Kirche war bereits voll besetzt. Molnár drängte sich weiter nach vorne, Adam blieb in einer Ecke neben der Tür stehen, er faltete die Hände und neigte den Kopf, sodass Gott, hätte er vom Himmel auf ihn herabgeblickt, nichts als das Gestrüpp seiner ausgebleichten, wirren Haare gesehen hätte.

Die Leute ringsum lauschten der Predigt, doch Adam drang nicht in den Sinn der Wörter ein, sondern nahm nur den Tonfall der Rede wahr, und der war ihm unangenehm, ihm schien, dass auch der Priester von dem Bau sprach, doch nicht im Guten, er prophezeite allen, die die Baustelle betreten würden, dass sie ihren Boden verlieren würden und kein Brot mehr hätten, welch ein Unsinn, keinen Boden haben, wo wir doch alle über den Erdboden gehen. Es sei denn, jemand zöge ihnen wirklich den Erdboden unter den Füßen weg, erschrak er, sie raubten den Erdboden und nur das Wasser bliebe übrig. Er schluckte.

»Seid demütig! Werft die Hoffahrt ab! Vereitelt die göttlichen Pläne nicht!«, predigte der Priester.

Adam hatte sich so sehr erschreckt, dass ihm kein einziges Wort des Liedes mehr einfiel, das danach gesungen wurde.

Als der Gottesdienst zu Ende war, folgte er den anderen und kam zu einem roten, noch nicht fertigen Haus, vor dem Smoljak zusammen mit einem riesenhaften Kerl in städtischer Kleidung wartete. Adam hatte nicht den Mut, sich Smoljak zu nähern, er wusste noch, dass er mit Molnár zusammen vom Fluss gekommen war, der hatte ihm von dem Bau erzählt, und vielleicht sollte er besser auf ihn warten, er wartete also, während die andern schweigsam in einer Schlange vorüberzogen, er wartete, bis er zuletzt mit den beiden ganz allein war.

Smoljak sagte: »Die Deiche, das wird eine Wohltat für die ganze Gemeinde, Herr Ingenieur! Sie wissen ja gar nicht, was wir hier durch das Wasser alles erleiden müssen. Und die Leute können sich Geld verdienen. Endlich werden sie nicht mehr weiß Gott wohin fahren müssen, um Geld zu verdienen.«

Der aufgewirbelte Staub verdunkelte das Licht, sodass er fast nichts mehr sah. Der Ingenieur zündete sich eine Zigarette an, ein Storch ließ sich leise auf dem Dach gegenüber nieder, kein Luftzug regte sich, in der Ferne ertönte ein unwirklich anmutendes Glockengeläute. »Ich habe nicht den Eindruck, dass sich eure Leute um diese Arbeit reißen«, bemerkte der Ingenieur.

Adam begriff, dass die beiden auf Leute warteten, die nicht kamen, genauso wie er oft auf Leute wartete, die nicht kamen, und er empfand Mitleid mit den beiden und wollte ihnen helfen, man soll denen helfen, die warten.

Er trat vor sie hin: »Sie sind … der … Herr«, stotterte er herum »der hier bauen wird?«

»Adam!«, schrie ihn Smoljak an.

»Ich bin Adam«, wurde ihm bewusst, »der erste Mann.« Und er lachte unsicher.

»Und Sie wollen beim Bau mitarbeiten?«, fragte der Ingenieur.

»Bittschön!«

»Warum nicht. Sie sehen anständig aus.«

Da erstrahlte Adams Gesicht in einem breiten, unsicheren Lächeln, und er hob den ausgestreckten Arm und rief: »Wir bauen einen Deich, so einen richtigen, dass kein Wasser mehr kommt.«

2

Sie waren beschwipst und spielten mit ihrer Band wie wild, ohrenbetäubender Lärm erfüllte die kleine Gaststube. Sagula trommelte mit einer Hand, die zweite hatte ihm eine Mine abgerissen, zwei Wochen nach dem Durchzug der Front, aber er war ein hervorragender Trommler, er trommelte mit den Füßen und sogar mit dem Stumpf des verstümmelten Arms.

Štefan Valiga legte die Geige beiseite und sang mit heiserer Stimme:

»Der schwarze Bob polierte sich die Schuhe
brauste mit seinem Jeep in die Stadt...«

Petr Valiga blies seine alte, schäbige Trompete aus voller Lunge, Pavel Molnár spielte die Ziehharmonika. Sie waren das brillanteste Orchester der Gegend, die übrigen Zigeunerkapellen beherrschten kaum zwei Dutzend Csardastänze und dazu noch einige Schlager, die bei ihnen auch nur wie schlechte Csardastänze klangen. Doch Štefan Valiga hatte sich beim Militär eine ganze Menge Jazzstücke, amerikanische Folksongs und internationale Hits angeeignet, und die Band spielte auch Rumbas und Tangos und Boogie-Woogies: mit der Trompete, Trommel, Harmonika und Geige. Saxophon hatten sie keins, ein Saxophon war ihr großer, unerfüllter Traum.

Rosamunde, schenk' mir dein Herz und dein »Ja«!
Rosamunde, frag' doch nicht erst die Mama.

Štefan Valiga warf den Kopf unbändig hin und her, er hatte die Hände zu Fäusten geballt, die weißen Zähne blitzten im halb geöffneten Mund. In solchen Momenten zog er alle in seinen Bann, diejenigen, die spielten, und auch diejenigen, die nur tanzten, und wenn er mitten in einem Lied seinen schmachtenden Ochsenblick auf ein Mädchen heftete, war er sich sicher, dass sie ihm ein Zeichen geben würde, selbst die Allerhübschesten, sogar die Bräute, auf deren Hochzeit er spielte, antworteten und gaben sich ihm bereitwillig hin. Das endete dann in handfesten Raufereien.

Suche Mädchen für Boogie-Woogie
Bin verrückt nach Boogie-Woogie

Er konnte keine Noten lesen, keiner von ihnen konnte das, aber er brauchte ein Lied nur einmal zu hören, um es sich einzuprägen: sowohl den Text als auch die Melodie.

Jemand öffnete die Tür von außen: »Los, kommt! Dieser Kerl ist da.«

Sagula ließ noch einmal die Trommeln wirbeln, dann gingen sie hinaus. Bunte Kleider wehten auf langen Wäscheleinen im heißen Wind, in der Luft hing ein beißender Geruch von Jauche, Abfällen und feuchtem Gemäuer. Anfangs hatte Pavel die Zigeunersiedlung abstoßend gefunden, den Schmutz, das Geschrei und die ewigen Zänkereien. Doch nun spielte er schon fast ein halbes Jahr in der Band, er hatte sich schließlich daran gewöhnt und war froh, dass sie ihn in ihre Clique aufgenommen hatten. Er hatte dringend Anschluss an eine Gruppe gesucht, nachdem der Lehrer aus dem Dorf weggezogen war. Er war mit der Band auf vielen Tanzfesten, Kirchweihen und Hochzeiten aufgetreten. Sie teilten sich das Geld und die Geschenke, lachten zusammen und lebten sorglos in den Tag hinein, an heißen Sommertagen lagen sie oft am Flussufer herum, anstatt zu spielen, halbnackt, träge, sogar zu faul zum Reden, zuweilen auch hungrig, wenn die letzte Krone schon verspeist oder vertrunken war. Er redete sich ein, dass er zu ihnen passte, doch er verstand sich nicht besonders gut mit ihnen. Die anderen betranken sich gerne und redeten dumm daher, leere Worte, geistlose Obszönitäten, über die sie herzlich lachen konnten. Sie waren allzu selbstzufrieden.

Die Musiker schlenderten langsam durch die enge Straße, sie waren sich ihrer Wichtigkeit bewusst, Kinder liefen an ihnen vorbei und auch die Erwachsenen hatten es eilig. Beim ersten Haus der Siedlung stand ein hochgewachsener Mann, sein kurz geschorener Kopf überragte die bunte Menschenmenge. Pavel hatte ihn schon gestern im Dorf gesehen, ein Ingenieur, der Arbeiter für den Bau anwarb. Außer dem Irren Adam hatte er angeblich bisher niemanden gefunden. Ich würde mich melden, dachte Pavel, wenn ich nicht spielen würde und mir nicht schon einmal mit einem Deich die Finger verbrannt hätte.

»Willkommen, Herr Parteisekretär! Sind Sie gekommen um nachzusehen, wie es uns geht?«, fragte vorne eine schmeichlerische Stimme.

»Ja«, antwortete der Ingenieur. Seine blauen, kühlen Augen musterten die Menschen, prüften sie und schätzten sie ab. Während der zwei Jahre, die er schon hier in der Gegend zubrachte, hatte er sich Aversionen und Vorurteile ebenso abgewöhnt wie Mitleid. Ihn interessierte nur, wie viele von diesen Leuten für ihn zu gebrauchen waren: Sie sollten weder zu viel trinken noch der Arbeit fernbleiben noch sich prügeln.

Pavels Blick traf den des Ingenieurs, und er wurde unruhig.

»Wir verstehen uns auf mancherlei«, sagte die Stimme von vorhin, »wir sind

Künstler. Wir schnitzen Wannen.« Einer der Männer lief hinter das Haus zu einem großen Haufen und holte eine Wanne aus einem ausgehöhlten Weidenstamm.

Der Ingenieur wog sie in der Hand, sie war leicht, dann bemerkte er an den Mauern einiger Häuser, ungefähr in der Höhe, bis zu der die Köpfe der Kinder reichten, eine blasse Linie, und fragte: »Habt ihr hier manchmal Hochwasser?«

»Das lässt sich gar nicht beschreiben, was wir hier für Wasser abbekommen. Ein ganzes Meer, teurer, großmächtiger Herr. Die Häuser im Dorf bleiben trocken, aber bei uns steht es in den Hütten oft einen ganzen Monat. Es durchnässt alles, man kann hier überhaupt nicht leben.« Alle Stimmen schrien jetzt durcheinander und beschworen ihn, den Fremden, als Zeugen, dass man so hier nicht leben könne.

Er gab ihnen Recht. Er hielt noch immer die Wanne, sie war glatt, gelb, er hob sie vor den Leuten in die Höhe: »Sie ist schön ... aber was wollt ihr heute noch mit so was?«

Er war kein begnadeter Redner, aber er überragte die anderen um Haupteslänge, hatte eine kräftige Stimme und verstand es, immer die richtigen Worte zu finden, je nachdem, mit wem er gerade sprach.

»In ein, zwei Jahren«, versprach er, »habt ihr alle neue Häuser. Nicht so etwas«, er zeigte auf ihre Hütten aus Lehm, Blech, alten Kisten und Weidenstöcken, »sondern Häuser! Aus Ziegel und aus Stein!«

Sie standen schweigend da, auch die Kinder glotzten ihn gebannt an, obwohl sie nichts verstanden.

»Möbel aus Mahagoni«, sagte er noch, dann fiel ihm ein, dass die Leute bestimmt nicht wussten, was Mahagoni ist, und er fügte hinzu: »Glänzende und schöne Möbel wie vornehme Leute.«

Sie gerieten in helle Aufregung und konnten nicht mehr still zuhören, jeder schrie lauter als der andere. Pavel zwängte sich zwischen den Leuten nach vorne, jemand stieß an seine Harmonika, sie sprang auf und gab einen langgezogenen Ton von sich.

Ich lasse mich nicht auf den Arm nehmen, dachte er, doch auch seiner Kehle entfuhr ein Schrei, er boxte sich mit den Ellbogen nach vorne, bis er dicht vor diesem Menschen stand. »Was wollt ihr denn noch? Arbeit direkt vor der Nase! Von morgen an! Seit undenklichen Zeiten habt ihr das nicht gehabt! Jeden Monat zehntausend in der Tasche! Und vor allem« fügte der Ingenieur hinzu, »nie wieder Hochwasser. Wir bauen hier einen Deich, den nicht einmal das Meer besiegen würde.«

»Hörst du, Musikant«, bemerkte Štefan Valiga halblaut zu Pavel. Er breitete die Arme aus: Für diese Arbeit waren sie nicht geschaffen, aber die Aussicht auf zehntausend pro Monat war verführerisch – manchmal hatten sie wochenlang keine Krone in der Tasche, manchmal spielten sie bloß für ein Trinkgeld, manchmal warf man sie kurzerhand hinaus. Zum Teufel, dachte er, in zwei Monaten könnten wir ein Saxophon haben. Er betrachtete seine langen, braunen Finger, sie waren sehr feingliedrig und fühlten auch die leiseste Schwingung einer Saite. Zum Teufel mit der Geige, dachte er, jeder dumme Zigeuner kann darauf fiedeln, doch einen ordentlichen Jazz, wer kriegt den hier schon hin? Nur ich!

»Also, Musikant?«, wiederholte er. Ringsum aufgeregte Stimmen, die sich gegenseitig übertönten: »Und wo? Und wann? Und wie viel?«

»Wir können den Job wieder hinschmeißen, wenn es uns reicht«, sagte Valiga, »sobald wir das Saxophon haben.«

Der Ingenieur zog eine Flasche aus der Tasche, um die Sache zu besiegeln, er reichte sie dem, der ihm am nächsten stand, die Flasche machte die Runde und kam auch zu Pavel. Ein Saxophon, er lachte insgeheim darüber, er kannte seine Freunde, er wusste, dass sie den Lohn vertrinken würden, für den Rest würden sie unnützen Krimskrams für die Mädchen oder eine bunte Krawatte kaufen. Er ließ den Gedanken an das Saxophon fallen, doch er konnte sich nicht von diesem Menschen lösen, der der Situation so schnell Herr geworden war. Vielleicht schaffte er es tatsächlich, die Deiche zu bauen, wie zwei Gürtel, die den Fluss einschlossen. Pavel nahm einen Schluck und reichte die Flasche seinem Nachbarn.

»Na also«, schrie Štefan Valiga, »wir sind mit von der Partie, meine Herren! Und jetzt genehmigen wir uns einen!«

Sein Bruder setzte die Trompete an den Mund, sie schlenderten zum Dorf, dabei trompeteten sie laut, auch Pavel spielte, und Štefan Valiga sang mit seiner rauen Armstrong-Stimme: »Old king cole was a merry old soul…«

Als sie am Haus der Witwe Jurcová vorüber kamen, sah Pavel Janka im Hof. Sie war erst vor einigen Tagen zurückgekehrt. Die Jurcová hatte einen Schlaganfall gehabt, Janka hatte kommen müssen, um sie zu pflegen.

Er lehnte sich an den niedrigen Zaun, ohne mit dem Spiel aufzuhören. Sie schöpfte Wasser aus dem Brunnen und blickte nicht auf.

»Wie geht's der Mama?«, rief er schließlich.

»Wie schon!«

»Ich habe mich beim Bau gemeldet«, teilte er ihr mit.

»Na, du machst dich. Dann wirst du bei den anderen noch mehr gelten!«

Endlich drehte sie sich um, strich sich die Haare glatt und ergriff die Eimer. »Verdienst du wenigstens was dabei?«

»Eine ganze Menge!«

Sie trat an den Zaun, sie waren sich jetzt so nahe, dass einer des anderen Atem spüren konnte, Janka blickte ihn herausfordernd an, sie konnte die Augen weit öffnen, es waren blaue, ausdruckslose, glänzende Augen.

Vielleicht wartete sie, was er jetzt tun und sagen würde, und als er schwieg, lachte sie plötzlich auf: »Na, dann kannst du dir wenigstens eine anständige Hose zulegen.«

Er ging langsam durch die staubige Straße, er sah ihre Augen vor sich, ihm schien, dass sie etwas ganz anderes ausdrückten, als das, was sie dann laut gesagt hatte, er holte die Ziehharmonika hervor und spielte, lief spielend durch das ganze Dorf und ging noch weiter bis zu dem schmalen Steg, der über den Kanal führte, dann war er schon auf der Weide, zu beiden Seiten dehnte sich die Ebene aus, nur noch Vögel und der Duft frisch gemähten Grases, und er spielte, so laut er konnte.

3

»Mir geht das immer im Kopf herum, Pavel«, sagte der Irre. »Valiga hat zu mir gesagt, wenn wieder ein Gewitter kommt, wird es sein wie beim Weltuntergang.«

Sie beluden ein altes Eisenwägelchen, das vor langer Zeit aus irgendeinem Steinbruch ausrangiert worden war. Der Erdboden staubte, vertrocknete Grashalme lugten hervor. Die schreckliche Dürre, die seit einigen Monaten auf dem Land lastete, löschte allmählich alles Leben aus, die Weiden wurden braun, als ob sie Rost angesetzt hätten, und die ermatteten Störche ließen sich auf den sumpfigen Ufern des austrocknenden Flusses nieder.

Die Menschen standen auf und blickten zum Himmel, die Luft war flimmernd heiß, sie warteten auf den Abend, der hoffentlich ein Gewitter bringen würde, doch der Abend brachte bloß stille, lautlose Blitze. Nur in ihrer Phantasie rauschte der Regen, und nur in ihr bewässerten sie die unfruchtbaren Felder, aus vielen Quellen, die immer mehr wurden, bis sie sich in eine Überschwemmung verwandelten. Sie wiederholten düstere Prophezeiungen und beschworen furchtbare Katastrophen, um ihre Ohnmacht zu verbergen und das Wissen darum, dass sie nichts tun konnten als warten und dass sie in der Falle saßen.

»Wir werden Deiche bauen«, ängstigte sich Adam, »doch wozu sind sie gut, wenn das Wasser vom Himmel herab auf die Felder fällt? Er starrte vor sich hin, in weiter Ferne stieg eine Staubsäule auf, sie schob sich am Horizont voran, eine Herde suchte die letzten grünen Grasbüschel. Die allgemeine Beklemmung hatte auch Adam erfasst, und obwohl er sich nicht sicher war und seine Kräfte nicht einschätzen konnte, hatte er das Gefühl, dass ausgerechnet er die Leute von ihrem Joch befreien könnte, wie oft hatte man ihm das nicht gesagt, dass gerade er den Kreislauf des Wassers regulieren, die Dürre überwinden, die Verwüstungen der Stürme abwenden und den Leuten ihre Ruhe und Hoffnung zurückgeben könnte.

»Jetzt hab ich's«, erklärte er frohgemut, »über dem Feld muss eine große, gläserne Platte angebracht werden, leicht geneigt. Der Nebel und der Regen fallen auf die Platte, und das Wasser rinnt ab. Einmal habe ich eine solche Platte schon gesehen, aber ich weiß nicht mehr wo!« Pavel Molnár redete zwar nicht so viel wie sein Vater, man hatte mit ihm nicht viel Spaß, doch auch er jagte Adam nicht fort, er ließ ihn mithelfen, aß sogar mit ihm aus einer Schüssel, deswegen mochte Adam ihn, er war ein guter Junge.

»Wer weiß, vielleicht würde das helfen«, sagte Pavel und dachte dabei an Janka, er hatte mehrmals nach der Arbeit bei ihr vorbeigeschaut. Sie nahm einen Krug und schlenderte mit Pavel zum Wirtshaus, sie plauderten über alltägliche Dinge: die Leute im Dorf und den Deich, sie interessierte sich nicht besonders dafür, dennoch hörte sie ihm zu, und ihm schien, dass alles, was er erlebte und fühlte und woran er dachte, durch Jankas Nähe stärker wurde, er sehnte sich nach immer mehr Nähe. Gestern hatte er sich getraut, er war nicht dem üblichen Weg gefolgt, sie waren in den Schatten hinter der Kirche eingetaucht, sie hatte sich von selbst an ihn gedrückt, Mund an Mund, aber plötzlich hatte sie sich von ihm losgerissen: Was du nicht alles willst!

Den restlichen Weg zum Wirtshaus legten sie schweigend zurück, ihre plötzliche Fremdheit bedrückte ihn. Vor der offenen Tür jedoch – drinnen polterte der betrunkene Vrábel und erklang Valigas Geige – flüsterte sie: Warte morgen Abend … dort … wie damals! Sie vergaß sogar, das Bier zu kaufen, weswegen sie eigentlich mitgekommen war.

»Damit du's weißt«, erzählte Adam, »dein Vater sagt, dass ich die Dürre verschuldet hätte, weil ich sündig bin. Vielleicht sollte ich daher ein Opfer bringen.«

Die Menschen brachten viele Opfer. In Adams Gemüt verschmolzen Ereignisse aus der jüngsten Zeit mit solchen aus einer grauen Vorzeit, die er nie erlebt hatte. Ein Hinrichtungskommando vor Tagesanbruch und Abrahams Hand mit dem Messer und Christus, der für unsere Sünden gestorben ist.

Christus nachfolgen und das Leben für die Sünden der Menschen hingeben, er sah Regen fallen – dann werden sie ewig an mich denken. Freude erhellte sein Gesicht.

Sie beluden das Wägelchen und schoben es auf dem krummen Schienenstrang voran, kippten die Erde aus und fuhren wieder zurück.

»Ich habe ihr ein Tuch gekauft, aus amerikanischem Nylon«, brach Pavel plötzlich das Schweigen, »soll ich es ihr einfach so geben?«

»Ein Tuch kann man immer brauchen«, sagte Adam liebenswürdig, »als Schutz bei Wind und Regen. Einmal ritt ich mit dem Grafen zur Entenjagd aus, am Ufer stand ein Fuchs…«, mehr fiel ihm nicht ein, nur dieser Erinnerungsfetzen war in seinem Gedächtnis haften geblieben, vielleicht hatten dort bunte Tücher oder Federbüschel auf den Köpfen der Pferde im Wind geweht.

Valigas Trompete erschallte, es war Mittag, die Männer machten ein Feuer unter dem Kessel und kochten ihre tägliche Suppe.

»Pavel«, rief Valiga. Doch Pavel hatte sich im gesprenkelten Schatten der Weide ausgestreckt, er war heute nicht neugierig auf ihr Gerede, er wanderte mit Janka durch die Nacht, das trockene Gras knisterte, er berührte ihren bloßen Arm, dann lagen sie in einer weichen Mulde und über ihren Köpfen bewegten sich die langen Halme des Wiesengrases.

Der Irre hockte sich neben ihn und schwatzte: »Ich war auf einer solchen Versammlung, wie sie die Kommunisten abhalten. Ein Mann trat auf, er erzählte schöne Sachen. Jeder kann ein eigenes Haus und einen Garten haben, keiner tut mehr dem anderen etwas zuleide, alle werden Freunde. Das hat mir sehr gefallen.«

Er verschwieg, dass Smoljak ihn während der Versammlung aus dem Saal gewiesen hatte, aus Furcht, Jožka und die übrigen Bauern könnten spotten, er sei so mies dran, dass er Verrückte zu seinen Versammlungen einladen müsse.

»Sie haben dort ein Schreiben verteilt«, sagte Adam, »komm am Abend zu mir, ich zeige es dir.«

»Gut, ich komm' vorbei.«

»Wir trinken etwas«, freute sich Adam, »ich habe Schnaps gekauft. Gestern, gleich nachdem sie uns ausbezahlt haben.«

Auf dem Deich kam ihnen der alte Molnár breitbeinig entgegen, die Kappe mit dem Schirm nach hinten, er hatte bestimmt schon einiges intus, das gibt wieder eine Gaudi, das war allen klar, auch Molnár, die Männer liefen bei ihm zusammen, er wusste, dass er sie nicht enttäuschen durfte.

»Burschen«, rief er, »genug gearbeitet, ich habe gehört, dass sie schon eine elektrische Schaufel erfunden haben. Die schafft ganz allein, die Arbeiter können sich den Arsch im Gras kühlen. Das ist was für dich«, wandte er sich an Valiga, »damit du auch am Tag vögeln kannst.«

»Super«, schrie Valiga, »ich bin keiner von der Sorte, die genug kriegen, wenn sie nur in der Nacht bumsen, und das womöglich nur einmal im Jahr!«

Sie brüllten vor Lachen. Auch Adam lachte. Er verstand den Witz nicht ganz, doch es freute ihn, dass er mit den anderen lachen konnte.

Molnár trat auf Adam zu. »Grüß dich, Adam!« Alle verstummten, Molnár musste sich rasch etwas einfallen lassen, ob er wollte oder nicht. Es fiel ihm aber nichts ein, wohl wegen der Hitze oder weil er einen über den Durst getrunken hatte. Er sagte nur: »Weißt du, wie der erste Mann geheißen hat?«

Der Narr wurde unruhig: »Adam natürlich!«

»Und warst das nicht zufällig du?«

Adam lachte verlegen, doch die anderen schwiegen, das hatten sie schon zu oft gehört.

»Wenn ja«, fuhr Molnár fort, »dann hast du uns durch deine Sünde ganz schön was eingebrockt. Die Facuna hat wegen dir schon neun Kinder!« Er suchte krampfhaft nach einem neuen Scherz, womit er die anderen unterhalten könnte.

»Und die Dürre«, half ihm jemand.

»Und die Dürre«, griff er den Einfall auf, »du bist unter uns so etwas wie der Jonas. Der Herrgott sieht, was du für ein Sünder bist, deswegen lässt er es nicht regnen.«

Adam grinste noch immer. Ihm war nach Lachen und Weinen zugleich zumute.

»Lass ihn, Vater«, sagte Pavel.

»Schaut ihn an«, schrie Valiga, »solche Sachen hat er auf dem Gewissen, und lacht dabei auch noch!«

»Adam, Adam«, sagte Molnár nun sehr ernst, »wie oft habe ich dir schon gesagt, du solltest deine Schuld irgendwie sühnen.«

Adam verrenkte den Hals. Doch es gab kein Entrinnen.

»Wir spotten über dich«, setzte Molnár noch eins drauf, »was bleibt uns auch anderes übrig?«

»Ab ins Wasser mit ihm«, grölten die anderen.

»Nicht ins Wasser!« Adam fürchtete sich vor Wasser, er wusste selbst nicht warum, aber er hatte schreckliche Angst vor Wasser, wenn er über die Brücke gehen musste, bekreuzigte er sich, und wenn es regnete, stopfte er die Fensterritzen mit alten Lumpen zu.

»Nicht ins Wasser? Doch ins Wasser!«, schrien die anderen. Sie packten Adams schmächtigen Körper und trugen ihn zum Fluss. Molnár blieb unter dem Baum stehen, er mümmelte an seiner Zigarette zwischen den Lippen und mühte sich vergeblich, sie anzuzünden.

»Vater«, sagte Pavel, »du bist besoffen wie ein Schwein!«

Molnár drehte sich ruckartig um und versetzte ihm wortlos eine Ohrfeige.

»Nicht ins Wasser? Doch ins Wasser!«

Der Vater hatte ihn schon lange nicht mehr geschlagen. Er konnte sich gar nicht mehr erinnern, wann es das letzte Mal gewesen war. Er rannte zum Fluss. »Lasst ihn«, schrie er, »lasst ihn in Frieden!«

Keiner hörte auf ihn, er kämpfte sich vor, doch es war zu spät, der Körper flog durch die Luft, das Wasser spritzte, ein gequälter Schrei übertönte das Gelächter.

»Ihr Bestien!«

Štefan Valiga legte ihm die Hand auf die Schulter. »Was brüllst du so? Willst du es ihm nachmachen?«

Er trat mit den Füßen um sich, raufte mit ihnen, sie zerkratzten ihm das Gesicht, schließlich rissen sie ihn vom Boden los. Das Wasser schlug über ihm zusammen, es war seicht, er schlug mit dem Kopf und dem Rücken auf und verlor für ein paar Augenblicke die Besinnung.

Als er schließlich wieder auftauchte, die Augen getrübt vom Wasser, standen sie am Ufer, kreischten vor Vergnügen, der Vater stand hoch aufgerichtet weiter oben, die Zigarette im Mund.

»Besoffener Schweinehund«, flüsterte Pavel. Das Wasser lief ihm über das Gesicht, er wischte sich die Augen aus und watete durch den Fluss, fort, so weit er konnte, bald verschwanden die andern hinter der Krümmung, nur die Gestalt des Vaters ragte zum Himmel empor. Besoffener Schweinehund, besoffener, wiederholte Pavel, dann kroch er die Böschung hinauf, streckte sich erschöpft auf der warmen Erde aus und schloss die Augen.

Wenn nur schon Abend wäre, wünschte er sich. Am Abend gehe ich zu ihr. Wenn nur schon Abend wäre, dann gebe ich ihr das Tuch.

Dann hörte er jemand durch das Wasser heranwaten, und Adams arglose Augen tauchten über ihm auf.

»Mach dir nichts draus, Pavel«, flüsterte Adam keuchend, »ich weiß schon, was ich tun werde.«

4

Es dunkelte allmählich, die Nacht drang auf der öden Ebene immer tiefer vor, er hielt das Mädchen fest um die Taille. Er hatte noch immer das Gelächter im Ohr, sah die Silhouette des Vaters vor dem blassen Himmel aufragen, gut, dass er Janka hatte, ohne sie wäre er völlig verlassen.

Er hatte gedacht, dass die Arbeit, die er nun hatte, seinem Leben einen Sinn geben würde, doch heute Nachmittag war ihm klar geworden, dass das ein Irrtum war. Die Arbeit an sich war noch nichts Sinnvolles. Nichts hatte für sich genommen einen Sinn.

Er wollte mit Janka darüber reden und begann daher, über Adam und das unfreiwillige Bad zu erzählen. Sie begriff nicht, was ihn daran so aufregte. Sie stellte sich vor, wie sich die beiden aus dem Wasser herauskämpften, und begann lauthals zu lachen.

»Erzähl mir noch mehr solche Geschichten«, sagte sie. Ihr war bange vor dem, was bevorstand, sie versuchte, die Gedanken daran zu verscheuchen.

Es war merkwürdig, seit sie wieder miteinander gingen, dachte sie nicht einmal mehr einen Tag voraus, auch nicht daran, was noch alles passieren könnte. Sie ging mit ihm tagtäglich das Stück Weg zum Wirtshaus, denn das war das einzige, was sie aus ihrer Langeweile herausriss, doch sie machte sich keine Gedanken darüber. Selbst als er sie das erste Mal geküsst hatte, hatte sie sich keine Gedanken gemacht, sie hatte schon öfters geküsst, und es hatte doch nichts bedeutet. Doch eines Tages, als sie schweigend zum Wirtshaus gingen, erschrak sie, dass sie ihn beleidigt haben könnte, er sie am folgenden Tag nicht mehr abholen würde und sie allein zu Hause zurückbliebe, und sie verabredete daher mit ihm, dass er nachher noch auf sie warten solle, sie meinte, sie würden hinter dem Schloss bleiben, von dort aus konnte man zu den Fenstern der nahen Häuser rufen. Doch sie blieben nicht beim Schloss, sie entfernten sich immer weiter, gerieten in einen noch tieferen Abend, an noch dunklere Orte.

Sicher wird er es von mir wollen. Und wenn schon, sagte sie sich, vielleicht bleibe ich ja mit ihm zusammen. Das Leben war so ganz anders, als sie es sich vorgestellt hatte, es würde ihr ohnedies niemand all das geben, was sie sich wünschte.

Nur einer könnte es vielleicht: Jožka Baňas. Doch der hatte sich nach Böhmen abgesetzt.

Sie hörte nicht, was Pavel sagte. Sie erinnerte sich, wie Jožka sie besucht hatte, vielleicht hätte sie damals nachgeben sollen, er war beleidigt und nie wieder gekommen. Sie hatte sich vorsichtig nach ihm erkundigt und erfahren, dass er sich zwei weitere Lastwagen gekauft und irgendwo eine Geliebte habe, eine Geschiedene mit Kindern und einem Hotel.

Dieser Lump, dieser Halunke, dieser gemeine Bastard eines blöden Wirts... Tränen der Wut schossen ihr in die Augen. Noch immer sah sie sein schönes Gesicht mit der zarten Nase und dem großen Mund vor sich.

Pavel bemerkte ihre Erregung und fasste sie als Reaktion auf seine Worte auf.

Sie gingen zum Flussufer, das Päckchen in der Tasche fiel ihm wieder ein.

»Ist das für mich?«

Er nickte, sie faltete das Papier auseinander, das Gewebe war fein und durchscheinend, von der Farbe tauenden Schnees, auf grünen Zweigen saßen viele bunte Vögel. Das Zwielicht dämpfte die satten Farben, verlieh ihnen einen Schimmer von dunklem Pastell, aber diese gedämpften Farben waren eigentlich noch schöner als das Tuch bei Tag.

Sie hielt das Kopftuch sehr vorsichtig, um es nicht mit ihren groben Fingern zu zerreißen, dann neigte sie sich über das Wasser, befingerte das ungewohnte Gewebe, tastete, wie es sich anfühlte. Wer hätte das von ihm ..., dachte sie glücklich. Erst jetzt fiel ihr ein, dass sie etwas zu Pavel sagen sollte. Sie beugte sich erneut über den Wasserspiegel, erblickte ihr Gesicht, umrahmt von dem Tuch neben einer finsteren Wolke darin und lachte es an: »Angeber!«

Dann setzte sie sich dicht neben ihn. Sie ahnte noch immer nicht, was er nun tun würde, doch sie dachte nicht mehr an Jožka. Die Wut, die sie vorhin gepackt hatte, wich einer stillen, glückseligen und entspannten Leere. »Sag was!«, verlangte sie, »etwas Lustiges!«

Sie betrachtete ihn mit ihrem matten Blick aus der Nähe. Das Dämmerlicht ließ seine noch knabenhaften Züge unscharf erscheinen, das gefiel ihr.

»Ich möchte für dich alles tun«, sagte er, »alles, wofür ich im Leben kämpfe, werde ich deinetwegen tun. Immer!«

Er schwieg, aber auch sie schwieg und wartete, was nun folgen würde. »Warte«, gab sie sich schließlich einen Ruck. Sie nahm das Kopftuch ab und faltete es sorgsam zusammen, und plötzlich stieg in ihr eine Zärtlichkeit für ihn auf, du mein täppisches Böckchen, sagte sie im Geiste zu ihm, ihr war leicht und wohlig zumute, als ob sie sich nach diesem Gefühl schon lange gesehnt hätte, sie legte das Tuch auf den Boden und wartete darauf, dass er sie umarmte.

Als er sie dann küsste, kniff sie die Augen zusammen, und seine Gegenwart und ihr Verlangen nach seinen Berührungen belebten sie und füllten die innere Leere.

Sie küssten sich lange, dann flüsterte er: »Ich, ich hab' dich mächtig lieb, ganz lieb hab' ich dich…«, und wollte sie erneut küssen.

Sie stieß ihn von sich und stand auf, er erhob sich auch, doch sie drehte ihn herum, sodass er mit dem Rücken zu ihr stand und nur den dunklen, strömenden Fluss sah, in dem der Mond gerade aufging, und das dürre Gras hinter sich rascheln hörte.

»So«, flüsterte sie sehr leise.

Sie lagen auf der kahlen, warmen, ausgetrockneten Erde nebeneinander, er war erstaunt, wie hell ihr Körper war.

Sie hatte mit ihren Freundinnen schon oft darüber gesprochen: hier und auch in der Stadt, jetzt aber fürchtete sie sich ein wenig, die Grashalme piekten sie in die nackte Haut, und sie spürte die drückende Schwüle ringsum.

Nun, da sie nichts mehr verhindern konnte, wollte sie es wenigstens hinauszögern: »Weißt du noch, wie du mir von diesen Fischen erzählt hast?«

»Von den Delphinen?«

»Ja«, sagte sie ungeduldig, »kennst du noch andere solche Geschichten?«

Ihm aber fielen keine anderen Geschichten ein, er küsste sie daher bloß.

Sie hielt die Lippen fest geschlossen. »Was ist ein Delphin?«, fragte sie.

Und da merkte er, dass er es auch nicht genau wusste. Delphine schwammen im Wasser, sie waren grün oder weißlich und hatten helle Augen, doch sie konnten auch dunkle Augen haben, er wusste weder, wie groß Delphine waren, noch, wovon sie lebten, er hatte das nie wissen müssen.

»Wirst du mich immer gern haben?«, fragte sie, »Wirst du für mich sorgen?«

»Ja. Sag mir, was du dir wünscht!«

Ihr fiel nichts ein, daher sagte sie bloß: »Ein Pferd, ein weißes Pferd.«

Sie erwartete, dass nun etwas Großartiges geschehen würde, etwas Überwältigendes, irgendein furchtbarer Schmerz, etwas viel Erregenderes als sich zu küssen und ans Küssen zu denken, nichts Derartiges geschah, ein krampfhaftes Beben durchzuckte sie, sie schrie leise auf, dann lag sie regungslos mit geschlossenen Augen da. Sie hörte, dass er ihr etwas zuflüsterte, doch sie nahm den Sinn dieser Worte nicht auf. Sie schlief ein, erwachte und schlief gleich wieder ein, bis sie schließlich ein Gefühl hatte, als ob sie auf feuchten Wellen schaukelte, dies musste wohl das Schöne sein, das sie sich so oft ausgemalt und das sie herbeigewünscht hatte. Und sie lachte glücklich.

Er drückte sie an sich in dem Wunsch, sie möge nicht wieder einschlafen, möge etwas zu ihm sagen, doch er brachte sie nicht dazu, sich ihm zuzuwenden, und empfand eine schmerzliche, einsame Traurigkeit.

Er drehte sich weg und versuchte, an etwas anderes zu denken, an einen hohen Turm, den Meereswellen umspülen, in denen ein großer, grüner Fisch mit weißen Augen schwamm, und einen fasrigen Palmenstamm, stattdessen hörte er nur ein Atmen neben sich und das ruhig strömende Wasser und sah nur die zuckenden Lichter der fernen Blitze am schwarzen Himmel, und da erkannte er, dass er weder den Turm noch die Delphine noch die Zuckerpalmen jemals sehen würde, denn das alles gab es in Wirklichkeit gar nicht, es konnte gar nicht existieren. Was wirklich existierte, waren andere Dinge, und vielleicht waren sie schöner oder auch bitterer: das hier und der Deich und die Raufereien und die betrunkenen Arbeiter und das hier: ein Flussufer und ein Mädchen, das so nahe bei ihm schlief, dass ihr Atmen das Lauteste war, was er hörte. Und noch vieles mehr, was er vielleicht weder kannte noch auch nur ahnte, dennoch aber entdecken konnte, wenn er nur danach suchte.

5

Adam kehrte erst in der Nacht heim. Er hatte sich nach der Arbeit am Rand des Erlenwaldes ausgestreckt, war von der Hitze geschwächt eingenickt, hatte beim leisen Summen der Mücken und fast lautlosen Strömen des Flusses geschlafen und geträumt, dass er in einem weißen Gewand auf einem staubigen Weg dahinschritt, ihm folgten viele Menschen, die seinen Namen voller Liebe aussprachen, denn er brachte ihnen die Hoffnung und den Regen.

Er erwachte, stand auf, setzte seinen alten Hut auf, der einem umgestülpten Eimer glich, und ging langsam zum Dorf zurück. Auch abends strahlte die Erde noch Hitze ab, jeder Windstoß wirbelte eine Staubwolke auf, verdorrte Ähren lagen auf der Erde, das Rübenkraut welkte, manche Blätter waren so dürr, dass er sie zwischen den Fingern zu Staub zermalmen konnte.

Was für ein Kreuz, überlegte er, warum trifft uns ein solches Unglück? Er wurde schwermütig, wenn er daran dachte, wie viele Menschen zu leiden hätten, und er sehnte sich danach, ihnen zu helfen. Vielleicht war es wirklich seine Schuld. Der Gedanke entsetzte ihn, doch möglich war es, dass er es war, der den Leuten Unheil gebracht hatte: den Krieg und das Wasser und nun wiederum die schreckliche Dürre.

Im Dorf hefteten sich ihm die Kinder an die Fersen:

Adam, erster Mann
streck den Bauch heraus
dass es regnen kann!

»Adam, mach, dass es regnet!«

»Ihr täppischen Bären«, schrie er sie an, »ihr Wildpferde!«

»Mach Regen!«

Er hatte zu Hause noch vom Frühstück einen Rest Malzkaffee in der Tasse, brockte Brot ein und zerkaute es langsam zwischen seinen schwarzen Zähnen.

Ja, fasste er langsam einen Entschluss, ich werde Regen machen. Diese Verantwortung ruhte als drückende Last auf ihm. Vielleicht musste er sich nur opfern, damit die Leute glücklicher leben konnten. Er wird die Ungunst des Himmels abwenden, er wird einen leichten und anhaltenden Regen herbeirufen, der die Erde wässern wird, ohne sich in eine Flut zu verwandeln, die wieder alles hinwegspült.

Adam dachte an die Versammlung, sie verblasste schon in seiner Erinnerung, nur die Reden klangen ihm noch schwach im Ohr, doch sehr vage. Und er wusste noch, dass sie ihm befohlen hatten, den Saal zu verlassen. Sie hatten zu ihm gesagt: Das ist nichts für dich! Er wollte der Welt angehören, von der sie sprachen, doch sie schickten ihn weg. Na klar, erkannte er, ich würde ihnen doch nur alles verderben. Die Verwirrung in Adams armem Hirn steigerte sich. Er erhob sich wie unter einem inneren Zwang, kratzte eine Handvoll klebriger Bonbons in der Schublade zusammen und ging vor das Haus, um die Kinder zu rufen. Als keine Kinder kamen, hob er den Kopf zum Sternenhimmel, dann warf er die Bonbons in die dicke Staubschicht der Straße und ging in seine Stube zurück.

Der gute Pavel hatte auch versprochen zu kommen, fiel ihm ein, aber er kam nicht. Pavel ist nett zu mir, sagte er sich, und der Herr Ingenieur und sein Freund, der alte Molnár, auch. Dem könnte ich die Ziege vermachen.

Der Gedanke erschreckte ihn, aber da fiel ihm die Geschichte von Abraham und Isaak ein, der Priester hatte am letzten Sonntag über sie gepredigt, vielleicht, wenn mein Opfer nicht rechtens ist, hält ein Engel meine Hand zurück. Er würde das Opfer schon bringen, aber nicht gleich, er ging nochmals hinaus, hob den Kopf zum Himmel, es schien ihm, als ob sich im Westen in der Ferne ein graues, undurchsichtiges Nebelband vor die Sterne schöbe.

Ich mache Regen, zuckte es ihm durch den Kopf, Wasser wird fließen, die Vorstellung erschreckte ihn ein wenig. Nur ein bisschen Wasser. »Nur wenig Wasser!«, flüsterte er. Er nahm eine Dose mit Butzenscheiben aus der Schublade, mit denen er sich an langen Regentagen die Zeit vertrieb, indem er die wundersamsten Bilder aus ihnen zusammensetzte, er sah darin Engel, Schlangeneier und Störche.

Einige Scheiben waren zerbrochen, die Scherben hatten scharfe Kanten, er hatte sich damit schon mehrmals in die Finger geschnitten. Jetzt wählte er eine besonders scharfe Scherbe aus, die sich gut für das eignete, was er vorhatte. Und das tat er leicht und froh und empfand nicht einmal einen

Schmerz, sondern nur eine Schwäche, die ihn veranlasste, sich zu seinem Bett in der dunklen Ecke zu schleppen und hinzulegen und zu beobachten, wie sein eigenes Blut langsam aus ihm herausfloss.

Er betrachtete jedoch nicht sein aufgeschnittenes Handgelenk, sondern die paar Sterne am Himmel, die durch die schmale Fensteröffnung zu sehen waren. Und er wartete darauf, dass sich ein nebliges Regenband über die Sterne schieben würde.

Doch die Sterne leuchteten ungerührt weiter, und da hob sich der Schleier, der sich vor langer Zeit auf ihn herabgesenkt hatte, plötzlich, und er schaute in versunkene Tiefen und erblickte darin das Gesicht seiner Frau, die Haare schlaff vom Wasser, der Mund aufgequollen, und dann überstürzten sich die Ereignisse, Kinder schrien, Dächer standen in Flammen, Panzer rollten über die Ebene, eine Hinrichtung hinter seinem Haus, das Grab musste er ausheben, Morde, Hohn und Schmerz und Verachtung und Einsamkeit und die schmutzige, leere Stube, sie schickten ihn zur Witwe Jurcová, angeblich wartete sie auf ihn und liebte ihn und sehnte sich nach ihm, und er glaubte es und ging zu ihr, oder sie schickten ihn los, um ein frisches Ziegenfell zu kaufen; sogar sein alter Freund Molnár hatte seinen Spaß daran, einen Narren foppen zu können, er log und redete ihm ein, er sei der erste Mann, und das hatte er dann wohl selbst geglaubt, doch jetzt erschien es ihm unwahrscheinlich, wie ein Traum, aber schrecklicher, als selbst die schlimmsten Träume sein konnten.

Und niemand wünschte sich wirklich dieses Opfer von ihm, sie würden höchstens lachen, wenn sie erführen, warum er das getan hatte.

Ein plötzliches Entsetzen packte ihn. Er hörte Gelächter näher kommen, ein lärmendes, zügelloses Gelächter. Was war es, was er tun wollte? Und für wen? Er bekam selbst Lust zu lachen, schrecklich und aus vollem Hals zu lachen, über sich, seine Dummheit, doch dazu blieb keine Zeit mehr. Wieder schnürte ihn die Angst ein, eine kalte, grauenvolle Angst, er stand auf und mühte sich fieberhaft, einen Verband anzulegen.

Er wickelte ein schmutziges Handtuch um das Handgelenk und wankte aus dem Haus, er hatte im Grunde niemanden, zu dem er gehen konnte, dennoch machte er sich auf den Weg, er stützte sich mit der gesunden Hand am Zaun ab und keuchte laut, die Hunde witterten Blut, brachen in wildes Gebell aus und tobten. Er bemerkte sie kaum, in seinem Kopf begann wieder der Nebel zu wirbeln, ein süßer, immer dichterer, unsichtbarer Nebel. Er torkelte bis zum letzten Haus, öffnete die Gartenpforte und trat ein.

»Was ist denn mit dir?«, schrie Molnár auf.

Dann fuhren sie mit dem ächzenden, klapprigen Wagen durch die geräuschlose Nacht, Adams Kopf war auf Stroh gebettet, und er sah Molnárs schmale Gestalt, die auf dem Kutschbock saß, manchmal verschwand sie, zwei einsame Fledermäuse kamen geflogen und jagten dicht über ihnen.

»Warum hast du das getan?«

»Frag nicht so. So darfst du nicht fragen«, flüsterte Adam. Er war sehr schwach und müde. Zuweilen hatte er das Gefühl, dass er schon alles wüsste, aber auch wirklich alles, und gleich darauf war es ihm wieder ein Rätsel, wieso er hier auf dem klapprigen Wagen durch die Nacht fuhr. »Du hast es mir doch selber gesagt«, brach er plötzlich das Schweigen, »dass ich etwas tun kann. Dass ich dazu fähig bin.«

»Deshalb hast du es getan?«

Der Leiterwagen holperte über die nächtliche Straße, das Pferd schnaubte.

»Ich tat es deinetwegen, du hattest immer deine Freude an mir. Weißt du noch, wie wir zusammen da unten waren... Erinnerst du dich noch an die Späße, die wir dort getrieben haben?«

Adam verstummte, und Molnár setzte hinzu: »Ich dachte, dass dich das aufheitert, und nicht, dass du so was anstellst!« Am Himmel leuchtete ein lautloser Blitz, Schwärze verhüllte die Sterne nach und nach, Molnár empfand eine beklemmende Traurigkeit, nichts war sinnloser und überflüssiger, als eines Trugbildes wegen aus dem Leben zu scheiden und auch noch zu glauben, dass das den Menschen hilft, wo die doch nichts weniger brauchen konnten als ein derartiges Opfer. Dann dachte er daran, dass Menschen doch nicht so ohne weiteres Trugbildern erlagen, sondern nur, wenn sie jemand dazu anstiftete, ich habe ihn dazu angestiftet, erkannte er, ich habe ihm diesen Unsinn aufgeschwatzt, dass er der erste Mensch sei. Aber doch nur deswegen, weil es so komisch war: Adam, erster Mann. Und er hat es geglaubt. »Verzeih mir«, flüsterte er.

Hinter ihm blieb es still, er schnalzte mit der Peitsche, um die Stille zu durchbrechen. Aber es hat ihn doch auch gefreut, dass er etwas Besonderes sei, dass er zu etwas fähig sei. Auch wenn es nicht wahr war.

Warum tun wir so etwas, überlegte er, warum lügen wir dem anderen etwas vor, nur um ihn angeblich zu erfreuen? Tun wir das nicht nur, weil wir selbst Freude daran haben? Oder sind wir zu nichts Besserem fähig, können wir nicht anders?

Wieder zerriss ein Blitz die Finsternis, und er erblickte in seinem Lichtschein sich türmende Gewitterwolken. Wahnsinn, schreckte er zusammen, es scheint wirklich regnen zu wollen.

Es wäre doch gut, wenn ein Regen käme, dachte er dann, vielleicht würde es ihn glücklich machen, wenn es wirklich regnete.

»Schau«, sagte er bedeutungsvoll, »es zieht wirklich ein Gewitter auf.«

Er erschrak über den Tonfall seiner eigenen Worte, dennoch sagte er: »Na siehst du, jetzt ist der Regen da!«

In der Weite vor ihnen erhob sich ein staubiger Wind, er übertönte Adams abgehacktes Stöhnen, das dumpfe Klappern der Hufe und das Quietschen der Räder mit seinen Böen.

Dann fielen die ersten Tropfen.

Wahnsinn, dachte Molnár von neuem. Dann besann er sich, dass er den Liegenden zudecken sollte. Er hielt das Pferd an und sprang vom Kutschbock.

»Schau, es regnet! Du hast es ja doch...« Der helle Lichtschein eines Blitzes fiel auf Adams Gesicht, und Molnár fuhr zurück.

Er entrollte die uralte, muffig riechende Rosshaardecke und breitete sie über den reglosen Körper.

Du hättest ein Denkmal fürs Leben

Während der ersten Januartage regnete es ununterbrochen, das Wasser im Fluss stieg langsam, bis es eines Nachts über die Ufer trat.

Der Ingenieur sah das Dorf zum ersten Mal wie eine Arche inmitten eines breiten Stromes treiben, die überfluteten Bäume ragten über dem Wasser auf, und irgendjemand fuhr in einem schaukelnden Boot mit einem einzigen Ruder von Dorf zu Dorf.

Die Deicharbeiter waren schon vor einigen Tagen abgefahren, und auch Petr musste rasch aus dem Holzschuppen, in dem er wohnte, ausziehen.

Er bezog ein schimmeliges Hotelzimmer in der Stadt. Mindestens ein Monat Nichtstun lag vor ihm. Das erste Mal in diesen zwei Jahren hatte er nur Freizeit. Er bummelte durch die Stadt, die Auslagen waren leer, er kaufte sich einen Roman von Simonow, um wenigstens irgendetwas zu kaufen, und setzte sich in ein Lokal, bestellte einen doppelten Wodka, musterte die fleischigen Gesichter, die schmutzigen Vorhänge, hörte dem zusammenhanglosen Gerede zu, dann blätterte er in dem Buch, ohne wirklich zu lesen. Er dachte daran, dass er in den letzten zwei Jahren kein Buch mehr aufgeschlagen hatte, in keinem Theater gewesen war und Musik nur auf Tanzfesten gehört hatte, und dass er das, was man gemeinhin ein Zuhause nennt, überhaupt nicht kennengelernt hatte.

Dafür hatte er Wild gejagt und war behutsam über Waldwege geschlichen, in der Furcht, dass der Boden unter ihm explodieren könnte, hatte geschlafen, so gut es ging, auch mit Frauen geschlafen, wenn es sich ergab. All dies hatte eine lähmende Müdigkeit mit sich gebracht. Zwei Jahre lang hatte er keinen Urlaub genommen, war er nicht aus dieser Welt hinausgekommen, in der man an nichts dachte als daran, dass man lebte und arbeitete. Warum verschwendete er hier eigentlich seine Zeit?

Er hatte ein Krankenhaus und eine Straße vermessen, doch bisher hatte man weder das Krankenhaus noch die Straße zu bauen begonnen. Sie waren schon froh, dass sie wenigstens ein paar Häuser gebaut hatten, damit die Leute irgendwo wohnen konnten. Wozu schindete er sich hier ab? Er wollte ein imposantes Bauwerk gestalten, etwas, bei dem er nicht nur vergessen konnte, sondern auch etwas Wichtiges schaffen würde. Er wollte ja den Schmerz durch besondere Leistung überwinden, nicht bloß durch Müdigkeit.

Gegen Abend kamen seine Bekannten: der Ingenieur Hurčík von der Wassergenossenschaft, der Staatsanwalt, der Apotheker und der Notar. Manchmal, wenn er in der Stadt war, spielten sie Poker oder Trappola, stritten über Politik und erzählten sich den neuesten Provinzklatsch.

Der Staatsanwalt hatte mit Fällen von Brandstiftung, ertränkten Säuglingen, Raubüberfällen, Kuppelei und Missbrauch von Mädchen zu tun, er kreidete diese Erscheinungen der Zeit an, die kein moralisches Gesetz hatte, am meisten aber den Kommunisten, die die Moral der zehn Gebote bekämpften, ohne ihr etwas anderes entgegensetzen zu können als ihre Moral des Hasses, des Spitzeltums und Klassenkampfs.

Petr stritt mit ihnen, manchmal schloss sich ihm der Apotheker an, der war Partisan gewesen und hatte davon geträumt, dass nach dem Krieg eine Zeit anbrechen werde, in der es kein Arm und Reich mehr gäbe.

Sie setzten sich zu ihm an den Tisch: »Also, wie beurteilen Sie die aktuelle Lage, Herr Ingenieur?«, fragte der Staatsanwalt.

Er war heute nicht zu politischen Debatten aufgelegt. Er zuckte mit den Schultern.

Der Apotheker mischte die Karten.

Der Notar sagte: »Diesen Hokuspokus mit den Grundstücken, den eure Partei neuerdings allenthalben anzustellen beliebt, der verschlimmert die Situation doch nur. Überall in der modernen Welt legt man Landbesitz zusammen. Und wir teilen ihn auf. Das ist rückständig.«

Niemand widersprach ihm, und er fuhr fort: »Ein Bekannter von mir, ein Lehrer, hat mir unlängst erzählt, dass sich die Leute, als sie mit dem Traktor zu ihnen kamen, vor den Traktor gelegt haben. Weil er angeblich den Boden feststampft... Und solche Leute wollt ihr das Land bewirtschaften lassen... Die haben doch keinen Verstand... Jeder will nur haben..., besitzen. Auf das Gemeinwohl pfeifen sie.«

»Das macht der Krieg«, sagte der Apotheker. »Viele Leute sind völlig durcheinander. Vor einigen Tagen bat mich eine Freundin meiner Tochter, sie zu Hause zu besuchen. Schon vor der Tür drang mir ein Geruch in die Nase: nach Moder, Schimmel und Fäulnis, ich bitte euch, ich will den Namen der Frau nicht nennen, eine der angesehenen Familien der Stadt, es ist schrecklich, während des Krieges ist ihr Mann gefallen und seither spart sie und hat nichts mehr weggeworfen, keinen Lumpen, keine Speisereste, in der Wohnung standen überall Töpfe mit ranzigem Schmalz und zwei Jahre alten Soßen herum, auch die Badewanne war mit Gläsern und Tellern vollgestellt; diese Fliegen, die auf allem herumkrochen. Und wenn wieder eine Notzeit kommt?, fragte sie mich, ich muss mich ein wenig absichern, wegen der Kinder...«

»Immerhin hat sie ein Ziel«, sagte Hurčík.

Er war vor einigen Tagen oben im Wald beim See gewesen, oberhalb eines niedergebrannten Dorfes. Er dachte, dass er allein dort wäre, doch am Ufer stand ein Mann mit einem Hund, ein recht gut gekleideter Mann, er stand am Wasser, dann zog er einen Schuh aus und warf ihn in den See, danach warf er auch den zweiten Schuh ins Wasser und befahl dem Hund, die Schuhe zu apportieren, doch ehe der Hund die Strecke im eisigen See zurücklegen konnte, waren die Schuhe durch das Wasser so schwer geworden, dass sie untergingen. Der Kerl am Ufer schrie und fluchte, dann beugte er sich zu seinem Hund und trocknete ihm mit seinem Socken die nasse Schnauze. Dann ging er barfuß auf der schlammigen Straße ins Dorf zurück.

»Das kommt vom Krieg«, bemerkte der Apotheker, »Irrsinn produziert neuen Irrsinn.«

Es waren ganz gewöhnliche Stammtischgespräche, an denen der Ingenieur schon oft teilgenommen hatte, doch da war er nicht so erschöpft gewesen und hatte nicht so viel Zeit gehabt.

Um Mitternacht ging er in sein feuchtes Zimmerchen zurück. Obwohl er den ganzen Tag getrunken hatte, war er nicht so betrunken, dass er nicht mehr denken konnte: Auch er verhielt sich im Grunde wie ein Irrsinniger, er floh vor etwas, das er nicht zu benennen vermochte, und lebte wie ein Tier. Wo sollte das noch hinführen?

Er lag da, konnte nicht einschlafen, die vergangenen Tage zogen an ihm vorüber, Tote und Lebende, verminte Wege, abgebrannte Wälder und Kälte und Feuchtigkeit und stinkende Schänken voller Leute, Wodka, Bier, Streitigkeiten und der nur langsam vorankommende Deich, das aufgelassene Sägewerk im Tal und das halbblinde Pferd, das durch den Schnee stolperte…

Wenn ich bloß etwas Wichtiges tun könnte, wenn sie mich doch das Projekt ausführen ließen!

Aber was konnte er schon auf die Beine stellen? Zwei Jahre lang hatte er kein Buch mehr aufgeschlagen, zwei Jahre lang hatte er sich mit der Trassierstange und den Latten herumgeplagt, und nun befehligte er eine zusammengewürfelte Truppe von Arbeitern, die er in der ganzen Gegend aufgetrieben hatte, und baute einen ganz schlichten Deich.

Er stand auf, trat ans Fenster, die Stadt war völlig ausgestorben, nicht einmal ein Betrunkener schlug auf der Straße Krach.

Zwei Jahre war er nicht mehr zu Hause gewesen. Er hatte ja eigentlich kein Zuhause, aber er verspürte jetzt Sehnsucht nach der Heimat, nach Straßen, die er kannte, durch die er schon so oft gegangen war, und nach Menschen, die ihm nahestanden. Wen aber hatte er, der ihm nahe stand? David hätte er jedenfalls besuchen können, sie schrieben sich immer seltener, doch er war zweifellos der Mensch, der ihm am nächsten stand, sie hätten sich nach diesen zwei Jahren manches zu erzählen gehabt.

Die Koffer waren noch gepackt. Er gab dem dösenden Pförtner einen Hundertkronenschein und ließ die Hälfte des Gepäcks bei ihm zurück, dann ging er die lange Straße zum Bahnhof hinab.

Der Waggon war halbleer, die Fenster zugefroren, David war umgezogen, er lebte nun irgendwo am anderen Ende der Welt, das letzte Mal hatte er geschrieben, dass er heiraten würde, wer weiß, vielleicht hatte er sich sehr verändert, dann hätte ich nur noch die vertrauten Straßen, aber bestimmt hatte er sich nicht allzu sehr verändert und wäre froh, wenn sie sich endlich wieder sehen könnten, er wand sich einen Schal um den Kopf, bettete das Gesicht auf den Koffer, und erst jetzt schlief er ein.

Jemand weckte ihn, er müsse umsteigen, er lief also zum Eilzug hinüber, fand einen freien Platz und schlief wieder ein und schlief sehr lange, es war schon Tag, als er sich wieder daran erinnerte, dass er auf dem Weg nach Hause war.

Er fühlte sich ungemein erleichtert, öffnete die Augen halb, um ihn herum saßen Menschen in Kleidern, wie er sie schon lange nicht mehr gesehen hatte. Das Mädchen gegenüber las in einem Buch und musterte ihn über dessen Rand hinweg, sie hatte ungewöhnlich schmale, graue Augen unter einer hohen, blassen Stirn.

Das Aufstehen fiel ihm schwer, er brummte einen Gruß, ging auf den Gang hinaus, er war unrasiert, schmutzig, roch schal nach Tabak, seine Augen waren vom Schlaf geschwollen und die Haare von Schweiß und Ruß verklebt.

Er stand auf dem Gang und rauchte, nach zwei Jahren kehrte er also zurück, es war ihm selbst ein Rätsel, warum er sich nicht früher dazu entschlossen hatte. Hinter ihm wurde eine Abteiltür aufgeschoben. Das Mädchen hielt das Buch unter dem Arm geklemmt, sie hatte vergessen es wegzulegen. Sie erschien ihm sehr sanft und schön, sie hatte eine reine und zarte Haut und lange Haare, die ganz bestimmt nicht durch die Hände eines Dorffriseurs gegangen waren, die Lippen, Brauen und Wimpern waren offenbar geschminkt, dezent und kaum zu erkennen, ihm aber kam es ungewohnt und wie etwas schon beinahe Vergessenes vor und rief alte, verschüttete Gefühle wach.

Sie stellte sich neben ihn und blickte aus dem Fenster, doch er wusste, dass sie ihn beobachtete. Schließlich sagte sie: »Sie haben so lange geschlafen… Sie sind wohl müde?«

»Ja«, gab er zu.

»Fahren Sie nach Hause?«

»Ich fahre zurück … aber nicht direkt nach Hause.« Als er bemerkte, dass sie wartete, was er noch sagen würde, fügte er hinzu: »Nicht jeder hat ein … Zuhause.«

Sie sah ihn teilnahmsvoll an, wahrscheinlich bedauerte sie ihn wegen seines Aussehens oder er erregte ihre Neugier, sie hätte zweifellos ein interessantes und ungewöhnliches Tier genauso angestarrt, wenn ihr eines über den Weg gelaufen wäre. »Ich besuche einen Freund. Sind Sie nun zufrieden?« Er zündete sich eine neue Zigarette an, und sie tat so, als ob sie zum Fenster hinausblickte, beobachtete ihn aber weiter.

»Kommen Sie ganz aus dem Osten?«, fragte sie, und als er bejahte, fragte sie noch: »Waren Sie lange dort?«

»Zwei Jahre.«

»Und fahren Sie oft nach Hause?«

»Niemals!«

»Aber Sie werden doch dort nicht ganz allein sein?«

»Nein«, sagte er gereizt, »es findet sich immer jemand, der auch noch dort lebt.«

»Und wer sorgt für Sie?«, fragte sie.

Er hätte ihre Neugier als kränkend empfinden können, doch plötzlich besann er sich, dass sich volle zwei Jahre lang niemand dafür interessiert hatte, wie es ihm dort erging. Man wollte wissen, warum er in die Gegend gekommen war, weil man es nicht begreifen konnte, doch man interessierte sich nicht dafür, wo er die letzte Nacht geschlafen hatte und was er aß und im vergangenen Monat erlebt hatte. Alle waren mit ihrem eigenen Schicksal beschäftigt, das sich von dem seinen in nichts unterschied. Vielleicht war er deshalb so erschöpft, weil er mit allem allein fertig werden musste.

Er drehte sich zu dem fremden Mädchen um: »Warum interessiert Sie das?«

»Verzeihen Sie«, sagte sie, »ich, ich...«

Er sah, dass sie errötete, sie wollte weggehen. »Warten Sie.« Er hielt sie mit der Hand zurück, und dann erzählte er ihr, wie er lebte, und sprang dabei von einem Ereignis und einer Person zur nächsten. Er blickte das Mädchen nicht an, er hatte das Gefühl, dass mit jedem Wort ein Stück seiner lähmenden Schwermut abbröckelte.

Als er nach geraumer Zeit verstummte, hob sie die Augen zu ihm, schüttelte den Kopf ein wenig, als ob sie staunte, und da bemerkte er, dass sie weinte.

Das verblüffte ihn, er konnte es nicht recht begreifen und war gerührt. Nicht so sehr von seinem Schicksal, als vielmehr von ihrer Jugend und ihrem Staunen, und als sie sich dann umdrehte und ins Abteil ging, packte ihn plötzlich die Furcht, sie könnte aussteigen und weggehen, und er würde sie nie wiedersehen. Dabei konnte er doch mit ihr aussteigen, zumal er kein Zuhause hatte. Denn ein Zuhause ohne Menschen gab es nicht, und David wartete nicht auf ihn.

Er trug ihr den Koffer, und sie schwiegen beide. Sie führte ihn zu einem Hotel und wartete, bis er ihr bestätigte, dass er ein Zimmer bekommen habe.

Er wusch und rasierte sich, dann kaufte er sich in einem Geschäft ein Hemd, das ihm aber zu klein war, es ließ sich nicht ganz zuknöpfen.

Zu Mittag aß er im Speisesaal drei Portionen, dann blätterte er ein paar belanglose Zeitschriften durch und wartete.

Sie kam erst gegen Abend, setzte sich neben ihn, redete viel, sie hatte sich offensichtlich zurecht gelegt, was sie ihm erzählen wollte. Jetzt können wir uns schon duzen, sie hieß Evžena und besuchte die Großmutter in der Stadt, ihr Vater war Zahnarzt, alle riefen sie Žeňa, sie liebte den Fluss, der durch die Stadt floss, es war der größte Fluss, den sie kannte, obwohl sie sogar das Meer schon gesehen hatte, der Vater war im Konzentrationslager gewesen und hatte Schachfiguren aus Brot und eine Holzpuppe mit nach Hause gebracht, sie studierte Geographie und Geschichte im letzten Semester, sie hatte geweint, als sie das KZ zum ersten Mal gesehen hatte, wie schrecklich das war, ein Kind zu töten, voriges Jahr im Sommer hatte sie an der *Trasse der Jugend* in Jugoslawien mitgearbeitet, einmal stellte sie sich vor, wie es in einer Gaskammer wäre, und hörte zu atmen auf, um zu erfahren, wie viele Sekunden ihr noch verblieben, es war furchtbar gewesen, dort lebte und arbeitete man schon nach kommunistischer Manier, einmal hatten sie angeblich unter einem Berg Leiber ein kleines Mädchen entdeckt, das noch gelebt hatte, sie wussten nicht, was sie mit ihm machen sollten, schließlich hätten sie es erschossen, sie liebte Jan Kryštof und Pavel Korčagin – diese Welt, in der kein einziger Mord mehr geschehen könnte, sie hatte eine genaue Vorstellung davon, wie das Leben aussehen sollte, und dort in dem verlassenen Landstrich hatten sie zwei Tage lang kein Wasser gehabt, die ganze Gruppe hatte sich eine einzige Flasche Tee geteilt, es war ihr intensivstes Erlebnis bisher gewesen, sie fürchtete sich vor nichts auf der Welt, nur vor frei herumlaufenden Hunden und vor Spinnen, irgendwann würde es auf der Welt nur noch Kommunisten geben. Als sie am letzten Tag die Fahne gehisst hatten, wehte eine warme Brise vom Meer und sie sangen die Internationale in zehn verschiedenen Sprachen, direkt hinter dem Fahnenmast hatte ein großes Sonnenblumenfeld geblüht, sie liebte die großen Blüten sehr, bald würde eine Zeit kommen, in der es keinen falschen Glauben und keine überflüssigen Streitereien mehr gäbe und alle aufrechter Gesinnung wären, selbst nachts hatten diese Blüten in der Farbe der Sonne gestrahlt, sie bedeuteten Hoffnung. Sie sprach rasch, mit einer leicht staunenden und begeisterten Stimme.

»Ich habe es gleich gewusst, als ich dich im Zug schlafend gesehen habe«, sagte sie.

»Was hast du gewusst?«

»Dass du etwas Besonderes bist, etwas ganz Besonderes.«

»Großartig«, lachte er, »ich kann mir selbst nichts Sonderbareres denken!«

Ihm fiel wieder ein, dass er etwas Außergewöhnliches schaffen wollte, dass er jedoch bisher nichts zuwege gebracht hatte, er hatte bloß unter schlechteren Bedingungen gearbeitet als die meisten anderen, und das war mehr ein Akt der Verzweiflung als des Willens gewesen.

Wer nicht mehr ein noch aus weiß, besäuft sich entweder bis zum Delirium oder stürzt sich bis zur Besinnungslosigkeit in erschöpfende Arbeit. Und er hatte bis zum Umfallen gearbeitet und den Rest Bewusstsein, der sich nicht verdrängen ließ, obendrein durch Trinken betäubt.

Noch am Abend, vor dem Einschlafen, beschäftigten ihn diese Gedanken, vor den Fenstern waren die Schritte von Passanten zu hören, die Schatten der Autos und die Reflexe der Scheinwerfer huschten über die Wand, wenn er jetzt auf die zwei Jahre zurückblickte, glichen sie einem schlechten Traum. Er empfand dennoch kein Bedauern, zumal wir gemeinhin über Träume kein Bedauern empfinden, doch es hatte in den zwei Jahren kaum schöne Augenblicke gegeben, und am meisten von allem hatte ihm menschliche Nähe gefehlt: das Vertrauen und die Nähe eines Menschen.

Er hatte natürlich viele gute und ungewöhnliche und interessante Menschen kennengelernt, doch er musste sich von den meisten wieder trennen, kaum dass er ihnen näher gekommen war. Er dachte an das Mädchen, das er heute kennengelernt hatte, er wusste so gut wie nichts von ihr, doch das spielte keine Rolle, er sehnte sich sehr nach ihr, er sehnte sich nach Liebe und Nähe und nach einer Frau und einem Zuhause, das alles verkörperte jetzt sie. Ich werde sie *Entchen* nennen, beschloss er, ganz kurz keimte der alte Schmerz wieder in ihm auf, doch er verscheuchte ihn, wir heiraten, redete er sich ein, ich werde ein Zuhause haben, ich kann doch nicht wie ein Tier leben.

Draußen hallten die vom Schnee gedämpften Schritte der Fußgänger. Die Uhr am schwarzen Kirchturm leuchtete, in den Lichtkegeln der Laternen rieselte der Schnee, er wiederholte in Gedanken: ich heirate, ich werde ein Zuhause haben, wir heiraten und werden vielleicht glücklich sein, ich werde nicht mehr wie ein Tier leben und werde ein Zuhause haben, und er zweifelte nicht daran, dass sie wirklich heiraten würden, denn er hatte schließlich noch immer erreicht, was er sich vorgenommen hatte, er hatte das Krankenhaus vermessen, die Trasse für die Straße fertig gestellt, Arbeiter für den Deich angeworben und Tote mit einem halbblinden Pferd ins Tal gebracht, obwohl eine Bande den Wald unsicher machte.

Sie wartete am nächsten Morgen auf ihn, und dann spazierten sie noch siebzehn Tage lang durch die Straßen der Stadt, saßen in Wirtshäusern, tranken Tee, küssten sich, stiegen auf Anhöhen und küssten sich keuchend, küssten sich mit kalten Lippen und erschöpften und hungrigen Mündern und umarmten sich in nebligen Nächten, an frostigen Tagen und an Tagen, an denen vorfrühlingshaftes Tauwetter herrschte, und den achtzehnten Tag verbrachten sie zusammen in dem kleinen Hotelzimmer.

Am nächsten Morgen brachen sie zusammen auf, sie würden sich nie mehr trennen, er würde den Deich fertig bauen und sie das Studium beenden, und nachher würden sie einen Ort finden, an dem ihr Zuhause wäre, doch sie redeten nicht von diesen Plänen, sie redeten überhaupt nicht, Evžena schlief neben ihm ein, den Kopf an seine Schulter gelehnt, er stieg mit ihr aus, obwohl sein Zug weiterfuhr. Sie ließen auch ihren Zug abfahren, saßen in dem geräumigen Bahnhofsrestaurant und redeten noch immer nicht.

»Ich möchte, dass wir zusammen bleiben«, sagte sie schließlich.

»Ich komme dich besuchen«, versprach er ihr, »mit der Arbeit dort bin ich bald fertig.«

»Kommst du auch bestimmt?«

Und er versprach, dass er bestimmt kommen werde. Dann wurde der letzte Nachtzug durchgesagt, und sie stieg in einen finsteren Waggon, wühlte noch ein wenig in ihrer Handtasche und fand einen kleinen Stoffhasen. »Hier hast du! Den habe ich überall dabeigehabt!«

Die Nacht war kalt, der Lichtschein der Bahnhofslaternen tanzte auf den vereisten Fenstern der Züge.

»Vergisst du mich auch nicht?«, sie beugte sich zum Fenster heraus.

Sie ragte hoch über ihm auf, obwohl er so groß war. »Ich werde dich nicht vergessen!«

»Alles ist so plötzlich gekommen. Was, wenn du wieder jemandem anderen begegnest und mich vergisst?«

»Ich bitte dich! Wem sollte ich schon begegnen?«

»Wirst du mich immer gern haben?«

»Immer! Selbst wenn es kein Wiedersehen geben sollte!« Das hätte er besser nicht sagen sollen, doch er konnte es nicht mehr gutmachen, die Lichter begannen schon über die Fensterscheiben zu gleiten, und als er in den dunklen Wartesaal zurückkehrte, fiel ihm ein, dass er schon einmal so geliebt hatte und es kein Wiedersehen mit jenem anderen Mädchen gegeben hatte. Eine abergläubische Furcht befiel ihn, dass er diesen Satz nicht hätte aussprechen sollen, aber es war die Wahrheit, er hatte sie nicht vergessen, selbst nach fünf Jahren hatte er sie nicht vergessen, am schwersten ist es, eine Liebe zu vergessen, die nicht zu Ende gelebt wurde. Dann kam sein Zug.

Martin Petr fand ein freies Plätzchen, schloss die Augen, aus der Dunkelheit traten die Gefühle seiner längst vergangenen Liebe hervor und auch die Angst der letzten Jahre und seine hässlichen Freundinnen, deren Namen er vergessen hatte, und die Nacht mit der Frau in der Sägemühle und am stärksten die Einsamkeit der jüngst vergangenen Tage, der muffige Geruch des Hotelzimmers, der Wodka und der dunkle Wall des Deiches.

Ich gehe weg von dort! Doch es war nicht wichtig, ob er kam oder ging. Ich werde heiraten und ganz anders leben, nicht mehr wie ein Tier. Und er saß mit geschlossenen Augen in der finsteren Ecke und lächelte vor sich hin.

Als er zurückkehrte, war in der Stadt gerade eine große Versammlung – im Hotel lag eine Einladung für ihn.

Er hatte zwar keine besondere Lust, gleich auf eine Versammlung zu gehen, dennoch wusch er sich und zog sich um, das kleine Stofftier setzte er auf den Tisch, das war ein bisschen kindisch; dann stand er hinten in einem langen Saal, in dem man zuhörte, schrie und jemanden hochleben ließ, in seiner Erinnerung hallte noch das Liebesgeflüster nach, und langsam wurde ihm klar, dass nun doch die Zeit angebrochen war, von der er so oft mit David gesprochen hatte, über die sie sich oft unterhalten und die sie herbeigewünscht hatten. Es kam ihm schier unglaublich vor, vielleicht deswegen, weil dieser Wandel so plötzlich gekommen war und ganz ohne sein Zutun, während er gerade nur mit sich selbst beschäftigt war.

Der Redner zeichnete ein Bild von einer Welt, an deren Schwelle sie angeblich stünden: eine Welt ohne die ständigen Konflikte und ohne Denunziation, eine Welt des Genossenschaftsgeistes und der konstruktiven Arbeit, in der nach und nach all das in Erfüllung gehen würde, was sich die Menschen seit langem wünschten, und in der die Fackel des Lichts selbst in die entlegensten Winkel getragen würde. Der Redner sah Städte voller Lichter vor sich, er entzündete Lichter in der tiefen und öden Nacht, und die Leute im Saal sahen sie zusammen mit ihm und so klar, dass sie die Finsternis vergaßen, die sie umgab, die finstere Strecke, die sie erst noch zurücklegen müssten und die ihre Kräfte schier überstieg.

Auch er dachte jetzt nicht an diese Finsternis, sondern ließ sich von der gemeinsamen Vision davontragen. Er gehörte zu ihnen, ihre Vision war daher auch die seine und er war ein Teil von ihr.

Als sie aus dem Saal strömten, erblickte er den hinkenden Smoljak. »Genosse Ingenieur«, rief der, »komm mit, wir haben am Abend noch eine Versammlung bei uns. Du könntest auch etwas sagen.«

Petr besorgte sich ein Fahrrad, sie fuhren zusammen die matschige Straße entlang, im Straßengraben lagen harsche, bräunliche Schneewehen, eisige Tropfen peitschten ihnen ins Gesicht.

Er versuchte, an den gestrigen Abschied zu denken, doch stattdessen stieg die Erinnerung an seine erste Freundin in ihm auf, die sie ermordet hatten. Die Bilder der Erinnerung überwältigten ihn, er sah sie über des Lenkrad des anderen Fahrrads gebeugt, ihre zarte Gestalt, sie radelten zusammen auf einem gefrorenen Weg an einsamen Inseln in Tümpeln und Teichen vorbei.

Wir werden glücklich miteinander, hörte er ihre Stimme, das Leben liegt in unserer Hand, und wir lassen es uns nicht mehr nehmen!

Smoljak wandte ihm sein mit Schlamm bespritztes Gesicht zu: »Bin gespannt, wie das wird. Wer weiß, was der Priester macht!«

Sie brachten zwei Fahnen an der Wand im Wirtshaussaal an und hängten dazwischen Porträts auf.

Baňas stand dabei, die Hände in den Hosentaschen; er hätte weder einen Hammer noch Nägel, und sein Bierfass sei gerade bis auf den letzten Tropfen geleert worden.

»Das bleibt hier hängen?« Er zeigte auf die Bilder. »Statt dem Kreuz?«

Es dauerte, bis die Leute kamen, zuerst fanden sich die Kommunisten ein: Čoklík von der Schule und Valiga aus einem Weiler, dessen Name der Ingenieur nicht einmal kannte. Smoljak blickte nervös auf seinen Zettel. Dann tauchte Vrábel auf, unrasiert und unglücklich, er eröffnete die Versammlung und erteilte Smoljak das Wort: »Er weiß besser, um was es geht!«

Smoljak redete also: von der Revolution, auf die sie alle so lange gewartet hätten und die sie alle gemeinsam erkämpft hätten, die Leute hörten ihm verwundert zu, wahrscheinlich ohne zu begreifen, warum er so etwas von sich gab.

Der Ingenieur blickte in den großen, verdreckten Saal, ab und zu klirrte ein Glas, Baňas lachte grundlos auf, sonst war es still, seine Gedanken begannen sich zu drehen: er konnte es noch immer nicht fassen, dass dies der große historische Moment sein sollte, eine Stimme und ein Satz stiegen plötzlich aus dem Zusammenhang gerissen in seiner Erinnerung auf: Ihr, sobald ihr an die Macht gekommen seid, werdet behaupten müssen: die Gerechtigkeit hat gesiegt. Er konnte diesen Satz nicht einordnen, im Saal herrschte noch immer Stille, er erinnerte sich, wie die Leute damals schweigend an ihm vorbeigezogen waren, als er Arbeiter für den Deich gesucht hatte, sie hatten nicht einmal begriffen, dass der Deich für sie nützlich sein würde, wie sollten sie das verstehen, was jetzt vor sich ging, Vasil Fedor war es gewesen, der das damals gesagt hatte, was würde er wohl jetzt tun, und was würde sie tun, die Ermordete? Smoljak verstummte neben ihm, es gab kaum Applaus, Stille breitete sich aus, nun war die Reihe an ihm, dieses verdammte Schweigen, er wusste nicht, ob Feindseligkeit, Gleichgültigkeit oder eine abwartende Haltung darin lag, vielleicht waren die Leute auch einfach nur von den Ereignissen überrumpelt.

Er musste diese Stille vertreiben, sie konnten doch nicht mit Leuten Revolution machen, die sich nicht äußerten, was immer der Grund ihres Schweigens war. Er begann zu sprechen. Er hatte immer exakte Pläne gehabt, zu deren Ausführung er allerdings Zahlen mehr brauchte als Gerechtigkeit, und auch jetzt erschienen ihm die Zahlen wichtiger als die Gerechtigkeit, doch es gibt offenbar Momente im Leben, in denen man über sich hinauswachsen und jemand anderer sein möchte, als einem beschieden ist; in denen man etwas Besonderes vollbringen will, und wahrscheinlich sind das die größten Momente im Leben.

Sie betrachteten ihn schweigend und misstrauisch: fremde, verschlossene Gesichter, breite Münder, schmutzige Haare, Mäntel mit vielen Flicken, Hosen, die sie noch immer daheim aus Hanf woben, er war so weit weg von seiner Heimat, hier herrschten Not und Elend, dann bemerkte er den jungen Molnár, der bei ihm am Deich arbeitete, wenigstens ein bekanntes Gesicht, er wandte sich an ihn: »Schon immer wolltet ihr euch vom Wasser befreien, mein Traum wiederum ist, ein großes Bauprojekt zu verwirklichen. Nicht so etwas Kleines zu bauen wie hier, sondern ein monumentales Bauwerk.«

Die Tür des Saales öffnete sich, fast alle drehten sich gleichzeitig um, er erblickte den Priester, der sein Lächeln nach allen Seiten verschenkte.

»Dieser Lump«, flüsterte Smoljak, »diese Ratte!«

»... Stauseen und lange Stränge von Bewässerungsanlagen, riesige Pumpen, die Wasser schöpften, doch wer kann etwas so etwas bei uns bauen? In diesem Land, in dem jeder etwas besitzt und alle zusammen nichts?«

Er hörte mehrere zustimmende Rufe, dann kehrte wieder Stille ein, schon ließ er sich von seinen Phantasien davontragen, er sah einen unendlich großen See am Fuß der Berge, aufgestaut durch einen großen Damm, Zugvögel ließen sich auf der riesigen Wasserfläche nieder, der aufsteigende Dunst ballte sich zu Wolken, und feuchte Winde trugen ihn über die ausgetrockneten Felder, ein dichtes Netz von schmalen Kanälen durchzog den darbenden Boden, die Flüsse strömten oberhalb des Geländes in ihren hohen Betten dahin, und unterhalb davon reifte auf den Feldern des flachen Landes Getreide: der größte Garten des Landes!

»Wer könnte all dies vollbringen? Die Gutsbesitzer, die den guten Boden in ihren Besitz brachten und den schlechten Grund den armen Leuten und den Fischen überließen?«

Das fragte er sie, und jetzt hörten sie ihm zu, er sagte ihnen, dass sie gemeinsam alles schaffen könnten, »... und das ist es, was wir wollen! Ein Gemeinschaftswerk. Ein Land, in dem die Arbeiter zusammen mit euch herrschen!«

»Gut, ausgezeichnet«, flüsterte Smoljak und applaudierte, einige Kommunisten fielen ein.

Er blickte erstaunt in den schweigenden Saal, seine Rede war wohl wirklich gut, dennoch überzeugte er die Leute nicht. Es war ein Märchen, was er da erzählte, nichts als leere Versprechen, von denen sie schon genug gehört hatten: dieses verdammte Schweigen, niemand konnte die Leute aus ihrer Reserve locken! Die unaufhaltsam schwindende Zeit hämmerte in seinen Schläfen, eine ganze Stunde herrschte nun schon Stille – wie lange würde sie noch anhalten? Da erschallte von der Stelle, wo der Priester saß, Applaus, dumpf und unerwartet, höflich und nachsichtig, aber er brachte Bewegung in den ganzen Saal, und nun klatschten alle, sodass deutlich wurde, wer hier noch immer die Macht in den Händen hielt.

Am nächsten Tag wurde Petr ins Parteisekretariat bestellt, eine Menge Leute liefen im dunklen Flur herum, der Raum war schon voll, das Telefon klingelte, auf dem breiten Tisch lagen Fahnen, Plakate, ganze Bündel von Beitrittsformularen. Mehrere Männer saßen um den Tisch und debattierten, bis zur Taille mit Schlamm bespritzt, sie waren offenbar aus einem anderen Dorf hergefahren. »Am schlimmsten ist der Lehrer«, erklärte eine empörte Stimme, »er hat die Leute aufgehetzt, sie sind mit Heugabeln auf uns losgegangen.«

Dann löste sich ein kleiner, untersetzter Kerl aus der Gruppe, seine Augen waren vor Müdigkeit ganz geschwollen.

Der Ingenieur hatte ihn nie zuvor gesehen, doch der Kerl kannte ihn offensichtlich, denn er sagte: »Was hältst du von diesem Hurčík, Genosse? Sollten wir bei der Wasserwirtschaft nicht jemand Zuverlässigeren haben?«

Er begriff nicht gleich: »Er versteht was von der Sache.«

»Und wie wäre es mit dir?«

»Wenn wir dort einfach so hinfahren, schlagen sie uns platt wie die Läuse«, schrie eine aufgebrachte Stimme.

»Ich habe in Blatná gerade einen Bau in Arbeit«, antwortete der Ingenieur zerstreut, »noch mindestens bis Jahresende.«

»Vergiss ihn!«, riet ihm der Kerl, »wahrscheinlich stellen sie die Subventionen ein. Dann kriegst du ihn sowieso nicht fertig!«

»Beschafft euch in der Brauerei einen Wagen«, sagte jemand rasch, »und schickt zehn zuverlässige Genossen hin! Den Lehrer nehmt in Gewahrsam. Und dann beruft eine Versammlung ein! Sagt den Leuten, dass sie jetzt Land bekommen!«

»Aber das geht doch nicht«, fuhr der Ingenieur dazwischen, »was würden die Leute dort dazu sagen?«

»Was sie sagen würden«, lachte der Kerl, »wir können kein Geld für etwas hinauswerfen, was in ein paar Jahren ganz anders gebaut wird. Und du hast ihnen doch selbst von deinen Plänen erzählt!«

Es überraschte ihn, dass der Kerl wusste, worüber er am Vorabend gesprochen hatte: »Aber ich konnte sie nicht überzeugen. Und wenn ich den Deich dort nicht fertig baue, vertrauen sie mir noch weniger.«

Jemand schrie in die Sprechmuschel: »Dann liefert ihr halt das Bier nicht aus! Das hier ist wichtiger!« Die Männer traten in ihren schmutzigen Stiefeln ungeduldig von einem Bein aufs andere.

»Daran musst du dich gewöhnen, dass die Leute manchmal misstrauisch sind. Aber am Ende lassen sie sich doch überzeugen«, sagte der Kerl mit den geschwollenen Augen. »Und du«, setzte er dann hinzu, »wenn du den Posten von Hurčík übernimmst, kannst du dein Projekt weiterverfolgen. Wäre das nicht gescheiter?«

»Und sei's drum, das könnt ihr doch nicht hier entscheiden, das ist Sache der Wassergenossenschaft.«

Der Mann lachte. »Aber wir hatten doch eine Revolution! Begreifst du denn nicht, was geschehen ist?«

»Natürlich begreife ich das!« Er hatte das ungute Gefühl, dass er unaufrichtig handelte. Doch für solche Gefühle war jetzt offenbar nicht der rechte Augenblick.

»Na siehst du. Warum bist du hierher gekommen? Du willst doch etwas schaffen! Und mit diesem Bau hättest du, sakra, ein Denkmal fürs Leben!«

Er kehrte ins Hotel zurück, der Ofen qualmte, er kroch ins Bett, Wanzen, Flöhe, ein klammes Federbett, auf dem Tisch eine auseinander gefaltete Karte, das Flussbett der Vlahá, der Stoffhase und viele Zigarettenstummel.

Das Stofftier fiel ihm ins Auge, ich habe Evžena ganz vergessen, erschrak er. Morgen schreibe ich ihr einen Brief.

Er versuchte einzuschlafen, doch Gesichter zogen vor seinen Augen vorüber und Reden klangen ihm in den Ohren. Eine Revolution, dachte er, eine Revolution, alles wird anders, er sah einen reißenden Strom vor sich, Wagen zogen vorüber und Menschen schrien, vielleicht könnten sie wirklich mit dem Projekt beginnen, dann würde ich endlich etwas Ordentliches leisten, immerfort schwebten unrasierte, ausgemergelte, narbige und hungrige Gesichter an ihm vorüber, stumpfe Gesichter und Gesichter, in denen Hoffnung glühte, Gesichter, die er kannte und solche, die er noch nie gesehen hatte, und eine Menge Augen: fanatische und müde, tränende und leblose Augen, sehnsüchtige, stumpfe und erloschene Blicke, er hörte laute Schritte, und die Stille wechselte sich ab mit Lärm, der das Schweigen unterbrach.

Ein heftiger Schwindel erfasste ihn, er presste rasch die Hände auf die Schläfen. Gegen Morgen riss er ein Blatt aus einem Heft und schrieb:

Liebes Entchen, ich werde nicht so bald kommen können! Aber ich warte auf dich. Komm du zu mir! Wir können genauso gut hier bleiben, bis ich mit der Arbeit fertig bin. Wir werden es schon irgendwie schaffen!

Er ordnete seine Papiere auf dem Tisch, zog das klamme Federbett bis ans Kinn hoch, Entchen, dachte er, und zwei Mädchengesichter zogen langsam an ihm vorüber, aber zuerst baue ich den Deich fertig, ein paar Kronen habe ich noch, irgendwie muss ich ihn fertig bringen, sonst kommt das Hochwasser durch die Hintertür von unten, und die Leute fassen nie wieder Vertrauen, wohin würde ich sie dann treiben? In welche Abgründe des Schweigens?

Die Antwort erhielt er erst nach vierzehn Tagen.

Mein Liebster, wir leben in einer wunderbaren Welt, in der Träume wahr werden. Ich bin glücklich, dass ich gerade jetzt leben kann. Ich habe mit Schießereien und Barrikaden gerechnet, mit blutigen Bannern, aber es ist ganz anders gekommen.

Er wendete das Blatt: Sie sehnte sich danach, etwas Großes, Mutiges oder Nützliches zu vollbringen, sie stritt mit ihrer Freundin darüber, was wirkliche Freiheit bedeutete, er wendete noch ein Blatt, endlich fand er den Satz, den er suchte: Mein Liebster, ich weiß, dass ich an deiner Seite am meisten erreichen werde, ich will an deiner Seite sein, ich komme, wohin du willst, weil ich – sie hatte einige Wörter durchgestrichen, doch darüber hatte sie geschrieben: *dich liebe, liebe!*

Martin Petr war sehr erleichtert, faltete den Brief zusammen, klappte sein Notizbuch auf, er bewahrte noch immer jenes vergilbte Blatt darin auf, jene Einladung ins Kino von damals. Blutige Banner, dachte er, sind nicht schon genug Menschen in den Tod gegangen? Ihr Tod hat auch bei uns etwas ausgelöst, doch das kannst du nicht wissen…

Dann legte er den Brief direkt neben jenen ersten und klappte das Notizbuch wieder zu.

SECHS : SMOLJAK

Ein kräftiger Wind trieb in der trüben Herbstnacht Regenschauer über die Ebene und entlockte den Stromleitungen ein klagendes Surren, das nicht geschmierte Radlager pfiff, Smoljak kehrte spät nach Hause zurück. Er kehrte nicht gern zurück, sooft er konnte, blieb er in der Stadt und übernachtete in der Pforte der Ziegelei, bei der er arbeitete. Vor dem Einschlafen trank er mit dem Nachtwächter Mikoláš Tee, sie hatten zusammen gekämpft und teilten gemeinsame Erinnerungen. Überall in der Stadt hatte er Bekannte, Genossen aus früheren und späteren Jahren. Zu Hause hingegen erwartete ihn eine Holzhütte, in die er nur zurückkehrte, weil er einen Haufen Akten zu erledigen hatte. Er war jetzt Vorsitzender des Nationalausschusses und der Parteiorganisation.

Er trat die Pedale sehr langsam, jede Umdrehung rüttelte ihn aus dem Schlaf, in den er immer zu sinken drohte, so viel Arbeit, mehr als ein Mensch allein bewältigen konnte. Weiße Papierblätter blitzten in der Dunkelheit auf, leuchtende Buchstaben, er klopfte langsam auf die Tasten der Schreibmaschine. Er war nur ein Arbeiter, acht Stunden lang karrte er die aufgeschichteten Ziegel zum Ringofen, und obwohl ihn das verwundete Bein manchmal sehr schmerzte, arbeitete er schnell und geschickt. Er war immer ein guter Arbeiter gewesen: er konnte Pflöcke exakt in den Boden einschlagen und Seile fest anbinden, das Zelttuch spannen und die Zirkuskuppel errichten, die Manege und den Zugang für die wilden Tiere aufbauen. Er verstand sich auch aufs Füttern der Pferde und Zebras und der gestreiften Hyänen und sibirischen Wölfe. Das alles machte er geschickt, ohne dass es ihn allzu sehr anstrengte. Aber für das, was seine jetzigen Funktionen erforderten, musste er seine ganze Kraft und auch seine ganze Zeit aufwenden, die andere dazu nutzten, um zu leben, zu lieben, sich auszuruhen und zu essen. Die einzige Freizeit, die ihm verblieb, waren die Stunden, die er auf dem Fahrrad verbrachte, wenn er zur Arbeit und wieder nach Hause fuhr, jene eine Wegstunde, in der er die vergangenen Tage vorüberziehen ließ. Ich sollte mit dem Ingenieur reden, sie können doch den Deichbau nicht einfach abbrechen, nach allem, was wir den Leuten versprochen haben. Was, wenn ein Hochwasser käme? Dann hörte er eine Brandung rauschen und sah hohe Schiffe im Hamburger Hafen, sie entluden Ballen gelber Baumwolle und auch Käfige mit Tieren: *Zirkus Odeon*. Und dann spazierte er durch enge

Gassen, er erinnerte sich nicht mehr daran, in welcher Stadt es gewesen war, eine zwischen Fenstern aufgespannte Leine, auf der weiße Windeln wehten, eine Gitarre klimperte, er hatte in einem Park ein Liebesabenteuer unter einem Busch gehabt, dessen Geruch merkwürdig in der Nase brannte, und hockte bei den Besprechungen der Zirkusleute in einem kleinen Wohnwagen mit zugezogenen Fenstern.

Wie viele waren wir damals ... aus dem ganzen Dorf nur ich und Čoklík... Die Hunde konnten sie auf uns hetzen! Und uns auslachen...

Und heute? Wie stark sie heute waren, dachte er stolz. Sogar Puškár hatte sich gemeldet, Šeman und der junge Bajko, vor kurzem noch hatte er auf den Versammlungen der Demokraten gesprochen, und was er jetzt zu sagen gehabt hatte, als er sich ihnen anschloss, die Augen waren ihm aufgegangen.

Was habe ich früher schon gehabt, Genosse Smoljak, ein löchriges Dach über dem Kopf, der Józio war's, der mir den Verstand so getrübt hat. Jetzt weiß ich, dass der Sozialismus das Richtige ist für solche wie mich...

Nur den Vrábel, diesen Gauner, den hätten wir nicht aufnehmen sollen. Der hat damals für die anderen übersetzt. Diese Hyäne! Den Dolmetscher spielt er, während wir im Schnee verrecken.

Die lockere Fahrradklingel klimperte wie ein Blechnapf am Gürtel, er lag ohnmächtig auf einer Tragbahre aus frischen Buchenästen, eine kalte Blockhütte, lauwarmes Wasser strömte über seine Wunde, ein weiches Leintuch: Brüll nicht, brüll nicht, Kamerad! Was brüllst du?

Ich will sie noch einmal sehen!

Er schreit nach seiner Mama.

Der beißende Geruch des Rauchs, die Ausdünstung ungewaschener Körper, der furchtbare Schmerz, Hunger und Schwäche, wohin wollt ihr mich bringen?

Das Rad quietschte, Štěpán, schrie die Mutter. Sie riefen ihn: der halbblinde Opa, der Vater und beide Mädchen, die jüngere war erst zehn Jahre alt, ein Stupsnäschen, die Augen noch voller Kinderträume.

Diese Mörder! Und Vrábel, diese Hyäne, hatte für sie übersetzt. Und ich selber habe dafür gestimmt, dass er in die Partei aufgenommen wird. Doch damals wusste ich noch nichts, sie haben mir nichts gesagt, auch die Genossen aus dem Dorf haben geschwiegen, bis mich dann der Bajko eingeweiht hat.

Nun wusste er es, oder kannte doch wenigstens den Anfang der Geschichte, und er war sicher, dass er sie einmal ganz kennen würde. Vrábel musste doch wissen, wer damals in der Nacht mit dem Finger auf sie gezeigt hatte. Er musste den Mörder kennen.

Er dachte ständig an Vrábel, fast jede Nacht, wenn er so nach Hause fuhr, dachte er an ihn und an all die anderen, die sich noch immer verkrochen, die sie verraten hatten: den, und den da noch. Aber jetzt nahm es bald ein Ende mit ihnen, jetzt fanden sie keinen Schatten mehr, in dem sie sich verbergen konnten. Dann erst würde er zur Ruhe kommen! Er würde abends früh nach Hause fahren und sich auf dem Bett ausruhen. Aber zuerst würde er sich ein Haus bauen und vielleicht fände er auch eine Frau, der sein steifes Bein und sein entstelltes Gesicht nichts ausmachten.

Er hob angespannt den Kopf, auf der Lenkstange hüpfte die Klingel auf und ab und klimperte. Obwohl er erschöpft war, entging ihm nicht, dass sich neben der Straße etwas bewegte. Er sah genauer hin, er glaubte ein weit aufgerissenes Auge zu sehen, ein schimmerndes Augenweiß. Dann hörte er ein paar Schüsse, das Fahrrad stürzte krachend um, sich selbst hörte er nicht fallen, doch er spürte am ganzen Körper eine durchdringende Feuchtigkeit, und der Kies schnitt ihm scharf in die Beine. Einen Moment lang umgab ihn vollkommene Finsternis, er kroch wie ein Hund über die Straße, dann sackte er zusammen. Das verwundete Bein war ganz schlaff.

Schon wieder haben sie mich getroffen. Langsam kehrte das Bewusstsein zurück.

Er richtete sich auf, warf den Mantel ab, zog das Hemd aus, tastete nach der Wunde und fand sie auf seiner Wade. Er krempelte langsam das Hosenbein hoch. Zweimal sank er dabei zu Boden und musste eine Pause machen, dann erst gelang es ihm, er zerriss das Hemd und verband die Wunde mit einem Stofffetzen.

»Beschissene Halunken, Hyänen! Stinkende Hyänen!« Er versuchte, ein Stück weiter zu kriechen. Vielleicht warteten sie noch dort! Aber warum … wozu… Auch wenn ihr mich totschlagt, mit uns allen werdet ihr nicht fertig. Die ganze Welt ist voll von uns!

Er kroch zum Straßenrand, lehnte sich an einen Meilenstein und wartete halb liegend, halb sitzend darauf, dass jemand vorbei käme.

Nach sehr langer Zeit erblickte er in der Ferne ein schwankendes Licht, dann hörte er, wie jemand vom Fahrrad sprang.

Ein Gesicht tauchte über ihm auf. »Was ist Ihnen zugestoßen?« Er erkannte die Stimme des jungen Molnár.

»Hilf mir aufstehen und schwatz nicht dumm daher!« Er stöhnte, als er sich langsam aufrichtete, schließlich schaffte er es sogar, sich ein paar Schritte voran zu schleppen.

»Sie haben auf mich geschossen, die Hurensöhne, die Gardisten!« Die unerträglichen Schmerzen trieben ihm die Tränen in die Augen. »Wo kommst du denn her?«, fragte er, um den Schmerz zu überspielen.

»Ich musste ein paar Sachen für die Hochzeit besorgen.«

Einen Augenblick lang überkam ihn eine solche Schwäche, dass er taumelte.

Pavel Molnár hielt mit der einen Hand das Fahrrad, mit der zweiten stützte er den Verwundeten, es wäre besser gewesen, ihn hier zurückzulassen, doch vielleicht waren da noch die versteckt, die auf ihn geschossen hatten. Wäre er allein, Pavel würde laufen wie der Teufel, doch das ging nicht, er musste Smoljak fast tragen, damit die Schmerzen erträglich blieben.

Smoljak murmelte etwas kaum Verständliches. Er stieß wirre Flüche und Schimpfwörter und Seufzer aus und flehte zum Himmel, an den er nicht glaubte, er möge die Mörder bestrafen.

»Sie würden uns am liebsten alle erschießen«, röchelte er, »diese Schweine. Diese schwachsinnigen Idioten.«

Eine Zeitlang schleppte er sich schweigend weiter, dann wurde der Schmerz übermächtig, und er schrie: »Könnte ich doch nur verrecken, vor die Hunde gehen, damit sie meine Leiche endlich haben!« Er drehte sich einmal um die eigene Achse, wie ein verendender Wolf. »Fahr!«, stöhnte er, »fahr schnell!« Und Pavel schwang sich aufs Fahrrad und strampelte, dass ihm der Schlamm nur so ins Gesicht spritzte.

Und wir andern, wir leben alle ganz normal, dachte er verzweifelt, er meinte hinter sich einen Schuss zu hören, dann wurden die Schüsse immer mehr, der Krieg trieb in dem weiten nächtlichen Talkessel sein Unwesen, und er floh auf einem klapprigen Drahtesel, doch er wusste nicht, wo er Zuflucht finden könnte, sie mussten ihn einholen, irgendwo lag schon der Stein, auf den sie seinen Kopf betten würden.

Der Hass wucherte überall.

Ein paar dunkle Gebäude tauchten vor ihm auf, er sprang vom Rad ab und ließ es in den Schlamm fallen, erst jetzt bemerkte er, dass er kaum noch Luft bekam, er hustete heiser und pochte mehrmals an die verschlossene Tür.

2

Endlich waren sie in der niedrigen Stube mit den verkohlten Balken allein. Die Lampe flackerte matt, Mitternacht war schon vorüber, aber draußen sangen noch immer Mädchenstimmen.

Sie trat ans Fenster, betrachtete etwas unruhig die dunklen Gestalten. Hinter dem Haus erblickte sie beim Gartentor Michal Šemans Uniform. Er taumelte um Anička Čolláková herum, versuchte sie zu küssen. Lachen, Schreie, lockendes Haschen in der Dunkelheit und verstohlene Berührungen... »Gehen wir noch zusammen fort?«, fragte sie, aber sie wusste, dass sie es nicht tun würden. Sie seufzte leise, trat zum hoch aufgebauschten Federbett und zog ein kurzes, hölzernes Joch darunter hervor, das eines der Weiber hineingesteckt hatte: damit sie beide die Karre des Lebens wie ein Gespann zögen. »So ein Blödsinn!«, grinste sie und warf die Stange in eine Ecke.

Eine Weile stand sie reglos da und wartete, auch er wartete. Schließlich legte sie die leichten Glasperlen ab. »Nicht einmal Wasser haben sie uns hergestellt!«, sagte sie. Sonderbarerweise war ihre Scham jetzt größer als je zuvor.

Er ging hinaus, in der Küche schliefen Hochzeitsgäste am Tisch, auf den Bänken und auch auf dem Boden, unter einem Berg schmutzigen Geschirrs fand er einen Krug, der säuerlich nach Wein roch.

Die Jurcová saß am Tisch, die Stirn auf der Tischplatte. Er hatte ihr versprochen, dass er für sie alle ein neues Haus bauen würde, mit einem eigenen Zimmer für die Jurcová, dafür hatte er ihren Segen bekommen. Nun hörte sie ein Geräusch und hob den Kopf. Sie glotzte ihn besoffen an, ohne etwas zu begreifen. »Gib auch dem Hund was zu fressen, Matěj, und komm dann zurück!« Sie breitete die Arme aus, der Kopf wurde ihr wieder schwer und sank, bis die Stirn auf der Tischplatte aufschlug.

Er stieg über eine auf dem Boden schlafende Gestalt und ging auf den Hof. Jemand hatte ihn gesehen, und eine hohe, spöttische Stimme sang:

»Aj, Gerste, Gerste
grüne Gerste,
heute Nacht schon, meine Liebe,
wird's was mit uns werden.«

Er schöpfte hastig Wasser aus dem Brunnen.

Das Gras raschelte in der Dunkelheit, leichte Mädchenschritte liefen davon. Vor dem Zaun draußen spielte eine Harmonika, und betrunkene Stimmen überschrien sich gegenseitig.

»Pavel, pfeif auf dein Weib und komm mit uns!«

Michal Šeman trat aus der Dunkelheit. »Zapfst du Wein? Gib mir zu trinken! Blödmann!«, schrie er im Suff, »warst nicht bei Verstand! Du hättest noch einen Haufen Weiber haben können!«

Über Šemans Gesicht zog sich ein blutiger Kratzer.

»Quatsch nicht so dumm daher!« Šeman tat ihm fast leid, bestimmt hatte es bei ihm wieder mit einem Stelldichein nicht geklappt, auch die anderen, die betrunken beim Zaun grölten, hatten kein Zuhause, wohin sie gehen, in das sie zurückkehren konnten.

Er stieg vorsichtig über einen Schläfer auf dem Boden, als er wieder ins Haus trat, dann zögerte er. Wenn ich jetzt hineingehe, gehören wir für immer zusammen: Er sah sich auf einem sehr hohen Turm stehen, der im Wind hin und her schwankte. Er atmete tief ein.

Was willst du?, fragte er sie.

Nichts, nur dich!

Nein! Verlang sonst noch was!

Ich möchte sehr glücklich sein.

Nein, wünsch dir was!

Ich wünsche mir einen Schimmel!

Dort läuft er!

Sie blickten auf eine Herde Schimmel hinab, die weit unter dem Horizont dahin stürmten.

Wird sie auch niemand töten?

Das würde ich nicht zulassen.

Und mich?

Du wirst immer leben. Selbst wenn ich einst…

Nein, sag so was nicht! Du weißt, dass ich mir nicht vorstellen kann, ohne dich zu leben.

Er öffnete leise die Tür. Sie lag schon im Bett. »Das hat aber lang gedauert … komm jetzt«, lachte sie, »lass das Wasser stehen.«

Unter dem Fenster sangen noch immer laute, betrunkene Stimmen:

»Aj, Gerste, Gerste,
grüne Gerste…«

»Mein Böckchen«, sagte sie, »mein liebes Böckchen!«

Es war in jener Nacht gewesen, als eine Trompete unter ihrem Fenster gespielt hatte, sie war mit einer Verletzung an der Hand in einem fremden Haus gelegen, er hatte sie besucht, war vor dem Fenster draußen gestanden.

Du kommst also nicht mehr zurück?

Lieber nicht!

Schade!

Sie hatte ihn an sich gedrückt.

Heiße Lippen und ein heißer Busen.

Er hatte ihr viel zu erzählen. Sie hatte sein ganzes Leben verändert.

Ein leichtes Beben, der Hauch des Atems aus ihren Mündern und sein Ineinanderfließen.

Erst durch sie hatte alles einen Sinn bekommen, die Gedanken und Träume, jede Bewegung. Sogar der Schmerz und das Entsetzen.

Abschüssige Grasflächen, trocken und rau.

Ein Moment der Ohnmacht, des Schwebens über den Vogelzügen.

Er schwieg, dann sank er auf einem breiten, ausgespannten Flügel in die Tiefe.

Als er erwachte, er hatte nur kurz geschlafen, fiel der Mondschein in schmalen Streifen durchs Fenster herein und glänzte still in ihren Augen, füllte sie mit großer, düsterer, wilder Schönheit.

»Woran denkst du?«

Sie war nun hellwach: »Daran, wie wir leben werden.«

Er neigte sich über sie und küsste sie auf den Mund.

»Wir bleiben nicht hier«, flüsterte sie, »morgen packen wir. Wir fahren nach Böhmen.«

»Aber ich habe doch hier meine Stelle...«

»Das ist nicht so wichtig. Dort gibt es genug Arbeit!«

Er war beim Deichbau von Anfang an dabei gewesen und jetzt davonzulaufen, wo die Arbeiten stockten, hätte ihn beschämt. Auch wollte er warten, bis Smoljak wieder aus dem Krankenhaus zurück war und mit ihm reden, denn unter dem Gefühl des Glücks schwelte die Angst jener Nacht, in der er wie von Sinnen auf der schlammigen Straße geflüchtet war und Hilfe gesucht hatte. Noch vor wenigen Tagen, bevor sich die Hochzeitsgäste versammelt hatten, beschäftigten ihn die Gedanken an jene Nacht. Doch jetzt konnte er weder an die Arbeit noch an Smoljak denken, er dachte nur an seine Liebe.

»Gehen wir.«

»Ich will nie wieder hierher zurückkehren.«

Er blickte zur angesengten Decke hinauf, es war vollkommen still, die Stille einer einsamen Dorfnacht, die Stille zwischen dem Verstummen der Frösche und dem Erwachen der Vögel, die Stille einer tiefen Finsternis, aus der Trugbilder erwachsen. »Ja«, flüsterte er, »du hast Recht. Hier ist gar nichts.« Und ihm schien, dass dort in der Ferne alles auf sie wartete: das Leben und das Glück und auch die Liebe.

Dort wussten die Menschen bestimmt, wozu sie lebten, und auch sie würden es dort herausfinden.

3

Valiga setzte die Geige an und spielte ein wehmütiges Solo.

Der Wirt Baňas zwängte sich zwischen den Tanzenden durch, in jeder Hand sechs Bierkrüge. »Die spielen unseren Schwanengesang!«

Gestern früh hatten sie Jóžio abgeführt, sie hatten bei ihm im Keller Waffen gefunden: Dann hatten sie den Wirt vernommen, und jetzt kam Vrábel vom Verhör zurück.

Der Wirt stellte ein Bier vor ihn hin.

»Ein Trauermarsch passt heute besser als Tanzmusik, was meinst du, Alter?«

Vrábel schenkte ihm keinen Blick. »Beschissenes Miststück, schießt auf einen Menschen«, sagte er, »einen unglücklichen Menschen.«

Vrábel mochte Smoljak nicht, aber vielleicht lag das nur an seinem schlechten Gewissen. Er wusste als Einziger, wer Smoljaks Familie verraten hatte, und fühlte sich daher mitschuldig. Aber den Priester anzuzeigen, wäre wohl Sünde, obwohl die Tatsache, dass der Priester Menschen dem Tod ausgeliefert hatte, eine noch viel schwerere Sünde war, doch das sollte der Herrgott mit seinem Diener selbst ausschnapsen.

»Heute haben sie ihn aus dem Krankenhaus entlassen«, fing Baňas wieder zu reden an. »Er kommt sicher her.«

Baňas wartete. Er wusste, dass Smoljak kommen würde. Sie waren ja jetzt eigentlich Genossen. Auch dazu hatte ihn der Priester überredet. Eine Schweinerei, alles war eine Schweinerei. Ihn ekelte davor. Und auf einen Menschen schießen? Auf einen unglücklichen Menschen, dessen ganze Familie hingemetzelt worden war?

»So ein Miststück«, sagte Vrábel, der hinter Baňas stand, »man sollte ihn den Schweinen zum Fraß vorwerfen.«

Früher gab es so etwas nicht, dachte er bei sich. Wegen eines Mädchens konnten wir uns schon prügeln, er selber hatte eine große Narbe an der Schulter, die von einer solchen Schlägerei stammte, doch das taten wir aus Wut, wenn wir keinen klaren Kopf mehr hatten. Aber andererseits teilten wir auch das letzte Stück trockenen Brotes, wenn wir in den Karpaten Holzfällen waren, und in dem großen Streik, als wir auf den gefällten Stämmen herumsaßen und nicht einmal aufstehen konnten, weil uns sonst das Lumpenpack, das sie auf die Schnelle in den Dörfern angeworben hatten, die Stämme in den Fluss gerollt und den Streik zunichte gemacht hätte… Aber auf einen Menschen schießen…? Arschlöcher!

Und ihn wurmt das jetzt, dachte er, er vergeht vor Gram, aber was ist damit erreicht? Die Toten faulen trotzdem.

Vrábel erblickte Smoljak, der gerade eintrat. Er hatte nicht die geringste Lust, mit ihm zu reden, aber er würde nicht drum herumkommen. Die Leute traten auseinander, die Musik war jetzt deutlich zu hören. Smoljak zog das verwundete Bein nach, der Stock hallte laut auf den feuchten Dielen. Er sollte noch liegen, aber er ertrug es nicht, in seiner Holzbude eingeschlossen zu bleiben, er dachte all die Tage und Nächte, Stunde für Stunde immer an ein und dasselbe, an das Peitschen der Schüsse in der Finsternis, die Schritte des Fliehenden dröhnten ihm noch im Ohr, bestimmt war es derselbe, derselbe wie der, der seine Familie denunziert hatte. Er stellte sich ihn in dem Moment vor, da sie einander gegenüber treten würden. Die Vorstellung dieser Begegnung raubte ihm den Atem, sie beherrschte jeden seiner Gedanken. Nichts war mehr wichtig außer dieem Moment. Er hatte sich zwischen ihn und alles andere geschoben, drang sogar in seine Träume ein.

Smoljak ließ sich Vrábel gegenüber auf einen Stuhl plumpsen. Vrábel stand auf, brachte zwei Gläser und stellte eines davon vor ihn hin. »Auf dein Wohl, Štěpán!«

Doch Smoljak nahm das Glas nicht, die Narbe in seinem Gesicht zog sich krampfhaft zusammen, er heftete den bohrenden Blick seiner blutunterlaufenen Augen auf Vrábel. »Du Hyäne!«

»Reg dich doch nicht auf, Štěpán. Alsdann!« Er hob das Glas von neuem. »Auf dein Wohl!«

»Du hast für sie übersetzt«, schrie Smoljak, »ich weiß es.«

»Klar habe ich übersetzt«, gab Vrábel zu, »was kann ich denn dafür, dass ich diese beschissene Sprache kann?«

»Die nehmen nicht einfach irgendwen, die haben schon gewusst, was du für einer bist!«, herrschte ihn Smoljak an.

»Was sollen die gewusst haben? Einen Dreck!«

»Und wer hat dich ihnen empfohlen, wer?«

»Kein Hund hat mich empfohlen«, sagte Vrábel. »Der Offizier ist auf der Straße gestanden und hat die Weiber angebrüllt. Die waren ganz verdattert, und so habe ich es ihnen übersetzt...«

»Also nichts als übersetzt hast du...?«

»Schrei nicht so, Štěpán, das ist schon lange her!«

Die Musik verklang, und eine drückende Stille breitete sich im Saal aus.

»Du hast nur übersetzt«, wiederholte Smoljak, »und wer hat dann die Meinen verraten...? Wer hat es ihnen verraten?«

»Was weiß ich«, antwortete Vrábel leise, »ich war nicht dabei.«

»Du warst also nicht dabei?« Smoljak stand auf. »Du stinkende Hyäne«, schrie er.

»Und dann bist du zu mir gekommen – als Genosse. Du hast dich uns angeschlossen, weil du gedacht hast: Dadurch kann ich ihn täuschen ... am

Ende verteidigt er mich auch noch ... und dann knalle ich ihn ab!«

»Halt's Maul.« Vrábel drückte ihn auf den Stuhl nieder. »Reg dich doch nicht so auf. Nimm schon, komm!« Und er streckte ihm das Glas hin.

»Aber mich wirst du nicht so einfach los«, sagte Smoljak, »ich sterbe nicht, bevor ich das hier bereinigt habe... Alle haben sie sie getötet...« Er schüttelte heftig den Kopf. »Alle haben sie sie getötet! Und du hast für sie übersetzt.«

»Trink jetzt, was ist?« Wieder hielt er Smoljak das Glas hin.

»Und du hast dich ihnen angedient«, schrie Smoljak. »Ich bin im Schnee gelegen und habe gefroren, und du bist mit ihnen herumgezogen und hast ihnen ihre Opfer ausgesucht!«

Er drehte sich kurz um und sagte in den stillen Saal hinein: »Wer nur dagesessen ist und die Schnauze gehalten hat, auch der hat getötet! Alle habt ihr getötet!«

»Ach was, ach was«, brummte Vrábel, »ein einziges großes Unglück war das alles. Und dich hat es eben erwischt!«

»Aber ich bin am Leben geblieben«, schrie Smoljak, »und auch wenn ich einmal nicht mehr bin, erwischen sie euch trotzdem, alle!«

Er ließ den Blick über die Leute schweifen; sie tanzten, soffen. Keiner dachte an das Leid oder daran, dass sie hier unter ihnen saßen: der Mörder und die Denunzianten und ihre Helfershelfer, die Zyniker und Speichellecker. Keiner dachte daran, nur er.

Er nahm den Stock vom Stuhl und humpelte wieder hinaus. Die Leute redeten jetzt aufgeregt durcheinander, und Štefan Valiga setzte die Geige an, das Instrument des Vergessens.

Nur Vrábel saß schweigend da, ihm fiel kein Wort ein, mit dem er sich selbst hätte trösten können.

4

Ein kühler Nieselregen fiel, in der Woche seit Pavels Hochzeit war es plötzlich Herbst geworden, der Boden war aufgeweicht, und das Wasser im Fluss stieg. Aus der Ferne drang rhythmisch schwingende Musik zu ihm, auch das war eine Heimat, das Stampfen der Stiefel und die Lieder, der schlammige Boden, die finsteren Nächte voll rauschendem Wind, der Geruch des Wassers, der lautlose Flug der Störche und anderer Zugvögelschwärme, all das war ihm zur Heimat geworden, doch er wurde sich dessen erst jetzt bewusst, als er Abschied davon nahm.

Er stieg noch ein letztes Mal auf den halbfertigen Deich und blieb über dem strömenden Wasser stehen. Karren glitten scheppernd über den rostigen Schienenstrang, Gelächter, Wortwechsel, es roch nach geröstetem Speck und der Suppe im rußigen Kessel der Zigeuner, der Irre Adam warf eine Flasche in die Luft und blies sie dann wie ein Flügelhorn, Janka wartete unter der Brücke, das Wasser strömte unablässig, Dunst stieg auf, später hatte Pavels Vater den Adam mit aufgeschlitzten Adern weggefahren, er hatte sich so sehr gewünscht, das Wasser gebändigt zu sehen, doch dazu war es nicht mehr gekommen.

Vielleicht hätte er den Abschluss des Deichbaus sowieso nicht mehr erlebt, der Bau war ins Stocken geraten, weil man die Finanzierung gestoppt hatte. Angeblich, weil ein neues Bauvorhaben begonnen werden sollte, aber niemand wusste Genaues, die Leute redeten alles Mögliche, am ehesten glaubten sie aber, dass sie wie eh und je vergessen und übergangen wurden und dem gierigen Wasser auf Gedeih und Verderb ausgeliefert blieben.

Er betrachtete den eingesunkenen Deich, sie hatten alles nochmals nachmessen müssen, der Ingenieur hatte Pavel mitgenommen, der hatte ihm die Latte gehalten und ihm geholfen, die Trasse abzustecken. Lange, kraftraubende Stunden in der Sommersonne, Schweigen ohne ein freundliches Lächeln, der schrille Ton der Pfeife, sie waren einander nicht näher gekommen.

»Was tust du denn hier?«

Pavel drehte sich um, ein glühender Zigarettenstummel erhellte das Gesicht des Ingenieurs ein wenig. »Suchst du mich?«

»Ich wollte mich verabschieden.«

»Aha.«

Stille. Der Fluss und der Regen, von Ferne rhythmisch schwingende Musik.

»Also, was ist?«, brach der Ingenieur schließlich das Schweigen, »genehmigen wir uns einen?«

Auf dem Wandbrett in der Holzhütte stand eine staubige Korbflasche mit Schnaps. Er nahm zwei Kaffeetassen, goss sie halb voll und füllte mit Wasser auf. »Auf ein Wiedersehen bei einem aussichtsreicheren Projekt! Aber wo eigentlich?«, fragte er. »Wo gehst du jetzt hin?«

»Ich will nach Böhmen.«

»Aha.« Er füllte ihre Tassen nochmals auf. »Auf dass du dort glücklich wirst! Und viele Kristalllüster wünsche ich dir. Und dass deine WC-Spülung gut funktioniert.«

Pavel war verwirrt. »Ist daran was Schlechtes?«

»Nein. Das ist ganz recht so. Die Leute gehen immer dorthin, wo es besser ist. Nur ich, wie du siehst, habe es genau umgekehrt gemacht.«

Er gähnte, dann sagte er gleichmütig: »Was ist das für ein Ideal, dorthin zu gehen, wo schon alles fertig ist, von dem zu zehren, was andere geschaffen haben und darauf zu warten, dass ich glücklich werde? Warum aber auch nicht?« Er lachte. »Manche brauchen nicht mehr zu ihrem Glück als ein Badezimmer mit fließendem Wasser. Neunzig von hundert Menschen reicht das. Besser, als das Wasser vom Hof zu holen.«

Sie schwiegen beide, und er goss ihnen beiden nochmals nach, durch das zerbrochene Fenster pfiff der Wind kalt herein, das Rauschen des Regens und auch der Fluss waren zu hören. »Ich glaube«, fuhr der Ingenieur fort, »das Wichtigste ist, dass man etwas gestaltet. Und wenn schon sonst nichts, so wenigstens das eigene Leben. Damit der Mensch nicht zum Spielball fremder Mächte wird, so wie wir das schon einmal hatten. Du erinnerst dich doch?«

Er wartete die Antwort nicht ab. »Und das ist mehr, als nur einem Badezimmer mit fließendem Wasser nachzulaufen… Aber, wie du meinst…!«

Er setzte sich auf den Bettrand, es war schon sehr spät, und begann sich die Stiefel auszuziehen. Dann hob er den Schaftstiefel in Augenhöhe, als ob er es bereute, dass er sich zu einem solchen Gespräch hinreißen hatte lassen. »Die habe ich zugerichtet! Denen kann kein Schuster mehr helfen.«

5

In aller Frühe, noch vor Tagesanbruch, pochte jemand an Smoljaks Fenster. Er öffnete es und erblickte ein graues, bärtiges Gesicht und zerzauste Haare.

»Ich habe übersetzt«, begann jemand zu reden, »aber er hat ihren Namen preisgegeben. Dort…, dort im Pfarrhaus sitzt er und predigt von der ewigen Gerechtigkeit.«

Das Gesicht wich vom Fenster zurück: »Gott, was ist das für eine furchtbare Gerechtigkeit, die du geschehen lässt…«

Smoljak zog sich in fieberhafter Eile an. In der Schublade hatte er eine Pistole, er nahm sie heraus, überprüfte die Sicherung und lud das Magazin, während er schon im Hinausgehen war.

Er humpelte keuchend durch die dunkle Straße. Er wusste selbst nicht, was er tun würde, und war außerstande, jetzt darüber nachzudenken.

Puškár kam ihm mit einem Pferdewagen entgegen, Smoljak sah ihn überhaupt nicht, jemand grüßte ihn, er ließ den Gruß unerwidert. Er riss die Tür auf, die Haushälterin kreischte erschrocken, sie stand mit einem Blechtopf in der Hand am Herd und versuchte, ihm den Weg zu versperren, er stieß sie zur Seite.

Sie blieb in der Kaffeepfütze stehen und schrie: »Mein Gott, was ist geschehen, was ist geschehen?«

Der Priester saß am Tisch, nur in Hemd und Hose, noch benommen vom Schlaf.

»Komm mit!«, kommandierte Smoljak.

Der Priester stand auf, ganz kurz nahm sein Gesicht einen Ausdruck an, als ob er Widerstand leisten wollte.

»Wohin?« Dann senkte er demütig den Kopf und ging, die Angst unterdrückend, wohin Smoljak deutete, sie stiegen die knarrende, steile Treppe hinauf auf den Dachboden. Der Priester verstand nicht, es handelt sich offensichtlich um einen Irrtum, beruhigte er sich, auf dem Boden war nichts außer ein paar Äpfeln, ein Sack Mehl und seine Rosen. Irgendwer hatte ihn wohl verpfiffen, aber hier war doch nichts, wegen der paar Sachen konnte man ihn doch nicht zur Rechenschaft ziehen!

Sie gingen die Holztreppe hinauf, entlang der Wände standen Blumenkästen mit Rosen zum Trocknen. Die letzten absterbenden Blüten. Die Luft war erfüllt vom Duft der welken Blätter und abgefallenen Blüten, an einer dicken Leine hingen Hemden und Unterhosen, die Socken waren sorgfältig gestopft, nur bei einem gähnte ein großes Loch.

»Was nun, Herr Pfarrer«, sagte Smoljak, »Sie Diener Gottes! Statthalter Gottes auf Erden!« Er starrte den Priester mit seinem wunden Auge an, der Priester wich ein paar Schritte zurück. Es ging also weder um die Äpfel noch um das Mehl. Kommunisten und Juden! Ich bitte ergebenst, Juden haben wir keine: Paff, paff, paff, er hörte sie wieder ganz deutlich, die Schüsse, er war hinten bei der Mauer gestanden. »Was wollen Sie, Herr Smoljak?«

Smoljak heftete den Blick auf die Wäscheleine und konnte ihn nicht von ihr losreißen. Er verdient nichts anderes, der Mörder!

»Was wollen Sie, Herr Smoljak?«

Er berührte die Leine und fuhr mit der Hand darüber. Die Wäscheklammern sprangen auf, und die weißen Hemden fielen auf den schmutzigen Boden, nur eine von den Socken war an der Leine angetrocknet und wippte auf und ab, er sah im Geist das angesengte Tuch der Mutter, betastete den verbrannten Rand, der zwischen seinen Fingern zerbröselte, und sah jetzt die Mutter und den Vater und den Großvater und die beiden Schwestern, sie standen vor den Gewehrläufen, wahrscheinlich hatten sie ihnen nicht einmal die Augen verbunden, und sie hatten Angst gehabt, eine rasende Angst vor dem unvermuteten Ende. Die Kinder, verschont wenigstens sie!, die Mutter hatte wahrscheinlich ein Gebet geflüstert, jenes Gebet, das er so gut kannte, er fühlte glühenden Hass in sich aufsteigen, seine Finger zitterten. Er riss die Leine herunter und warf sie dem Priester vor die Füße.

»Denunziant«, rief er, »dreckige, stinkende, faule, fette Hyäne!«

»Herr Smoljak!« Der Priester sah die weißen Hemden, auf denen schmutzige Gummistiefel herumtrampelten, und wußte, dass Smoljak ihn töten wollte, er konnte kein Wort herausbringen, dann sah er den Finger, der auf den dicken, schwärzlichen Balken wies. »Bind die Leine daran fest!«

Er trat unter den Balken und streckte die Hände matt aus. »Ich erreiche ihn nicht!«

»Schütt die Äpfel aus!«

Er nahm also eine Kiste und schüttete die Äpfel aus. Er trug die Kiste zum Balken und stellte sie darunter, dann schüttete er noch zwei Kisten aus, die Äpfel rollten blind in alle Winkel, einige kullerten bis zur Treppe und hüpften hinunter.

Er stellte sich mit den Zehenspitzen auf die Kiste, reichte so bis an den Balken und band die Leine fest. Er blickte Smoljak an, ihm war nun klar, worauf der Mann hinauswollte, aber zu seinem eigenen Erstaunen dachte er keinen Augenblick daran, um Hilfe zu rufen. Das musste kommen, er hatte es schon immer gewusst, er wusste, dass er keine neue Pfarrei bekommen würde, die von Efeu und wildem Wein überwuchert war und in der ein Chor mit hohen Mädchenstimmen sang, wusste, dass seine Seele keinen Frieden finden würde, dass ihn nichts mehr erwartete außer dieser einen Begegnung. Jetzt war sie da, und einen Moment lang lähmte ihn eine entsetzliche Müdigkeit. Er stand auf den wackeligen Kisten, die mit dem Duft der Äpfel vollgesogen waren, und wartete.

»Knüpf eine Schlinge«, befahl Smoljak.

Erst jetzt, als er die Enden der großen Schlinge zu einem Knoten verschlang, der locker verschoben werden konnte, befiel ihn eine lähmende Angst; jetzt fehlten nur noch zwei Schritte, nur zwei Bewegungen, er blickte empor; der Balken war ganz nah. »Das können Sie doch nicht tun!«, presste er mit heiserer Stimme heraus, »Sie sind doch kein Gericht!«

»Über die Meinen hat auch keiner zu Gericht gesessen!«, schrie Smoljak.

»Mir tat es leid«, setzte der Priester jetzt hastig nach, »aber was konnte ich schon tun, sie bedrohten mich mit der Pistole, Herr Smoljak, was hätte ich tun sollen? Die Ihren haben mir leid getan.« Er dachte, dass er das Ende hinauszögern könnte, solange er redete. Dieser Kerl konnte ihm doch nicht das Wort abschneiden, nicht seine letzten Worte.

»Es gibt Schlimmere als mich, Herr Smoljak«, redete er schnell weiter, »der alte Kostovčík, der hier Lehrer gewesen ist, hat drei Familien angezeigt, und niemand weiß etwas davon, ihr habt ihn in eure Partei aufgenommen, er bedauert nichts, er bereut nicht, er wartet. Alle schweigen und warten.« Der Priester hatte endlich einen Strohhalm, an den er sich klammern konnte. »Šeman«, flüsterte er, »hat den Herčovič, den Ladenbesitzer, mitsamt seiner Familie ausgeliefert, um den Laden für seinen Sohn zu bekommen, die sind auch nicht zurückgekehrt, Gott vergebe ihnen all ihre Sünden, und der Lehrer von Petrovice, der sich als Partisan ausgab, als er zurückkam, der war gar keiner, der war's, der sie erschossen hat, Herr Smoljak, der hat sie ins Grab geschossen, und er lebt weiter, zwölf Menschen hat er erschossen.«

Die Narbe in Smoljaks Gesicht zog sich krampfhaft zusammen, das entblößte, blutunterlaufene Auge sah grauenerregend aus.

Der Priester aber musste weiter sprechen, er musste Beichtgeheimnisse verraten, sein eigenes und das von seinen Freunden, nie hätte er gedacht, dass er sich einmal an diesen Strohhalm klammern müsste: »Und Bajkos ältester Sohn, den du auch in eure Partei aufgenommen hast, der hat eigenhändig ein kleines Kind mit dem Köpfchen gegen einen Stein...«

Smoljak stand regungslos da, er hätte den Priester anschreien sollen, aber er gab keinen Mucks von sich.

»Das ist alles von selbst ins Rollen gekommen«, klagte der Priester, »wir hatten es nie gewollt, am wenigsten ich ... ich wollte es am wenigsten, Herr Smoljak.«

Endlich fasste sich Smoljak, er kehrte dem Priester den Rücken zu, als ob er kein Wort von dem, was dieser gesagt hatte, verstanden hätte: »Willst du noch ein Gebet sprechen?«

»Verzeihen Sie mir«, flüsterte der Priester, »ich habe Messen für sie gelesen. Alle, alle Messen, die ich gelesen habe, waren für sie. Glauben Sie mir, ich wollte das nicht, ich wollte ihren Tod nicht. Und jeder an meiner Stelle... Wer hätte gewagt, sich zu widersetzen? Dann hätte ein anderer sie verraten... Es ist nicht meine Schuld«, stammelte er, »sondern die Schuld derer, die all das Böse entfesselt haben. Das hat uns zerstört, es hat bewirkt, dass wir keine Ehre mehr im Leibe haben und moralisch gesunken sind. Sie wollen das Böse ausrotten ... doch so kann das nicht gehen! Herr Smoljak, Böses gebiert wieder Böses, und Rache zieht neue Rache nach sich!«

»Du bist Priester«, sagte Smoljak, »vielleicht willst du noch ein Gebet sprechen, obwohl du ein Mörder bist.«

Er stand regungslos da und wartete, der Priester schwieg, denn er hatte alle Hoffnung aufgegeben, Smoljak aber rührte sich nicht, er wusste, dass er es jetzt nicht mehr tun konnte. Ganze Nächte, ganze Tage lang, unablässig hatte er sich diese Begegnung vorgestellt. Er hatte den Priester im Geist misshandelt, ihm Flüche an den Kopf geworfen, wütend in das widerwärtige Gesicht geschlagen. Aber das hatte er vergessen, dass es nicht nur *einen* Mörder gab, dass die Zeiten andere waren und er nicht mehr im Wald lag und auf graue Uniformen wartete.

Er kannte alle, die der Priester genannt hatte, und gewiss waren es noch mehr, ein ganzer Strom, aber sie hatten sich gewandelt, sie redeten jetzt genauso wie er, um sich zu tarnen. Sie waren in seine Partei und damit mitten in die Zukunft eingedrungen, und er selbst hatte ihnen die Tür geöffnet und sich eingeredet: Wie stark wir schon sind! Was hatte er da getan?

Er hatte immer nur an einen ganz konkreten Mörder gedacht. Den, der mit dem Finger auf die Opfer zeigte. Den, der schoss. Er hatte sich Augen vorgestellt, in denen der Hass glühte, und Hände, die bereit waren zu töten, und Münder, die Flüche brüllten. Doch jetzt sah er sich einem mächtigen, gesichtslosen Strom gegenüber, ausdruckslosen Augen und Händen, die willig waren zu tun, was man ihnen befahl, und Mündern, die bereitwillig die Worte, die er ihnen vorsagte, nachsprachen.

Sie bildeten den verschwiegenen Strom derer, die eine Schuld zu verbergen hatten, einen Strom, der nichts als ruhig weiterfließen wollte. Selbst wenn er diesen da tötete, der Strom würde trotzdem weiterfließen, er würde nur noch lauter rauschen, um ihn einzulullen, und Drohungen und Worte von späterer Rache würden gezischelt werden, und eiskalte, fühllose Münder würden die Worte schlucken und die Rachegelüste fortpflanzen und die Grenze von Recht und Unrecht verwischen.

Ja, Rache gebar neue Rache, aber die größte Gefahr drohte von jenem Strom der verschwiegenen Schuld, er würde das zermalmen, woran er all die Jahre geglaubt hatte. Und es war seine Aufgabe, sich diesem Strom entgegenzustellen! Nicht sich zu rächen! Sondern nach der Gerechtigkeit zu streben! Doch wo finde ich eine Gerechtigkeit, die jede Schuld richtig bewertet und keine neue hervorbringt?

Der Priester schwieg noch immer, die stickige Stille des Dachbodens breitete sich in das ganze Haus aus, dann quietschten draußen Wagenräder, und Smoljak erblickte Pavel Molnár und dessen Frau, sie zogen eine mit Koffern beladene Karre auf der aufgeweichten Straße.

Ich habe Pavel nicht einmal gedankt.

In ihm flackerte der Wunsch auf, ebenfalls wegzugehen, zu den alten Genossen zurückzukehren, wieder im Schnee zu liegen, im tiefen, nassen Schnee und zu wissen, dass der neben ihm ihn nicht verraten würde und der gegenüber der Feind war.

Wie einfach das war, fiel ihm ein, es ist einfach zu schießen und sich zu rächen und zu hassen und gehasst zu werden.

Er blickte der wegfahrenden Karre nach und lauschte auf die bedrückende und einsame Stille im Pfarrhaus und empfand plötzlich einen stechenden Schmerz. Ihm war, als ob er vollkommen allein dastünde.

»Ich kann nicht«, erklang hinter ihm eine Stimme, »ich kann nicht beten. Ich habe meinen Glauben verloren. Ich glaube nicht mehr an IHN. Ich sehe bloß noch das Nichts vor mir.«

Smoljak drehte sich nicht zu dem Priester um. Er humpelte gebückt unter dem niedrigen Dachstuhl neben der Mauer entlang, seine Schuhe zerquetschten die Äpfel, dann knarrte die Holztreppe.

Der Priester blieb noch eine Zeit lang auf den staubigen Kisten stehen, dann erlahmten seine Beine plötzlich, und er stürzte zu Boden; er schlug hart auf, ohne einen Schmerz zu empfinden. Er lag zwischen den absterbenden Rosenblättern. Die Sorten Hermosa, Bernardin de Saint-Pierre, die liebe, schöne Jessie, die Kapuzinerrose, die Apfelblütenrose, die Rosa Thea hybrida.

Wer wird sie künftig gießen?

Etwas Großes, damit du siehst, was die Liebe vermag

Gleich den folgenden Sommer, nachdem Martin Petr Blatná verlassen hatte, heirateten sie. Er fuhr in Evženas Heimatort, ihre Mutter wollte eine glanzvolle Hochzeit arrangieren, doch die Tochter verdarb ihr den Plan, sie weigerte sich, kirchlich zu heiraten, und zog zur Trauung eine blaue Hemdbluse an. Am Ende kamen nur wenige Verwandte zusammen, er selbst hatte nur einen einzigen Gast, David. Sie hatten sich seit vielen Jahren nicht mehr gesehen und hätten sich viel zu erzählen gehabt, doch stattdessen hörten sie den anderen zu, die über die ferngebliebenen Verwandten, über die Preise von Äpfeln und Gabardine redeten und darüber, dass wir Butter unentgeltlich exportierten, dass keine amerikanischen Filme mehr in die Kinos kämen und ein ins Ausland geflüchteter Minister zwei beklagenswerte Kinder zurückgelassen habe. David ließ sich auf Streitereien ein, aber es war sinnlos. Sie machten sich alle drei noch am selben Abend auf und davon: Wir müssen uns bald wiedersehen, David kehrte nach Hause zurück, und sie beide fuhren in ihr neues Heim, sie wollten gemeinsam Land vermessen, statt einer Hochzeitsreise.

Erstmals wohnten sie nun zusammen, in einem kleinen Häuschen mit einem Strohdach und einem Storchennest auf der Scheune, gewöhnlich standen sie schon um fünf Uhr morgens auf.

»Kannst du dir eine schönere Hochzeitsreise vorstellen?« Sie trug ihm die Stative und Trassierstangen nach und stapfte verzückt über nasse Wiesen. Wir werden nie wie Kleinbürger leben, mit Urlauben, Kuraufenthalten, Sonntagsessen, Spaziergängen, Besuchstagen, ungespültem Geschirr, wir werden immer neue Pläne aushecken, mögen die andern nur denken, wir seien verrückt.

Sie war so jung, zumindest im Vergleich zu ihm, sie hatte noch keine Lebenserfahrung, deshalb war ihre Vorstellung vom Leben so absolut und enthusiastisch, und deshalb konnte sie glücklich sein, wenn sie statt eines Mittagessens auf einem feuchten Baumstamm saßen und sich die tägliche Portion Speck mit Zwiebeln brieten, wenn sie sich in dem kalten, engen Zimmer schlafen legten, in dem nur zwei Betten, ein Schrank und eine blecherne Waschschüssel standen. Sie war glücklich über die Veränderung, über ihn, seine Besonderheit, seine Schwere, sein Schicksal, seine Verlassenheit, seine großen Hände, sein aufbrausendes Temperament und sein Schweigen, seinen Mund und am meisten über seine Liebe.

Manchmal, wenn er in das Okular blickte und die Werte von der Latte ablas, erblickte er statt der Zahlen plötzlich ihre Augen, schmale Augen, grau wie das Wasser unter den durchscheinenden Wolken, und er fühlte, dass diese Augen ihn anblickten, auf ihn geheftet waren. In diesen Augen nahm er den ganzen Raum von einem Horizont bis zum andern ein, und das erfüllte ihn mit Glück. Er sagte ihr das nicht, rief sie nicht zu sich, sondern fuhr fort, Zahlen einzutragen, doch am Abend, wenn sie in der vollkommenen Dunkelheit der Nacht nebeneinander lagen, kehrte dieser Blick der fernen Augen zu ihm zurück, und er war froh, dass er sie nahe bei sich hatte und küssen konnte.

»Wir werden einander niemals verlassen«, flüsterte sie, »ich lasse dich nicht gehen, wir werden immer zusammen bleiben und uns nie trennen!«

»Folgst du mir überallhin?«, fragte er, »Warte nur«, fuhr er fort, »du wirst es noch bereuen.«

Sie war sich sicher, dass sie nichts bereuen würde.

Erst im Winter bekamen sie eine Wohnung zugeteilt. Im Erdgeschoss eines zweistöckigen Hauses mitten in der Stadt, es ähnelte einer großen Scheune, die Mauern waren fleckig vom Schimmel und strahlten eine Kälte ab, die auch im Sommer nicht aus ihnen wich, im Schlafzimmer mussten sie erst die Mäuse einfangen. Doch sie murrten nicht, er war froh, endlich wieder ein Zuhause zu haben, und sie freute sich, dass es keine Allerweltswohnung war. Diese Stadt, die im flachen Land lag, mit der langgezogenen, stets schlammigen Straße, die mitten durch sie hindurchführte, mit einer Synagoge statt eines Rathauses, diese ewig trunkene Stadt voller Raufereien, Schreie in der Nacht, lärmender Märkte, Flüche und Abendlieder erschien ihr romantisch und ganz so, als ob hier große Ereignisse ihre Schatten vorauswerfen würden.

Evžena hatte sich vorgenommen, Analphabeten zu unterrichten, die Rückständigkeit und den alten, sinnlosen Gott auszumerzen und Hunderte von jungen Leuten für ihre Gesinnung zu gewinnen, und später, wenn auf dem Land vielleicht einmal offener Aufruhr ausbrach, würde sie zusammen mit den Genossen aus der Stadt ausziehen, um die Konterrevolution niederzuschlagen.

Doch nichts von alledem bewahrheitete sich. Die Geographie- und Geschichtsstunden an der Wirtschaftsschule flossen eintönig und langweilig dahin, ihre Schüler traten pflichtgemäß in die Jugendorganisation ein, ohne dass sie auf sie einwirkten musste, und obwohl geheime Anhänger der Weißen Legion durch die Gegend zogen, bat niemand um Evženas Hilfe im Kampf gegen sie, nur auf den Sitzungen verlangte man Abend für Abend nach ihr, und sie kehrte erschöpft von den Diskussionen über die Pädagogik Kairows, die internationale Situation, das neue Verhältnis zu Julius Caesar und zu Štefánik und zur Altpapiersammlung, die man ihr als der Jüngsten übertragen hatte, nach Hause zurück.

Manchmal vergaß sie fast, dass sie verheiratet war, tagelang sahen sie sich nicht. Dann erstarren wir wenigstens nicht in Routine. Früher hatten die Leute zu viel Zeit füreinander und wurden ihrer Liebe überdrüssig.

Aber sie fühlte, dass sie sich etwas vormachte, sie hatte von etwas anderem geträumt, von etwas Großem, Umwälzendem, das sie zusammen erleben würden, denn nur so konnten sie ihre Liebe erkennen und erproben.

Ihren Mann quälten keine derartigen Sorgen, er ging ganz in seiner Arbeit auf. Er arbeitete in einem neu gegründeten Büro, das die Wasserbauprojekte planen und leiten sollte. Er steckte seine ganze Zeit in eine große Untersuchung, bereiste weite Landesteile, kannte bereits die Einzugsgebiete vieler Flüsse, überprüfte alte und neue Deiche, begradigte Flussbetten, Kanäle und Pumpstationen und sah auch die ungesunden Sümpfe mit den summenden Mückenschwärmen: Nehmen Sie sich in acht, Genosse Ingenieur, sonst holen Sie sich noch das Fieber. – Er kannte die mit Maßliebchen und Dotterblumen und dichtem Lerchensporn bedeckten Wiesengründe. Manchmal schritt er sogar im Schlaf über die riesigen Grasflächen mit den Gruppen von Flussweiden, Erlen, Palmweiden, weißen Birken, Spindelbäumen und Hainbuchen, die wie Oasen darauf standen. Vergessene Dörfer und ausgedorrte

Felder, Moräste und lange Gürtel von Deichen, das alles prägte sich ihm allmählich ins Gedächtnis ein, und bis tief in die Nacht hinein veränderte er die Gestalt dieser Landschaften, holzte Buschwerk ab, grub Flussbetten, wo niemals welche gewesen waren, verlieh dem Land neue Kraft und eine neue Bestimmung und hinderte die Wasserläufe daran, über die Ufer zu treten. Manchmal stimmte ihn der Anblick dieser wilden Flecken wehmütig: die Storchen- und Kranichfamilien, die Entenschwärme, das Schreien der Wildgänse, die Überfülle an Blüten, die Niederung, die ihre Jahrhunderte alten Reize einbüßen würde. Doch dann unterdrückte er die Wehmut, schließlich und endlich musste immer das eine untergehen, damit das andere entstehen konnte, und unter seiner Hand entstand ein neues Land mit einer neuen Bestimmung. Doch ehe Petr seine Untersuchungen abschließen konnte, zog er sich die Krankheit zu, vor der man ihn seit langem warnte. In jener Nacht schlief er bei einem Wachtposten in dessen Häuschen am Ortsrand, nicht weit davon lag der tote Arm eines Flusses mit dem ständigen Summen der Mückenschwärme, und dahinter zog sich ein endloses, grünliches Sumpfland hin, unterbrochen nur von den Strohinseln des geschnittenen Schilfrohrs.

»Ich kann mir gar nicht vorstellen«, sagte der Wächter am Abend, »dass das alles einmal verschwinden könnte. Sie mögen das anders sehen, doch ich weiß, wie es hier ist, jeden Frühling überfluten enorme Wassermassen aus dem Fluss das Land, wer könnte dem Einhalt gebieten?«

»Das ist doch klar: ich«, scherzte der Ingenieur. Dann sagte er: »Schon in drei Jahren werden Sie es sehen. Nächstes Jahr genehmigen sie das Projekt und schicken die Bagger hierher.«

»Ihr Projekt?«, fragte der Wächter.

»Meines? Weiß ich denn, ob ich es je fertig bringe?«

»Sie bringen es zu Ende, wenn es einen Herrgott gibt, steht er Ihnen bei.«

»Hauptsache, wir finden Arbeiter«, lachte er.

In der Nacht weckten ihn heftige Kopfschmerzen, er hatte Schüttelfrost, und als er aufstand, schwankte der Boden unter seinen Füßen.

»Das wird Malaria sein«, sagte der Wächter am Morgen, »meine Alte kocht Ihnen Eichenrindentee, bis der Doktor kommt.«

Er sah der Hausfrau zu, sie zermalmte mit einem Stößel in einem Mörser getrocknete Eichenrinde, dabei murmelte sie ununterbrochen mit ihrer tiefen Stimme etwas vor sich hin, der Ingenieur verstand keinen einzigen Satz. Sie brachte ihm den abscheulichen, nach Holz schmeckenden Sud, er schlürfte ihn, und dann entschwebte er im Fieber in ferne Gefilde. Malaria, ging es ihm durch den Kopf, die Krankheit roch nach Tropen und Gelbfieber, weiß Gott, für wie lange sie ihn ans Bett fesseln würde. Er dachte an seine Untersuchung, es fehlten bloß noch einige Tage Arbeit, aber auch bloß noch einige Tage bis zu dem Termin, an dem er sie abliefern musste. Hiermit hatte er allerdings nicht gerechnet, er war es nicht gewohnt, dass ihm Krankheiten in die Quere kamen.

»Bringen Sie mir die Aktentasche«, forderte Petr die Frau auf, und als sie ihm die Tasche brachte, zog er ein weißes Blatt Papier heraus und zeichnete drei hohe Berge und vier Häuser, zwischen die er einen Fisch legte. »Hier kommt der Stausee hin«, erklärte er, »mit einem Umfang von dreißig Kilometern. Wenn ich den Deich nur um einige Handbreit höher aufschütte, hält er auch ein Jahrhunderthochwasser zurück. Doch das kostet mindestens zehn Millionen. Und wer gibt die wegen eines Jahrhunderthochwassers aus, das morgen oder aber erst im Jahr zweitausendfünfzig kommen kann!«

»Zweitausendfünfzig?«, staunte die Frau. Sie brachte ein nasses Handtuch und wickelte es ihm um den Kopf und die Brust.

Zweitausendfünfzig, wiederholte er im Geist, während ihn ein Schwindel erfasste, das kann ich mir leicht ausrechnen, ich brauche bloß zweitausendfünfzig durch zehn Millionen zu dividieren.

Er glaubte zu bemerken, dass der Frau der Schrecken ins Gesicht geschrieben stand. »Das ist alles halb so schlimm«, versuchte er sie zu beruhigen, »mein Onkel sah alles dreifach, als er das Fieber hatte. Er konnte nicht begreifen, warum drei Ärzte zu ihm gekommen sein sollten. Ich hingegen sehe Sie bloß einfach.«

Schlimmstenfalls aber zweifach, sagte er sich, als sie gegangen war. Dann versuchte er, die zwei Zahlen zu dividieren, und obwohl er dachte, es könne nicht schwierig sein, eine Zahl durch zehn Millionen zu teilen, kam eine immer längere Zahl dabei heraus, und er wurde mit dem Rechnen nicht fertig.

»Herr Ingenieur«, hörte er eine Stimme von oben, »sie kommen schon, ich habe sie angerufen.«

Das Zimmer war in ein ins Violette spielendes Halbdunkel getaucht, der Raum roch durchdringend nach der heißen, ausgekochten Eichenrinde.

»Ist es noch nicht Morgen?«, fragte er.

»Es wird schon Abend, Herr Ingenieur!«, sagte der Wächter langsam. »Haben Sie keine Angst, der Herrgott steht Ihnen bei.«

Er begriff, dass man ihm Mut zusprechen wollte, und lachte.

»Und wir alle auch«, bekräftigte der Wächter, »wir kennen Ihr Projekt, unlängst habe ich auf einer Versammlung davon gesprochen, wenn es erst genehmigt ist, laufen Ihnen die Leute scharenweise zu!«

Er war sich nicht sicher, ob er recht verstanden hatte, er bemühte sich nach Kräften, bei Bewusstsein zu bleiben und den anderen zuzuhören, doch er sah jetzt nur ein Bild von einer riesigen Menschenmenge vor sich, die sich über dem hell erleuchteten Horizont immer mehr ausdehnte. Die Leute trugen Schaufeln auf den Schultern und summten ein leises Lied, das langsam näher kam.

Diese vielen Gesichter und marschierenden Beine entsetzten ihn, er sah jetzt ganz deutlich, wie die Leute beschuht oder barfüßig vorüber zogen, mit Schaftstiefeln, Galoschen, Filzpantoffeln, alten Militärstiefeln und kaputten Stiefeln und Korbballschuhen mit Löchern an der großen Zehe.

»Können Sie gehen?«

»Aber klar«, sagte er und ging über den schwankenden Boden zum Wagen.

Dann schlief er und erst viel später hörte er draußen einige Fenster weiter die Stimme seiner Frau, die angsterfüllt war, und ein beschwichtigendes Brummen einer fremden Stimme: »Halb so schlimm, junge Frau.« – Er schluckte einige bittere Tabletten und schlief wieder ein.

Als er erwachte, war wieder ein Morgen, sein Fieber war abgeklungen, an seinem Bett stand der Arzt, ein kleiner Mann mit einem rosigen, sorgfältig rasierten Gesicht und fröhlichen, sehr müden Augen. »Jetzt habe ich Sie endlich kennengelernt«, sagte der Arzt, und der Ingenieur begriff nicht, warum er ihn kennen lernen wollte.

Der Arzt hatte etwas zu lange Ärmel oder vielmehr sehr kurze Arme, er hatte ständig damit zu tun, die Ärmel zurückzuschieben. »Das ist mal eine richtige Krankheit«, sagte er jovial, »die vergessen Sie so schnell nicht wieder. Ein kleines, schönes Fieberchen, und vierzehn Tage darauf klettern Sie schon wieder auf Bäume.«

Er ging zum nächsten Patienten, aber am Ende der Visite kam er noch einmal zu ihm, setzte sich auf den Bettrand und wiederholte: »Jetzt kenne ich Sie also endlich, ich habe schon viel von Ihnen gehört, unzählige Male!«

»Von mir?«

»Wir arbeiten doch fast auf demselben Gebiet. Wenn Sie so durch die Dörfer fahren, ist Ihnen doch sicher schon meine Desinfektionsbrigade begegnet.

Die Männer riecht man schon aus tausend Kilometer Entfernung, sie stinken nach Petroleum. Und genauso die Dörfer, in denen sie gewesen sind. Und ich selbstverständlich auch.« Er schob die Ärmel hoch und hob den Arm, als ob er den Petroleumgeruch vorführen wollte.

Petr verstand den Arzt überhaupt nicht, doch dann erinnerte er sich an die großen öligen Schlieren, die auf den weiten Sümpfen schwammen, und an Wagen mit einem Kreuz, die mit Stahlfässern beladen waren, er traf sie manchmal mitten in den Dörfern an, Männer mit Sprühgeräten bespritzten Gebäude von innen und außen. Aber was hatte das mit seinem Projekt zu tun?

»Ich weiß nicht, ob Sie darüber informiert sind«, sagte der Arzt, »nur in diesem Krankenhaus allein haben wir rund eineinhalbtausend Fälle pro Jahr. Das kommt von den Sümpfen. Solange es hier Sümpfe gibt, werden wir auch die Anopheles hier haben. Und die Mücken und die Kranken, das ist ein Teufelskreis. Er muss an irgendeiner Stelle durchbrochen werden. Sie wollen die Sümpfe beseitigen, und ich will die Mücken ausrotten … na also!«

Eine Woche später holte ihn seine Frau nach Hause, sie hatte sich sogar zwei Tage Urlaub genommen, um sich um ihn zu kümmern. Sie war glücklich, dass ihr Mann sie brauchte, dass sie sich um ihn ängstigen konnte, dass sie ihm Blumen in der Vase bringen und für ihn kochen konnte und neben ihm sitzen und ihm in die Augen blicken konnte, aus denen das Fieber noch nicht ganz gewichen war.

»Brauchst du etwas?«

»Nichts«, sagte er lächelnd.

»Mir ist klar geworden«, sagte sie leise, »dass ich ohne dich nicht mehr leben könnte.«

Doch ihm war ihre Fürsorglichkeit eher lästig, er war kein Kind mehr und hatte eine Menge Arbeit, an der sie ihn hinderte. Als sie nach zwei Tagen wieder zur Arbeit in die Schule ging, stand er auf, sobald die Tür hinter ihr ins Schloss gefallen war, die ganze Zeit hatte er an nichts anderes gedacht. Er breitete seine Papiere auf dem Tisch aus, auf dem letzten Blatt standen eine Menge Zahlen in langen Spalten aufgelistet. Hunderttausende und Hunderttausende, dann die Millionen, die ihn während der Fieberanfälle verschreckt hatten.

Vielleicht bin ich zu unbescheiden. Er schaute sich seine Entwürfe an. Wer könnte so etwas bauen?

Aber schön wäre es doch, wenn es gebaut würde.

Im Laufe seines Lebens hatte er zahlreiche Trassen vermessen und Regulierungen von Bächen und kleinen Flüssen entworfen, Wehre, die nicht höher waren als er selbst groß war, unscheinbare Abflusskanäle, die das Wasser von Wiesenfluren ableiteten. Er kam und ging, wem fiel es überhaupt auf, dass er da war und etwas machte. Und dennoch geriet er jedes Mal, wenn er von einem Ort wegging, in Aufregung, nicht durch das, was er hinter sich ließ, sondern durch das, was ihm bevorstand. Und noch während er an seiner neuen

Aufgabe zu arbeiten begann, verließ ihn die Hoffnung nicht ganz, dass er dabei etwas Schwieriges und Außergewöhnliches zu lösen hätte. Doch damals war Krieg gewesen, es fehlte an Zeit und Mitteln für große und interessante Bauwerke. Er hatte Routineaufgaben erfüllt, die eher langweilig als spannend waren.

Bis jetzt, dies hier war das erste wirklich große Bauvorhaben, so groß, dass ihm selbst angst und bange wurde.

Er brühte sich Kaffee auf, schluckte die Tabletten und begann zu rechnen. Die Krankheit kam ihm sehr gelegen, wenigstens lenkte ihn nichts von der Arbeit ab. An dem Tag, an dem er die letzte Linie in den Plan zeichnete, besuchte ihn der Arzt.

»Ich komme, um zu sehen, wie es Ihnen geht«, erklärte er, »und wie ich sehe, haben Sie Ihren Krankenstand schon selbst beendet.« Er beugte sich über die Entwürfe. »Das hier ist er also?«, fragte er erstaunt, »und wann fangen Sie mit dem Bau an?«

»Vielleicht überhaupt nicht! Es werden mehrere Entwürfe eingereicht.«

»Aber einer wird doch genehmigt ... ach so!« Er begriff. »Mich nehmen diese Mücken so vollkommen in Anspruch ... ich denke die ganze Zeit nur, wenn bloß der Deich schon fertig wäre... Ich habe gar nicht daran gedacht, dass auch Streit und verschiedene Interessen im Spiel sein könnten.«

Und um das Thema zu wechseln, setzte der Arzt rasch hinzu: »Als ich das erste Mal hörte, dass irgendein großes Bauprojekt geplant ist, das war noch vor dem Krieg, erschien mir das genauso lächerlich, wie wenn mir jemand prophezeit hätte, dass wir diese Tropenkrankheit, die auch Sie erwischt hat, aus der Gegend hier vertreiben könnten. Aber wissen Sie, dass Sie in dieser Woche der einzige Fall waren?«

»Wirklich?«, fragte er mit jähem Interesse.

»Es kam mir vor wie der helle Wahnsinn«, fuhr der Arzt fort, »mehrere hundert Dörfer, kilometerweit Sümpfe, Tausende von Kranken, von denen jeder einzelne einen ganzen Mückenschwarm ernähren kann. Ich dachte oft darüber nach, sah aber keine Hoffnung. Noch nach dem Krieg, als die vorbeugenden Untersuchungen und die kostenlosen ärztlichen Behandlungen eingeführt wurden, sagte ich mir, das bringt nichts. Wir heilen einen, aber ein anderer steckt sich trotzdem an, wenn Millionen verseuchte Anopheles durch die Luft schwirren. Dann lieferten sie uns die erste Zisterne mit diesem Teufelszeug am Bahnhof an, DDT in Petroleum aufgelöst. Meine Herren, damit können Sie die Mücken ausrotten! Danke ergebenst! Glauben die, dass wir mit diesem Zeug die halbe Erde spritzen können? Geben Sie acht, was ich Ihnen jetzt sage«, erklärte er feierlich, »nächstes Jahr können Sie sich hier bloß noch eine Grippe holen, keine Malaria mehr!«

»Was Sie nicht sagen, da bin ich aber froh«, lachte der Ingenieur, »dass ich die letzte Chance genutzt habe.«

»Sie nehmen mich vielleicht nicht ganz ernst. Ich konnte es vor drei Jahren auch nicht glauben. Wir sind einfach in einer Zeit groß geworden, die einem den Glauben daran nimmt, dass auch einmal ein größeres Vorhaben gelingen könnte. Sage ich zum Beispiel: Es kommt Krieg! So glauben Sie mir sofort. Aber wenn ich sage: Es gibt nie wieder Krieg! Dann schütteln Sie bloß den Kopf. Eine Utopie! Sie wagen nicht daran zu glauben, dass es möglich ist, Krankheiten auszurotten. Wissen Sie, diese Krankheit hat hier ganze Jahrhunderte hindurch gewütet, wir haben sie so hingenommen wie den Regen oder die Maikäfer im Frühling. Und obwohl bekannt war, dass die Krankheit besiegt werden könnte, wenn man die schlimmsten Sumpfgebiete trockenlegen und den Leuten Chinin geben würde und die Mücken ausrotten, waren alle überzeugt, dass es reine Phantasie sei. Denn wie viel Geld wäre notwendig, um alle Kranken zu heilen, um Haus für Haus, Pfütze für Pfütze, Milliarden von Mücken unschädlich zu machen? Er fuchtelte mit der Hand, als ob er die Mücken damit verscheuchen wollte.

»Manchmal, wenn ich einen besonders schweren Fall hatte«, fuhr der Arzt fort, »habe ich mich bemüht, eine Lösung zu finden. Ich malte mir aus, dass ich jemanden überzeugen könnte, das nötige Geld bereitzustellen. Doch was hätte er davon für einen Nutzen? Verstehen Sie? So haben wir doch immer gedacht: Wenn ich etwas gebe, will ich auch selbst etwas davon haben. Doch im neuen System gelten andere Denkmuster. Ich war lange misstrauisch, aber der letzte Krieg hat meinen Blick auf die Welt verändert: Atombomben, Raketen, unheimliche Maschinen, gigantische Städte, Übervölkerung, diese kaum noch zu zähmenden Kräfte, die zu explodieren drohen.

Und so habe ich mir gedacht: Vielleicht ist es kein Zufall, dass heute solche Herrschaftsformen entstehen. Vielleicht geht es heute nicht anders, ohne Führung, ohne starke Hand. Wichtig ist nur, wem sie dient. Denken Sie jetzt nicht«, sagte er rasch, »dass ich einer von der Sorte bin, die drei Broschüren lesen und schon bin ich überzeugt von einem neuen Weltbild. Ich denke nächtelang nach, manchmal bekomme ich ganz schön Angst, worauf wir uns da eingelassen haben, und welch eine Unklarheit in allen Dingen herrscht! Wie können wir sie bewältigen? Ein Gehirn allein ist dazu nicht imstande …, nur alle gemeinsam vielleicht… Und dazu müssen alte Barrieren fallen… Jenes alte ›Wer hat den Nutzen‹ und ›Was habe ich davon‹, verstehen Sie?

Und nun sagen Sie mir, wer kann einen Nutzen davon haben, dass er Millionen, die sonst ihm selbst blieben, in die Ausrottung einer Krankheit steckt, die zwar hier ein paar tausend Dörfer zerstört, aber sonst niemanden bedroht; keinen von den Mächtigen, verstehen Sie?

Nur die Leute hier haben davon einen Nutzen. Diese Leute, die nie etwas zu sagen hatten. Jetzt haben sie eine eigene Stimme, deshalb ist so manches in Gang gekommen!« Er schob seine Ärmel zurück und blickte nervös auf die Uhr: »Nehmen Sie die Tabletten?«

»Ja.«

»Mit viel Wasser einnehmen«, ordnete er an, »und viel Erfolg bei dem da.« Er zeigte auf den Tisch.

»Bleiben Sie noch auf eine Tasse Kaffee?«

»Danke«, sagte der Arzt, »ich habe mich schon zu lange verplaudert. Ab drei Uhr habe ich Sprechstunde. Und gehen Sie jetzt wieder ins Bett!«

Der Ingenieur brühte sich also allein einen Kaffee auf, er wollte sich wieder mit seinen Berechnungen befassen, doch er schaffte es nicht, sich zu konzentrieren.

Er legte sich auf die Couch, schaltete das Radio ein und zündete sich eine Zigarette an. Erhabene Barockmusik, vermutlich Bach, er dachte an sein Mädchen, das man gerade deswegen ermordet hatte, um zu verhindern, dass die Leute eine eigene Stimme hätten. Wenn du doch am Leben geblieben wärest, damit du wenigstens eine Weile hättest glücklich sein können!

Er merkte, dass all seine Sinne ungewöhnlich geschärft waren: die Töne, Farben, Düfte und alle Gefühle, die Höhen der Freude und die Tiefen des Schmerzes. Es ist wunderbar zu leben, dachte er, und zu wissen, warum man lebt.

Die Musik klang aus, der Sprecher verlas die Nachrichten, das Volk protestierte gegen eine blutige Heldenverfolgung, an einer Front starben Menschen, die Imperialisten traten die Menschenrechte mit Füßen, ein weiterer Verbesserungsvorschlag eines vorbildlichen Kollektivs, vor dem Kreisvolksgericht würde sich eine Gruppe von Saboteuren zu verantworten haben, die von dem Spion im Dienste imperialistischer Mächte David Fuchs angeführt wurde, morgen Sonne, nur in der Früh besonders in den Tälern Nebel. Er stand neben dem Radio, aber er konnte die Nachricht nicht nochmals abspielen: Das war doch nicht möglich, das konnte doch nicht David sein!

Er hatte David seit fünf Jahren nicht mehr gesehen, bis auf den einen Tag auf der Hochzeit, an dem sie keine Zeit gefunden hatten, um miteinander zu reden. David konnte sich in der Zwischenzeit natürlich verändert haben.

Er kniete vor dem Bücherschrank nieder, wühlte fieberhaft in seinen Papieren, ein Bündel Briefe, der letzte war mindestens fünf Monate alt. Er begann zu lesen:

Ich habe einen Sohn bekommen, Josef, macht eine Menge Arbeit, und obendrein schreit er nachts, und so viele Sitzungen, oft komme ich erst gegen Mitternacht heim, meine Frau nimmt mir das übel. Aber es muss sein. Manchmal bin ich völlig erschöpft. Das kommt noch vom Krieg. Ich beginne ihn erst jetzt zu spüren: im Rücken und nachts. Meine toten Freunde ziehen an mir vorbei und ich höre die Schritte der Wachen vor dem Fenster und flüchte vor ihnen. Wenn ich aufwache, bin ich glücklich, dass das alles vorbei ist. Dann frage ich mich: Wird es gelingen zu verhindern, dass sich etwas Derartiges wiederholt? Und was liegt noch vor uns? Manchmal komme ich mir ganz machtlos vor. Wie eine Ameise. Wie ein Jude im letzten Krieg.

Er faltete die Briefe sorgfältig zusammen, es waren nicht viele, vier oder fünf im Jahr, er hob sie gewöhnlich nicht auf, doch die letzten hatte offensichtlich seine Frau aufbewahrt.

Warum schrieb David solche Briefe? Er log in ihnen, natürlich musste er die ganze Zeit lügen. Aber warum belog er ihn, warum verlor er unnötig Zeit mit Briefen an einen Menschen, den er doch nicht anzulügen brauchte?

Seine Frau kam spät nach Hause, sie hatte eine Besprechung gehabt. »Warum bist du nicht im Bett?«

»Ich bin fertig«, teilte er ihr mit, »du kannst den Entwurf auf die Post bringen!«

»Das sollten wir feiern!« Sie brachte eine Flasche Wein ohne Etikett aus der Speisekammer. »Bist du wirklich schon ganz fertig? Erzähl mir mehr davon?«

»Ein andermal.«

»Du bist müde! Du siehst heute sehr erschöpft aus.«

Sie aßen zu Abend. Er schwieg, und sie erzählte von der Schule. Jemand habe die *Lilie der Scouts* an die Tafel gemalt, der Direktor habe bei ihr Inspektion gemacht, der Vorfall werde untersucht, sonst sind wir bald soweit, dass amerikanische Fahnen an die Wände gemalt werden, bei der Lehrerversammlung stellte der Direktor sie dann den Übrigen als Vorbild hin, aber die IIIc sabotiere ihre Altpapiersammlung… Sie merkte, dass er ihr nicht zuhörte. »Was ist mit dir?«

»Ich bin müde.«

Sie legte ihm die Hand auf die Schulter. »Geh jetzt ins Bett!«

»Ich will mir noch die Nachrichten anhören.« Dann sagte er: »Dem David machen sie den Prozess!«

Sie war verdutzt. »Was hat er getan?«

»Wie soll ich das wissen?«

»So geh doch ins Bett, denk nicht mehr daran!«

Er begriff nicht, warum er sich keine Sorgen um seinen Freund machen sollte, und auch sie dachte offensichtlich an David. »Hattest du in der letzten Zeit Kontakt mit ihm?«

Sie wusste doch selbst sehr gut, dass er ihn nicht gesehen hatte. Sie ging in die Küche, er legte sich hin, aus dem Radio ertönte leiser Gesang:

»Aus den weiten, wunderschönen Landen,

Aus der freien Arbeit froh, beschwingt…«

Petr versuchte an die Arbeit zu denken, die er gerade beendet hatte, das Volk sang ein frohes Lied über seinen Freund, den großen Gefährten, er aber musste an seinen eigenen Freund denken, er konnte sich dessen schockierenden Fall nicht erklären. Allerdings hatte er David nur sehr kurz gekannt, aber in den paar Wochen nach dem Krieg fühlten sie sich einander näher, als wenn sie Brüder gewesen wären, sie waren beide allein zurückgeblieben und hatten einander gebraucht.

Er starrte in die Dunkelheit, das giftige Auge des Radios, ein sehr blasser Teint, ein Gesichtsausdruck wie ein Rabbiner, sie handelten aus denselben Motiven: Sie wollten etwas tun, damit die Vergangenheit nicht mehr aus den Aschenhaufen der Städte, aus den Grabstätten unschuldiger Opfer hervor kroch. Wie oft hatten sie darüber diskutiert! Sie waren sich damals sicher gewesen, dass es bloß zwei Möglichkeiten gäbe: den Sozialismus oder das, was gewesen war.

Und wenn etwas Drittes kommt?, dachte er.

Es gibt nichts Drittes, hörte er Davids Stimme, nur noch den Tod.

Worauf hast du dich denn da eingelassen? Hast du selber den Tod gesucht, oder hat der Tod dich gerufen?

Seine Frau legte sich neben ihn. »Aber er hat dir doch Briefe geschrieben«, hörte er sie unvermittelt sagen.

»Ja.«

»Was machst du damit?«

»Wieso?«

»Sollten wir sie nicht … wir sollten sie wohl den Behörden übergeben!«

»Bist du verrückt?« Dann sagte er: »In den Briefen steht nichts. Und schon gar nichts Schlechtes.«

»Eben deswegen.«

»Ich gebe sie nicht ab.«

»Dann solltest du sie vielleicht wenigstens verbrennen.«

»Nein«, entschied er, »jetzt nicht mehr.«

Sie schwieg eine Zeit lang. »Es ist kalt hier«, flüsterte sie, »soll ich das Fenster schließen?«

Als er nicht antwortete, sagte sie sehr leise: »Es ist merkwürdig, dass du die Briefe von einem solchen Menschen behalten willst. Wenn sie jemand hier fände... Dann wissen sie, dass du sein Freund bist.«

»Sei jetzt still. Sei still, ich bitte dich!«

Er bemerkte, wie unruhig sie schlief, offenbar quälte sie die Angst. Er hatte sich während der ganzen Krankheit nicht so schwach gefühlt wie jetzt, war nicht in einer solch hoffnungslosen, traumlosen Finsternis wach gelegen. Warum begingen gerade jetzt so viele Menschen Verrat, und warum hatte David es getan? Etwas Schreckliches musste geschehen sein, das ihn dazu veranlasste. Da stimmt doch etwas nicht, dachte er, wenn solche Menschen wie David Verrat begehen.

Dann fiel ihm Vasil Fedor ein, der so oft von Gerichten und Gerechtigkeit geredet hatte: Der Mann konnte etwas gewusst haben, das er mir nicht anvertrauen wollte.

Er wusste sich immer weniger Rat, es war ihm ein Rätsel, was da eigentlich passiert war, was mit den Menschen vor sich ging, sodass sie das verrieten, in das sie früher ihre Hoffnungen gesetzt hatten, dass sie ihre Freunde belogen, denen sie doch die Wahrheit sagen konnten, und dass sie die Ziele zu hassen begannen, für die sie doch leben wollten. Welch ein Narrenhaus...

Es wird nicht so schlimm sein, tröstete er sich, ich sollte mir die Sache näher ansehen, ich fahre hin, sie müssten mich zu der Verhandlung hineinlassen. Doch wer weiß, ob sie es tun.

Mitten in der Nacht weckte ihn ein matter Lichtschein aus der Küche. Er stand leise auf und öffnete vorsichtig die Tür einen Spalt breit. Seine Frau kniete beim Ofen, der rote Widerschein der Flammen beleuchtete ihr Gesicht.

Er blieb wie angewurzelt stehen, horchte auf das alles verschlingende Fauchen der Flammen, er hatte Lust, sich auf seine Frau zu stürzen und sie zu schlagen, die Briefbögen den Flammen zu entreißen, aber es war zu spät. Sie drehte sich um und erblickte ihn in der Tür.

»Ich ...«, schluchzte sie, »ich ...«, sie machte ein paar Schritte auf ihn zu.

Er drückte die Augenlider fest zu, ihn umgab nun eine vollkommene, schwarze Leere, nur das rötliche Aufflackern der Flammen zerriss sie für Sekunden, und das Atmen seiner Frau und das Knistern des niederbrennenden Feuers.

SIEBEN : ŠEMAN

»Michal Šeman«, verlas der Vorsitzende, »stammt aus der Familie eines Kleinbauern…«

Man hatte ihn für den Werksrat vorgeschlagen. Er saß neben Pavel Molnár in der Ecke, sein von Pickeln übersätes Gesicht war vor Erregung bleich, ringsum lärmten die Männer: Maurer, Betonmischer, Zimmerer, Mitglieder einer Brigade in blitzsauberen Overalls. Sie stießen mit ihren Bierkrügen an, er musste sich sehr anstrengen, um die Stimme des Vorsitzenden zu hören. »Seine Gesinnung hat er in den Tagen des Februars bewiesen, als er gleich als einer der ersten der Partei beitrat…«

Das stimmte nicht ganz. An jenem Tag hatte der schielende Hauptmann, der beim Regiment für Bildung und Kultur zuständig war, einen Packen Beitrittsformulare gebracht. »Unterschreibt das, verflucht, alle! Keine Faxen! Und wenn irgendeinem subversiven Element in diesem historischen Augenblick nicht klar ist, was er zu tun hat, kann er zu mir kommen, ich bläue es ihm ein!«

Dem Šeman war in der Tat überhaupt nichts klar, dennoch hatte er es schon bis zum Korporal gebracht, er zeigte sich den Vorgesetzten gefällig.

Der Hauptmann war übrigens ein famoser Kerl, er versammelte die Unteroffiziere der Einheit oft um sich, und dann soffen sie bis in die Morgenstunden, bis sie einen Affen sitzen hatten. Michal hatte sein Gefallen geweckt: Du bist so blöd enthusiastisch, du wirst es noch zu was bringen. Er gab Michal seinen Hund zur Dressur, und Michal brachte dem Hund bei, Augen rechts, Augen links zu grüßen und dabei die Pfote an die Hundestirn zu legen, das war immer eine Gaudi… Šeman lachte unwillkürlich.

»Am Bau bei uns hat er sich gleich von Anfang an hervorgetan, besonders auf der Wandtafel, und auch sonst hat er politisches Gespür bewiesen.«

Šeman hatte rasch Karriere gemacht. Als er beim Militär gewesen war, hatte er ein wenig zeichnen gelernt, eigentlich bloß ein paar Figuren. Einen Herrn mit Zylinder mit der schmähenden Aufschrift *Imperialist* darauf. Einen dümmlich lächelnden Soldaten mit einer Schaufel, einen Soldaten mit einem Gewehr und ein linkisches Mädchen mit einem Apfelbaumzweig. Außerdem konnte er noch Autos, Kanonen, Regenschirme und Häuser zeichnen. Diese Fertigkeiten brachte er auch hier ein, der ganze Bautrupp kannte seine kämpferischen Zeichnungen: einen Kerl mit einer Schaufel, der einen zerknirschten Herrn mit Zylinder lächelnd anblickte. Darunter der geistreiche Kommentar: *Er fürchtet sich, wir fürchten uns nicht!*

Auch von den Versammlungen kannte man Šeman. Wenn über den Kapitalismus oder die Erste Republik gesprochen wurde, meldete er sich zu Wort und erzählte von seiner Kindheit und Jugend, davon, dass er Fische gestohlen und seine Familie zu siebt in einer einzigen Stube gehaust habe, dass sie barfuß in die Schule gegangen seien und nur gekochte Kartoffeln mit Ziegenmilch gegessen hätten. Zuerst hatte er das nur erzählt, weil ihn der schielende Hauptmann dazu aufgefordert hatte, aber bald erkannte er, dass das gut ankam. Die Chefs lobten ihn, und wenn die Vorsitzenden bei Sitzungen die Diskussion zusammenfassten, betonten sie: »Wie der Genosse Korporal in seinem Beitrag überzeugend ausgeführt hat...« Später meldete er sich von sich aus zu Wort, und weil er mehrere Broschüren gelesen hatte, in denen alle komplizierten Erscheinungen dieser Welt erschöpfend dargelegt waren, konnte er auch über den Klassenkampf, den Kapitalismus, den Krieg am anderen Ende der Welt oder die Bedeutung des Kampfes gegen Abweichler reden.

Das letzte halbe Jahr seines Militärdienstes hatte er beim Bau einer Siedlung als Mitglied der Baubrigade gearbeitet, und dann war er hier geblieben. Er war mit vielen Funktionären und Kadern bekannt, und einige unterstützten ihn, er war ein diensteifriger Kerl, hatte nie jemanden von ihnen beleidigt und brachte ihnen selbst gebrannten Schnaps von zu Hause mit.

»... er zeigt sich gegenüber den Genossen opferbereit«, endete der Vorsitzende, »und ist politisch engagiert, also ich glaube, wir könnten ihm gut und gerne die Aufsicht über die Kultur anvertrauen.«

Als Šeman zum Militär kam, war er noch scheu, das Einzige, was er konnte, war, Befehle so beflissen wie möglich auszuführen, kam er doch aus einem rückständigen Dorf, alle hatten mehr von der Welt gesehen als er, dann begriff er aber, dass die Zeit gerade für Leute wie ihn neue Chancen bot, und als man ihm versicherte, er sei aktiv und fähig, aktiver und fähiger als andere, glaubte er es und war allmählich selbst überzeugt, dass er es zu etwas bringen könnte.

»Er soll sich anschauen lassen!«, schrie jemand.

»Zeig dich den Genossen, Genosse Šeman«, forderte ihn der Vorsitzende auf.

Šeman stand auf und stellte sich auf die Zehenspitzen.

»Ein kleines Bier«, stellte die Stimme, die gerufen hatte, fest, und er konnte sich wieder setzen. Warte, du Schuft, dachte er und beobachtete mit Genugtuung die Arme, die sich zum Zeichen des Vertrauens für ihn hoben.

»Also, ich gratuliere dir«, sagte Pavel.

»Sollen wir das nicht am Abend ... ein wenig begießen?«

Doch Pavel Molnár hatte am Abend Schule, er lernte wie ein kleiner Junge. Er hatte seit jeher etwas Naives an sich, niemand nahm ihn ernst. Du kannst es auch noch zu was bringen, dachte Šeman selbstzufrieden, zu einem Schreiberling allenfalls. Solchen wie dir werden wir den Kopf schon zurechtrücken.

Als er nach Hause ging, legte ihm plötzlich jemand von hinten die Hand auf die Schulter.

»Na, Kumpel, wie steht's?« Er erkannte die Stimme von Jožka Baňas. »Ich habe gehört, dass du zu Würden gekommen bist, alles spricht davon.«

Sie hatten sich mindestens ein Jahr lang nicht gesehen, doch Šeman war nicht erfreut. »Ach was...«, murmelte er, »und was machst du?«

»Ich fahre«, sagte Baňas, »zum Nutzen der Arbeiterklasse.«

Er fasste Šeman am Arm unter und führte ihn zu seinem Wagen, sie fuhren in eine hässliche Spelunke am Stadtrand. Der Fußboden voller Spucke, Biergeruch, ein schmieriger Kellner, das alles verhieß nichts Gutes, Šeman spürte, dass er so schnell wie möglich weggehen sollte, aber er blieb, hörte dem sentimentalen Harmonikaspieler und Jožka zu, der Witze zum Besten gab, und dabei wurde seine Zunge immer schwerer.

Zwei Mädchen setzten sich an den Nebentisch: enge Röcke, angemalte Lippen, jede bestellte ein Bier, er glaubte zu bemerken, dass sie ihm zuzwinkerten. Das beunruhigte ihn, er war schon lange mit keinem Mädchen mehr zusammen gewesen. Bei den Anständigen hatte er kein Glück, und solchen wie diesen stieg er nicht nach.

Jožka rückte näher und flüsterte: »Ich wüsste ein Geschäft. Ein gutes, smartes Geschäft.«

»Deine Geschäfte kenne ich schon!«

»Umso besser, dann weißt du ja, dass dabei auch für dich was rausspringt.« Auch Jožka schielte zu den beiden hinüber. Die größere streifte unter dem Tisch den Stöckelschuh ab, sie hatte lange, schlanke Beine. »Es geht um Zement«, sagte Jožka leise.

»Bleib mir mit so was vom Hals!«

»Wie du willst, du weißt, dass ich nichts erzwinge!«

Šeman wusste, dass er sich verziehen, so schnell wie möglich aus dieser Spelunke abhauen sollte, doch der Alkohol hatte seinen Kopf vernebelt, es saß sich bequem, und dann waren da diese Mädchen. So dachte er bloß: Er kann's nicht lassen, die Laus!

»Wie du willst«, wiederholte Jožka. Er beugte sich vor: »Von so einer Baustelle verschwindet ein Sack, oder auch zehn Säcke, wem fällt das schon auf?« Er zwinkerte der Langbeinigen zu, und das Mädchen lachte, dann zog es einen Taschenspiegel heraus und zupfte sich die Frisur zurecht.

»Ich habe mir eure Baustelle schon genau angeschaut. Hinter den aufgeschütteten Haufen hat sich zwei Stunden lang nicht mal ein Köter blicken lassen. Dort schaffst du sie hin. Und legst eine Dachpappe oder ein paar Bretter oben drauf. In der Nacht räumen wir dann ab. Null Risiko für dich!«

»Da bist du bei mir am Falschen«, sagte Šeman, »für die paar lumpigen Kronen!« Ich scheiße auf deine Kohle. Heutzutage geht es um etwas ganz anderes, aber das kapierst du nicht.

»Für ein paar Kronen…? Glaubst du denn, ich drehe solche Dinger wegen ein paar Kronen? Freundchen!« Er lachte hämisch. »Früher, da hat man für die Kohle gelebt! Aber was braucht man heute? Einen Schein! Säuberlich unterschrieben und mit einem Stempel drauf. Aber die, die den Stempel draufhauen – nichts im Leben ist umsonst, verstehst du?«

Als er sah, wie verdutzt Šeman war, lachte er laut auf: »Du hast geglaubt: So ein Schaf, der schuftet bestimmt für ein paar lausige Lappen bei einem Großbauern! Denkste! Das sieht deinem Ochsenschädel ähnlich! Nichts da! Ich schaffe für dieselben wie du. Die richten sich jetzt ein. Tolle Villen … dort bei uns … hast du das schon vergessen?«

Er flüsterte eindringlich: »So einer weiß: Wenn er dich fallen lässt, reißt es ihn mit in den Abgrund. Und die, die noch höher oben sind, sagen sich: Stürzen die unten ab, sitzt auch unser ganzer Apparat bald im Schlamassel. Aber bauen wollen sie. Und von wem kriegen sie den Zement?

Von Jožka Baňas!

Und woher?

Fragt nicht, meine Herren und Genossen! Ich habe alte Kumpel von früher!

Wie können wir uns ihnen erkenntlich zeigen?

Gut, ich frage sie!

Brauchst du denn nichts? Willst du hier in dem Sumpf bis ans Lebensende versauern?«

Er lächelte wieder der Langbeinigen zu. Die Mädchen standen auf.

»Na, ihr beiden«, rief er ihnen zu, »wir sind uns gerade handelseinig geworden, und hier sind noch zwei Plätze frei. Ich geb 'ne Runde aus!« Er bestellte eine Flasche, dann flüsterte er Šeman zu: »Wir bringen die Mädchen zu mir, und in der Früh reden wir noch mal drüber!« Der hat ganz schön Schiss, stellte er fest, immer noch dasselbe Rindvieh. Und vor solchen Leuten muss man heutzutage buckeln.

2

Die Nacht schickte einen dichten, rauchigen Nebel voraus, das schwache Licht der Laterne brach sich, sie schlüpften durch eine Türöffnung des Rohbaus ins Freie.

»Verdammte Schicht«, brummte eine tiefe Stimme. Die fünf Gestalten stapften über einen Sandhaufen, die Spitzen der Pfähle und Kranaufsätze und Hausdächer verschwammen im Nebel, sie schlurften müde weiter, die Schicht hatte sechzehn Stunden gedauert. »Verdammte Selbstverpflichtung«, sagte die Stimme von vorhin, »ich könnte schon längst neben meiner Alten liegen.«

Sie lachten.

Es war ein ganz gewöhnliches Lagerhaus, ein Nebengebäude, wahrscheinlich lag niemandem daran, trotzdem hatten sie sich verpflichtet, die Maurerarbeiten eine Woche vor Termin abzuschließen. Dann war die Mischmaschine kaputtgegangen, und einige Tage lang hatten sie auf der Baustelle keinen Zement gehabt, deshalb hatten sie die letzte Zeit von Tagesanbruch bis zum Einbruch der Dunkelheit schuften müssen.

Jetzt war es geschafft, sie stapften über die Sandhaufen, der Nebel verschluckte die Halle hinter ihnen, sie waren schmutzig, hatten die Haare voll Zementstaub, die Augen fielen ihnen zu und ihre Rücken schmerzten, dennoch waren sie zufrieden.

»Morgen hängen wir alle am Anschlagbrett«, verkündete Šeman, »mit unseren Fotos«.

»Zusammen mit dem Aljechin«, ergänzte die tiefe Stimme.

»Versteht sich, schwarzer Mann.«

Aljechin war ihr Meister, doch in den letzten Tagen, als die Pannen am Bau auftraten, hatte er mit angepackt und wie einer von ihnen gearbeitet.

Das Holzhäuschen des Pförtners. Ein breites Tor, das Wirtshaus war direkt gegenüber der Baustelle, eine Kneipe mit Spucke auf dem Boden und aufgemalten Fettwänsten an den Wänden, sie rückten einige Tische zusammen und ließen sich auf die Stühle plumpsen.

Sie waren alle müde und wären am liebsten schon im Bett gelegen, doch keiner gab das zu, mussten sie doch die Beendigung ihrer Arbeit feiern, seit jeher feierte man so etwas, und sie waren obendrein ein ganz junger Trupp, sie mussten im Guten wie im Schlechten zusammenhalten.

Der Bautrupp war bunt zusammengewürfelt, jeder von ihnen kam aus einem anderen Winkel des Landes, und alle hatten zuvor etwas anderes gemacht. Der magere Polda mit der tiefen, ewig verdrossenen Stimme war gelernter Schornsteinfeger, sein Meister hatte ihm prophezeit, dass sein Ende spätestens mit vierzig kommen werde, ganz wie es sich für einen Schornsteinfeger gehöre, denn all das, was an den Händen und im Gesicht klebte, hatte man auch in der Lunge. Die Vision einer schwarzen Lunge hatte ihn erschreckt. Jetzt atmete er also grauen Zementstaub ein, man hatte keine Wahl.

Amadeo war ein halber Italiener, konnte sich aber kaum mehr an seinen italienischen Vater erinnern, er hatte bestimmt nicht viele Bücher in seinem Leben gelesen, doch er verstand etwas von Pferden, ein Jahr lang hatte er das Schreinerhandwerk gelernt, sechs Monate lang das Schuheflicken, er knackte jedes Schloss, sang italienische Lieder in einem schwermütigen Bariton und fluchte *O Madonna mia,* er hatte zahllose Geschichten von Dieben und Heiratsschwindlern auf Lager, obwohl er selbst es bisher nicht in den Hafen der Ehe geschafft hatte.

Sie tranken Bier, sie tranken schnell, um die verlorene Zeit und die gute Laune zurückzugewinnen.

»Einmal«, erzählte Polda, »klettere ich gerade vom Dach herunter, schaue mich um, und unten am Fuß der Leiter steht ein Dämchen im Pelz, die Haare aufgelöst. Herr Schornsteinfeger, mein Backrohr funktioniert nicht…«

Sie wussten, was nun folgen würde. Aljechin drehte sich zu Pavel um: »Spielen wir eine Partie?« Er hielt es ohne das Spiel der Könige nicht aus, er stand auf und holte das Schachbrett. »Der Grund wird sein, gnädige Frau, dass das Backrohr keinen Zug hat«, lachten sie, »wir schauen es uns an.«

»Nimm du die Weißen«, schlug Aljechin vor, »heute Nacht habe ich mir eine interessante Verteidigung ausgedacht.« Aljechin passte eigentlich nicht zu ihnen, weder dem Alter noch der Position noch der Herkunft nach. Sein Vater war ein wohlhabender Architekt, sie hatten sich zu Beginn des Krieges zerstritten, und seither war er auf sich selbst gestellt. Er hatte mit Hopfen gehandelt, im Büro einer Spedition gesessen, Arbeitern den Lohn ausgezahlt, die aufgrund ihrer körperlichen Überlegenheit gutmütig auf ihn herabschauten, er hatte Telefone montiert, dann in einem Kaufhaus die Auslagen dekoriert, sich in die Nichte des Besitzers verliebt, sie geheiratet, ein Mädchen aus bester Familie und mit bestem Ruf, er hatte geglaubt, sie würde ihn vor den Abgründen des Krieges und auch vor dem Reich retten, doch schon ein Jahr später schlief sie mit einem anderen, alles war noch hoffnungsloser, und als sie ihn dann an die Front schickten, lehnte er sich nicht einmal auf.

»Das war eine Schinderei«, schloss Polda, »ich bin völlig erledigt nach Hause gekommen.«

Vor jeden wurde ein neues Glas hingestellt, diesmal mit Rum, Šeman stand auf: »Genossen«, sagte er, »auf unseren Trupp und auf Aljechin.« Das klang etwas pathetisch, aber sie waren schon alle beschwipst und merkten es nicht. Pavel trank nicht oft, aber jedes Mal, wenn er trank, überkam ihn eine unaussprechliche Melancholie: Im Grunde kommt der Mensch auf die Welt, bleibt ein Weilchen und geht wieder, er weiß nicht woher und nicht wohin. Dann verflüchtigte sich die Traurigkeit wieder, und die ganz gewöhnlichen Dinge und Menschen um ihn herum rührten ihn an und stimmten ihn wieder positiver.

»Ich muss dir etwas sagen.« Ihm war eingefallen, wie er einst, als er noch zu Hause lebte, allen möglichen Unsinn von Delphinen und Glaspalästen phantasiert hatte, das kam ihm nun völlig lächerlich vor. »Ich habe schrecklich viel fabuliert. Von Dingen, die ich nie gesehen habe!«

Amadeo begann zu singen, die alte, unendlich schäbige Gitarre, der traurige Bariton, wer hatte ihm eigentlich beigebracht, diese Lieder zu singen, wo er doch seinen Vater nicht einmal kannte. Auch das Land, von dem er sang, hatte er nie gesehen.

»Ich wusste nicht, wozu ich lebe«, sagte Pavel. »Ich habe mich draußen herumgetrieben und Wildenten geschossen. Deshalb habe ich mir meine eigene Welt erträumt.«

»Und jetzt weißt du, wozu du lebst?«, fragte Aljechin.

»Jetzt? Selbstverständlich weiß ich das jetzt!« Er hatte eine Frau, er hatte seinen Trupp, doch es lag nicht allein an dem, was er erreicht hatte, sondern die Zeit selbst, in der sie lebten, gab ihnen allen ein festes Ziel vor. Jede Handlung, die früher isoliert und sinnlos im Raum stand, hatte nun Richtung und Ziel, sowohl die Arbeit als auch die regelmäßigen Sitzungen als auch das Zeitunglesen, eine Buchstabengruppe auf einer Holztafel, die Farbe des Hemdes, ein Abzeichen am Aufschlag, ein Gruß und die Freundschaft, sein ganzes Leben bekam Sinn.

»Oder, wie viel ich mir aus dem Herrgott gemacht habe,« sagte Pavel, »Ich war wie ein Kind...«

Sein Gegenüber blickte rasch vom Schachbrett auf, ein schmales, intelligentes Gesicht, eingesunkene müde Augen, Šeman erzählte einmal, dass er nachts mehrmals an Aljechins Fenster vorüber gegangen sei und drinnen immer Licht gebrannt habe, Aljechin habe wohl gelesen. »Der Mensch braucht Sicherheit, darin sind wir alle gleich.«

»Aber jetzt denke ich gar nicht mehr daran.«

»Du Glücklicher!«

»Ja, ich bin glücklich«, bekräftigte Pavel, »wirklich.«

»Ich denke auch manchmal darüber nach, was mir eigentlich fehlt, um glücklich zu sein. Aber jetzt sei still und spiel!«

Sie taten beide einige rasche Züge. Der eine, weil er vor irgendetwas davonlief, der andere, um dem Wunsch des anderen zu entsprechen.

»Nun, wir sind zusammengewachsen«, sagte dann Aljechin, »wir haben zueinander gefunden, wir sind ein guter Trupp, ich habe im Krieg erfahren, was ein guter Trupp ist. Selbst wenn alles verloren ist, wenn ringsum Städte brennen und die Menschen wie die Mäuse leben und das, worauf du gestern geschworen hast, heute zur Lüge geworden ist…«

Über ihren Köpfen hing Gesang und dichter Rauch, Gelächter von allen Seiten, der Wirt tauchte in den Schwaden auf und brachte frisches Bier, Šeman reckte sich und stieß mit ihnen über den Tisch hinweg an: Zum Wohl! Bierschaum spritzte auf den schwarzen Läufer, Aljechin hob ihn hoch und pustete den Schaum auf den Boden, jemand trat ein – dann plötzlich ein dröhnender Knall – nicht weit weg, die Erde schien zu beben, alle Geräusche rissen für den Bruchteil einer Sekunde ab, es klang wie der wuchtige Aufprall einer sehr schweren Masse, es war gespenstisch, vielleicht begann gerade der Krieg, alle suchten im Geist nach einem passenden Spruch oder einem Gebet für einen solchen Anlass, Aljechin stellte die Figur auf ihren Platz zurück, dann drehte er sich langsam zu den anderen um: »Was war das?«

»Ein Schacht wird eingestürzt sein.«

Wirr durcheinander schreiende Stimmen lösten die Stille ab, Menschen rannten die Straße entlang, sie waren nicht die einzigen, die fürchteten, dass ein Schacht eingestürzt sei, das breite Tor, das Holzhäuschen des Pförtners: Es war schon später Abend, der milchige Nebel hüllte alles ein, sie stapften über die Sandhaufen, über ihren Köpfen zogen die in Nebel getauchten Lampen vorbei, zeichneten sich die Silhouetten der Kräne ab. Warum sollte es ausgerechnet sie treffen?

Dann ein bekannter Umriss, leicht beißender Rauch in der Luft, Pavel blickte sich verwundert um, für den Bruchteil einer Sekunde war es, als sei ein Film angehalten worden, alles und alle standen wie erstarrt, aus der eingestürzten Decke ragten Stahlstäbe hervor, Aljechin stand gebückt, als ob er niederknien wollte. Ein Teil der Betondecke hing noch sonderbar eingeknickt über der Erde, Šeman ging mit ausgestrecktem Arm weiter, ein anderer Teil der Decke war auf den Boden gestürzt, die Gruppe von Männern auf dem Sandhaufen gab keinen Mucks von sich, sie standen da wie ein Chor, der eben zu einem Lied ansetzt, und über allem hing das gelbe, kalte, vom Nebel verschleierte Licht einer nicht sichtbaren Lampe.

Schließlich ließ sich Polda mit seiner tiefen Stimme hören: »Und morgen hängen wir alle am Anschlagbrett.«
»O Madonna mia!«
Dann kam wieder Bewegung in sie, es war kein Film, ja nicht einmal ein Traum.

3

In der Ferne pfiff eine Lokomotive und ratterte ein Kran, doch auf ihrer Baustelle war es vollkommen still. Nur Michal Šeman war noch da.
Er saß im kalten Sitzungsraum des Werksrats und versuchte, ein Plakat zu malen. Ein Herr mit Zylinder stand über einem Trümmerhaufen und lächelte schadenfroh.
Šeman blieb oft abends hier, die Nachtwächter hatten sich schon an ihn gewöhnt. Er hatte kein richtiges Zuhause und Liebschaften nur gelegentlich. Wohin also hätte er gehen sollen, hier konnte er sich immerhin vormachen, dass er wichtig sei. Seine ganze Energie setzte er in das Malen von Plakaten und dachte sich Parolen aus. Seine Funktion war im Grunde unbedeutend, sie brachte ihm weder Ehre noch Macht, doch mit den Plakaten, mit denen er die Baustelle überschwemmte, verdrängte er das Gefühl der Enttäuschung und träumte beim Malen davon, was er einst noch alles erreichen würde.
Doch heute konnte er sich auf nichts konzentrieren und zeichnete nur die Bilder, die ihm im Kopf herumschwirrten: ein Haufen Bauschutt, zersprungene Platten, verbogene Stahlstäbe.
In der vergangenen Woche hatte er ein großes Plakat gemalt, fünf Männer mit Schaufeln:
Aljechins Arbeiter
schaffen immer mehr.
Sofort, nachdem der Bau eingestürzt war, liefen einige subversive Elemente zusammen und schnitten hämische Grimassen: Das habt ihr davon, dass ihr so viel geschuftet habt. Sie wünschten ihnen offenbar nichts Besseres. An dem Einsturz konnte jeder sehen, wohin Ehrgeiz und Übereifer führten. Wir werden es ihnen schon noch zeigen, dachte er zornig, er war froh, dass offenbar niemand auf die Ursache des Einsturzes gekommen war, die nur er allein kannte.
Gleich am Morgen wurde Aljechin zu einem Verhör abgeführt, doch auch der ahnte nichts, er verdächtigte gewiss niemanden, und die fünfundsiebzig Säcke lagen sorgfältig zugedeckt am anderen Ende der Baustelle.
Sie würden bestimmt Materialproben entnehmen. Er hielt zwar nicht all-

zu viel von den Fähigkeiten dieser Schlaumeier aus den Labors, dennoch war ihm nicht wohl bei dem Gedanken.

Am Ende wird dieses subversive Element Aljechin es ausbaden müssen, beruhigte er sich. Bei seiner Herkunft, das war doch jedem klar! Er verdient im Grunde nichts Besseres …, er hat den Bau auf dem Gewissen, er hat aufs Tempo gedrückt, das kann er nicht leugnen!

Und die Leute hier mögen ihn nicht, dachte er zufrieden, er hat es sich mit ihnen verdorben, weil er ihnen das Plansoll in die Höhe treibt. – Nur die Säcke, wenn die bloß schon weg wären!

Ein Parteiaktiv sollte einberufen werden, schoss ihm ein neuer Gedanke durch den Kopf. Wir gehen ein paar Selbstverpflichtungen ein und bauen die Halle noch einmal. Noch einmal und besser, sagte er sich. Und dieses Plakat da! Ich male noch einige. Das macht uns stark.

Er hatte jedoch noch immer ein ungutes Gefühl. Er hätte sich nicht mit dieser subversiven Laus Baňas einlassen sollen. Es war falsch. Dadurch, dass er die Säcke gestohlen hatte, hatte er im Grunde alles Übrige, was er geleistet hatte und vertrat, verraten. Und dabei hatten sie ihn gewählt, erst vor kurzem hatten sie ihm ihr Vertrauen geschenkt.

Aber ich habe es doch nur gut gemeint! Ich habe es nicht für mich getan, ich brauche keinen Zement. Es ging darum, dass mit dem Zement etwas Ordentliches gebaut wird. Hier ist schon genug gebaut worden.

Er hatte in guter Absicht gehandelt. Er wollte den Genossen helfen.

Es war halb zehn, er geriet immer mehr in Aufregung. Wenn ich jetzt einfach den Telefonhörer nehme, dachte er:

Heute Abend um zehn, wartet hinter dem Haufen! Das Auto fährt ohne Lichter. So habe ich das eingefädelt… Ich wollte, dass ihr das subversive Element auf frischer Tat ertappt!

Und wer hat die Säcke für ihn bereitgelegt?

Ja, wer hat sie dort für ihn bereitgelegt. Du würdest dich selber überführen, du Trottel!

Er löschte das Licht, schloss die Tür leise hinter sich zu. Er sah kaum einige Schritte weit, stolperte über eine rostige Spitzhacke. Ein schöner Sauhaufen!

Er ging an halbfertigen Wohnblöcken vorüber, hinter dem letzten begann die Weide. Die Bäume waren noch nicht einmal gefällt, sondern sie hatten vorerst nur das Erdreich und den Schutt von der Baustelle dazwischen aufgeschüttet.

Hinter einem dieser Haufen lagen Bauhölzer hoch aufgeschichtet, er betastete sie in der Dunkelheit, sie waren an der Oberfläche feucht, sie lagen genauso wie das letzte Mal, als er hier gewesen war, das beruhigte ihn.

Niemand wird dahinter kommen, dachte er zufrieden. Er setzte sich auf die schmutzigen Bretter und wartete, er hörte, wie es vereinzelt von den Bäumen und von den Enden der langen Hölzer tropfte. Dann heulte in der Ferne ein Motor auf. Ihn überfiel eine beklemmende Unruhe, er hastete dem Brummen entgegen.

Der Wagen hielt dicht vor ihm, ein Kopf lugte aus der Fahrerkabine heraus: »Also, wie steht's?«

»Alles klar!« Er wollte noch das Unglück erwähnen, aber der Wagen fuhr schon weiter und hielt erst bei dem Haufen an.

Er sah zwei Männer, die aus der Kabine sprangen und die Hölzer auf die Seite zu werfen begannen. Sie waren sehr flink, bald schon hatten sie auch die Teerpappe abgedeckt. Er konnte Jožka Baňas deutlich erkennen, der auf der Ladefläche stand und vorsichtig in die Dunkelheit spähte, einer der Männer reichte ihm den ersten Zementsack, in ein paar Minuten würden sie mit allem fertig sein.

Der Baňas versteht sich auf so was, rang sich Šeman Anerkennung ab. Er kann den Klassenfeind in sich nicht verleugnen. Der findet immer einen Weg, damit das Geld in seiner Tasche klimpert. Und ich Ochse helfe ihm auch noch dabei!

Doch damit ist bald Schluss, dachte er wütend. Solche wie ihn werden wir bald liquidieren.

4

Der Tag brach eben erst an, es war ein Sonntagmorgen, drinnen wie draußen herrschte vollkommene Stille, auf der weißen Zimmerdecke kroch eine einzelne Fliege herum, Pavel hielt die Augen halb geschlossen, ihm war bange: vor der Stille, der weißen Decke, vor dem eben anbrechenden Tag, vor einem plötzlichen Aus, vor der Leere, die auf leisen Sohlen näher kam.

Ich sollte die Schwelle ausbessern, an der Wand grinste ein blauer Kerl mit einem Hut in der Hand breit und verkündete ihm wie jeden Morgen:

Mit dem Hute in der Hand
kommt man durch das ganze Land.

Die Mauern rochen noch nach frischem Kalk, sie wohnten erst einige Wochen hier, zwei Jahre hatten sie in einem winzigen Mansardenzimmer gehaust, vier mal drei Meter, die Fenster waren auf eine breite Gleisanlage hinaus gegangen, Bremsen hatten gequietscht, Waggons waren krachend aufeinander geprallt, die Rangierer hatten um die Wette gepfiffen, in der Nacht, wenn sie im Zimmer das Licht löschten, huschte der Widerschein der rollenden Waggons und schwankenden Lampen hundertfältig über die Wände, von Zeit zu Zeit leuchtete vor ihren Fenstern ein Funkenregen auf und erlosch.

Ihn hatte das nicht besonders gestört, aber auf Janka hatten die rußgeschwärzten Wände bedrückend gewirkt, sie konnte in der rußigen Luft nicht atmen. Sie sehnte sich nach einem eigenen Häuschen, nach einem Raum, in dem sie einen Geschirrschrank mit polierten Gläsern aufstellen und ihre Flickenteppiche ausbreiten könnte. Sie hatte sich ihr Leben anders vorgestellt. Ein helles Büro, die Finger huschten flink über die Tasten einer Schreibmaschine, der Duft von Parfum, zwei Ledersessel, sie saß mit übereinander geschlagenen Beinen in dem einen davon, rauchte, zwei Telefone auf einem großen Tisch –, doch sie arbeitete in einer staubigen Textilfabrik, die vorsintflutlichen Webstühle rasselten unablässig, sie hörte in den acht Arbeitsstunden kaum ein Wort, atmete heiße, stickige Luft voll feiner Textilfasern ein, wenigstens ein Häuschen wollte sie haben, und schließlich hatte sie dieses hier gefunden: in einer halb zerstörten Kleinstadt im Grenzgebiet, sie fuhren eine halbe Stunde mit dem Autobus zur Arbeit.

Bei dem Häuschen fehlten die Fenster, und außer einer Zuglampe, einem zusammengebrochenen Ehebett und einem handgestickten Wandbehang mit einem blauen Koch war nichts drin, der Fußboden war schimmelig und feucht.

Sie kehrten fast jeden Abend hierhin zurück, müde, nachdem sie den ganzen Tag geschuftet hatten, und arbeiteten hier weiter, einige Male waren auch Polda, Michal Šeman und Amadeo mitgekommen und hatten ihnen geholfen, ihrer Vorstellung von einem Zuhause näher zu kommen.

Jetzt hatten sie also ein eigenes Häuschen, und Janka hätte glücklich sein können, doch sie war es nicht.

Er hörte ihre nackten Füße über den Fußboden platschen. »Stehst du schon auf?«

»Ich muss Wäsche waschen. Und was machst du heute?«

»Ich weiß nicht. Ich wollte die Schwelle reparieren.«

Sie saßen sich am Tisch gegenüber. Er hatte die letzten Sonntage am Bau verbracht. Doch jetzt, wo es gute Gründe gegeben hätte, auch die Sonntage zu opfern, blieben die Arbeiter zu Hause, ihnen war die Lust vergangen.

»Marie aus unserer Werkstatt hat Kehlkopfkrebs«, sagte sie, »das kommt von dem Staub dort.«

Der Einsturz der Decke hatte den Bautrupp aus dem Gleichgewicht gebracht. Sie waren an Lob gewöhnt gewesen, früher hatten sie zwar so getan, als ob ihnen nichts daran läge, doch nun, da man sie auf Sitzungen schleppte und zu Verhören vorlud, hatten sie das Gefühl, dass man für sie nur noch Unverständnis und ungerechtfertigte Vorwürfe übrig hatte.

»Und die schielende Deutsche, die bei uns gearbeitet hat, die habe ich heute gesehen, sie ist jetzt Verkäuferin in der Molkerei.« Janka dachte an nichts anderes mehr, als daran, wie sie der dunklen, lärmenden Fabrikhalle entrinnen könnte, in der scih das Leben über Tausenden Holzspindeln unmerklich abspulte.

Es war doch nicht ihre Schuld, dass die Halle eingestürzt war, sie hatten einander vertraut, der Fehler musste schon in den Bauplänen stecken, sie konnten nicht begreifen, warum denn Aljechin nach einer Woche noch immer nicht zurück war, es konnte sich nur um einen Irrtum handeln, und an ihnen war es, den Irrtum aufzuklären. Schließlich entschlossen sie sich, in die langgezogene Baracke, in der die Büros untergebracht waren, zu gehen. Sie gingen zu dritt, Šeman hatte gerade eine wichtige Besprechung, keiner von den dreien war ein guter Redner. Sie standen vor vielen verschiedenen Schreibtischen, niemand konnte oder wollte verstehen, was sie wollten und dass sie es überhaupt wagten, etwas zu sagen, sie, denen die Decke eingestürzt war. Und das Warten und Erstaunen und die strengen Blicke Befugter und Unbefugter, Lebender und schon Verewigter raubte ihnen allmählich ihre Sicherheit.

Die letzte Tür ging ins Parteisekretariat: »O Madonna mia, gehen wir lieber heim«, sagte Amadeo, bevor sie eintraten.

»Wenn ich euch so höre«, antwortete ihnen der Parteisekretär, »ihr tut, als ob nichts passiert wäre. Als ob euch die Decke nicht eingestürzt wäre. Ihr tut, als ob der Bau noch stünde. Stürzen denn Decken von allein ein?«, fragte er sie. Doch er ließ ihnen keine Zeit, darüber nachzudenken. »Nie und nimmer, wenn nicht einer was dazu tut!«

Meistens beruhigte er Janka oder versuchte ihr zu erklären, dass sie durchhalten müsse, wenigstens solange, bis sie etwas anderes gelernt habe, heute aber schwieg er, und das reizte sie: »Ich gehe weg von der Fabrik, diesem ewigen Krach und Staub!« Wenn sie sich abends wusch, klebte am ganzen Körper juckender Textilstaub, doch es waren weder der Staub noch der Lärm, was sie abschreckten, sondern die Tausenden von Spulen, die mit ihrem rasenden Rotieren auch ihre Tage, ihre Jugend, ihre Liebe, ihre Phantasie, ihre Freiheit, die Zartheit ihrer Haut aufwickelten. Sie wickelten ihr ganzes Leben auf, und nur eine schale Leere blieb zurück, die weder ein gelegentlicher Kuss noch ein Gespräch im Autobus noch das Singen im Chor noch das Beten am Sonntag vertreiben konnte.

Sie standen sehr lange im Büro des Parteisekretärs. »Damals hättet ihr euch kümmern sollen!«, schrie der Sekretär, »als noch was zu retten war. Wer für das Unglück geradezustehen hat, das zu beurteilen überlasst andern!« Er schritt an ihnen entlang wie ein Korporal, der den Zustand seiner Truppe nach der Schlacht prüft. Die Verluste waren erheblich. »Nun gut«, räumte er ein, »wir müssen für die Genossen eintreten. Aber genauso gut müssen wir uns darauf verstehen, den Feind an der Gurgel zu packen!« Er packte sich selbst am Hals und drückte ihn wohl tatsächlich zu, denn er lief jäh rot an. »Und nicht auf jeden Schurken hereinfallen. Sie warten, bis unser Misstrauen geschwunden ist, und dann greifen sie an, verdammt noch mal! Wir brauchen Jahre, um ein Gebäude hochzuziehen, aber zusammenkrachen kann es in einer Sekunde. Und auf diese Sekunde müssen wir ein wachsames Auge haben!«

Sie schwiegen, sie waren voller Selbstvertrauen gekommen, jetzt aber fühlten sie sich schuldig, im entscheidenden Moment versagt zu haben. Vielleicht hat sich dieser Aljechin tatsächlich bei uns eingeschlichen, dachte Pavel, um all unsere Plackerei zunichte zu machen. Du Trottel, herrschte ihn Amadeo an, doch Pavel erinnerte sich plötzlich an jene regnerische Nacht, als in der Ferne der Schuss gefallen war und Smoljak im Dreck kniete. Um ihn herum gingen Veränderungen vor sich, eine Art Krieg, den er nicht verstand, der Krieg schlich durch die Nacht, verborgen unter einer Decke aus Nebel und Stille und Freundschaftsschwüren. Er lebte sein eigenes Leben, der Krieg war ihm gleich, doch er holte ihn ständig ein und blies ihm seinen Atem ins Gesicht. Plötzlich hasste er Aljechin, der den Zusammenhalt des Trupps zerstört und sie alle für seine Schandtat missbraucht hatte.

»Wir bräuchten nicht so zu schuften«, sagte sie, »ich bin sicher, wir könnten zumindest Vorarbeiter werden oder im Büro arbeiten.« Sie wartete auf eine Antwort. »Du hörst mir überhaupt nicht zu«, bemerkte sie schließlich.

»Ich höre dir zu!«

»Du hörst mir nicht zu… Und selbst wenn … dir ist doch alles gleich.« Sie riss ihm die Tasse aus der Hand, obwohl er noch nicht ausgetrunken hatte.

»Was soll ich tun, damit du dich besser fühlst?«

Sie blieb in der Tür stehen. »Wenn du dich doch nur ein wenig nützlich machen würdest.«

Er schwieg.

Er kam ihr zerknirscht und müde vor. »Wenn du wenigstens eine Funktion annehmen würdest. Wie Michal.«

»Michal ist bei der Partei!«

»Du könntest auch beitreten. Sind sowieso schon alle drin.«

Er war überzeugt, dass ihr das auch nicht helfen würde, aber sie hatte nicht ganz Unrecht, er hielt sich aus allem heraus, ohne zu wissen, warum. Er hatte das Gefühl, dass er schon erreicht hatte, was er wollte, doch er irrte, alles konnte in einem einzigen Augenblick zusammenbrechen: der Bau, in den sie so viel Mühe gesteckt hatten, aber auch eine Liebe, die unverwüstlich schien.

Welch sonderbare Kräfte, die Gutes in Böses verkehrten und das Wichtigste unnütz erscheinen ließen. Doch was konnte einer allein gegen diese Kräfte ausrichten?

Es musste doch einen Wert geben, einen unantastbaren und unzerstörbaren Wert.

Wieder fiel ihm die regnerische Nacht ein, der auf der Erde liegende Smoljak, eine Nacht voller Ahnungen, das Aufblitzen einer unheimlichen Angst, schon damals hatte er mit dem Gedanken gespielt, schon damals hätte er sich wohl entschließen sollen.

»Ich werde es mir überlegen.«

Sie verzog die Lippen zu einem Lächeln und verschwand in der Küche.

5

Michal nahm eine der Broschüren vom Bücherbrett, schlug sie auf, legte sich ein Blatt Papier zurecht und spitzte den Bleistift.

Er lebte in einem kleinen Heim für Ledige, das Waschbecken und die Toilette befanden sich auf dem Flur, im Zimmer standen ein altes Eisenbett, ein Tisch und ein metallener Schrank. Er hatte sich noch ein Radio und dieses Bücherbrett gekauft. Es war schon ganz voll. Er deckte sich mit Broschüren über Politik und Philosophie, über Religion und Wirtschaft ein. Er dachte, dass ihm die Bücher vielleicht etwas Ansehen verschaffen könnten, abends saß er über ihnen und blätterte ungeduldig darin, gewöhnlich waren sie voller Fremdwörter und langweiliger Erläuterungen, er las keine zehn Seiten und stellte die Broschüre zurück, ohne sie je wieder zur Hand zu nehmen. Aber er hatte ein hervorragendes Gedächtnis, und auch nach nur zehn Seiten Lektüre glänzte er manchmal mit Kenntnissen, die andere nicht hatten.

Er nahm am Tisch Platz und begann, langsam Sätze abzuschreiben. Er sollte eine zehnminütige Ansprache über einen Krieg in einem fernen Winkel der Welt verfassen, den niemand als fern betrachten durfte.

Er konnte sich jedoch nicht konzentrieren, er kam sich vor, als säße er in einer Falle. Laufend kamen Kommissionen und verhörten sie wie Verbrecher. Ein Kerl von der Staatssicherheit hatte ihm mehr als eine Stunde lang unsinnige Fragen gestellt, woher er stamme und warum er hierher gekommen sei, und dabei hatte er ihn angeschaut, als ob nicht mehr viel fehlte, und er würde ihn als den Schuldigen dieser Schandtat entlarven.

Er lenkte sich mit Schreiben ab, das Beste wäre, rasch von hier wegzukommen. Er kehrte in Gedanken in sein Heimatdorf zurück, saß im Wirtshaus, sie fragten ihn, ob er es gestatte, sich zu ihm zu setzen, und die Mädchen traten mit gesenkten Augen hinzu und warteten aufgeregt, ob er sie ansprechen würde.

Er gab sich recht wohlwollend und dachte absichtlich lange nach, bevor er sich an ihre Namen erinnerte. Du bist Anička Čolláková ... ach ja, du hast dort im Schloss gewohnt ..., was hast du für einen Wunsch?

Sie wollen meinen Papa aus der Schule rauswerfen. Angeblich hat er falsch geläutet... Michal, könntest du dich darum kümmern? Du hast mich doch immer gern gehabt.

Wir werden sehen! Wir werden sehen! Dann sagte er noch zu ihr: Komm mal vorbei! Er stieg in den Wagen, fuhr durch das Dorf und sah die Leute mit gesenkten Köpfen dastehen. Keiner hatte es zu etwas gebracht!

Auf dem Blatt Papier hatte er sonderbare Namen notiert: Hamhŭng, Chinnampo, Changyŏn. Er hatte keinerlei Vorstellung von diesem fremden Land.

Wenn er Referate schrieb, bemühte er sich gewöhnlich nicht, den Inhalt der Sätze, die er den Broschüren entnahm, zu verstehen. Das war bei manchen Sätzen auch gar nicht möglich. Aber als er jetzt schrieb, dass jener Krieg Millionen von Frauen und Kindern unermessliches Leid gebracht habe, kamen ihm Bilder von dem Krieg in den Sinn, den er erlebt hatte: Wie man die im Sterben liegende Baňasová auf einem harten Wagen gebracht und ins Wirtshaus hinein getragen hatte, wie sie krampfhaft gezuckt hatte, kreidebleich, das Kleid mit Blut voll gesogen, und in Todesangst geröchelt hatte. Er war damals dabei gestanden und hatte sich fest vorgenommen, sich im Leben verdammt in acht zu nehmen, um später einmal nicht so enden zu müssen.

Und deshalb müssen wir durch angestrengte Arbeit beitragen zur Erhaltung...

Wieder stiegen Trümmer vor ihm auf, Stahlstäbe ragten aus Mauerwerk hervor, er konnte die Bilder nicht verdrängen. Dieses subversive Element Aljechin, dachte er hasserfüllt, hätte der sich bloß gekümmert, wie er sollte, er hätte merken müssen, dass die Mischung nicht genug Zement enthielt. Er hätte irgendwo ein paar Säcke besorgen können, dann würde alles anders aussehen.

Der Satz gefiel ihm nicht. Er strich ihn durch und schrieb: *Und deshalb müssen wir wachsam und strebsam sein und durch unsere Arbeit dazu beitragen...*, es klopfte.

»Du bist es?«, wunderte er sich, als er Pavel erblickte. »Ist wieder etwas passiert?«

Er war von dem Besuch überhaupt nicht begeistert, in ihrem Arbeitstrupp legten sie zwar Wert auf kameradschaftliche Beziehungen, aber er mochte es nicht, daran erinnert zu werden, wie sie Fische gestohlen und gehungert hatten und barfuß gelaufen waren und dass er nie ein Held gewesen war; auch nicht in jenen Zeiten, obwohl er in seinen eigenen Erinnerungen und manchmal vielleicht auch für seine Zuhörer einer war.

»Nichts Neues!« Pavel zog sich einen Stuhl an den Tisch. »Was schreibst du?«

»Na, so ein ... du weißt schon ... über die Wachsamkeit. Nicht einmal am Sonntag hat man Ruhe.«

Was wollte Pavel hier? Er hatte in den letzten Tagen die anderen beobachtet, sie hatten die Schnauze voll, der ganze Trupp, aber dieser da schnüffelte noch dazu herum und kam immer wieder auf das Unglück zurück, als ob nicht schon genug Schnüffler darin herumstocherten.

»Das mit dem Aljechin geht mir ständig im Kopf rum.«

»Was ist mit ihm?«, horchte Šeman auf.

»Wie sich der bei uns eingeschlichen hat! Wie oft haben wir nicht miteinander Schach gespielt...« Er schüttelte den Kopf, als ob er es noch immer nicht glauben könnte.

»Ich habe immer gedacht, er tut es, damit wir Freunde werden... Aber er hat so merkwürdiges Zeug dahergeredet...« Pavel hätte Aljechins Worte nicht exakt wiedergeben können, und sie waren im Grunde auch bedeutungslos, doch es steckte eine sonderbare Melancholie in ihnen, eine ausweglose Melancholie, die ihren Ursprung in einer fremden Welt hatte.

»Na klar, subversive Elemente«, sagte Šeman, »du schuftest wie ein Ochse, und sie sind bloß darauf aus, dir an die Kehle zu springen. Erinnerst du dich noch an unseren Smoljak? Wie die Banditen auf ihn geschossen haben? Und als ich an der Grenze war...« Er machte eine wegwerfende Geste. Er wusste noch immer nicht, was der Kerl eigentlich bei ihm wollte. »Warte«, fiel ihm ein, »ich habe noch eine Flasche da. Von daheim.«

Er öffnete den Schrank, Pavel redete hinter ihm unterdessen wirres Zeug: Von Smoljak, von ihm selber, von irgendwelchen Gefühlsduseleien. Die Flasche war hinter einem Berg Wäsche versteckt, er ließ sich absichtlich Zeit, bis er sie hervorzog, er musste nachdenken. Pavel sagte: »Und so wollte ich dich fragen, ob ich mich nicht zur Partei melden soll.«

Šeman hatte die Flasche schon in der Hand, er erstarrte, das also wollte der Kerl? Das kam ihm verdächtig vor. Warum hatte es Pavel damit so eilig? Er witterte eine bösartige Absicht hinter dem Besuch. Aber war denn dieser Trottel überhaupt imstande, anderen eine Falle zu stellen? Den hatten sie doch nicht einmal beim Militär genommen! Allerdings konnte ihn jemand geschickt haben. Sie wollen mich wahrscheinlich auf die Probe stellen, dachte Šeman, auch wenn er sich keinen Reim darauf machen konnte, wie und warum ihn jemand testen sollte.

Er schenkte zwei Gläser Schnaps ein. »Warum nicht, das ist in Ordnung. Die Partei braucht Zugpferde!«

Die Ungewissheit heizte seine Wut noch mehr an. Beim Militär hatte er in seiner Kampfeinheit einen Philosophen gehabt, ein mageres, bebrilltes gefährliches Element, der hatte absichtlich viele Fremdwörter verwendet, wenn er mit ihm sprach: Das Militär ist eine immanente Fickerei, Genosse Korporal. Es hatte ihn immer seltsam beunruhigt, wenn sie miteinander zu tun hatten. Schließlich hatte er ihn immanent Kartoffeln hacken geschickt, den Philosophen.

»Mir geht es nicht nur um die Arbeit. Sondern darum, dass ich manchmal…«

»Komm, komm«, unterbrach ihn Šeman, »worum es dir geht, das überlass bitteschön anderen. Klügeren.« Er zwinkerte mit den wimpernlosen Augen: »Selbstverständlich müssen wir dich überprüfen. Jetzt, wo wir schon alles errungen haben, drängen alle möglichen Typen in die Partei. Besonders subversive Elemente. Das ist ihre Taktik. Die Partei unterwandern… Aber wir kommen ihnen schon auf die Schliche. Du bist auch nicht gerade ein Heiliger gewesen.«

Er lachte zufrieden. »Na, mach nicht so ein Gesicht. Zum Beispiel mit diesem Schurken Baňas, hast du das schon vergessen, wie ihr geklaut habt?«

»Was redest du da?«, entsetzte sich Pavel, »du warst doch auch dabei.«

»Ja, ja, nur ich hab' das schon irgendwie wieder gut gemacht. Aber du? Oder«, er atmete tief ein, »als wir alle vor Hunger fast verreckt sind, ist dein Vater den Fluss abgeschritten und hat dafür Geld eingestrichen.« Sein Zorn ebbte bereits wieder ab, er glaubte, dass er damit Pavel ausgetrickst habe. Vielleicht war aber auch gar keine Finte im Spiel, sondern Pavel wollte sich bloß anbiedern. »Wir werden alles überprüfen.«

»Du machst die Überprüfung?«

»Na klar, ich auch …, ich kenne dich ja am besten.«

»Ich dank' dir dafür!« Pavel schnellte hoch, der Stuhl fiel krachend um, Schnaps floss aus dem umgestürzten Glas, die Notizblätter flatterten langsam zu Boden. Šeman wischte sich mit dem Ärmel das Blut ab, auf der Oberlippe zeigte sich ein neues Rinnsal, er stürzte Pavel auf den Flur nach: »Das bringt dir gar nichts«, schrie er, »du bist mir ja ein sauberes Element!«

Sie standen übereinander, der eine am Fuß, der andere auf dem Absatz der schwarzen, schmalen Wendeltreppe.

Pavel sagte leise: »Wir werden schon sehen, wer stärker ist. Und brüll nicht so, als ob ich taub wäre!«

»Hau ab«, brüllte Šeman. Er hörte, wie unten jemand neugierig die Tür öffnete. Er wartete noch eine Zeit lang allein auf dem Treppenabsatz.

Wenn ich dich beim Militär hätte!

Genosse Korporal, brüllen Sie mich nicht an, ich bin nicht taub!

Was bist du nicht?

Taub!

So, das bist du nicht … taub …, Sie hören gut, was?

Nach dem Abendessen würde er ihn auf den Flur kommandieren: Ans andere Ende des Flurs, im Laufschritt, marsch!

Und wenn er am anderen Ende des Flurs wäre, würde er halblaut einen neuen Befehl flüstern. Dann noch einmal. Und dann brüllen: Was treiben Sie dort! Hören Sie nicht? Sie haben keine Lust mehr zu gehorchen? Nochmals! Hierher!

Ich würde dich schleifen, Bürschchen, dachte er. Die ganze Nacht würdest du vor mir marschieren.

Das Blut troff ihm noch immer aus der Nase, im Briefkasten steckte ein weißer Umschlag. Da hatte die Briefträgerin gestern wieder die Briefe verwechselt, und jemand hatte ihm den Umschlag erst jetzt hineingesteckt, das Schreiben hatte einen gedruckten Briefkopf: Kreisnationalausschuss. Das zweistöckige Gebäude am Stadtplatz, plötzlich witterte er seine Heimat, der Wind wirbelte eine heiße, beißende Staubwolke auf, Fuhrleute zogen mit ihren mit Rüben beladenen Fuhrwerken vorüber, der Mist stank, er stieg eine breite Treppe hinauf, eine Reihe grauer Türen, die Finger zitterten ihm.

Werter Genosse, Bezug nehmend auf Ihre Anfrage teilen wir Ihnen mit, dass wir über Ihre Bewerbung betreffend der Stelle eines Sachbearbeiters der Bauabteilung positiv entschieden haben… Er las das Schreiben nochmals durch, dann ein drittes Mal, las sogar den amtlichen Stempelabdruck unten und auch die unleserliche Unterschrift, die fünfundsiebzig Zementsäcke wert war.

Wir begegnen uns schon noch einmal, Bürschchen, und dann stellen wir klar, wer von uns beiden der Stärkere ist, dachte er triumphierend.

Er bückte sich, hob die Notizblätter auf und ordnete sie zu einem Stapel. Er war nun vollkommen ruhig. Er rückte einen Stuhl an den Tisch, und da es schon dämmerte, machte er Licht und hob den Bleistift mit seinen rissigen Fingern auf. *Und deshalb müssen wir wachsam und strebsam durch unsere Arbeit beitragen zur Erhaltung...*

Statt der Menschen ein Stück Land

Der Bauingenieur wartete ungeduldig auf einen Bescheid über sein Projekt, es kam jedoch nichts, vielleicht weil man im Süden ein Hüttenkombinat zu bauen begonnen hatte, alle übrigen Projekte wurden aufgeschoben. Wenn er bei dem neuen Werk mit Hand anlegte, bräuchte er nicht tatenlos zu warten. Die Zeichen der Zeit stehen zwar auf Stahl, doch von Eisen werden die Leute schließlich nicht satt, tröstete er sich, wenn sie das erst einmal erkannt haben, werden sie sich an mein Projekt erinnern.

Statt des Bescheids erhielt Petr unerwartet einen Brief, der zwar auch den Stempel der Hauptstadt trug, doch die Schrift auf dem Umschlag war ihm bekannt, er hatte sie viele Jahre nicht mehr gesehen, aber er erkannte sie, sie ähnelte der Schrift auf der Grußkarte, die er noch immer zusammen mit den beiden nicht benutzten Eintrittskarten für den *Tarzan* aufbewahrte.

Liebster Martin, ich habe schon lange nichts mehr von Dir gehört, Du hast angeblich geheiratet, das hättest Du uns schreiben sollen, meine Frau ist nach wie vor krank, sie hat sich von dem Schicksalsschlag nicht wieder erholt!

Jener Tag: Die Uhren tickten um die Wette, aus dem Nebenzimmer drang verzweifeltes Schluchzen, sie tranken Kognak, all die Jahre über hatte er ihnen bloß einige Male einen Neujahrsgruß geschickt, es widerstrebte ihm, sich bei ihren Eltern in Erinnerung zu bringen, gehörte er doch zu ihr, und ohne sie konnte er bei ihren Eltern nur alte Wunden aufreißen.

Auch haben mich die vom Aktionskomitee aus der Schule geschmissen, es war ihnen etwas peinlich, wahrscheinlich ihretwegen. Aber die Kinder können nichts dafür, wer ihre Eltern sind, und vor allem hat einer meine Stelle gebraucht, er hat drei Kinder und ich nicht einmal mehr eines. Also war ich für sie kein schwieriger Fall. Wenig Enthusiasmus und so ein bourgeoiser Humanismus. Ich stehe jetzt schon über drei Jahre an einer Hobelbank, aber manchmal bekomme ich Sehnsucht nach unserer alten Arbeit. Auch wenn ich wahrscheinlich nicht mehr viel leisten könnte. Kannst du dich noch erinnern, wie wir im dreiundvierziger Jahr die Straße gebaut haben, damals haben wir zusammengehalten, wir kannten Freund und Feind, heute werden aus Freunden Feinde, und man weiß nicht, wem man noch trauen kann. Und bei euch? Dort herrscht wohl kein Mangel an Arbeit, nicht wahr? Aber denk jetzt nicht, es geht mir um eine Protektion, dafür bin ich schon zu alt.

Er war in der Tat alt, schon damals war sein Haar ganz weiß gewesen und das Gesicht voller Falten. Er war frühzeitig gealtert – immer machte er sich eine Menge unnötiger Sorgen und litt auch unter Dingen, die ihm gleichgültig sein konnten. Wem er wohl im Weg gestanden hatte?

Der Ingenieur gab den Brief seiner Frau. »Ich verstehe gar nichts mehr! Er wird doch nicht der Sache schaden, deretwegen seine Tochter ihr Leben gelassen hat.«

»Vermutlich nicht«, räumte sie ein, »hast du ihn gut gekannt?«

»Ich sollte etwas für ihn tun.«

»Was kannst du schon tun?«

»Ihm eine Stelle verschaffen. Er hängt an unserem Beruf.« Er sah, dass seine Frau nicht einverstanden war, sie misstraute den Menschen und vermutete in allen einen schlechten Kern, das war das Einzige, woran sie fest glaubte.

»Du solltest dich genauer erkundigen, du bist so impulsiv … sie mussten doch einen Grund haben…«

»Klar«, räumte er ein, »er war kein Kommunist. Und sicher hat er kein Blatt vor den Mund genommen. Er wird ihnen gesagt haben, dass er weder den Fanatismus noch die Diktatur noch den Klassenkampf gutheißt. Ich höre ihn geradezu reden.«

»Na also.«

»Er hat diese Grundsätze schon immer vertreten«, sagte er gereizt, »er ist zu alt, um sie zu ändern.«

Sie antwortete nicht; er wusste, dass sie anderer Meinung war. Aber das ist nicht entscheidend, sagte er sich. Er ist ein ehrenhafter Mann, ehrenhafter als viele, die ihre lupenreinen Ansichten so lauthals hinausschreien, dass sie fast daran ersticken.

Ein paar Gänge zu Ämtern, er erwirkte es schneller, als er erwartet hatte, hier brauchte man Leute mehr als alles andere und war von jeher gewohnt, die zu nehmen, die der Rest des Landes nicht haben wollte. Der Ingenieur konnte ihm also antworten, dass es keiner Protektion bedurft hatte, und dann wartete er eines Tages auf dem kleinen, heruntergekommenen Bahnhof auf seine Ankunft.

»Siehst du, jetzt sind wir wieder Kollegen«, begrüßte ihn der alte Mann etwas bitter. Er war stark gealtert, sein Gesicht war noch magerer als früher, und auch die Augenbrauen waren weiß geworden.

Evžena bereitete ein Festessen zu, es kam alles auf den Tisch, was diese ärmliche Gegend am vergessenen Ende der Republik sechs Jahre nach dem Krieg bieten konnte: hausgemachtes Brot und hausgemachter Schinken, Schafskäse, eingelegte Pilze aus den Buchenwäldern und Forellen aus den hurtig fließenden Flüssen und Bächen. Dann aßen sie, und gemeinsame Bekannte und die Straßen der Hauptstadt zogen an ihnen vorüber, die Kriegszeit, umgesetzte und bloß geplante Projekte, eine alte österreichische Uhr von einem Hofuhrmacher, Krankenhäuser in den Bergen, Aktionskomitees, seine Studie, der tote Präsident, niedliche Holzkirchen, die Malaria, sie gerieten sich nicht in die Haare, doch sie hatten noch nicht über Politik gesprochen und auch nicht darüber, wie es kam, dass sie ausgerechnet hier zusammentrafen.

Schließlich fragte der Ingenieur den alten Mann: »Und warum wollte man Sie weghaben?«

»Das habe ich dir doch schon geschrieben!« Dann wandte er sich an die Frau seines Gastgebers, als ob er bei ihr eher Verständnis finden könnte: »Zunächst legten sie mir ein Beitrittsformular hin, und als ich das nicht unterschrieb, schlossen sie, ich sei ein alter Reaktionär!«

»Und warum haben Sie nicht unterschrieben?«

»Bin ich denn Kommunist?«, wunderte er sich.

»Aber jeder ehrliche Mensch kann das doch unterschreiben…«

»Glaubt ihr?« Er lachte nachsichtig. »Ihr kennt doch die Statuten eurer Partei! Ehrlichkeit ist kein Programm. Das Programm besagt etwas anderes. Und ich bin nun einmal kein Revolutionär und will auch keiner sein!«

Sie lief rot an, senkte die Augen, sie dachte, der alte Mann verspottete ihre Gesinnung, und brachte plötzlich kein Wort mehr heraus. Ihr Mann sagte rasch: »Deswegen brauchte man Sie doch nicht zu kündigen.«

»Martin, es hat eine Revolution gegeben. Die einen haben den andern die Macht weggenommen und trachten nun danach, die zu beseitigen, denen die Revolution gegen den Strich ging.«

»Das ist doch recht so«, mischte sie sich ein, »nichts für ungut … aber das muss so sein.«

Der alte Mann lachte. »Ich weiß nicht. Jedenfalls ist es so. Und deshalb glaubt ihr, dass es so sein muss, und schließt daraus, dass es auch richtig sei! Nur könnt ihr keineswegs alle beseitigen, die eine andere Gesinnung haben.

Ihr könnt höchstens diejenigen beseitigen, die ihren Widerspruch lautstark äußern… Das sind aber nicht so viele. Bei uns habe nur ich nicht unterschrieben, einer von zwanzig. Die Übrigen stimmen ein Loblied an auf alles, was ihr wollt. Es ist ihnen nämlich egal, was sie schreien, sie wollen nur gehört werden. Solche kennt ihr doch bestimmt auch?«

Und als sie schwiegen, fügte er hinzu: »Sie werden euch bald gefährlicher werden, als ich es bin. Sie mischen sich unter euch, und ihr könnt sie und die Eurigen nicht mehr auseinander halten.«

»Nur keine Sorge«, sagte sie schroff, »die erkennen wir schon!«

»Wie ihr meint«, lachte der alte Mann. »Vielleicht haben sie also recht daran getan, sich meiner zu entledigen. Ich würde kein Loblied anstimmen, sondern arbeiten. Manche anderen dagegen schreien nur, und zum Handeln bleibt ihnen weder Zeit noch Lust. Ihr richtet euer Augenmerk auf den Charakter. Das ist gut so. Nur dass das Wort ›Charakter‹ in eurer Parteiterminologie keine Rolle spielt!«

»Das ist infam!«, empörte sie sich, »ich …, ich…« Sie hielt es nicht mehr aus und flüchtete in die Küche.

Die beiden Männer schwiegen lange, vielleicht beschämte sie das Vorgefallene, schließlich sagte der Jüngere: »Sie sollten nicht so voreingenommen sein…«

»Ich bin doch nicht voreingenommen«, verwahrte sich der alte Mann, »du weißt es, Martin. Ich habe den Fanatismus schon immer gefürchtet. Jenen Zustand, in dem der Mensch nicht mehr denkt, sondern nur noch etwas nachmacht, weil das Nachmachen der sicherste Weg zum Aufstieg ist und der Mensch deswegen sogar Dinge macht, die ihm sonst nie einfallen würden.«

»Aber darum geht es doch heutzutage gar nicht.« Ein jähe Abneigung gegenüber dem alten Mann erfasste ihn, der den Tod seiner Tochter vergessen zu haben schien, der sich nicht um ihre Ziele und die Ziele Tausender anderer kümmerte und stattdessen nur seine alten Vorurteile wiederholte. Doch er wollte nicht streiten. »Aber wir beide werden hier zusammen ein Stück Arbeit leisten, meinen Sie nicht auch?«

Der alte Mann beugte sich vor: »Warum denn *aber*, Martin? Bin ich auch in deinen Augen ein Menschenfresser?«

Er hatte Lust, mit der Faust auf den Tisch zu hauen, doch er stand bloß auf und sagte müde: »So kommen wir nicht zusammen.«

Draußen wirbelten die Schneeflocken, Stille, in der Küche klapperten Teller. »Du hast Recht«, fuhr der alte Mann fort, »ich nehme dich beim Wort.

Wir sind alle überreizt, es ging hart an die Grenzen unserer Kräfte, was wir durchzustehen hatten.«

Sie quartierten den alten Mann im Schlafzimmer ein, Petr zeigte ihm noch die sorgfältig verputzten Mauselöcher, dann ging er zu seiner Frau in die Küche und sah, dass sie vor Wut fast platzte. »Ich mag ihn nicht! Warum hast du ihn eingeladen? Er sieht nur Fehler, solche leisten nichts Positives.« Vermutlich war das ihrem Lehrberuf zu verdanken: Sie zauderte nicht lang und war sogleich mit einer Beurteilung zur Stelle. Streng und verantwortungsbewusst. Dein Schüler möchte ich nicht sein, dachte er, ich müsste vor dir zittern: »Das ist voreilig geurteilt. Wenn jemand anderer Meinung ist als du, muss er deswegen noch nicht schlecht sein.«

»Das weiß ich…«, sagte sie gekränkt, »aber er verschließt die Augen vor dem Positiven. Vor dem, was schon erreicht worden ist.«

Sie stützte sich auf den Ellbogen, in der anderen Hand hielt sie den Korkenzieher, er konnte genauso gut ein Zeigestab oder auch ein Kreuz sein: Schwört, dass ihr die Wahrheit sagt und nichts als die Wahrheit. Neuerdings leistete man Schwüre allerdings ohne das Kreuz. Ihr Gesicht war rot vor Zorn, sie war noch immer sehr schön – von einer strengen und gewinnenden Schönheit, Schönheit in den Augen, den Bewegungen, im aufbrausenden Temperament, sie trug ein schwarzes Kleid, ein Talar hätte ihr sicher gut gestanden, sie wäre eine schöne Richterin. Er dachte, wie schrecklich es für einen Angeklagten sein musste, vor einer solchen Richterin zu stehen. Es reizte ihn, ihr zu widersprechen, ihre Sicherheit zu hinterfragen. »Er sagt doch nichts, was nicht stimmt! Eher schon bist du einäugig und erträgst es nicht, wenn jemand mit beiden Augen hinschaut.«

Dann lagen sie nebeneinander, es war tiefe Nacht, auf der Straße klapperten die Hufe von späten Pferdefuhrwerken, ihr Atem ging rasch.

»Bist du mir böse?«

»Nein«, flüsterte sie, »tut mir leid, was vorhin passiert ist!« Sie begriff nicht, wie sie sich streiten konnten. Sie glaubten doch beide an dieselbe Sache. Wie konnte ihr Mann plötzlich so blind für die Wahrheit sein. Er verdrängt sie wegen des alten Mannes, dachte sie. Und der anderen wegen. Er hat sie ja geliebt. Und sie wurde umgebracht. Vielleicht hätte ich darauf mehr Rücksicht nehmen und nicht so hässlich von ihrem Vater reden sollen. Auch wenn es wahr ist…

»Es tut mir leid«, flüsterte sie noch einmal und wurde wirklich ein wenig traurig, dann fragte sie: »Denkst du oft an sie?«

»An wen?« Er wollte Zeit gewinnen. »Ach so! Überhaupt nicht mehr!«

»Und war sie ihm sehr ähnlich?«

»Ja, aber das ist doch nicht wichtig.«

»Du hast mir kaum etwas von ihr erzählt, fast gar nichts.« Sie glaubte fest, dass sie Respekt und Bewunderung für die Ermordete empfinden müsse, sie malte sich das Lebensgefühl des Mädchens aus, das noch das ganze Leben vor sich gehabt hatte und auf das er gewartet hatte. Da beschlich sie Angst und eine tiefe, lähmende Traurigkeit. Aber zugleich wurde ihr bewusst, dass sie auf jene Tote auch neidisch war, weil diese ihre Gesinnung unter Beweis stellen konnte und dafür ihr Leben gelassen hatte. »Du solltest mir mehr von ihr erzählen.«

»Ich habe dir alles gesagt, was wichtig war; man idealisiert die Toten. Sie erscheinen uns anders, als wenn sie noch lebten.«

Sie schwieg. »Idealisierst du sie sehr?«, fragte sie dann.

»Ich weiß nicht. Der Gedanke ist mir gerade so gekommen.«

»Ich weiß«, flüsterte sie, »dass ich grob war...« Sie drückte sich an ihn. Er hörte, dass sie ein Schluchzen unterdrückte.

»Du weißt, dass ich erst glücklich bin, seit ich dich kenne«, sagte er leise. »Ich bin froh, dass ich dich habe.« Doch in seine Zufriedenheit und seine Liebe mischten sich Zweifel.

»Das wärest du auch ohne mich...«

»Nein, erst durch dich. Ich war völlig leer. Ich wusste überhaupt nicht mehr, wozu ich lebe. Aber du hast genug Glauben für zehn Menschen in dir.«

»Wirklich?«

»Wirklich«, antwortete er. »Manche Menschen sind wie kleine Fläschchen, andere wie Flaschen. Du bist wie eine Korbflasche!«

Sie lachte. »Ich wünschte, wir würden spannende Dinge zusammen erleben«, sagte sie dann, »die uns noch tiefer verbänden, ungewöhnliche Ereignisse.«

»Und welche Ereignisse könnten das sein?«

»Ich weiß nicht, mir fällt nur die Arbeit ein. Oder der Krieg. Oder eine Krankheit. Und die Revolution. Aber die ist ja schon gewesen.«

»Irgendetwas kommt bestimmt. Du wirst schon sehen!«

»Ich wünschte, wir würden zusammen für etwas kämpfen, schade, dass schon fast alles erreicht ist.«

Warum, dachte er, warum sollte es nichts mehr geben, wonach wir streben können? Doch er wollte keinen Streit vom Zaun brechen.

Er umarmte sie: »Sei froh. Der Krieg, Krankheiten, Revolutionen ... das alles entzweit die Menschen. Wer weiß, was dabei aus uns werden würde.«

»Nein«, flüsterte sie, »uns kann nichts auseinander bringen, nicht wahr?«

»Ganz gewiss nicht!« Dann ließ er sich von den eigenen Worten und ihrer Nähe einlullen und küsste sie mit dem heftigen, leidenschaftlichen Verlangen, alles auszulöschen, was den Augenblick überstieg.

Einige Tage später bestellte man sie beide aufs Kreisamt. Man wollte eine große Kampagne in den landwirtschaftlichen Genossenschaften durchführen, sämtliche Funktionäre sowie all jene, die mit der Landwirtschaft etwas zu tun hatten, sollten in die Agitationskolonnen eingebunden werden. Das bedeutete, dass sie viele Abende verlieren und viele Nächte nicht schlafen würden, weigern konnten sie sich allerdings nicht.

Einer der Kreise hatte einen Wettbewerb ausgeschrieben: Wer alle Leute am schnellsten restlos überzeugt. Das trieb die verantwortlichen Funktionäre zu noch größerem Eifer an.

Man teilte sie beide für Blatná ein, er hatte dort einst einen Deich gebaut und kannte einige Leute. Seitdem war er nicht mehr dort gewesen, jetzt kehrte er in einem vom Staub bedeckten Wagen mit einem flatternden Spruchband zurück.

Das Dorf war gewachsen, man hatte ein paar neue Häuser gebaut und das Kirchendach mit Zinkblech beschlagen.

Sie spannten ihn und die Lehrerin Anna Čolláková als Team zusammen, die Lehrerin war noch sehr jung und wirkte überfordert. Sie schwieg die meiste Zeit, sodass die ganze Last des Anpreisens ihrer unanzweifelbaren Wahrheiten allein auf seinen Schultern ruhte. Abend für Abend hielt er dieselbe Rede, die er schon an jenem Abend vor vier Jahren gehalten hatte, als er in höchster Erregung gesprochen und seine Zuhörer ihm mit Schweigen geantwortet hatten, weil er sie offensichtlich nicht überzeugen konnte. Doch wie hätten sie ihm jetzt Glauben schenken können, wo er seinen Enthusiasmus und seine Gedanken von damals bloß aufwärmte?

Nein, nein, redete er sich ein, die Leute können sich inzwischen verändert haben, sie sehen vielleicht, was schon alles erreicht ist. Doch seine Worte prallten ohne Wirkung an den Leuten ab, die Stille lastete nach wie vor zwischen ihm und ihnen, er richtete nichts aus, genau wie alle andern.

Sie teilten sich die Besuche auf, auf ihn entfielen die vier Häuser in der Ortsmitte.

Zuletzt ging er zu der vereinsamten Jurcová, sie konnte nicht viel älter als vierzig sein, aber in der schwarzen Bluse, mit dem schwarzen Kopftuch und gezeichnet von einem Schlaganfall wirkte sie wie eine Greisin. Er saß matt und erschöpft bei ihr, sie brachte ihm eine Schale Ziegenmilch, und er starrte durch das Fenster auf die Ebene, die unter der Finsternis begraben lag, und redete über die Zukunft des Landes und über die Zukunft der Jurcová, obwohl er wusste, dass sie außer dem Tod nichts mehr zu erwarten hatte. Er sprach von Deichen, die tausend Kilometer lang sein würden, und auch davon, dass die Jurcová ihr Liefersoll nicht erfüllt habe und ihr der diesjährige Vertrag noch viel mehr vorschrieb.

Sie räumte den Tisch ab und sagte: »Wo der Acker doch auch dem Matěj gehört. Was, wenn er zurückkäme? Ich will es mir noch einmal überlegen!«

Aber sie brauchte keine Bedenkzeit mehr, sie hatte sich schon mit dem Unvermeidlichen abgefunden, sie schob nur den entscheidenden Tag hinaus und wartete auf irgendeine Rettung, die ihr das Verhängnis ersparen würde.

Petr kannte ihre Geschichte schon: Er wusste, dass ihr Mann gleich nach der Hochzeit nach Übersee gegangen war und dass ihre Tochter in Böhmen lebte. Jetzt hatte man ihr zu ihrem Verdruss auch noch das Trinken verboten, sie schaffte es kaum, bis in die Kirche zu humpeln, und aus dem neuen Häuschen würde auch nichts mehr werden. Das war die Strafe für das, was sie in jener Nacht nach dem Durchzug der Front hatte tun wollen! Guter Gott!

Sie besaß kaum einen halben Hektar unfruchtbares Ackerland, sie ernährte sich von Lohnarbeit für andere, obwohl sie so gut wie arbeitsunfähig war. Ihre Unterschrift war im Grunde wertlos, sie war bloß eine Nummer in einer Statistik.

Er begriff, dass all seine Bemühungen genauso wenig Sinn hatten wie die zähe Weigerung der Jurcová. Überhaupt kam ihm alles, was sie taten, manchmal wie ein schlechtes Stück aus der Feder eines Schmierenkomödianten vor.

»Hast du nicht auch manchmal dieses Gefühl?«, fragte er einmal seine Frau, als sie nachts zusammen im Wagen heimfuhren.

Doch seine Frau war überzeugt, dass alles seinen Sinn habe. Du darfst dich nicht über ein Einzelschicksal aufhalten, das hieße, dass du nichts begriffen hast.

»Weißt du«, sagte er, »ich habe halt das Pech, dass ich noch denke! Wie soll ich denn andere für eine Sache gewinnen, wenn sie selbst kein Ziel mehr haben. Früher wollte die Jurcová ein neues Häuschen, jetzt braucht sie nicht einmal mehr das, sie will nur noch ein bisschen Frieden, um in Frieden zu sterben! Was wir tun, tun wir doch für die Menschen, damit sie glücklich werden. Warum gönnen wir der Jurcová das bisschen Frieden nicht, alles, was sie sich noch wünscht?«

»Aber in der Genossenschaft würde es ihr besser gehen«, warf seine Frau ein.

Sie verstand ihn nicht. Doch wer könnte ihn verstehen? Wer außer ihm war noch bereit zu glauben, dass die Menschen mehr als bloß materielle Sicherheit wollten?

Daran dachte er am nächsten Tag, als er wieder bei der Jurcová saß, die so aussichtslos darum rang, ihre Einwilligung hinauszuzögern. Die Menschen sehnen sich danach, aus dem auszubrechen, was man Notwendigkeit nennt. In den Tagen unmittelbar nach dem Krieg, als er oft mit David zusammen gesessen war, waren sie überzeugt gewesen, dass sie für jeden Einzelnen das Glück erringen könnten, das er ersehnte, und dass sie allen zu wirklicher Unabhängigkeit und Freiheit verhelfen könnten, mithin wäre er also ein Sucher und Bote jener Freiheit. Vorerst jedoch war er nur ein Bote von verordneten Notwendigkeiten, gegen die sich die Leute auflehnten. Konnte es sich denn um wirkliche Notwendigkeiten handeln, wenn sich ihnen die Menschen so sehr widersetzten? Die Leute mochten in der Tat den historischen Wandel nicht verstanden haben. Die Menschen wehren sich stets gegen Veränderungen. Der Wandel mochte zwar seine Logik gehabt haben, doch über die angeblichen Notwendigkeiten entschieden sie selbst – wo lag die Grenze, bis zu der sie dabei gehen konnten, bis zu welchen Handlungen, zu welchen Gedanken? Und wer würde ihre Entscheidungen korrigieren, wer würde gewährleisten, dass sie richtig entschieden und nicht bereits einen Schritt in die falsche Richtung taten?

Er blickte in das magere, zerfurchte Gesicht ihm gegenüber: Schmerz, Leid, harte Arbeit, einsames Trinken, vergebliches Warten: Gönnen wir ihr doch, in Frieden zu sterben.

Er war außerstande weiterzureden und hörte schweigend zu, als sie von ihren Erinnerungen erzählte: Der Zug auf dem heißen Bahnhof setzte sich langsam in Bewegung, Matěj winkte ihr einen letztes Mal mit dem Hut zu, und sie schleppte sich barfuß durch den warmen Staub der Straße – ihrem langen Warten entgegen.

Er dachte daran, wie lange die Jurcová gewartet hatte, viel länger als er, vergebliche, nie erloschene Hoffnung hatte dieses Warten genährt. Er empfand Anteilnahme, er sollte ihr wenigstens den Frieden lassen, den sie jetzt herbeisehnte.

Die meisten Agitationskolonnen in den übrigen Dörfern hatten ihre Arbeit schon beendet, nur sie beide hatten keine einzige Unterschrift gesammelt. Sie verdarben den Durchschnitt des Kreises und waren mit dem Stigma der

Unfähigkeit behaftet. Deshalb wurde ihre Kolonne mit einigen erfahrenen Agitatoren aufgestockt, auch der Leiter wurde ausgewechselt.

Der neue Leiter hieß Michal Šeman, er war ein rothaariger, untersetzter Kerl mit wulstigen Lippen und einem von Pusteln entstellten Gesicht, er rief sie zu sich und eröffnete ihnen: »Ich kenne die Leute hier! Sie sind dickschädelig wie die Ochsen!« Er redete schnell und abgehackt, wie wenn man Befehle erteilt. »Was für Rücksichten denn!«, schrie er. »Ist denn nicht alles, was wir tun, zu ihrem Besten? Aber es sind subversive Elemente unter ihnen! Ich werde Maßnahmen anordnen. Wenn sie nicht binnen vierzehn Tagen klein beigeben, gehe ich in Pension!« Er lachte hüstelnd, dann erklärte er der Kolonne seine Vorgehensweise.

Sie würden nicht zu den Leuten in die Häuser gehen, sonst kämen sich die Leute nur unnötig wichtig vor. Auch bräuchte man dafür zu viele Agitatoren. Er würde sie an mehreren Stellen im Dorf postieren, und die Leute müssten zu ihnen kommen. Jeder hätte sich ein Flugblatt durchzulesen (Schluss mit den unnützen Reden!), und der Agitator könnte die einzelnen Punkte abhaken. Wenn das so einen Unbelehrbaren nicht überzeugt, muss er in einer Stunde nochmals aufkreuzen. Und wenn es sein muss, immer wieder, bis zum Morgen. Am darauffolgenden Tag hätten sie dann frei, und eine zweite Agitatorengruppe würde antreten.

»Und was machen wir mit denen, die nicht kommen?«

Šeman begann zu lachen. »Also, das ist bei mir noch nicht vorgekommen! Die Anständigen unterschreiben und die Unbelehrbaren laufen die ganze Nacht zwischen Kirche und Friedhof hin und her. Wenn ihnen ihre Verstocktheit dann noch immer nicht vergangen ist, laufen sie, bis sie verrückt sind, aber woanders als hier im Dorf!«

Der Ingenieur wurde beim Friedhof postiert, zusammen mit dem Vorsitzenden Smoljak. Sie schlugen zwischen dem letzten Haus und den ersten Grabkreuzen einen Holzpflock ein und hängten eine Petroleumlampe auf. Auf einem Tischchen hatten sie eine Namensliste liegen, daneben in Klammern die Uhrzeiten, zu denen sich jeder spätestens einzufinden hätte.

Zunächst standen sie allein dort, der kalte Nachtwind raschelte in den Papieren, sie froren. Er stand auf, die Wege zwischen den Gräbern waren schlammig, armselige Holzkreuze, darüber ragte eine schlanke Tanne hoch auf, viele von diesen Namen waren ihm bekannt: Bajko Karel, Bajko Leopold, Bajková Anna – sie war jung gestorben, mit neunzehn Jahren, Molnárová Mária, ein vertrockneter Kranz, der Friedhof lag frei in der Ebene, immer weitergehen und überhaupt nicht mehr zurückkehren.

Nicht auf diese Leute warten. Keine zwecklosen Worte sprechen. Das reden, was ich will. Nicht denken. Eine Zeit lang wenigstens ganz abschalten.

Was ist denn mit mir los, erschrak er. Ich bin doch nie weggelaufen. Weder vor Menschen noch vor Pflichten. Nie zuvor ist mir so etwas auch nur in den Sinn gekommen. Wahrscheinlich bin ich nur müde. Nach diesen sechs Jahren hier. Oder ich werde alt! Doch es war etwas anderes, was ihn quälte, und er wusste es nur zu gut. Lange schon, seit damals, als sie David verurteilt hatten, merkte er, dass die feste Gewissheit, zu der er in den Tagen nach dem Krieg gelangt war, zu einer wachsenden Zahl von offenen Fragen zerbröselte. Er wich diesen Fragen aus, obwohl er wusste, dass das schlecht war, denn die einzige denkbare Zuflucht wäre die alte, einlullende Gleichgültigkeit gewesen, und in diese wollte er nicht mehr zurückfallen.

»Die haben schon alles hinter sich«, sagte Smoljak, »die brauchen nichts mehr zu unterschreiben.«

Petr drehte sich überrascht um.

»Denken Sie jetzt nicht, dass ich Mitleid mit den Lebenden hätte«, sagte Smoljak. »Sollen sie nur unterschreiben! Mit dem da«, er zeigte auf die kleinen Felder hinter dem Friedhof, »würden wir zu nichts kommen!« Er wollte noch etwas hinzufügen, besann sich jedoch. Sie kannten sich kaum, und seit jener Versammlung, auf der sie sich einander nahe gefühlt hatten und vertrauten, waren schon einige Jahre vergangen.

Um neun Uhr kamen die ersten Bewohner des Dorfes. Sie hätten sie eigentlich darauf hinweisen sollen, das Flugblatt zu lesen, aber keiner der Agitatoren tat es, obwohl sie sich nicht untereinander abgesprochen hatten. Sie gingen ja noch zu dem Stand bei der Kirche und dann zu dem beim Nationalausschuss und kamen dann nochmals zurück.

Das war alles ganz und gar unsinnig, es war nichts weiter als demütigend, es war ungeheuer unsinnig, und genau darin steckte der wahre Sinn dieses Unterfangens: den Leuten zu demonstrieren, dass sie machtlos waren und sich zu fügen hatten.

Die Dorfbewohner kamen müde von ihrer Arbeit, unrasiert, finster und in feindseligem Schweigen. Petr suchte ihre Namen heraus und zeigte ihnen, wo sie ihre Unterschrift hinsetzen sollten, und sie unterschrieben mit klobigen Fingern. Er blickte sie dabei nicht an, denn er schämte sich.

Dann gewahrte er die Jurcová, sie humpelte mühsam heran, als er sah, wie verkrüppelt sie war, überkam ihn Mitleid mit der einsamen Frau, warum sollte er sie den Rest der Nacht quälen und warum sollte er ihr den Rest des Lebens vergällen?

»Ah, der Herr Ingenieur!«, rief sie aus, als ob es ein glücklicher Zufall wäre, dass sie ihn traf.

Sie beugte sich über das Blatt Papier und unterschrieb den Unsinn unbeholfen.

»Sie brauchen nicht mehr zu kommen«, sagte er zu ihr.

Sie zog einen zerknüllten Zettel aus der Tasche, versuchte ihn zu entziffern. »Warum? Um zwölf Uhr und dann nochmals um halb zwei!«

»Nein, sie brauchen nicht mehr zu kommen!«

Sie blickte erneut auf den Zettel, dann fragte sie: »Und zur Kirche dort und in die Schule muss ich auch nicht mehr gehen?«

Hinter ihr warteten schon mehrere andere, sie hörten schweigend zu.

Er hätte allerdings nicht erklären können, wieso ausgerechnet sie nicht mehr zu kommen brauchte. Wo die andern doch wahrscheinlich ein ähnliches Schicksal hatten. Einigen war es vielleicht etwas besser, anderen wiederum schlechter ergangen, er konnte nichts für sie tun. Er selbst war auch machtlos. Sogar in Bezug auf das, was er selber tat.

»Lassen Sie nur. Sonst bekommen Sie noch Scherereien!« Sie wendete sich zu den hinter ihr Stehenden um: »Wir sind geboren worden, um zu leiden. So steht es in der Heiligen Schrift!«

Er hätte sie belehren sollen, dass gerade jetzt eine Zeit angebrochen sei, in der sie nicht mehr leiden müssten, und dass dies hier den Zweck habe, dass auch ihre Kinder nicht mehr leiden müssten. Stattdessen sagte er bloß: »Sie übertreiben, Frau Jurcová.«

Sie ging weg und kehrte vor Mitternacht zurück und dann noch einmal, in der tiefsten Nacht, alle bis auf einen fanden sich ein, niemand widersetzte sich. Müde und schweigsam, wie damals an jenem Abend im Februar, als er zu ihnen gesprochen hatte, damals hatten sie auch geschwiegen. Und er hatte sich gewünscht, die Wand ihres Schweigens zu durchbrechen, ihnen die Augen zu öffnen, doch offenkundig hatte er sie nicht überzeugt. Und jetzt?

Er wollte sich nicht einfach nur nützlich machen. Er wollte dem Krieg etwas Besseres entgegensetzen, eine Welt schaffen, in der die Menschen niemals wieder hilflos irgendwelchen Mächten ausgeliefert wären, die sie in sinnloses Leiden und Unglück oder sogar in den Tod stürzten.

Er sah die fahlen Gesichter, Dutzende Leute, die herzueilten, um eine weitere Unterschrift unter die übrigen sinnlosen Unterschriften zu setzen. In einigen Tagen würden sie die einzige wichtige Unterschrift leisten, dann würden sie alles vergessen, würden trinken und die Geburt der Genossenschaft feiern, die Zeitung würde über sie schreiben und vielleicht würde die Genossenschaft erfolgreich sein und ihnen ein besseres Auskommen bieten als die mickrigen Flecken Ackerland, auf denen sie sich sommers von früh bis spät abrackerten. Doch darum ging es jetzt nicht. Er musste daran denken, dass sie in den Seelen der Dorfbewohner Hass säten, Verachtung und Misstrauen gegenüber ihnen selbst und dem, was sie vertraten, gegenüber der Sache, an die sie glaubten. Gleichzeitig aber – und das war noch schlimmer –, erzogen sie sie zum Schweigen, einem Schweigen, das ihren Widerspruch verdeckte.

Er stand auf, die Petroleumlampe auf dem Pflock wankte leicht, und die Kreuze warfen im Mondlicht bläuliche Schatten.

»Denkt nicht, dass ich Mitleid mit ihnen hätte«, begann Smoljak wieder, als ob er das am Vorabend abgebrochene Gespräch fortsetzen wollte. »Sollen sie nur unterschreiben. Doch wir sollten das hier nicht mitmachen. Das hat sich der Šeman, dieser Lump, ausgedacht. Ich werde eine Beschwerde über ihn einbringen! Das Schlimmste ist, dass sie kommen und das Maul halten.« Er stand dicht neben dem Ingenieur. »Ich habe immer gesagt: Wir alle haben die Revolution gemacht. Aber Sie wissen, dass das nicht wirklich stimmt. Sie waren dabei. Diese Stille damals! Und jetzt halten sie wieder das Maul… Es müsste etwas geschehen, damit sie wieder den Mund aufmachen. Ich kann diese Stille nicht ertragen«, setzte er seufzend hinzu. »Ein Mensch, der schweigt, ist wie ein Ochs…«

Um halb drei Uhr nachts klappten sie das Tischchen zusammen und löschten die Petroleumlampe, sie hatten es damit nicht einmal mehr eilig.

Dann saß er auf der Ladefläche des Lastwagens, die anderen tauchten in der Dunkelheit auf, auch seine Frau, jemand zog eine Flasche heraus und ließ sie kreisen.

Seine Frau schlief an seiner Schulter ein.

»Morgen habt ihr alle frei, klar?«, rief Šeman aus. »Das habe ich arrangiert.«

Dann begann er, einen Witz zu erzählen. Das Auto fuhr an, im Osten stand der Mond am Himmel.

Am folgenden Tag gingen sie trotzdem zur Arbeit, wer hätte sonst getan, was anstand? Am Abend kam seine Frau ganz aufgeregt heim. »Weißt du, wer sie aufgehetzt hat?«

Sie zog sich aus. Vor nicht langer Zeit noch hatten sie sich in solchen Situationen Zärtlichkeiten gesagt oder geschwiegen und sich dann umarmt, doch nun war sie außerstande, ihre Gedanken auf etwas anderes zu lenken als die Szenen, die sie täglich sahen, und die Worte, die in aller Munde waren. Sie hatte das Individuelle wohl schon eingebüßt: ihre eigenen Worte, ihren eigenen Blick.

»Der Vorsitzende der Parteiorganisation.«
»Smoljak?«
»Heißt der so?«
»Das kann nicht sein!«
»Warte, bis ich dir sage, was ich weiß!«
Dann legte sie los: Er habe sich beim Kreisamt beschwert, dass das Gesetz missachtet worden sei. Das hieße, dass er sich für diese Unbelehrbaren eingesetzt habe.
Sie war sich vollkommen sicher, dass sie richtig und gerecht gehandelt hätten, dass jeder, der anderer Ansicht war als sie, im Grunde ihr Feind sei und der Sache schade.
Der schwarze Talar, fiel ihm ein, vielleicht sitzt sie auch einmal über mich zu Gericht, wenn ich mich mit ihr anlege.
»Er war ein alter und guter Genosse, wie kommt es, dass so viele alte und gute Genossen sich abwenden und unserer Sache untreu werden?«
»Beunruhigt dich das?«
Sie bejahte.
»Und wenn es anders gewesen wäre?«, fragte er. »Wenn er erkannt hätte, dass wir auf dem falschen Weg sind und das verhindern wollte?« Er musste immerfort daran denken, dass die Verhältnisse wahrscheinlich nur noch absurder würden, wenn sie so weitermachten, vielleicht würden sie gegeneinander hetzen und sich misstrauen, wie das bei früheren Revolutionen vorgekommen war.
Sie zögerte ein wenig, dann sagte sie: »Bei einer so großen Aktion muss er sich beugen. Als Parteimitglied. Wie sollen sich sonst die anderen beugen?«
»Vielleicht will er gar nicht, dass sie sich beugen.«
»Da hast du's«, erklärte sie triumphierend, »du räumst selbst ein, dass er die andern aufhetzen wollte. Handelt so ein Kommunist?«
Er schwieg. Er war sehr müde, es schien ihm, als ob er ständig im Kreis ginge. Sich beugen, sich unterordnen… Hat uns jemals einer gefragt, was für eine Meinung wir haben? Wir sind doch nicht im Krieg und keine Armee. Und wir haben es mit Menschen zu tun, nicht mit Feinden.
Doch, wir stehen in einem Kampf, sinnierte er weiter. Aber nein, so etwas dürfen wir nicht akzeptieren – wenn wir uns verhielten, als ob wir ständig im Krieg wären, würden wir alle zugrunde gehen. Kriege sind bestialisch und Wahnsinn, der Mensch kann nicht ständig im Wahnsinn leben.
Er versuchte sich vorzustellen, was er täte, wenn er Smoljaks Position innehätte.

Aber das ist doch überhaupt nicht wichtig, besann er sich, ich habe mich jedenfalls gebeugt, obwohl es keine Entschuldigung dafür gibt noch je geben wird, wie wir mit diesen Leuten umgehen. Soll ich also gehen und dasselbe sagen: Gibt es denn bei uns kein Recht? Aber wem soll ich das sagen? Und was wird man mir antworten? Und er hörte die Stimme seiner Frau, die fragte: »Für wen trittst du denn ein? Handelt so ein Kommunist?«

Eben weil ich einer bin, handle ich so, wollte er einwenden.

Ach, du als Einziger! Und die anderen, die sind wohl alle im Irrtum!

Wer sind all die andern, die wissen, was sie denken, wo wir doch alle schweigen oder einen einzigen Willen, ein und denselben Befehl nachbeten!

Petr versuchte, sich in die unmittelbare Nachkriegszeit in sein kleines Zimmer zurückzuversetzen: Er war von Schmerz und Ungeduld erfüllt gewesen. Sie wollten die Gleichgültigkeit, die Lethargie überwinden, mit den bloßen Händen die Stacheldrähte niederreißen und die Bombentrichter zuschütten, die vom Krieg zurückgeblieben waren. Vor allem wollten sie etwas Gerechteres, etwas Vollkommeneres, etwas Sichereres finden, ein System und eine Ordnung, in denen der Mensch nicht dazu verdammt wäre, bloß zu schweigen und zuzuschauen. Und genau das hätten sie ja nun erreicht!

Morgen rede ich mit Smoljak, nahm er sich vor.

Doch er redete nicht mit ihm, er fand ihn nicht mehr im Dorf. »Sie haben ihn anderswohin versetzt«, erklärte ihm Šeman, »er war ohnedies ein reaktionäres Element, die Ereignisse wuchsen ihm über den Kopf, er bremste nur noch. Jetzt werden Sie sehen! In einer Woche haben wir sie alle rumgekriegt!«

Es verging tatsächlich keine Woche, bis der Festtag kam. Abgekämpfte Agitatoren und noch abgekämpftere Dorfbewohner, viele durchwachte Nächte, zittrige Hände und ständig zufallende Augen und selbst gebrannter Schnaps, jetzt können wir Freundschaft schließen, in Baňas' ehemaligem Wirtshaus tanzten Mädchen aus dem Dorf mit Agitatoren, endlich durften sie ihre Zuneigung offen zeigen. Er war schon ziemlich betrunken, glücklich, dass er betrunken war und dass alles vorbei war, er verließ den Saal, um Luft zu schnappen, wie die Erde duftet, fand er, nicht weit hinter dem Wirtshaus begann schon der Sumpf, die Frösche quakten – ich werde bald wieder etwas zu tun haben, würdige Arbeit, der Bescheid über das Projekt muss bald kommen. Dann nehme ich den alten Herrn mit auf die Baustelle.

Er redete jetzt oft mit ihm, sie stritten meistens, doch ohne Feindseligkeit, vielleicht standen sie sich näher, als sie wahrhaben wollten. Er wird wieder spotten, ahnte er. Also hast du dich auch dafür engagiert, uns dem lichten

Morgen einen Schritt näher zu bringen. Einen Schritt, ja, würde er die Ironie übergehen.

Aber gib acht, hörte er den Alten reden, dass ihr nicht wegen eines Doppelzentners Weizen das aus den Augen verliert, worum es euch eigentlich ging. Eure revolutionäre Wahrheit, euer neues Leben. Eure höchste Gerechtigkeit.

Wieso immer *ihr*? Das sind doch auch Ihre Ziele… Sie ist doch dafür…

Sie ist gestorben, ich weiß. Nur geben Menschen ihr Leben für höhere Ideen. Nicht für das, was ihr daraus macht.

Aber handeln wir denn verkehrt? Jedes Ideal wird befleckt, wenn Menschen es umsetzen.

Gewiss. Aber warum wascht ihr es dann nicht immer wieder rein? Warum schweigst du? Du und deine Frau. Das betrifft euch doch, ihr glaubt doch daran!

Hinterm erleuchteten Fenster huschten Gestalten vorüber, jemand urinierte an die stinkende Mauer, Valigas Kapelle spielte fröhlich auf.

Was war denn schon geschehen? Hatte ihnen jemand weh getan? Hört ihr? Jetzt singen sie sogar.

Sie singen. Warum auch nicht, dem Menschen kann es gar nicht so mies gehen, dass er zu singen aufhört.

Es wird ihnen nicht mies gehen, ganz gewiss nicht, es wird ihnen besser gehen als je zuvor.

Vielleicht. Aber das war doch nicht alles, was du wolltest. Du wolltest ihre Herzen gewinnen. Und was hast du gewonnen? Boden. Statt der Menschen ein Stück Land, statt ihres Vertrauens eine Unterschrift. Warum schweigst du, warum schweigst du die ganze Zeit? Klar, du würdest etwas sagen, aber du weißt nicht wo. Alle treten doch lautstark für das Beste ein. Also zu wem gehen, wie erkennen, wer wie denkt…

Aber nein, so ist das nicht! Ich werde jemanden finden, zu dem ich gehen kann.

Am nächsten Tag bestieg Petr den Zug, und zu Mittag trat er in das Haus, in dem er zu arbeiten begonnen hatte. Nichts war mehr an seinem früheren Platz, weder die Behörden noch die Menschen, sie schickten ihn in ein anderes Gebäude, doch schließlich sah er an einer Tür ein weißes Schild mit dem Namen *Furda*.

Furda trug kein Uniformhemd mehr, und auch die Narbe war verheilt, er war gealtert, dick und müde geworden. Er musste ein wenig nachdenken, dann erkannte er ihn jedoch, und seine Gesichtszüge belebten sich: »Grüß dich, Genosse Ingenieur, du bist noch immer hier?«

Es überraschte ihn, dass Furda sich an ihn erinnern konnte, seine warme Stimme wirkte beruhigend, also setzte er sich und berichtete, was er auf dem Herzen hatte, er berichtete von der Agitation, an der er teilgenommen hatte.

Der Tisch, an dem Furda saß, war breiter als der Tisch damals und die Bilder an den Wänden wuchtiger und imposanter, im Schrank erblickte er sogar noch die alte, bekannte Flasche, doch statt der Senfgläser standen Likörgläser daneben.

»Weißt du«, sagte Furda, »das sind üble Sachen, ich müsste lügen, wollte ich behaupten, dass wir nichts davon wüssten. Aber das ist alles sehr schwierig … das muss ich dir doch nicht erklären. Sehr schwierig! Das Volk hier ist größtenteils rückständig und ungebildet, das weißt du selbst, mit denen ist nichts zu machen, sie wissen nicht, was für sie gut ist, sie wollen es nicht begreifen, sie sind wie Schafe! Wozu also Gefühlsduselei, es tut ihnen doch keiner weh. Ich habe ein Buch darüber gelesen, wie so etwas in Amerika gemacht wird. Da kommt ein Traktor, der pflügt einfach ihre Felder um, dann wird der Hof einkassiert und fertig! Sie können betteln gehen oder stehlen oder sich aufhängen. Und wir tun was? Wir wollen, dass es den Leuten besser geht. Dass sie anders denken als bisher, dass sie sich von dem Flecken Boden, der ihnen heilig ist, lösen. Wir statten die Genossenschaften mit Maschinen und Anleihen aus. Sie werden besser leben als je zuvor… Aber das ist doch alles nichts Neues für dich.«

Er nickte. Plötzlich schien ihm alles klar und logisch. Aber hier schien alles logisch und dennoch war diese Vorgehensweise falsch.

»Vielleicht hast du Recht«, sagte er, »aber ich will bei so was nicht mehr mitmachen. Ich werde arbeiten, aber so was mach ich nicht mehr mit.«

»Wie du meinst.« Auch Furdas Blick huschte zu dem Glasschrank und fiel auf die Flasche. »Dazu kann man niemanden zwingen. Das muss aus Überzeugung geschehen. Das Schlimmste ist, dass wir nur wenige haben, die wirklich überzeugt sind.« Er stand auf und fragte: »Damals haben wir, glaube ich, über solche Themen nicht gesprochen. Warum bist du eigentlich in unsere Gegend hier gekommen?«

Das klang ruhig, beinahe wie nebenher gesagt, aber er spürte Misstrauen aus der Frage heraus.

»Das ist doch gleich, das kann jetzt wirklich keine Rolle mehr spielen!«

»Gewiss«, pflichtet ihm Furda seelenruhig bei.

Diese Ruhe brachte ihn aus der Fassung. »Jedenfalls bin ich nicht vor etwas davongelaufen«, rief er, »ich hätte zu Hause bleiben und es besser haben können. Das kann ich dir versichern. Viel besser.«

»Gewiss«, wiederholte der andere und trat auf ihn zu.

»Und in diesen sechs Jahren hier, falls dich das interessiert«, redete er hastig weiter, »habe ich einiges geleistet. Ein ordentliches Stück Arbeit! Vielleicht hörst du in ein paar Wochen davon.«

Furda gab ihm die Hand. »Ich werde mir anschauen, was sich dort tut, es war gut, dass du mich unterrichtet hast.«

Er wusste, dass es gut war, dass er richtig gehandelt hatte, aber er hatte bei Furda das Gefühl der Nähe vermisst, mit dem er damals weggegangen war. Vielleicht lag das an der Situation, dem riesigen Tisch, der zwischen ihnen stand.

Er bestieg den Zug, war wie einst zwischen den anderen Fahrgästen eingepfercht, einzelne Sätze flogen hin und her. Damals hatte er dieses eigenartige, bestärkende Gefühl gehabt, dass er nicht allein sei, dass er einem großen Kollektiv angehöre, das sich ein hohes Ziel gesteckt habe: Aber dann merkst du, dass etwas Großartiges im Gange ist. Das Volk beginnt zu erwachen!

Er hörte diese Sätze nun wieder ganz deutlich. Wie Furda sich verändert hat, dachte er. Und plötzlich wurde ihm klar, worin der Fehler, die falsche Voraussetzung bestand. Es war nur die halbe Wahrheit, dass das Volk rückständig und ungebildet sei, denn es hatte ja im Krieg bewiesen, dass es sehr wohl zwischen Gut und Böse unterscheiden konnte. Niemand hatte ein Recht, das Volk zu ignorieren und von oben auf es herabzublicken. Niemand hatte ein Recht anzunehmen, dass die einfachen Leute unfähig seien zu empfinden, dass sie keinen Sinn für Gerechtigkeit und Glück und Ehre hätten, denn manche hatten einen solchen Sinn, andere wiederum nicht, das war genau wie überall auf der Welt, und ebenso bei denen, die glaubten, sie wären die Einzigen mit einem solchen Sinn.

Er kehrte nach Hause zurück und wartete ungeduldig, was nun geschehen würde. Tatsächlich wurde Šeman einige Tage darauf als Leiter der Agitationskolonne abberufen, und er musste abends nicht mehr auf den Lastwagen steigen, er saß zu Hause, studierte Aufzeichnungen über die Hochwasser der letzten Jahrhunderte und verglich alte Landkarten, die viele weiße Flecken aufwiesen bei den Sümpfen, in die noch kein Mensch einen Fuß gesetzt hatte.

Er fertigte zahllose Zeichnungen an, manchmal nur, um etwas zu tun, um die Einsamkeit des Wartens zu vertreiben und das Gefühl, dass er feige vor seiner Pflicht davongelaufen sei. Er wartete auf den Bescheid über sein Projekt, er wartete auch bis tief in die Nacht hinein auf seine Frau, die mit der neuen Agitationskolonne unterwegs war, und dieses Warten erweckte in ihm die vage Hoffnung, dass das kürzlich empfundene Glücksgefühl und die Zufriedenheit zurückkehren würden. Die Gewissheit, gut und richtig zu handeln. Doch nur seine Frau kehrte zurück, mit trübem Blick, völlig erschöpft, die Kleider durchnässt und durchdrungen von herbem Tabakqualm, und mit ihr kehrte die Stille zurück, eine Tasse Tee und viele nichts sagende Worte.

»Wann kommt endlich der Bescheid?«, fragte sie einmal. »Wann wird dein Projekt endlich genehmigt?«

»Demnächst wahrscheinlich!«

»Und dann wird gleich gebaut?«

»Nein, woher denn! Zuerst müssen noch eine Menge Messungen durchgeführt werden. Es gibt keine ordentlichen Karten. Ich habe ein paar gefunden, aber darauf sind Stellen, die noch nie vermessen worden sind.« Er stutzte. »Warum fragst du?«

»Ich wünschte, dass schon gebaut würde… Ich würde gerne etwas bauen, etwas Großes, zusammen mit dir… Du hättest dich nicht weigern sollen, bei unserer Agitation mitzumachen«, sagte sie, »und nicht zur Bezirksleitung fahren sollen. Wegen deines Projekts hättest du das nicht tun dürfen.«

»Aber das hat doch damit nichts zu tun!« Doch dann gestand er sich ein: »Aber vielleicht doch, gerade deshalb bin ich hingefahren.«

Einige Tage darauf erhielt Petr einen ablehnenden Bescheid, seine Planungen seien nicht groß genug angelegt, sie hatten ein anderes Projekt genehmigt, nichts, nichts, nichts würde bleiben. Immerhin konnte er sich über das genehmigte Projekt lustig machen, ein größenwahnsinniger Unfug, den sich jemand über einem Haufen Landkarten ausgedacht hatte, nie würde das jemand bauen, weil es nicht zu bezahlen war.

Seine Frau war seit Mittag fort, er wollte sich wenigstens betrinken, aber auf dem Weg zum Wirtshaus ging er noch zum Fluss, das Wasser war durch die Regenfälle im Frühling gestiegen und reichte bis an die Deichsohle. Nichts also, überhaupt nichts, wiederholte er in Gedanken, er hatte gar nicht gedacht, dass er so sehr an dem Projekt hing – sich ein Denkmal setzen, aber irgendetwas muss der Mensch doch tun! Er wollte schreien, doch er schwieg, er wollte mit seinen eigenen Händen eine Barriere gegen die Willkür und den Krieg errichten, doch er wusste nicht wie. Bis jetzt hatte er noch dieses Projekt gehabt, doch jetzt hatte er nichts mehr. Er hatte schon lange nicht mehr gesungen, er brach sich einen Weidenzweig ab, der Strom toste, aber seine Stimme war kräftig genug, um ihn zu übertönen.

Janka saß in der kleinen Bahnhofsschänke. Zigeunerinnen mit Kindern, Gummigaloschen an den nackten Füßen der Buben, ein Gewirr von Sprachen, geblümte Kopftücher, weite schwarze Röcke. Sie hatte sich ein paar Scheiben Wurst und eine Flasche Mineralwasser gekauft, vor dem Schanktisch stand ein betrunkener Alter mit einer auffällig klaren Stirn auf wackeligen Beinen, er hielt ein Bier in der Hand, jemand goss ihm gerade Orangenlimonade hinein.

Der Alte sah Janka und trat auf sie zu: »Wozu brauchst du die Königin von Saba? Es hat keine Königin gegeben und auch kein Saba. Aber den Leuten ist das egal, sie wollen immer neue Königinnen.«

Sie war wieder daheim.

Immerhin hatte sie hier Bekannte, mit denen sie reden konnte. Es hatte sie überhaupt nicht heim gezogen, doch die trostlose Öde, in die sie zurückkehrte, ängstigte sie nicht mehr so schrecklich wie früher. Einst war sie geflohen, sie wollte eine Veränderung. Doch man kann nicht ständig hinter etwas Neuem herlaufen, man kann nur bei sich selber anfangen oder aber sich mit der Wirklichkeit abfinden. Janka hatte sich an ihre Lebensumstände gewöhnt, sie sah ein, dass das auch die meisten anderen taten. Das hatte sie milde gestimmt. Sie lebte von einem Tag auf den anderen, hatte ihre kleinen Freuden und banalen Sorgen und redete sich ein: Das ist das Leben! Und in der Tat, was sonst hätte das Leben sein können?

Die andern sorgten dafür, dass sie sich nicht dem Nichtstun hingab. Man wählte sie zur Sachbearbeiterin für Brigaden, das war eine niedere Funktion, die sie aber mit jeder Menge kraftraubender Arbeit eindeckte. Sie zeichnete Schaubilder, führte Telefongespräche oder nahm an Sitzungen teil, die sich immer um dasselbe drehten. Um Vorträge, Feste oder Beurteilungen und um die Arbeit, die sie ohnedies die ganze Woche um die Ohren hatte, das ermüdete sie am meisten.

Doch die Müdigkeit wirkte auch beruhigend auf sie. Janka blieb weder Zeit noch Kraft, zu streiten oder sich ein anderes Leben auszumalen, als sie und die Menschen um sie herum kannten.

Nur im Traum erschienen ihr manchmal merkwürdige, bunte Bilder: eine sonnige Wiese mit Polstersesseln, rote Füchse mit zarten Pelzen, Tänzer wiegten sie in ihren Armen und führten sie an goldene Altäre.

Wenn sie erwachte, kam ihr die bittere Realität wieder zu Bewusstsein, sie dachte an ihre Hochzeit zurück, an all die Hoffnungen und trügerischen Erwartungen, die sie gehegt hatte, im Grunde hatte sich nichts erfüllt: ihre Liebe, ihr Leben erschienen ihr manchmal wie ein einziger Betrug, wie eine Predigt in der Kirche, die viel verspricht und die Gläubigen mit Orgelmusik und dem Duft von Weihrauch betört, tritt man aber ins Freie, steht man allein im Staub der ungepflasterten Straße, und ringsum schnattern nur die Gänse.

Und da sagte sie sich wieder: »Ich gehe weg, ich lasse alles hinter mir und beginne richtig zu leben. Doch sie wusste nicht, wohin gehen und wie leben.

Jemand legte ihr die Hand auf die Schulter: »Janka, was tust du denn hier?«

»Herrgott, Jožka!«

Sie strich sich rasch durch die Haare, sie war schmutzig, das Kleid von der Zugfahrt zerdrückt.

»Deinen Mann hast du in Böhmen gelassen?«

»Ich bin allein hier. Ich habe ein Schreiben bekommen, dass es der Mutter nicht gut geht. Weißt du etwas Genaues?« Sie fingerte hastig in ihrer Tasche nach dem Telegramm und reichte es ihm.

Er las es gleichmütig. »Ich weiß nichts. Ich komme nur noch selten heim. Was soll ich auch hier?«

Er war beschwipst und stark gealtert. Unter seinen Augen hingen dunkle Ringe, das schwarze Haar war schütter geworden und hatte seinen Glanz verloren. »Wie schaust du mich denn an?« Er fuhr sich über das unrasierte Gesicht. »Sie haben mir das Leben vermasselt! Und du?«

»Ich bin in einem Büro untergekommen. Als Sekretärin!«

»Aha, eine Dame!«

»Wie so viele«, sagte sie leise, »da gibt's nichts zu beneiden.«

Er stellte sein Glas auf ihren Tisch: »Was ist das für ein Leben?«, fragte er. »Wozu soll man sich abrackern? Ich habe Ideale gehabt. Aber sie haben mir alles genommen. Ich habe Autos aus Wrackteilen zusammengeschraubt! Und sie? Sie machen aus Autos Wracks! Sie lassen dem Menschen nichts, wofür es sich lohnt zu leben. Na, sag schon, was lohnt sich denn heute noch?«

»Bist du mit dem Wagen da?«

»Ja«, grinste er, »aber nicht mit meinem. Trotzdem bist du mein Gast. Weil du meine verflossene Liebe bist!«

»Schrei nicht so laut!«, bat sie.

Er zog einen knittrigen Tausendkronenschein aus der Tasche und zahlte an der Kasse, sie fand ihren kleinen Spiegel und Kamm in der Tasche und zog sich die Lippen nach.

»Die Einzige«, sagte Jožka Baňas, »die mich wie einen räudigen Hund davongejagt hat, während alle anderen ganz wild auf meine Kohle waren!« Er nahm ihren Koffer und warf ihn auf einen grauen Tatra ohne seinen Firmennamen an der Fahrerkabine. »Gehört dem Staat! Ich habe früher selber drei solche Laster gehabt. Die Fahrer haben ›Chef‹ zu mir gesagt! Auch dieses rothaarige Aas, Šeman, erinnerst du dich an ihn? Stürz dich auf mich, Keiler! Aber auch ihm haben sie eins auf den Deckel gegeben.«

Sie blickte in den langen Lichtkegel, der die Häuser aus der Dunkelheit herausschälte, die sie alle kannte, und später nur noch Bäume und die weite, leere Ebene. Komisch, so viele Jahre hatte sie geglaubt, dass es sie glücklich gemacht hätte, wenn sie nur an jenem Abend mit ihm gegangen wäre.

»Die Straße ist total kaputt. Ich fahre jede Menge Reifen zu Schrott. Aber wenigstens brauche ich sie nicht mehr aus eigener Tasche zu bezahlen«, lachte er. »Was willst du hier machen? Ich verschaffe dir eine Stelle bei uns. Du kannst am Fließband arbeiten. Sie suchen Leute.«

»Ich weiß nicht, vielleicht fahre ich gleich wieder weg.«

Die Straße wurde immer schlechter, er fuhr immer langsamer, sie spürte feine Staubkörnchen, die in der Fahrerkabine herumflogen.

Er ließ das Lenkrad kurz los, dann hielt er es mit einer Hand und legte ihr die andere um die Schultern. »Ich denke manchmal an dich«, sagte er.

Sie drehte ihm das Gesicht zu, in dem Zwielicht, das seine welken Züge verwischte, wirkte er schön: ein längliches Gesicht mit einer schmalen Nase und einem großen Mund.

»Mein Leben ist vermasselt. Sie haben es mir vermasselt. Ich weiß nicht, was ich anfangen soll. Und du?«

Sie schwieg.

»Kannst du dich noch erinnern«, sagte er plötzlich, »wie wir einmal zusammen tanzen waren?«

»Ja.« Sie dachte so oft daran zurück, dass ihr jede Einzelheit im Gedächtnis haften geblieben war. »Damals war ich noch dumm«, sagte sie wie zu ihrer Entschuldigung.

»Ich wollte dich wieder besuchen … ehrlich. Aber gerade da ist mir ein großes Geschäft dazwischen gekommen. Aus dem ist dann aber sowieso nichts geworden«, seufzte er, »wenigstens dich hätte ich haben können.«

Sie kam sich vor wie ein Stück Stoff oder ein Möbelstück, wenn sie ihm so zuhörte, aber jedes seiner Worte versetzte sie auch in eine Zeit zurück, in der sie noch viel vor sich gehabt hatte.

»Wie ist das Leben mit ihm?«, fragte er.

»Wie schon…« Dann fügte sie hinzu: »Er studiert jetzt. Er hat eine Schule angefangen.«

»Das ist kein Mann für dich. Der macht dich nicht glücklich.«

Er blickte sie an, dabei steuerte er blind, blickte sie wieder an, der Wagen rumpelte quietschend über die Schlaglöcher, dann riss er das Lenkrad jäh herum, bog in einen Feldweg ein und hielt an.

»Was ist?«, hauchte sie.

Er umarmte sie, küsste sie auf den Mund und den Hals, dann unterbrach er sich, suchte tastend den Schlüssel, schaltete das Licht aus und küsste sie weiter in einem fort, so dass es ihr die Sprache verschlug.

»Sieht uns hier niemand?«

»Nein, außer uns ist niemand hier!«

Er öffnete die Tür und hob sie fast aus der Fahrerkabine heraus. Er ging noch einmal zum Auto zurück, sie stand völlig verlassen mitten in der stillen nächtlichen Weite, er warf eine schwere Militärdecke auf die Erde, und sie stand da und rührte sich nicht.

2

Auf dem Weg von der Arbeit nach Hause kam Pavel beim Konsum vorbei. Er kaufte sich ein Brot und etwas Wurst. »Wann kehrt Ihr Frauchen zurück?«, fragte der Verkäufer. Da die Antwort ausblieb, sagte er: »Es geht auch ohne Weiber, es findet sich immer eine, die einspringt, was?« Er lachte.

Pavel lachte auch. Er redete sich ein, dass es ihm gleich sei, wann Janka zurückkäme, dass ihm jetzt im Grunde alles gleich sei. Er war schon zu alt für dumme Flausen.

Er war ständig hinter etwas hergejagt, was ihm dann wieder zwischen den Fingern zerrann. Er hatte über Dinge nachgedacht, die ihn nichts angingen, er hatte versucht, aus seinem Leben etwas Sinnvolles zu machen, es nicht zu vertun – er hatte geglaubt, dass er nur dann glücklich sein könnte, wenn er seinem Leben einen Sinn verliehe. Doch im Grunde war er nur Selbsttäuschungen erlegen. Wozu war das also alles gut gewesen?

Er entdeckte, dass zwischen dem Glück und dem Unglück eine große Spanne lag. Man konnte innerhalb dieser Spanne gut leben, solange man nur den beiden Polen nicht zu nahe kam.

Das ganze letzte Jahr hatte er versucht, so zu leben: nicht nachdenken, sich auf nichts allzu sehr zu versteifen, auf nichts allzu ungeduldig warten, bei den Wirtshausdebatten zuhören, Karten spielen, sich über Kleinigkeiten freuen, auf einen Kühlschrank und ein Kleid für Janka sparen, sein Leben wurde tatsächlich ruhiger, und in den letzten Monaten, bevor Janka ihn verließ, hatten sie seltener und weniger heftig gestritten als zuvor, sie hatten sich daran gewöhnt, nebeneinander unter einem Dach zu leben. Und er hatte durch Jankas Liebe immerhin wieder Zuversicht gewonnen. Seit sie gegangen war, verblasste die Erinnerung an die Leere, die sie beide zeitweilig umfangen hatte, und nur die Zeiten, in denen sie sich nahe gewesen waren, standen vor ihm, belanglose Lichtblicke, unerwartete Begegnungen mitten in der Stadt, müde Augen, ein umgestürzter Baum, über den sie bei Nacht steigen mussten, ein spontanes Lächeln. Und er glaubte immer stärker daran, dass sie sich noch liebten.

Er kam nach Hause, unter der Tür schimmerte ein weißer Briefumschlag, er freute sich, dass er von Janka wäre, doch es war die Handschrift seines Vaters.

Sein Zuhause roch nach Verlassenheit, er machte Licht, öffnete das Fenster, holte das Abendbrot aus der Aktentasche, im Dorf gab es viele Neuigkeiten, die Genossenschaft zerfiel, die Leute teilten das Vieh wieder unter sich auf, jedem seine Kuh, und sie gruben wieder Feldraine und zertrampelten dabei das Getreide wie wütende Eber.

Alles ist durcheinander, schrieb der Vater, *die Leute sind voller Hass, dabei geschieht doch jetzt auch viel Gutes. Vergangene Woche zum Beispiel ist zum ersten Mal ein Autobus gefahren, und in Petrovice haben sie Strom bekommen, jeden Abend sehen wir jetzt Lichter, die wie Sterne glänzen, und die Stromleitungen werden schon bis zu uns verlegt, das Gute und Böse gehen wohl zwangsläufig Hand in Hand. Genau wie ein Jahr, das regenreich genug ist, damit Aussicht auf eine reiche Ernte besteht, gleichzeitig auch vom Hochwasser bedroht ist, während ein trockenes Jahr stets nur Not bringt. Und was deine Frau Janka anbelangt, ich will nicht schlecht von ihr reden, aber sie hat jetzt durch diesen jungen Baňas Jozef in der Stadt Arbeit bei den Verkehrsbetrieben gefunden, sie kümmert sich nach wie vor nicht um ihre Mutter, trägt Hosen und kommt manchmal nicht nach Hause, und die Leute reden, dass sich zwischen ihr und dem jungen Baňas etwas anzubahnen scheint, das Gerücht ist schon in aller Munde, deshalb schreibe ich dir davon, lieber Pavel. Ich würde dir lieber etwas Erfreulicheres schreiben, die Frauen sind heute nicht mehr wie früher, nicht so wie deine selige Mutter war, sie fürchten weder Gott noch die Menschen!*

Er faltete den Brief zusammen.

Draußen regnete es leicht, er betrachtete das glänzende Pflaster dieser fremden Stadt, er empfand nichts als Traurigkeit und einen gewaltigen, uferlosen Schmerz.

Dann erinnerte er sich daran, dass er einst alles anders machen wollte, sobald er erwachsen wäre. Ganz anders. Sodass die Leute glücklich wären und er selbst nie mehr so ohnmächtig und verzweifelt wie in jener Nacht im Krieg mitten im Wald. Aber was habe ich zuwege gebracht? Und was kann ich nun tun? Wie soll ich weiterleben?

Eine nicht endenwollende steinige Ebene, Rillen, die zusammenzulaufen schienen, der fremde Schatten des eigenen Körpers, er hatte das Gefühl, am Ende zu sein. Er versuchte angestrengt, sich auf etwas Konkretes zu besinnen: ein vertrautes Gesicht. Aber er sah nur ihr Gesicht vor sich.

Janka! Sie lagen nachts im trockenen Gras, sie liebte ihn doch. Sie hatte selbst gesagt: Warte morgen Abend auf mich. Und sie war neben ihm niedergekniet: *Ich frage dich vor Gott, willst du in der Ehe an meiner Seite ausharren bis zum Tod...*

Ihr Gesicht und ihre Worte huschten an ihm vorüber, behaftet mit seinem Schmerz, er versuchte verzweifelt, ihn abzuschütteln. Er dachte, dass das, was ihm der Vater geschrieben hatte, nicht wahr sein müsse, im Dorf wurde immer viel getratscht.

»Gott«, flüsterte er, »gib, dass es nicht wahr ist.«

3

Sie lag neben Jožka. Eine geräumige Stube, achtzehn knarrende Stufen führten zu ihr hinauf, sie berührte seine Hüfte mit der Hand und bemühte sich, die Angst zu verscheuchen, die sie jedes Mal beschlich, wenn sie bei ihm blieb.

Damals, als es vorüber gewesen war, als sie wieder aufstand und nur die leere Nacht um sie war und das erkaltete, große Lastauto neben ihr aufragte, befiel diese Angst sie zum ersten Mal, sie zog sich schnell an und lief weg, sie lief lange durch die Straßen, bis sie völlig entkräftet war, schleppte sich noch weitere zwei Stunden über Wiesen und schlüpfte schließlich lautlos ins Haus, wo ihre Mutter regungslos auf den Tod wartete.

Eine ganze Woche lang verließ sie das Haus nicht, sie saß am Bett ihrer Mutter und las ihr mit gedämpfter Stimme Geschichten aus einem abgegriffenen Kalender vor, dann erzählte sie ihr von Böhmen und dachte dabei an Pavel, Erinnerungen stiegen in ihr hoch, wie er ihr das Tuch gebracht hatte, und die erste Nacht dort am Wasser und die Tage, an denen er mit ihr getanzt hatte, und die Nächte, in denen sie sich geliebt hatten, Gott, was habe ich getan. Ihr Mund aber redete die ganze Zeit vom Haus, vom gemeinsamen Singen, von den Nachbarinnen, die sich jeden Monat ein neues Kleid kauften, obwohl ihre Kinder zerlumpt herumliefen, und die Jurcová lag mit steifen Händen regungslos in den Kissen, nur die tränenden Vogelaugen huschten in ihrem Gesicht hin und her.

Sie konnte kaum mehr sprechen und stieß nur einzelne Wörter hervor, mit denen sie verlangte, was sie brauchte, und ihr ganzes Leben verfluchte, ihren Mann, ihre Tochter, die Lähmung und den Tod, dessen Nähe sie spürte.

Janka musste sie füttern, waschen, ihr die Kleider wechseln und sich ihre grimmigen Verwünschungen anhören; sie wurde immer apathischer.

Und als dann eines Nachmittags Jožka zu ihr kam, stieg sie zu ihm in den Wagen und war froh, dass sie einen Abend lang das Haus verlassen und der Stille und der Einsamkeit entfliehen konnte, sie ging mit ihm ins Wirtshaus und trank Wodka und ging mit ihm ins Kino, und dann schliefen sie zusammen in Jožkas geräumiger Stube, in der kaum Möbel waren, und als sie am nächsten Morgen erwachte, verspürte sie vor allem Müdigkeit und große Unlust, nach Hause zurückzukehren. Sie wartete die ganze Woche auf ihn, und wenn er kam, freute sie sich und folgte ihm, sie gingen nicht einmal mehr zuerst ins Kino, tranken auch keinen Wodka, er besorgte ihr eine Stelle als Schaffnerin, und sie waren immer öfter zusammen in der Stadt. Manchmal aßen sie zusammen zu Abend und wechselten dabei ein paar belanglose Worte. Er redete weniger als Pavel, nur wenn er betrunken war, besserte sich seine Laune, und dann prahlte er. Aber meist war er nüchtern. Er war in der Liebe roher und heftiger als Pavel, stieß sie danach von sich und sank jäh in einen bleiernen Schlaf. Und sie befielen dann Vorwürfe und Ängste, was wohl passieren würde, wenn die Leute und Pavel das alles erführen.

Sie nahm sich vor, Jožka zu verlassen und zu Pavel zurückzukehren, doch da war die kranke Mutter. Und sie konnte sich auch nicht vorstellen, Jožka ganz zu verlassen. Sie zog sich zurück, war wie erstarrt und schrieb auch keine Briefe mehr. Manchmal, wenn die Selbstvorwürfe sie quälten, versuchte sie sich einzureden, dass sie doch nichts wirklich Schlimmes täte. Viele Menschen trennen sich, und andere wiederum leben zusammen, obwohl sie einander fremd waren. Was sollte sie tun, wo sie so allein war?

Sie las weder Bücher noch Zeitungen, aber sie redete gern über die Leute und darüber, wie sie lebten, es kümmerte sie nicht, ob ein Krieg drohte und wie schrecklich er sein würde, denn die Weiber in der Fabrik hatten ihr gesagt, wie schnell alles vorüber sein könne, kaum dass man zu leben begonnen habe, worauf wartest du also, und sie wusste, dass viele Mädchen mehrere Liebhaber hatten, auch verheiratete Frauen. Du wirst bald wissen, wie die Liebe ist, versprachen sie ihr, und was von ihr nach ein paar Jahren bleibt.

Sie hörte sich ihre Geschichten von Seitensprüngen an, vom Streit mit dem Ehemann, von ersten Rendezvous mit einem Liebhaber, von kleinen und größeren Betrügereien. Diese Geschichten nahmen sie nicht wirklich gefangen, sondern kamen ihr nur ab und an in den Sinn. Doch nach und nach beherrschten sie ihre Gedanken und Gefühle immer mehr, all das wurde wichtiger als das, worum es auf den Sitzungen ging, wo andere Themen besprochen wurden, und noch dazu in schwer verständlichen, abstrakten Sätzen.

Sie setzte sich im Bett auf, vor dem Fenster schien die Straßenlaterne, und große Regentropfen eines abziehenden Gewitters fielen vom Himmel.

Sie betrachtete ihren Geliebten, ein weißes Gesicht mit tiefen Schatten, der Schnurrbart schwarz, der halb geöffnete Mund atmete geräuschvoll. Sie wusste, dass er viele Geliebte gehabt hatte, an jenem Abend auf der Militärdecke neben dem Wagen hatte er ihr gesagt, dass er das aus Trotz getan hätte, ihretwegen, weil er nie eine andere geliebt habe als sie. Aber als sie später lange Tage am Krankenbett ihrer Mutter saß, begriff sie, dass er gelogen hatte, denn er hatte jahrelang keinen Gedanken an sie verschwendet. Er hatte nur deswegen jetzt zu ihr gefunden, weil er keine Wagen, kein Geld und keine Gelegenheiten mehr hatte, andere Geliebte zu finden.

Dann erfuhr sie, dass er außer ihr noch ein Mädchen hatte, die war bei der Post, sie wollte ihm Vorwürfe machen, aber kaum hatte sie etwas gesagt, trat er auf sie zu, versetzte ihr zwei harte Schläge auf den Mund und schrie, sie solle abhauen. Einige Tage später kehrte er zu ihr zurück, brachte ihr eine Halskette aus Glasperlen und bat sie um Verzeihung. Er war ein unglücklicher Mensch, all seine Pläne hatten sich zerschlagen, er hatte nichts mehr, wofür er lebte, nur sie.

Sie folgte ihm also, obwohl sie wusste, dass diese Liebe kein gutes Ende nehmen würde, aber gerade deswegen fürchtete sie sich und tat alles für ihn, hing an ihm mit einer ängstlichen, unterwürfigen und verzweifelten Liebe.

Sie kroch aus dem Bett. Die Straße war menschenleer, der Widerschein der spärlichen Laternen schimmerte in den breiten Pfützen, am Himmel zuckten lautlos Blitze.

Es hatte sich herumgesprochen, sie hatte es bemerkt. Im Dorf daheim erwiderten sie nicht einmal mehr ihren Gruß, die alte Bajková spuckte über den Zaun, wann immer sie sie erblickte, sie konnte weder vor noch zurück.

»Jožka«, sagte sie halblaut, »Jožka!«

Sein Atem ging regelmäßig, sie wusste, dass er nicht aufwachen würde, und wenn sie ihn wachrüttelte, bekäme er sicher einen Wutanfall.

Sie lehnte sich so weit aus dem Fenster hinaus, dass die Regentropfen auf ihre Haare fielen. In der Ferne zeichneten sich die Berggipfel in der Dunkelheit ab, darüber schwebten flockige Wolken.

Sie hörte einen einsamen Fußgänger näher kommen. Sie drehte sich in die andere Richtung, blickte zu den Bergen hinüber. Plötzlich erstarrte sie, ihr Blick war noch immer unverwandt auf die Gipfel der mächtigen Berge gerichtet, doch in ihren Ohren dröhnten die Schritte immer deutlicher. Schließlich überwand sie sich und drehte den Kopf dahin, woher die Schritte kamen. Sie konnte gerade noch das Fenster zuschlagen, atemlos wie nach einem anstrengenden Lauf. Aber die Schritte hallten noch immer im Zimmer wider, wie das Klappern von Pferdehufen in einem hohen Gewölbe, die Kräfte verließen sie, sie lief nur noch ziellos in dem großen, kahlen Raum hin und her. Schließlich riss sie den Schrank auf, warf den Mantel über, ihre Schuhe konnte sie nicht finden, nur Jožkas Schuhe.

Unten pochte jemand an die Haustür.

Sie öffnete leise ihre Tür, stieg schlotternd die achtzehn Stufen hinunter; dann lehnte sie sich innen an die hölzerne Haustür, noch immer völlig atemlos.

Der Mensch vor der Tür draußen musste gehört haben, wie sie die Treppe heruntergelaufen war, vielleicht hatte er sie auch keuchen gehört und nun wartete er darauf, dass sie ihm öffnete.

Sie drückte den Kopf gegen die Tür, ganz kurz hoffte sie, dass er gegangen wäre, doch dann spürte sie einen Hieb direkt an ihrer Stirn.

Sie trat ein wenig zurück und öffnete.

Sie standen einander lange schweigend gegenüber, er war völlig durchnässt, die Haare hingen ihm in die Stirn.

»Du?«, fragte er schließlich. Er wollte an ihr vorbei ins Haus, ohne dass er selbst wusste, warum.

»Pavel«, sagte sie, »geh nicht hinein!«

Er blieb stehen, blickte sie an und wusste nicht, was er tun sollte.

»Da siehst du, wie weit es mit uns gekommen ist!«

Er senkte den Kopf, sah ihre Schuhe und fragte: »Was hast du da an den Füßen?«

»Nichts«, sagte sie rasch, »ich konnte meine nicht finden. Das ist nicht wichtig. Sie sind irgendwo drunter gerutscht.«

Sie erwartete, dass er sie schlagen oder zumindest beschimpfen werde. Doch er drehte sich nur um und ging fort.

Sie blieb noch eine Weile in der Tür stehen, dann begann sie zu laufen. Die Schuhe klapperten komisch, sie musste mit ganz kleinen Schritten laufen, doch sie wagte es nicht, sie abzustreifen, sie hätte sie verlieren können, und dann hätte Jožka sie verprügelt.

»Pavel, Pavel«, rief sie halblaut, »Pavel, warte!«

Sie wollte mit ihm zusammen zu sein, um mit ihm zu reden. »Warte«, rief sie. Er aber ging im gleichen Tempo weiter, sie kam ihm kein Stück näher, lief noch immer mit lächerlich kleinen Schritten. Sie patschte durch Pfützen, die Schuhe füllten sich mit Wasser, und auch der Mantel und das Hemd waren bald mit Schlamm bespritzt.

»Pavel, Pavel«, rief sie, doch sie bekam keine Luft mehr und ihre Rufe waren kraftlos und leise. Dann glitt sie auf dem matschigen Gehsteig aus und fiel mit den Händen in eine Pfütze.

Sie blieb eine Weile regungslos liegen und horchte auf Pavels Schritte, die sich langsam entfernten. Erst jetzt zog sie die Schuhe aus.

Noch nie hatte sie einen so großen, so übermächtigen, so drückenden Schmerz empfunden, sie wischte sich das mit Schlamm bespritzte Gesicht ab, zog das Rotz auf wie ein Kind, das geheult hatte, dann kehrte sie langsam in das Haus zurück, in dem oben im ersten Stock Jožka Baňas in seinem kahlen Zimmer schlief.

4

Es regnete unaufhörlich, die Tropfen klatschten nachts leise in die riesigen Pfützen, der Pegel des Flusses stieg von Stunde zu Stunde, dann trat das Wasser über die Ufer und grub sich einen breiten Durchfluss zwischen den Deichen. Bei Nacht sah das Wasser noch gewaltiger aus als bei Tag. Es war still und unheimlich und schien noch breiter, als ob zwischen dem Fluss und der weiten Ebene überhaupt keine Wälle mehr wären.

»Es steigt noch immer«, sagte der alte Molnár, »aber wir können nichts machen. Geh schlafen.«

Pavel schüttelte den Kopf.

Ihre Schatten glitten nacheinander über das strömende Wasser, die Laterne vor ihnen wies einen Pfad durch den Regen.

Der Vater schritt jetzt tagein tagaus die Deiche ab. Manchmal begleitete Pavel ihn, dann wieder streifte er allein am trüben Fluss herum, und auch wenn der Vater angekleidet auf dem Bett schlief, blieb Pavel entweder draußen oder saß mit abgestütztem Kopf am Tisch. Manchmal nickte er kurz ein, doch dann weckte ihn die Angst, eine Leere, in die er hinabstürzte, und er hob den Kopf und blickte in die verregnete Nacht hinaus, und dann schleifte er Janka an den Haaren über ein vom Regen aufgeweichtes, sumpfiges Feld, bis sie ihre zu großen Schuhe verlor, er hörte, wie sie stöhnend nach Atem rang und ihn anflehte, er solle sie loslassen.

Er ließ sie los, was hatte es für einen Sinn sich zu rächen, nichts wurde dadurch wieder gut.

»Wenn sie bloß nicht brechen«, sagte der Vater, »das muss ein Druck sein.« Und er bückte sich, als ob er die ganze ungeheure Last des Hochwassers auf seinem eigenen Rücken spürte.

Sie gingen zur Brücke. Bei der Messstation drängten sich die Leute, er erblickte Janka unter ihnen, zum ersten Mal seit jener Nacht. Sie sah ihn nicht, sie verfolgte mit den andern die sich dahin wälzenden Wassermassen, aber er sah sie, und er wollte sie hassen oder zumindest verachten, aber stattdessen empfand er Sehnsucht nach ihr, er fühlte die glatte, warme Haut ihres Körpers.

»Vielleicht solltest du hinter den Tausenddreihundertfünfziger zurückgehen. Ich weiß nicht recht«, fuhr der Vater unsicher fort, »aber die Stelle dort gefällt mir nicht.«

Sie stand mit leicht gespreizten Beinen da, sie trug keinen Mantel, ihr Kleid war vom Regen durchnässt und auch ihr Haar triefte vor Nässe.

Er war nur wenige Schritte von ihr entfernt. »Mein Gott«, sagte sie, »wenn der Deich nachgibt! Mutter kann das Haus nicht verlassen.«

Warum ist das so, überlegte er fieberhaft. Warum ist mir alles entglitten? Er konnte Janka nicht aus den Augen lassen, sie schien ihm wie eine völlig fremde Frau, er konnte sich das nicht erklären, vielleicht lag es an der Art, wie sie dastand, oder am Ton ihrer Stimme, sie war eine Fremde, verkörperte eine fremde Welt, die nie die seine gewesen war, er erkannte, dass er sie jetzt zum ersten Mal so sah, wie sie wirklich war, und das entsetzte ihn.

»Wir müssen beten«, sagte die Bajková.

Er hatte immer nur sein Traumbild von ihr gesehen und geglaubt, sie wäre tatsächlich so, wie er sie sich wünschte, obwohl diese Vorstellung abwegig war.

»Gegrüßet seist du Himmelskönigin, barmherzige Mutter, sieh herab, gnadenvolle Jungfrau, welch ein Unheil...«

Er sah, dass sie die Lippen bewegte, er selber schwieg. Ja, beten, dachte er, wenn wir am Ende unserer Weisheit sind, dann beten wir: Komm, halte das Wasser zurück. Barmherzige! Gib mir die Liebe zurück! Wende das Unheil ab ... Barmherzige...

Er drehte sich um und ging langsam auf dem aufgeweichten Deich entlang, das Wasser unter seinen Füßen rauschte leise, die weiße Gischt leuchtete in der Dunkelheit.

Wir müssen beten, dachte er, weil wir an etwas glauben, das es nicht gibt, und wenn wir das eingesehen haben, bleibt uns nichts übrig als zu beten. Auch er war so, auch er hatte an einen Gott geglaubt, den es nicht gab, und an Laboreckýs zwecklose, schwärmerische Auflehnung, und an die Visionen des Lehrers, und an die Kraft einer Liebe, die er sich bloß erträumt hatte, und an ein glückliches Leben in einer fernen Stadt, und an eine Welt, in der es keine Probleme gäbe, und als er erkannt hatte, dass er irrte, war es gewesen, als ob ein schwerer Stein auf den Boden plumpst. Und um sich wieder aufzurichten, denkt man sich einen neuen Glauben aus.

Was hätte ich auch sonst tun sollen?

Er kam zu der Stelle, wo der Deich schmäler wurde, und er spürte die ungeheure Wucht des Wassers, das gegen die schwachen Wände drückte, wie lange mochten sie dem Druck noch standhalten. Er stieg hinunter vom Deich, die niedrigen Ähren streiften seine Beine, das Wasser rauschte nun oberhalb von seinem Kopf. Wenn ich niederknien und beten würde: Lieber Gott, lass es aufhören zu regnen, erbarm dich wenigstens dieses eine Mal, schau, welch eine Mühsal! Ihm wurde bewusst, dass es die Widerstandskraft des Deiches, an die er und alle anderen geglaubt hatten, so nie gegeben hatte, und dass sich das Wasser über die Felder ergießen würde, falls es weiter stiege, und die Fessel, mit der sie es zähmen wollten, einfach wegreißen würde.

An dieser Stelle wird es auf mich herabstürzen, dachte er, und sah im Geist die Erdmassen vor sich, die langsam ins Rutschen gerieten, dann schoss plötzlich Wasser durch ein jäh aufreißendes Loch, ein gewaltiger Schwall riss ihn mit, das Wasser schlug mit tobender Wucht über ihm zusammen, und die Wellen verschlangen ihn. Ich werde also sterben, er vermeinte ein Gewölbe aus Wasser über seinem Kopf zu sehen, er war allein, Wasser füllte seinen Mund, er sah keinen Himmel, nur Wasser, einen uferlosen Strom, es gab nichts mehr, bis auf ein letztes Quäntchen Luft, ein Rauschen, dann herrschte eine Stille wie zwischen den ewigen Sternen.

Er stand noch immer starr an derselben Stelle, der Regen rann leise über seine Wangen, seinen Mantel hinab, ein unablässiges Triefen, er meinte schon endlos lange so dazustehen, sein ganzes Leben lang, schwach und ohnmächtig, wartend, dass der Deich nachgab, den er nicht retten konnte.

In der Ferne flackerte eine Laterne, das war bestimmt der Vater oder ein anderer Wächter. Es muss doch möglich sein, das Wasser zu bändigen, viele Deiche waren schon gebaut worden. Gute und schlechte. Aber schließlich glaubt doch jeder, dass der Deich, den er gebaut hat, der beste und widerstandsfähigste sei.

Er lief auf dem aufgeweichten Wall, ein langer, schwarzer, glänzender Streifen, er erblickte in den dunklen Pfützen sein Spiegelbild, ein dummer Junge vom Land mit weit aufgerissenen Augen, der nichts wusste und daher nichts erreichen konnte, auch wenn er große Pläne hatte und sich zu allem und jedem berufen fühlte. Doch in der wirklichen Welt konnte er nichts erreichen, und daher musste er eine Scheinwelt erfinden, in der feste Deiche aufragten, die er gebaut hatte, und in der es die vollkommene Liebe gab, die er lebte, und eine vollkommene Freundschaft, es war eine Welt voller heiterer Gedanken, die farbig und leicht vom Himmel schwebten wie Fasanenfedern, geh, sammle sie auf, und du wirst glücklich werden. Die Welt ringsum war aber anders, sie unterschied sich krass von seinen Sehnsüchten, auf dieser Welt gab es nichts Vollkommenes, Freundschaft verwandelte sich in Feindschaft, Feindschaft in eine flüchtige Liebschaft, die in ihren eigenen Trugbildern gefangen erlosch, und Gedanken, die eine Wahrheit zu offenbaren schienen, entpuppten sich als Lügen, und manche Wahrheiten bezahlte man sogar mit dem Leben. Die Menschen verhielten sich in diesem Leben genauso, wie sie waren, und die Götter starben noch schneller als die Menschen, es war eine Welt, in der es keine Erlösung gab, obwohl so viele Menschen sich nach ihr sehnten.

Er kam zurück zur Brücke, die Leute standen noch immer dort, Janka aber sah er nicht mehr unter ihnen. Er glaubte die Verse eines Gebets zu hören, er wollte nicht näher kommen und blieb in einiger Entfernung stehen, versuchte sich vorzustellen, was geschähe, wenn der Deich bräche. Aber was konnte er schon tun? Von vorne beginnen. Das neue Projekt fiel ihm ein, dieses Bauwerk würde das Wasser wahrscheinlich bezwingen. Er sollte daran mitarbeiten, schon um herauszufinden, ob es sich wieder nur um eine trügerische Hoffnung handelte.

Noch immer hörte er das Leiern der Betenden, vielleicht war es gar kein Beten, sondern sie machten sich nur Mut, um sich besser zu fühlen.

Wenn es doch bloß schon Morgen wäre, dachte er müde, das Tageslicht würde ihn zuversichtlicher stimmen. Er würde sich nach dem neuen Deichprojekt erkundigen, vielleicht durfte er mitarbeiten und vielleicht würde er sogar eine neue Liebe finden, eine wahrhaftigere. Er hatte vielleicht noch viel vor sich, aber im Augenblick fühlte er nur seine Einsamkeit, wenn nur der Morgen schon anbräche.

Er trat auf die Gruppe von Menschen bei der Brücke zu, das Gemurmel war nun dicht an seinen Ohren, aber ihm wurde nicht wohler zumute.

»Wie spät ist es?«, fragte er. Und jemand hinter ihm sagte: »Mitternacht.«

5

Die Jurcová erwachte mitten in der Nacht. Sie schlief nie die ganze Nacht durch. Ihr ausgeruhter Körper war vom Liegen wund, der Schmerz weckte sie kurz nach Mitternacht, und dann lag sie mit offenen Augen da und stöhnte laut, rief mit schwerer, stockender Stimme nach Janka, und wenn ihr die Tochter nicht antwortete, verwünschte sie sie mit einer endlosen Reihe von Flüchen.

Auch jetzt sah sie, dass das Bett ihrer Tochter leer war. »Du Hurenschlampe«, krächzte sie.

Vor zwei Monaten war sie bei ihrer Nichte auf einer Feier gewesen, sie hatte zu viel getrunken, war unter den Tisch gerutscht, die anderen hatten geglaubt, sie wäre bloß betrunken und hatten sie wie einen Sack Getreide in der Scheune aufs Stroh geworfen, erst am nächsten Morgen hatte der Hausherr sie zum Arzt gebracht.

Sie war lange steif im Bett gelegen, nicht einmal sprechen konnte sie, dabei war sie hellwach und verstand alles, gütige Nachbarinnen kümmerten sich um sie und erzählten ihr alles, was sie selber wussten.

Sie hatte sich also stumm anhören müssen, dass ihre Tochter es mit dem Wirtssohn trieb, sie konnte ihre Zustimmung oder Empörung nur mit den Augen ausdrücken. Doch allmählich erlangte sie ihre Stimme wieder und auch die Beweglichkeit ihrer Glieder und konnte ihrer Tochter sagen, was sie von ihr hielt: »Du faule Schlampe, eine Lähmung soll dich ins stinkendste aller Gräber bringen…«

Sie wälzte sich aus dem Bett und humpelte, sich an der Wand entlang tastend, zum Schrank. Hinter der Wäsche lag eine Schnapsflasche. Die Tochter hatte sie dort versteckt, weil der Arzt der Mutter das Trinken verboten hatte und sie fürchtete, dass sich die Mutter nicht daran halten würde.

Aber die Jurcová wusste schon lange, wo die Flasche versteckt war und füllte sie schon seit langem mit dem auf, was ihr die lieben Nachbarinnen brachten. Sie kramte die Flasche hervor, entkorkte sie ungeduldig und trank in gierigen Zügen. »Du faule Schlampe«, brummte sie, »von dir lass ich mir gerade was verbieten!«

Sie stieß sich von der Wand ab, hielt die Flasche in der Hand und schlurfte zum Tisch. Sie sank auf einen Stuhl, jetzt war sie zufrieden, auf dem Tisch lag eine Kante hartes Brot, sie biss ein Stück davon ab und trank wieder. Sie hatte heute enormen Appetit und Durst, sie schien auf dem Weg der Besserung zu sein. Und der Ihrige hat mir ein neues Haus versprochen, eins aus Stein!, kam ihr plötzlich in den Sinn.

Sie begriff, dass Pavel Molnár nun nicht mehr zu ihrer Tochter und daher auch nicht mehr zu ihr gehörte, diese Schlampe war ihren Mann los, und auch sie war jetzt allein.

Dabei bauten alle, fast alle neue Häuser, sie konnte sich nicht erinnern, dass jemals so viele Häuser gebaut worden wären. Nur sie wohnte in dieser alten Hütte mit den angesengten Wänden und halb eingestürzten Mauern.

Vielleicht, dachte sie, würde er mir wirklich ein Haus bauen, oder er würde mich bitten, zu ihnen nach Böhmen zu ziehen. Sie setzte die Flasche erneut an und sah zu, wie die gelbliche Flüssigkeit langsam weniger wurde, sie atmete schwer.

»Schmeckt wie Wasser«, sagte sie, »die haben mir Wasser darunter gemischt. Dabei war er ein geschickter Kerl, er wusste, wie man zu etwas kommt, und er hat sie mitgenommen. Nicht wie der Meinige.«

Sie stützte sich mit ihrem gesamten Gewicht auf die Stuhllehne und trank, bis die Flasche leer war.

Sie spürte, wie glühende Eisen in ihren Kopf schossen, sie stand keuchend auf die Stuhllehne gestützt und blickte mit halb geschlossenen Augen in die Dunkelheit. Dann senkte sich die Dunkelheit langsam zu Boden, und auf dem Tisch erglühte ein immer heller werdendes Licht.

Die Tür knarrte, angestrengt richtete sie ihre Augen auf sie und erblickte einen Kopf mit einem schwarzen Hut und eine hohe, gebräunte Stirn. Fast hätte sie ihn nicht erkannt, war es doch schon mehr als fünfundzwanzig Jahre her, seit er fortgegangen war.

»Du bist wieder da?«

Er trat ein, er trug noch immer den Anzug, den er anhatte, als er wegfuhr. Sie war am Bahnhof gestanden, und er war in den Waggon eingestiegen, es war sein einziger Anzug, dunkelblau mit roten Streifen, und dazu ein schwarzer Hut, den hatte ihm Jóžio für die Reise geschenkt.

»Du bist wieder da?«

Sie fühlte eine feurige Erregung, ganze fünfundzwanzig Jahre hatte sie auf diesen Augenblick gewartet, erst ganz zum Ende hin hatte sie zu hoffen aufgehört.

Er ging auf Zehenspitzen zum Tisch und blieb vor ihr stehen.

»Umarme mich doch«, sagte sie mit stockender Stimme, »umarme mich wenigstens jetzt!« Doch plötzlich begriff sie, was diese fünfundzwanzig Jahre für sie gewesen waren, er kann sie ihr nicht zurückgeben, seine Umarmung kann diese Zeit nicht wettmachen, sie hatte während dieser Zeit alles verloren, ihre Jugend und ihre Schönheit, ihre Liebe und ihre Hoffnung; ihr ganzes Leben hatte sie in diesen fünfundzwanzig Jahren verloren, und nichts davon konnte er ihr zurückgeben.

Aber dieser eine große Augenblick war ihr vergönnt, wenigstens der. »Matěj!«, flüsterte sie. Sie breitete ihre Arme aus und fühlte diesen unermesslichen Durst, diese geballte Sehnsucht von fünfundzwanzig Jahren ohne Liebkosung und ohne Umarmung, sie brannte ihr in den Armen, doch Matěj umarmte sie noch immer nicht.

Was habe ich da angerichtet?, flüsterte er.

Er sah sie an, und sie erblickte Tränen in seinen Augen.

Gestatte mir, er fiel vor ihr auf die Knie, deine Füße zu küssen. Sie mit meinen Tränen zu waschen.

Sie spürte, wie er ihre warm eingepackten Füße entblößte, dann benetzte der kalte Strom seiner Tränen ihre Füße.

Sie spürte jede dieser Berührungen, und eine kühle und sanfte und längst vergessene Wollust kroch von den Füßen aus in ihren Körper, und sie fühlte, dass es sich gelohnt hatte zu warten, nur für diesen einen Augenblick.

Sie wollte Matějs geneigten Kopf mit ihrer Hand berühren, doch sie fürchtete, dieses sanfte Gefühl könnte verschwinden, und so rührte sie sich nicht, sie schloss nur die Augen und wartete.

Und das Wasser strömte unablässig durch die halb offen stehende Tür und umspülte ihre toten Füße.

Am Abend des folgenden Tages war sie schon in ihren besten Kleidern aufgebahrt. Die Frauen hatten ihre schwarzen, noch immer schönen Haare zu einem Knoten gewunden, den getrockneten Brautkranz hatten sie neben ihren Kopf gelegt. Ihre Tochter saß am Bett, sie betrachtete das tote Gesicht, sie konnte keinen Gedanken fassen, Tränen flossen ihr ohne Unterlass über die Wangen, so saß sie eine Stunde, vielleicht auch zwei, irgendwo in der Ferne hörte sie Stimmen, und dann wurde es still, nur die Hunde bellten noch.

Schließlich erhob sie sich und trat ans Fenster, durch das die kühle Nachtluft hereinwehte, lehnte es an, öffnete es aber sofort wieder, sie dachte an die Seele der Mutter. Sie schluchzte laut auf, schlüpfte zur Tür hinaus und lief auf den Hof.

Das Wasser wich bereits zurück, aber der Erdboden war völlig aufgeweicht und löste sich bei jedem Schritt schnalzend von ihren Schuhen.

Sie ging nur bis zum Zaun, öffnete nicht einmal die Gartenpforte, sie wusste nicht, wohin sie hätte gehen können. Sie lehnte sich mit dem Rücken zur Straße an einen Pflock und blickte zu den dunklen Fenstern des Hauses, der Mondschein glitzerte auf den Scheiben, dahinter stand eine undurchdringliche Finsternis, und sie wusste sehr gut, was diese Finsternis verhüllte. Ihr ging durch den Kopf, dass der Tod im Grunde auch eine Art Finsternis sei, eine Finsternis ohne neuen Tagesanbruch, ohne Ende, die Finsternis der ewigen Ruhe.

Von den feuchten Wiesen wehte ein kalter Wind, sie begann am ganzen Körper zu zittern, die Sterne am Himmel schienen immer stärker zu flimmern und zu beben, und ihr wurde unheimlich zumute. Sie wollte fliehen, doch sie wusste nicht, wohin und zu wem. Sie versuchte angestrengt, auf andere Gedanken zu kommen, doch in ihrem Kopf steckte eine tiefe Finsternis, eine Finsternis ohne neuen Tagesanbruch, ohne Ende. Alles, was sie sonst beschäftigte, war ihrem Gedächtnis entschwunden, alles, worauf sie sich sonst freute, was sie einmal besitzen wollte, war nebensächlich geworden.

»Jesus Maria«, flüsterte sie, »Jesus Maria.« Sie schloss die Augen, noch immer quollen Tränen unter ihren Wimpern hervor, sie spürte sie nicht mehr. »Jesus Maria«, wiederholte sie, »Jesus Maria«, aber es waren nur leere Worte, die sie nicht trösteten.

Da schälte sich plötzlich aus dieser vollkommenen Finsternis eine längst vergangene Mondnacht heraus: Er saß neben ihr, die Hände zwischen den langen, geflickten Hosenbeinen gefaltet, sie sah ihn ganz deutlich vor sich, er sprach von grünen Delphinen und einer Insel mit Zuckerpalmen und einem Haus aus Glas, das er bauen würde.

Sie hatte das nie verstanden, hatte diesen lächerlichen Ideen keine Beachtung geschenkt, hatte sich sogar über sie empört, er dachte sie sich zum Spaß aus, anstatt sich mit ernsthaften Dingen zu beschäftigen. Sie hatte sich niemals Gedanken darüber gemacht, warum er das tat, doch erschienen ihr diese Worte jetzt tröstlich, und sie ahnte, dass er vielleicht schon damals erkannt hatte, was ihr eben erst jetzt bewusst geworden war: Dass das, was sie tagtäglich beschäftigte, worüber sie redeten und worüber sie stritten, im Grunde nichtig war. Und dass er sich deswegen eine eigene Welt geschaffen hatte, etwas Besonderes, Schöneres, für das er leben wollte.

Aber nicht einmal ihm selber war wohl klar, wie er seine Vorstellung von einem besseren Leben in die Tat umsetzen konnte. Und sie hatte ihm nicht dabei geholfen, sie hatte nicht einmal begriffen, worum es ihm ging. Ihr Leben war gescheitert, ihrer beider Liebe war durch ihre Schuld gescheitert, weil sie schlecht war, sie hatte ohne Zweck und Ziel neben ihm her gelebt, so wie Pferde oder Störche nebeneinanderher lebten. Sie war verzweifelt und empfand eine unsägliche Traurigkeit und Reue über ihr Tun, über das, was sie nicht verstanden hatte, was sie versäumt hatte, was entschwunden war, über die langen Jahre des Nichts, darüber, dass sie an seiner Seite gelebt hatte, ohne einen Gewinn aus dem zu ziehen, was er ihr bieten konnte.

Sie wollte ihr Leben ändern, wollte jeden Augenblick nutzen, um eine Mauer gegen die Dumpfheit zu errichten, in die sich das Leben sonst verwandelte. Sie nahm sich vor, all das Pavel zu sagen, sie vergaß, was geschehen war, und sah nur, was noch kommen sollte.

Tiefe Nacht umgab sie, nicht ein einziges Fenster war mehr erleuchtet. Sie blieb vor dem letzten Haus in der Straße stehen, ihre Kehle war vor Aufregung wie zugeschnürt. »Pavel!«, rief sie.

Während sie so dastand, versanken ihre Füße langsam in dem feuchten Schlamm des aufgeweichten Erdbodens, doch sie nahm außer der schweigenden Stille und ihrem Atem nichts wahr.

»Pavel!«, rief sie nochmals, »Pavel!«

Dann flammte der gelbe Schein einer Laterne im Fenster auf, sie hörte Schritte im Haus, rasch strich sie sich durchs Haar und leckte sich mit der Zunge über die ausgetrockneten Lippen.

»Du bist es, Mädchen«, sagte der alte Molnár, »komm doch rein!«

Sie folgte ihm schweigend. »Komm, mein Mädchen! Dir ist wohl schwer ums Herz so ganz allein…« Sie saß auf dem schäbigen Holzstuhl, die alte Anrichte war noch stärker abgestoßen und unten mit Schmutzspritzern bedeckt.

»Er ist weggegangen«, sagte er, »er ist fortgegangen, ohne mir zu sagen wohin.« Er saß ihr gegenüber auf dem zurückgeschlagenen Bett, doch er blickte an ihr vorbei. »Das alles hat ihn sehr verletzt. Damals das … und jetzt das Wasser. Und du … bist jetzt ganz allein!«

Sie nahm nichts auf von dem, was er sagte, sie verstand nur, dass Pavel nicht hier war, dass er fortgegangen war und sie ihn also nicht sprechen konnte.

»So viel Unglück auf einmal«, sagte der alte Molnár, »und du bist nun allein. Aber deiner Mutter, der Armen, geht es dort besser.« Er wusste, dass er ihr böse sein müsste für das, was sie seinem Sohn angetan hatte, sie verachten müsste. Er hatte jedoch ein zu weiches Herz, als dass er andere verurteilen konnte.

»Was wirst du jetzt tun?«, fragte er.

»Ich weiß nicht. Ich wollte mit Pavel reden.«

»Ja, ja. Aber er ist weiß Gott wo. Nicht einmal mir hat er etwas gesagt. Dorthin, wo ihr wart, ist er nicht zurückgekehrt. Er hat etwas von einem Deichprojekt gemurmelt, hier in der Niederung.«

Sie stand auf.

»Mach dir keine Gedanken«, sagte er, »bete für sie, die arme Seele.«

Er begleitete sie zur Tür, und sie flüsterte: »Leben Sie wohl, Vater!«

Dann ging sie wieder durch die schlammige Straße, sie betete nicht, sie hörte jetzt deutlich seine Stimme, die sie auf die Insel mit den Zuckerpalmen einlud, und sie musste über diese Stimme lachen, die einer längst entschwundenen Vergangenheit angehörte.

Ihm wird bestimmt etwas einfallen, dachte sie. Eine gute Art, wie unser Leben weitergehen könnte.

Sie kam zum Hof zurück; sie fürchtete sich ins Haus zu gehen, denn dort lag nur die aufgebahrte Tote.

Sie setzte sich an den Brunnenrand, verbarg das Gesicht in den Händen und wartete, bis der Schlaf sie fröstelnd übermannte.

Es war eine lange Stunde der Stille

Auf den Wiesen verblühte das ungemähte Gras. Das Vieh brüllte vor Hunger, und Lastwagen mit Arbeitsbrigaden und Schulkindern fuhren auf den staubigen Straßen geschäftig hin und her. Die Menschen sprangen auf fremden Feldern von den Ladeflächen und brachten Heu in fremde Scheunen ein und fütterten fremdes Vieh, hinter ihren Rücken lästerten die Bauern, an deren Stelle sie eigentlich diese Arbeiten verrichteten, sie spotteten, drohten ihnen manchmal und gingen abends, wenn die Lastwagen abgefahren waren, auf die Felder, um von Neuem die alten Feldraine zu graben.

Petr hatte seine Arbeit und brauchte sich um sonst nichts zu kümmern, aber seine Frau fuhr fast täglich auf die Felder. Ihre Schüler hatten keine Lust, sie hatten ja Ferien, alles blieb also an ein paar Lehrern hängen: Diese melkten, misteten aus, fütterten die Schweine und mähten die Wiesen. Evžena kehrte todmüde zurück, würgte ihr Abendbrot schweigend hinunter, sagte fast nichts, und wenn sie redete, dann nur über das, was sie tagsüber tat, sie war außerstande, an etwas anderes zu denken.

Vielleicht war nun das wahr geworden, was sie einst herbeigesehnt hatte. Etwas Großes hatte die Menschen erfasst und konnte auch zum Prüfstein ihrer Liebe werden. Aber sie konnte den Ereignissen der jüngsten Zeit nichts Großartiges mehr abgewinnen, vielmehr empfand sie Enttäuschung und auch Angst davor, wozu Menschen fähig waren. Die Schatten der Menschen verfolgten und verhöhnten sie.

»Haben denn die Leute vollkommen den Verstand verloren?«, beklagte sie sich müde, »sie schaden sich doch nur selbst.«

»Wir sind schuld«, sagte er, »wir haben ihre Wut geschürt, und Wut ist immer blind.«

»Du weißt wieder einmal alles besser«, fauchte sie ihn an. Jede Unstimmigkeit, jeder Zweifel reizte sie zu Ausfälligkeiten oder Tränen. Das Schlimmste war, dass nun auch sie selbst zu zweifeln begann, ob sie richtig handelten, zugleich aber vor diesen Zweifeln zurückschreckte, die ihr wie ein Treuebruch vorkamen. Sie gestand sich ihre Zweifel nicht ein, und ihm gegenüber erst recht nicht.

»Vielleicht ist es gut, dass das geschehen ist. Das Schlimmste war, wenn sie schwiegen, anstatt ihren Widerspruch zu äußern. Du hast ja selbst gesehen, dass wir sie nicht überzeugen konnten. Jetzt haben sie das getan, was sie wirklich wollen.«

Er blickte ihr in die Augen, sie waren eingesunken und hatten schwarze Schatten, krumme Fältchen zitterten nervös an den Rändern. Wie sehr sie gealtert ist, bemerkte er, wie sehr sie sich verändert hat. Er berührte ihr Gesicht, so sanft er konnte. »Mach dir darüber keine Gedanken. Fahr nicht mehr hin. Du kannst mich wieder begleiten.«

»Wohin?« Sie hob erstaunt den Kopf.

»Stell dir vor«, er bemühte sich, so hoffnungsvoll wie möglich zu klingen, »für den Bau in der Ebene werden schon detaillierte Pläne ausgearbeitet. Ich werde etwas vermessen müssen, unten im Süden. Und auch schauen, wie viele Arbeiter wir vor Ort auftreiben können. Das ist wichtig, verstehst du?«

»Sie haben dein Projekt doch abgelehnt.«

»Das spielt keine Rolle.«

Lange hatte er sich nicht damit abgefunden, dass ein anderes Projekt genehmigt worden war, es hatte ihm sogar Genugtuung bereitet, wenn manche behaupteten: Das wird sowieso nicht gebaut, wer ließe sich schon auf solch ein kostspieliges Projekt ein? Er hatte geschwiegen oder stumm genickt, ihr werdet schon sehen, hatte er im Geist gehadert, was die Natur hier aus euren Plänen macht. Doch er brachte es nicht über sich, nur untätig zuzusehen und zu warten, was glückte und was nicht, es war nicht seine Art, schließlich und endlich verfolgte das andere Projekt dieselben Ziele wie seines. Dasselbe Wasser sollte gebändigt, derselbe Boden nutzbar gemacht und denselben Leuten geholfen werden. Und manchmal war es dem Menschen eben beschieden, statt der eigenen Pläne die von anderen auszuführen.

»Arbeiter findest du immer«, sagte sie, »wenn du Geld hast für ihren Lohn.«

»Immer nicht«, entgegnete er, »ich habe hier auch schon erlebt, dass sie sich verweigerten, wenn sie an den Erfolg nicht glaubten.«

»Wie du meinst.«

»Wir können uns beide ein wenig dabei erholen.«

»Wie du meinst«, wiederholte sie, »aber ich weiß nicht, ob sie mich freistellen.«

Sie fühlte sich zerschlagen und wollte nichts als Ruhe. Weg von hier, zu den Eltern nach Hause zurück. Dort lief das Leben in ruhigen Bahnen, sie konnte am Ufer stehen und zusehen, wie Schiffe entladen wurden, keiner schrie den andern an. Sie wollte zu den alten Freunden zurück, ihre alten Interessen wieder verfolgen, die Leute hatten eine Arbeit und ein Zuhause gehabt, sie hatten sich mit ihren Alltagssorgen und der letzten Theateraufführung befasst, alle hatten sie an einem Strang gezogen, was machten sie jetzt wohl, die meisten waren sicher schon verheiratet.

»Das kann ich schon für dich arrangieren«, versprach er.

Eine Woche darauf reisten sie ab, der kleine, schäbige Jeep spuckte sie mit ihren Rucksäcken in einem Dorf mitten auf dem flachen Land aus. Das große Gut eines Grafen, ein Haus mit abbröckelnden Barockfenstern, die Herrschaft hatte wohl eine große Windhundmeute gehalten, denn bei jedem Gebäude wachte ein verwilderter Windhund. Sie bezogen in einer riesigen, schmutzigen Gesindestube mit fünf Betten Quartier, das Glas der Fenster war eingeschlagen, die Holzrahmen schwarz und verfault, Schmutz und Tabakqualm hatten sich in den Mauern eingefressen.

Am folgenden Tag ging er zum Nationalausschuss, ein junger Lehrer hatte Dienst.

»Genosse Ingenieur, mindestens zwanzig Leute von hier könnten mitarbeiten, mit so vielen können Sie sicher rechnen, aber Sie sollten ihnen etwas über das Projekt erzählen, wenn Sie schon hier sind, die Leute sind ziemlich misstrauisch, Sie führen hier Vermessungen durch, und man glaubt, dass Sie bestimmt etwas mit ihrem Boden vorhaben.«

Sie setzten für den Nachmittag des übernächsten Tages eine Versammlung an, bis dahin wollte er mit der Arbeit fertig sein, nur einfach so vor der Schule, wir rufen das Lager des Volkes zusammen, scherzte er.

Seine Frau wartete draußen mit dem Messzeug, sie arbeiteten zwei Tage lang vom frühen Morgen an, er trug die Zahlen in eine Karte ein, schimpfte lautstark über den Projektanten, der den Bauplan gezeichnet hatte und sich dabei nicht die Mühe gemacht hatte, sich den Flusslauf vor Ort anzusehen, es gelang ihm, sich ganz auf die Arbeit zu konzentrieren, und er war glücklich.

Sie aber dachte an etwas ganz anderes, an die jüngsten Vorfälle hier, an ihre Liebe, daran, dass sie vor vier Jahren schon einmal zusammen aufgebrochen waren, auf ihre Hochzeitsreise, und die Erinnerungen an jene Zeit stimmten sie wehmütig. Damals war sie glücklich gewesen, sie hatte einem Leben entgegengefiebert, das anders, ungewöhnlich und bewegt sein würde, sie hatte sich über die Wünsche der Spießbürger um sie herum lustig gemacht. Sie war voll Bewunderung und Liebe für ihn gewesen. Sie hatte sich glücklich gewähnt, weil nicht nur die Liebe sie verband, sondern weil sie auch dieselbe Gesinnung teilten. Sie glaubte, dass sie sich beides fürs ganze Leben erhalten könnten.

Offenbar hatte sie sich getäuscht, beides erlahmte und verflüchtigte sich, am schnellsten verflog der Enthusiasmus und die Romantik, alles was davon geblieben war, war die Kälte nebliger Morgen, eine schmutzige Gesindekammer ohne Fenster, qualmende Lagerfeuer und lauwarmes Essen aus der Büchse. Auch ihrer beiden Gesinnung war nicht mehr die gleiche, er hatte viele ketzerische Gedanken und konnte sie nur schlecht vor ihr verbergen.

Sie wateten durch den Sumpf, das grünliche Wasser gluckerte bei jedem Tritt unter ihren Sohlen, sie arbeiteten schweigend, und ihr Schweigen war so eisig, dass es mehr schmerzte als tatsächliche Einsamkeit, als völliges Alleinsein.

Er sah ihr Gesicht durch sein Gerät ganz nahe, wenn auch spiegelbildlich verkehrt. Zurückweisung, Trauer und Abwesenheit standen in ihm. »Was ist los mit dir?«

Sie schwieg.

»Woran denkst du?«

»Ich versuche mich auf etwas zu besinnen, was mich freuen würde«, sagte sie.

»Und hast du was gefunden?«

»Ich weiß nicht… Vielleicht wünsche ich mir, weit weg von hier zu sein.« Und sie fügte etwas lebhafter hinzu: »In einem Konzertsaal zu sitzen«, und sehr verliebt zu sein, dachte sie; er sollte jung und fröhlich sein und noch das ganze Leben vor sich haben. Bekannte Gesichter tauchten vor ihr auf, Gestalten kamen und gingen, Sätze von einst fielen, an einem Ufer und auf dem Weg von der Fakultät nach Hause, in einer rüttelnden Straßenbahn, in einem unter der Last der Körper schaukelnden Boot.

»Du bist zu verwöhnt«, herrschte er sie an, »wann gewöhnst du dich endlich daran, dass das Leben anders ist, als du es dir vorgestellt hast?«

Sie gab ihm keine Antwort, sie nahm ein Bund Trassierstangen, vor der Schule warteten offenbar schon Leute, doch sie mussten zuvor noch das Messzeug wegräumen.

»Was willst du ihnen sagen?«, fragte sie, als sie aus der Gesindekammer hinausgingen, »du weißt doch nicht einmal, wann ihr zu bauen beginnt!«

Sie traten auf die versammelten Menschen zu. Ein kreischendes Stimmengewirr flog ihnen entgegen, darüber ein hoher, betrunkener Tenor.

»Sie sind besoffen. Was kann ich ihnen schon sagen? Was ich halt weiß!«

Petr sprang auf das Steinmäuerchen vor der Schule, der riesige Kopf einer Sonnenblume wippte über den Zaun und berührte seine Schulter. Er vermeinte den scharfen Geruch von selbst gebranntem Schnaps in der Luft zu riechen, sie hatten sich wohl Mut angetrunken, der Lehrer hatte Recht, sie dachten weiß Gott was von ihm und bereiteten sich auf einen Streit vor, deshalb hatten sie getrunken.

Doch er wollte diesmal nichts von ihnen, sondern brachte ihnen eine gute Nachricht, er war gekommen, um sie vom Hochwasser zu befreien und ihnen eine Verdienstmöglichkeit anzubieten. Schade, dass er nicht von seinem eigenen Projekt sprechen konnte, das war nicht so gigantisch und daher auch leichter zu erklären – aber immerhin konnte er sie mit dem fremden Projekt in Staunen versetzen. Er schilderte ihnen, dass sie Flussläufe umleiten und sechs Meter hohe Schleusen und Pumpen errichten würden, die an einem Tag einen ganzen See mit Wasser füllen könnten.

Es dunkelte, am Horizont gegenüber stiegen Wolken hoch, noch immer schwirrten die Stimmen durcheinander, und der betrunkene Tenor plärrte ein Lied, das der Ingenieur nie zuvor gehört hatte.

Seine Frau saß auf dem Mäuerchen hinter den Versammelten. Ein Gewitter kommt, dachte sie, keiner wird auf Martin hören, sie vertrauen ihm nicht. Wie oft waren sie schon so auf Mauern und hinter Zäunen gestanden und hatten auf die Leute eingeredet, während diese misstrauisch blieben. Auch wenn das, was sie ihnen verkündeten, zu ihrem Besten und die Wahrheit gewesen sein mochte. Die beste, reinste Wahrheit. Doch die Leute stopften sich lieber die Ohren zu.

Es kam ihr irrsinnig vor, hier auf einem fremden Mäuerchen in einem fremden Dorf zu sitzen, in dem Windhundmischlinge statt gewöhnlicher Straßenköter wachten und eine Bande betrunkener Kerle sich nicht einmal die Mühe machte so zu tun, als ob sie sich für die Rede interessierten.

Der Tenor verstummte.

»Halt endlich das Maul«, rief plötzlich jemand, »wir wollen das alles gar nicht wissen!«

Ein paar Sekunden lähmende Stille. Dann gellte der Tenor: »Bist wieder da, um uns den Boden wegzunehmen, was? Leck uns doch am Arsch!«

Dann schrien Stimmen wild durcheinander, jemand brüllte: »Schlagt ihn tot, dieses Schwein«, doch das ging im Tumult unter.

Sie begriff nicht, was geschah, sah nur, dass er die Hand schützend vor sein Gesicht hob, eines der Schulfenster zerbarst, Glas klirrte, und der große gelbe Blütenkopf der Sonnenblume plumpste schwer auf die Erde.

Sie schaute zu dem abgeschlagenen Blütenkopf hin, ein Sonnenblumenfeld aus früherer Zeit tauchte vor ihr auf, ein zerstörtes Feld, das ist dein Kopf, der dort liegt, sie werden uns töten.

Sie lachte hysterisch auf, Tränen flossen ihr über die Wangen, sie werden uns töten, seid doch vernünftig, ihr habt den Verstand verloren.

Er bahnte sich den Weg zu ihr, einen blutunterlaufenen blauen Fleck im Gesicht.

»Komm schnell!«

Über dem Kirchturm flammte ein Licht auf, ein Blitz zuckte über den Himmel, eine aufgescheuchte Henne kreuzte ihren Weg, wir können doch jetzt nicht aufs Geratewohl davonlaufen, fuhr es ihr durch den Kopf, dann hörte sie Hunde bellen.

Sie hetzen die Hunde auf uns! Evžena hatte schreckliche Angst vor Hunden, und vor diesen hier ganz besonders, missgestaltete kleine Köpfe auf Spinnenbeinen, Spinnen mit Hundeschädeln, sie hörte wütendes Gebell und die weichen, hastigen Tritte von Hundepfoten, heißer Atem kroch an ihren Beinen hoch.

Sie blickte sich um, eine heraushängende Zunge, sie knickte um, es schmerzte, sie stieß einige verzweifelte Schreie aus, ich muss meine Haut retten.

»Hab keine Angst«, sagte er, »und schrei nicht!«

Sie rannten nicht, aber ihr stockte dennoch der Atem. »Jag die Hunde fort!« Sie hörte jetzt von allen Seiten Hundegebell.

Er riss eine Latte vom Zaun. »Hab keine Angst!«, wiederholte er.

Die letzten Häuser, das gelbe Wogen der Ähren unter dem sich entladenden Gewitterhimmel.

»Jag die Hunde fort!«

»Sie sind schon fort.«

»Jag die Hunde fort. Ich höre sie noch immer.«

»Sie sind schon fort!«, wiederholte er zornig.

Sie drehte sich um. Hinter ihnen wirbelte der Wind den Staub der menschenleeren Straße hoch.

»Wir müssen durch den Wald«, entschied er. »Wir können jetzt nicht zurück, sie sind zu betrunken.«

»Wohin führt dieser Weg?«

Er antwortete nicht, vielleicht hatte er ihre Frage nicht gehört. Aber es war im Grunde auch unwichtig, wohin der Weg führte.

Das Getreide wogte unter den Windstößen, ein sonderbares Säuseln und Knistern unsichtbarer Halme, und am Himmel ein Brausen und große, sich träge wälzende Wolken. Dann nur noch schimmernde Wiesen, das Giftgrün des sumpfigen Wassers, ein Mückenschwarm hing über der Erde und stürzte sich auf sie, warum sind die Leute auf uns losgegangen, was haben wir ihnen Böses getan? Immer wieder war ihr das aufgefallen, die Leute taten freundlich und respektvoll, doch sie wurde nie ganz das Gefühl los, dass sie fremd waren, dass sie in einer anderen Welt lebten. Christus geisterte durch diese Welt, und Grafen und alte Parolen, sie verdeckten das mit ihrem Lächeln und zustimmendem Nicken, aber wenn sie sich bedrängt fühlten, ließen sie die Hunde los… Welch eine Heuchelei. Konnte man mit solchen Leuten überhaupt etwas anfangen? Nur niederknüppeln konnte man die. Nur niederknüppeln.

Sie rang nach Atem, kämpfte sich mühsam gegen den Wind vorwärts.

»Schau, gleich fängt es an zu regnen!« Er deutete auf einen nebligen Streifen, der sich auf sie zu bewegte.

Sie waren im Nu durchnässt, auch im Wald war es nass, die hell schimmernden Eschen beugten sich knarrend, der Wind riss an den Baumkronen, noch immer hörte sie das wütende Bellen der Hunde.

»Ich höre die Hunde immer noch!«

»Denk nicht dran!«

Er hatte während der ganzen Zeit weder Angst noch Wut empfunden, sondern nur Entsetzen, er sah die Hand vor sich, die den Stein warf, er sah auch das Gesicht, es glich allen übrigen der ihm bekannten Gesichter. Er kannte die Kerle alle, Dutzende Male war er mit ihnen an verschiedenen Wirtshaustischen gesessen, hatte mit ihnen getrunken und Trassen vermessen, den Deich gebaut und war mit ihnen dicht gedrängt in Bussen gefahren, wenn sie ihm ihre Namen genannt hätten, könnte er sich an alle erinnern, auch an ihre Vettern, Schwager, Schwiegersöhne und Patenonkel, aber dazu war keine Zeit gewesen.

Warum hassen sie mich so sehr? Er tröstete sich damit, dass sie betrunken gewesen waren, das alles war im Grunde ein Missverständnis, jemand hatte ihnen weisgemacht, er käme, um ihnen ihren Boden wegzunehmen. Sie hatten das leichtfertig geglaubt, während sie ihm kein Wort geglaubt hatten. Am schlimmsten schien ihm, dass sie nichts von ihm hören wollten, obwohl er doch eine gute Nachricht brachte. Es war nicht seine Schuld, er hatte niemanden beleidigt oder verletzt, sie hörten ihm nur deshalb nicht zu, weil er ein Fremder war und die Stimme derer repräsentierte, für die sie sich ganz und gar taub stellten.

Im Wald wurde es finster, der Regen rauschte ohrenbetäubend, bald stand der Weg unter Wasser und war schwer zu erkennen.

»Wann sind wir da?«, sagte sie, »mir tun die Füße weh.«

»Bald. Stütz dich auf mich.«

Er erzählte ihr eine Geschichte, um sie aufzumuntern, doch sie lachte nicht, die Leute hätten sie töten können, sie wollten sie töten, das hatte sie nun davon, dass sie sich für ein besseres Leben einsetzte. Sie selbst brauchte kein besseres Leben, ihr Vater war Arzt, er verdiente in einem Jahr mehr als diese Leute in ihrem ganzen Leben, wie sie geschrien hatten, und der betrunkene Tenor, wie der plärrte, dabei hatte sie nach einem besseren Leben für alle getrachtet, wo hatten sie bloß so schnell die Steine hergenommen, sie hatten sie wahrscheinlich schon in den Taschen mitgebracht, sie hatte diesem Ziel ihre ganze Zeit und Kraft geopfert, nicht einmal auf Urlaub waren sie gefahren, das bedeutete, dass es abgesprochen gewesen war, irgendjemand hatte sie aufgehetzt, nicht einmal Kinder hatte sie, wir verhätscheln sie zu sehr, und während andere bei Dunkelheit spazieren gingen und sich im Schatten der Nacht liebten, hatte sie an Sitzungen teilgenommen, umständlichen, endlos langen Sitzungen voller Tabakqualm. Machte das überhaupt Sinn? Was war damit gewonnen?

Ihr Herz krampfte sich zusammen bei dem Gedanken an all die vergeblichen Bemühungen, die sinnlos verschwendete Zeit.

»Wann sind wir da?«

»Ich weiß nicht!«

Er war schon längst von dem vom Wasser verschluckten Weg abgekommen. Er mühte sich, die Richtung beizubehalten, doch sie mussten vielen Sümpfen und undurchdringlichem Gestrüpp ausweichen, vielleicht irrten sie mittlerweile im Kreis.

»Haben wir uns verirrt?«

»Ich weiß nicht.«

Sie war in einem bejammernswerten Zustand.

»Komm, ruh dich aus!«, schlug er vor.

Es gelang ihm nicht, auch nur ein einziges trockenes Plätzchen zu finden, er stützte sich an einem vom Regen triefenden Stamm ab, ihr Kopf lag an seiner Schulter, Blitze zuckten in den düsteren Baumkronen auf, er drückte sie sanft an sich. Sie war nass, zitterte, er glaubte ihren Herzschlag zu spüren.

Sie atmete langsam und geräuschvoll, als ob sie schliefe. »Warum haben sie das getan?«, fragte sie plötzlich. Sie war in Gedanken noch immer dort, bei jenen schrecklichen Minuten. Er wusste nicht, was er ihr antworten sollte. »Wahrscheinlich wegen all des Unglücks, das sie getroffen hat.«

»Weswegen?«, fuhr sie auf, »es ist ihnen noch nie so gut gegangen wie jetzt!« Sie war wild entschlossen, den Leuten alle Wohltaten entgegenzuhalten: die neuen Häuser und Straßen, die Elektrizität und die unentgeltlichen Arztbesuche.

»Du denkst wie ein Herr,« sagte er, »der den Diener neu einkleidet und beleidigt ist, wenn der Diener dennoch seinen persönlichen Stolz behält.«

»Du verteidigst sie auch noch!«, schrie sie.

Der Regen ließ nach, es war nun völlig dunkel, er wollte nicht, dass sie sich zwischen all den vielen Sümpfen verloren, doch sie konnten auch nicht die ganze Nacht hier bleiben, also brach er einen langen Ast ab und tastete damit den Boden ab wie ein Blinder. Gewiss war viel für die Leute hier getan worden. Mehr als je in der Vergangenheit. Wie kam es also, dass sie einen derartigen Hass bei ihnen erregen konnten?

In den ersten Tagen nach Kriegsende war er an der Ecke jenes Hauses mit den Betonpfeilern gestanden, und die gescheiterte Welt war im Geist an ihm vorüber gezogen – monströse Früchte des Hasses, damals hatte er sich entschlossen, einen Weg zu finden, um den Hass für immer aus der Welt zu schaffen.

Und bei diesem Vorhaben hatte er sich von einer Landkarte leiten lassen, einer ganz neuen, klaren Karte, auf der es keine leeren weißen Flecken mehr gab, und er war dieser Karte gefolgt, übrigens nicht als Einziger. Es war anspornend und beruhigend zugleich gewesen, zusammen mit so vielen Genossen auf einer guten und sicheren und unfehlbaren Route zu marschieren.

Er glaubte zwischen den Bäumen offenes Land zu erblicken: »Schau!«

Der Mond schimmerte messinggelb durch die Wolken, ein niedriger Kirchturm ragte auf. Nebel schwebte über den nassen Wiesen und verschleierte die Landschaft, ein feuchter, besänftigender Nebel, satt vom Duft der Erde und des Grases, vielleicht verschleierte er auch einen See, dessen anderes Ufer sie weder zu Fuß noch schwimmend erreichen konnten.

»Komm schon!« Das flache Gras strich weich über ihre Füße, der Nebel hüllte sie ein, sie sahen weder nach vorne noch nach hinten, aber über ihnen stand die Nacht mit ihren verschwommenen Sternen.

Dann hörten sie Hundegebell, das näher kam, sie drückte sich an ihn. »Ich gehe keinen Schritt weiter!«

»Hab keine Angst«, sagte er, »das ist doch ein fremdes Dorf.«

»Aber ich will nicht dorthin. Ich will nirgendwohin, wo Menschen sind!«

Die Hunde schlugen hinter den Zäunen der Gärten an, einige Fenster waren hell erleuchtet, sie blieb vor der Kirche stehen, lief zur Tür und rüttelte eine Weile vergeblich an der Klinke. Auf der obersten Stufe war es immerhin trocken. Sie kauerte sich in die Ecke.

»Willst du hier bleiben?«

»Mir ist es gleich. Mir ist alles gleich.«

»Unsinn!« Er setzte sich neben sie.

Sie flüsterte: »Ich will nicht, dass wir zu jemandem gehen. Sie hassen uns. Und ich sie auch…«

Dann schwiegen sie lange und dösten vor sich hin.

»Wie spät ist es?«

»Es ist gleich zwei«, sagte er, »vielleicht kommt bald ein Autobus.«

»Ich habe mir alles ganz anders vorgestellt«, flüsterte sie. »Mein ganzes Leben. Ich dachte, ich könnte den Menschen helfen, glücklich zu werden.«

»Ich weiß. Aber das ist nicht so einfach. Wir haben es uns alle zu einfach vorgestellt.« Es war wahrscheinlich einfacher, alle Menschen zu töten oder die Erde mit Draht zu umwickeln, alles schien einfacher, als den Menschen zu ihrem Glück zu verhelfen.

Aus der von Nebelschwaden verhüllten Kirche drang der Geruch von Weihrauch und erloschenen Kerzen.

Er horchte auf ihren Atem, auf die Stille ringsum. Ganz in der Nähe musste ein Fluss sein. Er hörte einen Fluss durch Schilf plätschern, und er glaubte Enten zu hören. Wir haben uns das zu einfach vorgestellt, dachte er, wir wählten uns ein Ideal und glaubten, dass wir damit schon den Weg zum Glück gefunden hätten. Aber wie oft hatten die Menschen nicht schon an Ideale geglaubt, mit denen sie genau diese Hoffnung verbanden? Und wie oft war es ihnen gelungen, diese Ideale in Wirklichkeit umzusetzen?

»Martin«, sagte sie plötzlich, ohne die Augen zu öffnen, »morgen reise ich ab.«

»Warum?«

»Es ist sinnlos. Alles, was wir tun, ist sinnlos. Auch das Deichprojekt, du weißt es, wer weiß, ob das jemals gebaut wird. Und wenn, dann werden sie es selbst vermessen und auch die nötigen Arbeiter finden. Warum sollten wir hier bleiben?«

»Irgendwas wird sicher gebaut«, sagte er zornig. »Und die Warterei gehört nun einmal dazu.«

»Irgendwas, irgendwas...«, lachte sie laut.

Dann war es wieder still. Das Pochen des Blutes. Das Schweigen der Kirche im Rücken. Die Stille des Nebels. Das Fallen eines Blattes.

»Du kannst hier bleiben, aber ich bleibe nicht. Ich gehe fort. Für immer!«

»Du willst mich verlassen?«

»Ich weiß nicht... Mir ist schrecklich traurig zumute.« Sie blickte ihn nicht an. Die Steinmauer dämpfte ihre Stimme, sie klang wie aus der Ferne.

»Du bleibst hier«, entschied er, »und beherrsche dich gefälligst.« Ihr ging es wohl wirklich schlecht. Alles geht zu Ende, und etwas Neues hat noch nicht begonnen. Aber wie kann ich dir helfen? Wir hätten über diese Themen weniger oberflächlich reden sollen: Darüber, warum wir leben, wozu und warum. Nur, sie hatten geglaubt, das wäre klar. Wenn aber eine Landkarte lange nicht auf den neuesten Stand gebracht wird, ist sie eines Tages nicht mehr zu gebrauchen, ich verlasse mich auf sie, aber statt eines Waldes stoße ich auf ein Feld, statt der Felder auf Häuser, bis ich mir schließlich nicht einmal mehr der Hügel gewiss sein kann, die seit jeher in dieser Landschaft aufragten, und glaube, ich hätte mich in eine fremde Gegend verlaufen. Landkarten müssen ständig erneuert werden. Das habe ich vergessen, obwohl das zu meinem Beruf gehört und meine wichtigste Aufgabe ist.

»Woran denkst du?« Sie hoffte, tröstende Worte von ihm zu hören. Er war ihr in ihrer jetzigen Lage plötzlich fremd, doch er blieb in dieser verzweifelten Leere, die sie empfand, der einzige feste Halt.

»Du fährst nach Hause«, entschied er, »gleich in der Früh. Und ruhst dich aus. Und wenn ich hier fertig bin, komme ich nach, und wir fahren zusammen irgendwohin in Urlaub.«

»Ist das alles?«, fragte sie. »Wir fahren zu-sam-men ir-gend-wo-hin?« Sie lachte. »Und dann?«

»Sei nicht hysterisch«, schrie er sie an. »Man kann doch nicht in einer einzigen Nacht ein ganzes Leben planen.«

Der Tag brach an, ein erster Wagen fuhr auf der Straße vorüber, dann tauchte ein dröhnender Autobus aus dem milchigen Nebel auf.

»Ich könnte mit dir kommen«, sagte er, »aber wir haben noch unsere Sachen im Dorf, vor allem die Geräte kann ich nicht einfach zurücklassen.«

»Werden sie dir auch nichts tun?«

»Ihre Wut ist längst verraucht.« Plötzlich blitzte eine Erinnerung in ihm auf: »Einmal, als ich hier eine Rede gehalten habe, das war damals im Februar, haben sie die ganze Zeit geschwiegen, während ich redete. Ich habe ständig auf eine Reaktion gewartet. Es war eine schreckliche Stunde der Stille.«

»Jetzt hast du deine Antwort bekommen!«

»Ja.« Doch hatten sie ja nicht auf seine Worte reagiert, sondern auf die Stille. Auf die sich bis in die Gegenwart dehnende Stunde der Stille.

Sie fuhren zusammen bis zur nächsten Haltestelle, im Bus war es von der lauwarmen Wärme der menschlichen Körper feucht und stickig.

Alles, was sich zugetragen hat, ist besser als die Stille, wenn sie das Leben und den Hass und die Liebe und die Lüge unter sich begräbt. Die Stille gleicht dem Tod, das wollte er ihr sagen, doch sie hätte ihn wahrscheinlich nicht verstanden, außerdem blieb ihm dafür keine Zeit.

Der Autobus rollte auf die Kreuzung zu.

Ich muss mir einen Figuranten suchen, dachte er. Einen Augenblick lang überwältigte ihn die Müdigkeit von der durchwachten Nacht, vom langen Umherirren, von den Gedanken, die ihm durch den Kopf gingen, er wurde allmählich alt, zumindest zu alt, um immer wieder von vorne zu beginnen. All die verlorenen Jahre, hätte er sie doch noch einmal vor sich, ihm schien, dass er sie jetzt bei weitem besser nutzen würde, aber so ist es wohl immer im Leben, zum Glück sind wir nicht allein auf der Welt, andere werden aus unseren Irrtümern lernen.

Er betrachtete seine Frau, sie schlief, den Kopf an seine Schulter gelehnt, die Menschen ringsum standen gedrängt im Gang, abgetragene Mäntel, abgerissene Wortfetzen, könnte man doch hinter diese Worte sehen.

Er weckte seine Frau. »Ich steige aus!«

Ihre halbblinden Augen irrten verwundert umher: »Wohin?«

»Ich komme bald zurück.«

»Nimm dich vor den Hunden in acht«, sagte sie im Halbschlaf.

Er zwängte sich durch den engen Gang, sprang auf die morastige Straße hinab, der Autobus fuhr wieder an. Er wollte seine Frau noch einmal sehen, doch die Fenster waren so stark mit Schlamm bespritzt, dass er nicht einmal die Umrisse ihres Gesichts erkennen konnte.

NACHWORT

Das Herrschaftssystem der Kommunisten trug den Keim seines Verfalls von Anfang an in sich. Zu dieser Erkenntnis kam Ivan Klíma bereits als junger Autor in den frühen sechziger Jahren des vergangenen Jahrhunderts, als er an seinem ersten Roman »Stunde der Stille« schrieb. Der Roman erzählt vom Ende des Zweiten Weltkriegs und der umittelbaren Nachkriegszeit ganz im Osten der Slowakei, als diese noch Teil der Tschechoslowakei war. Die große Mehrheit der ländlichen Bevölkerung, viele von ihnen getaufte Christen der Griechisch-Katholischen Kirche, lässt den kommunistischen Umbruch passiv und innerlich widerstrebend über sich ergehen. Den Boten der neuen Ära, den in die Dörfer und Provinzstädte ausschwärmenden Agitatoren und frisch eingesetzten politischen Funktionären, antwortet auf ihr Versprechen einer sorgenfreien Zukunft hartnäckiges Schweigen.

»Es war eine lange Stunde der Stille« ist das letzte Kapitel von Ivan Klímas Roman betitelt. Die Zeit der Stille, der schweigenden Opposition währte in der ehemaligen Tschechoslowakischen Sozialistischen Republik bis zur Samtenen Revolution vom 17. November 1989, jener revolutionären Erhebung, in der sich der stumme Widerspruch des gedemütigten Volkes schließlich offen äußerte. Die dramatische Szene im letzten Kapitel von Ivan Klímas Roman »Stunde der Stille« nimmt die Samtene Revolution gleichsam vorweg. Mit Steinen und bissigen Hunden werden die Hauptfigur des Romans und dessen Frau aus dem Dorf gejagt, das sie für Ziele der Kommunisten gewinnen möchten.

Die Hauptfigur, der Landvermesser und Bauingenieur Martin Petr, will Deiche längs eines Flusses bauen, um die Niederungen, die tiefer liegen als das Flussbett, vor den gefürchteten alljährlichen Überschwemmungen zu schützen. Martin Petr verkörpert in Klímas Roman den naiven Fortschrittsglauben und die Technokratie der kommunistischen Ära, seine Frau Evžena, die ihn begleitet und sich als Lehrerin engagiert, die blinde Gefolgschaft vieler Mitstreiter in deren Anfangszeit. Das Paar will sich nützlich machen und dadurch seinem Leben einen Sinn verleihen. Dabei begegnen die beiden in den Dörfern und Städten der Ostslowakei vielen markanten Gestalten, deren geradezu balladeske Lebensschicksale Klíma zu einem gnadenlos nüchternen, zugleich aber auch bezaubernd poetischen Roman voller existenzieller Dramatik verknüpft.

Der heilkundige Laborecký, ein christlicher Fundamentalist und Pazifist, wird in den letzten Kriegstagen von slowakischen Faschisten abgeführt, der griechisch-katholische Priester wenig später von den Kommunisten bei seiner Amtsausübung behindert und bedroht. Der kürzlich zugezogene, für den Kommunismus entflammte Lehrer verliert bald das Gesicht, als seine dilettantischen landwirtschaftlichen Experimente fehlschlagen. Die mittellose Witwe Jurcová wird durch die Kollektivierung um die einzige Sicherheit gebracht, die sie noch hat, ihr Stück Land und ihre Kuh. Ihre Tochter Janka setzt leichtfertig ihre Ehe aufs Spiel, als diese ihre hohen Erwartungen enttäuscht. Der wütende Smoljak, ein ehemaliger Widerstandskämpfer, dessen gesamte Familie von den Nazis ermordet wurde, mäßigt sich erst, als er erkennen muss, dass zu allem bereite Karrieristen und erpressbare Verbrecher in die rasch anwachsende Partei strömen. Ein in einer behelfsmäßigen Krankenhausbaracke einsam kämpfender Arzt erhofft sich von der neuen Zeit endlich die nötigen Mittel für den Kampf gegen die Malaria. Der Autonarr Jožka Baňas schlägt sich als Transportunternehmer und Fahrer durch und nutzt die Korruptheit der neuen Elite schlau zu seinem eigenen Vorteil. Und sein Jugendfreund Michal Šeman, ungebildeter Sohn eines Kleinbauern, verwandelt sich als kleiner Parteifunktionär zum gnadenlosen Despoten. Die Mehrheit der Landbevölkerung aber setzt dem zweifelhaften Ansinnen einer völligen Umwälzung der Verhältnisse zäh ihren eigenen Kurs entgegen: Die Menschen können auf das verheißene Arbeiter- und Bauernparadies verzichten, sie wollen ihr Leben weiterhin frei nach ihren eigenen Vorstellungen gestalten.

Ivan Klíma selbst setzte als junger Mann zunächst auf die Karte des Kommunismus. Dreieinhalb Jahre seiner Kindheit hatte er während des NS-Protektorats Böhmen und Mähren im Konzentrationslager Theresienstadt verbracht, und auch viele seiner jüdischen Verwandten waren Opfer des Naziterrors geworden. Nach dem Krieg schloss er sich aus dieser Erfahrung jener politischen Kraft an, die die Gleichbehandlung aller sozialen und ethnischen Gruppen auf ihre Fahnen geschrieben hatte. Er wurde 1951 Kandidat, 1953 Mitglied der kommunistischen Partei der Tschechoslowakei. Er studierte an der Prager Karlsuniversität Tschechisch und Literaturwissenschaft und schloss das Magisterstudium mit einer Arbeit über den tschechischen Schriftsteller Karel Čapek ab. Danach arbeitete Klíma als Redakteur bei dem Familienmagazin Květy (deutsch *Blüten*) und begann, in mehreren Zeitschriften Reportagen und Erzählungen zu publizieren.

Nach dem Ungarnaufstand von 1956 wurden auch in der Tschechoslowakei die Zügel fester angezogen. Ivan Klíma wurde aus der Redaktion der Zeitschrift Květy entlassen. Als Kündigungsgrund diente ein Artikel, in dem sich Klíma für den freien Zugang zu jeglichem überlieferten Schrifttum ausgesprochen hatte – als unabdingbare Voraussetzung für den kulturellen und wissenschaftlichen Fortschritt. Klíma arbeitete auch nach seiner Entlassung weiterhin als Schriftsteller und Reporter, nun freischaffend. Im Frühsommer 1958 brach er zusammen mit dem Graphiker Miroslav Klomínek in die Slowakei auf. Die beiden wollten Recherchen für eine Serie von Reportagen durchführen, für die Klíma von dem literarischen Wochenblatt Literární noviny (deutsch *Literaturzeitung*) einen Auftrag erhalten hatte.

Klíma und Klomínek entschieden sich für das von drei Ländern, Polen, der Sowjetunion und Ungarn, umschlossene Gebiet im äußersten Osten der Slowakei, den rückständigsten Landstrich der Tschechoslowakei. Sie fuhren mit der Bahn bis zur letzten Station vor der ukrainischen Grenze, das Städtchen Stakčín, und setzten die Tour mit ihren mitgebrachten Fahrrädern fort.

Ein halbes Jahrhundert später beschrieb Klíma diese Reise im ersten Band seiner Lebenserinnerungen *Mein verrücktes Jahrhundert*: Große Hitze, Weinkeller, Staub aufwirbelnde Rinderherden und »jene sonderbare Niederung, wo der Fluss Laborec gleichsam über unseren Köpfen dahinströmte, eingeschlossen von mehrere Meter hoch aufgeschütteten Deichen«, gehörten zu den stärksten Eindrücken. Die Menschen wohnten in kleinen Hütten aus ungebrannten Lehmziegeln mit winzigen Fenstern, der Fußboden bestand oft nur aus festgestampfter Erde, man lebte auf engstem Raum mit dem Vieh zusammen, das oft nur durch einen Bretterverschlag von den Wohnräumen abgetrennt war. Die Asphaltstraßen gingen in steinige Feldwege über, die staubten und auf denen die Fahrradschläuche ständig platzten. Auf den Hügeln thronten bezaubernde kleine Holzkirchen, die innen mit Ikonen geschmückt waren und in denen die Frauen bei den griechisch-katholischen Gottesdiensten so herrliche Choräle sangen, dass den beiden Reportern aus der Hauptstadt Prag die Gänsehaut über den Rücken lief. Die Frauen trugen schwarze Tücher und Röcke, überall waren Krüppel und Schwachsinnige zu sehen, Opfer des Krieges und des selbstgebrannten Schnapses. Es gab kaum Geschäfte und Gasthäuser, Klíma und Klomínek ernährten sich von Konserven und übernachteten in den Hütten der Dorfbewohner.

Klíma hörte in diesem vom Krieg verwüsteten, unterentwickelten Landstrich erschütternde Kriegserlebnisse, berührende Lebensschicksale, Geschichten von slowakischen Auswanderern in die USA und Mythen voll Aberglauben und ungezügelter Phantasie und hielt alles in seinem Notizbuch fest. Er begegnete einem Ingenieur aus Böhmen, der sich nach dem Krieg in der Ostslowakei niedergelassen hatte, um Bauprojekte zu entwickeln, die den Überschwemmungen Einhalt gebieten könnten. Dieser Ingenieur inspirierte ihn zu diesem, seinem ersten Roman.

1958 heiratete Ivan Klíma seine Frau Helena. Er unterbrach seine Recherchen in der Ostslowakei, um die Ehe in Prag zu schließen, nahm sie jedoch gleich nach der Hochzeitsreise wieder auf. 1959 wurden sein Sohn Michal und 1963 seine Tochter Hana geboren.

Über die Schwester seiner Schwiegermutter wurde Klíma mit kritischer englischer Literatur über Stalin bekannt, die seinen Blick für die miesen Verhältnisse und die brutale Machtausübung in der Sowjetunion schärfte. Zweifel und Misstrauen gegen die Praktiken des kommunistischen Staates hatte Klíma schon zuvor geschöpft, als sein Vater in einem politisch motivierten Prozess zu einer Haftstrafe verurteilt worden war; man hatte den Direktor einer Elektrogerätefabrik wegen angeblicher Vernachlässigung seiner Pflichten angeklagt, obwohl eine Schuld nicht bewiesen werden konnte. Trotz einer Begnadigung durch den Präsidenten blieb der wissenschaftliche Ruf des Elektrotechnikers und namhaften Erfinders nach der Entlassung aus dem Gefängnis irreparabel beschädigt.

1959 begann Ivan Klíma für den staatlichen Verlag Československý spisovatel (deutsch *Tschechoslowakischer Schriftsteller*) zu arbeiten. Der neue Verlagsleiter Jan Pilař, ein mittelmäßiger, politisch angepasster Schriftsteller, kannte Klíma von dessen Reportagen für die Literární noviny. Im darauf folgenden Jahr erschienen Klimas Reportagen aus der Ostslowakei in Buchform unter dem Titel *Zwischen drei Grenzen*. Jan Urban, Dramaturg bei den Prager Filmstudios Barrandov, wurde auf das Buch aufmerksam und regte Ivan Klíma an, ein Drehbuch für einen Spielfilm daraus zu machen, was Klíma auch tat.

Doch das Drehbuch wurde wiederholt zurückgewiesen, man forderte Änderungen. Die Gründung der Genossenschaften sei allzu drastisch beschrieben, dagegen würden die Fortschritte in der Entwicklung des Schauplatzes zu wenig betont. Schließlich gab Klíma auf und beschloss, das Drehbuch zu einem Roman umzuschreiben. Dieser wurde in den Programmplan des Verlags Československý spisovatel aufgenommen, bei dem Klíma angestellt war.

Während der Arbeiten an dem Roman entwickelte Klíma sein schriftstellerisches Selbstverständnis. Plötzlich erschien ihm belanglos, was man ihm während des Hochschulstudiums eingebläut hatte, nämlich dass der Held typisch für das Milieu sein müsse, in dem der Roman spiele. Er verstand den Roman vielmehr als autonomes Gebilde, das der Vorstellungskraft des Autors entspringt und dessen Distanz zur Realität unterschiedlich groß sein könne; als eine selbst geschaffene Welt, in der sich der Autor frei bewege und für die er zugleich voll verantwortlich sei. Auch wenn der Protagonist also ganz und gar untypisch für das geschilderte Milieu war, war er lebensfähig, sofern der Autor es schaffte, ihm Leben einzuhauchen. Dies gelang Klíma in *Stunde der Stille* bei rund zwei Dutzend Romanfiguren.

Eine Gegend, in der unermessliche Not herrschte und die ständig von Überschwemmungen bedroht war, und die Zeit, in der der Roman spielte – der Krieg, der den einen das Leben und den anderen den Besitz raubte und wieder andere mit Schuld belud oder durch besondere Verdienste hervorhob, sowie die Nachkriegsjahre, in denen den Menschen ein glücklicheres und freieres Leben versprochen wurde, während sie ihnen in Wirklichkeit neues Leid brachten, das alles enthielt Stoff für zahlreiche dramatische Handlungsstränge. Klíma entdeckte, dass Schlüsselsituationen mehr über das menschliche Leben als Ganzes, über Grundwerte und Illusionen aussagen können als lange wissenschaftliche Abhandlungen.

In jenen Jahren übte Ivan Klíma durch seine Tätigkeit als Verlagslektor einen erheblichen Einfluss auf die tschechoslowakische Literatur aus. Auf seine Initiative hin wurde im Verlag Československý spisovatel die sogenannte *Kleine Reihe* ins Leben gerufen, in der schmale Prosabändchen herausgegeben wurden und die dadurch besonders junge Schriftsteller ansprach. In dieser Reihe erschienen Werke so bedeutender Autoren wie Milan Kundera, Bohumil Hrabal oder Josef Škvorecký. Die *Kleine Reihe* wurde ein Grundstein jener literarischen Strömung, die als »neue Welle der tschechischen Prosa« in die Literaturgeschichte eingegangen ist und gerne mit dem französischen Nouveau Roman verglichen wird.

Zu Beginn der sechziger Jahre machte sich Ivan Klíma auch im westlichen Ausland einen Namen. In einer Anthologie von Erzählungen junger europäischer Autoren des Münchner Kurt Desch-Verlags wurde eine Kriminalgeschichte von ihm abgedruckt und wenig später in einer weiteren Anthologie desselben Verlags die Liebesgeschichte *Lingula*. Klíma sah die Tür zu der Welt aufgestoßen, in der sich von ihm bewunderte Größen wie Heinrich Böll, Friedrich Dürrenmatt und Max Frisch bewegten.

In jener Zeit kam es zu einem Gesinnungswandel bei einem Teil der Intellektuellen und Künstler der Tschechoslowakei. Auch der Schriftstellerverband wurde weltoffener, ließ verschiedene Meinungen und künstlerische Richtungen zu und entfernte sich damit von den politischen Vorgaben der

Staats- und Parteispitze. Diese erblickte darin eine Gefahr und war tunlichst bemüht, Versammlungen der Verbandsmitglieder zu unterbinden. Als 1963 nach siebenjähriger Pause schließlich doch wieder ein Schriftstellerkongress abgehalten wurde, musste sich die Staatsführung von mehreren Autoren, wie Milan Kundera oder dem slowakischen Avantgardisten Laco Novomeský, Kritik gefallen lassen. Klíma wurde zusammen mit dreiundzwanzig anderen Jungautoren in den Zentralausschuss des Schriftstellerverbandes berufen. In demselben Jahr wurde er auch zum stellvertretenden Chefredakteur der Literární noviny ernannt.

Das Jahr 1963 stellt einen Meilenstein in der tschechischen Kultur dar. Filme der Regisseure Miloš Forman und Věra Chytilová, die die sogenannte »neue Welle« des tschechischen Films repräsentierten, kamen in die Kinos, in den Regalen der Buchhandlungen fand man unter anderem Werke von Bohumil Hrabal, Ludvik Vaculík und Milan Kundera, und das Prager Theater am Geländer führte Václav Havels *Gartenfest* auf, das die hohlen und stumpfsinnigen Phrasen der Parteiideologie parodierte.

1963 erschien auch Klímas Romandebüt *Stunde der Stille.* Trotz der drastischen Schilderung der Missstände in der Ostslowakei und der schonungslosen Darstellung des Fehlverhaltens von Parteifunktionären rutschte das Manuskript ohne größere Streichungen durch die Zensur, und der Roman wurde ein Erfolg. Er wurde 1965 wiederaufgelegt und ins Ukrainische, Polnische, Ungarische, Norwegische und Russische übersetzt.

Bald darauf ließ der junge Autor auch im Westen aufhorchen. Er schrieb ein Theaterstück mit dem Titel *Das Schloss.* Inspiriert hatte Klíma dazu das Schloss Dobříš bei Prag. Dieses war nach der Enteignung des Adelshauses Colloredo-Mansfeld dem Schriftstellerverband zugefallen. Regimetreue Schriftsteller zogen sich dorthin zurück, um zu schreiben. Klíma beobachtete das Geschehen im Schloss Dobříš mit satirischer Kühle und gestaltete in seinem Drama ein absurdes Gleichnis für die Mechanismen der Machterhaltung in der ČSSR. Eine Gruppe Prominenter lebten in einem luxuriösen Schloss sorgenfrei und abgeschottet und dreschte leere Phrasen über die Menschen und die Welt, denen sie angeblich dienen, obwohl sie in Wirklichkeit nichts tun. Es kommt zu einem Mord, der weitere Morde nach sich zieht, jeweils um die vorangehenden Verbrechen zu verdecken und Mitwisser zu beseitigen. Die Hauptperson ist ein junger Mann namens Josef Kán, Sohn eines Landvermessers. Das Stück, das den Titel, den Namen der Hauptfigur und die Gleichnishaftigkeit mit Franz Kafka gemeinsam hat, weckte bei westlichen Bühnen Interesse. 1966 wurde es im Düsseldorfer Schauspielhaus und dann in England, Schweden, den USA und anderen Ländern aufgeführt.

Inzwischen war in Prag eine weitere Literaturzeitschrift gegründet worden. Um diese Zeitschrift mit dem Namen *Tvář*, deutsch *Gesicht*, versammelten sich erstmals seit 1948 Autoren, Kritiker und Philosophen, die der kommunistischen Partei nie angehört hatten. Sie ließen sich gar nicht erst auf polemische Auseinandersetzungen mit dem Marxismus oder Sozialistischen Realismus ein, sondern interessierten sich für christliche Philosophie und die zeitgenössische westliche Literatur. Das erregte den Unwillen der Parteiorgane, und die Zeitschrift Tvář wurde 1967 nach nur dreijährigem Bestehen eingestellt. Als auch das literarische Wochenblatt Literární noviny immer mehr geknebelt wurde und die Beschlagnahmung einiger Filme der neuen Welle drohte, entschlossen sich einige Schriftsteller zu einem offenen Protest. Dieser wurde auf dem Schriftstellerkongress im Juni 1967 durch die Stimmen von Milan Kundera, Pavel Kohout, Ivan Klíma und einiger anderer vorgetragen; Klíma kritisierte das kurz zuvor erlassene neue Pressegesetz, das die Zensur verschärfte. Das Fass zum Überlaufen brachte die Stegreifrede von Klímas Freund Ludvík Vaculík, der eine Analyse des totalitären Wesens des kommunistischen Staates wagte, was von den anwesenden Parteifunktionären als unerhörte Provokation aufgenommen wurde.

Nach dem Kongress wurde eine Säuberung im Schriftstellerverband durchgeführt und alle »Abweichler«, darunter auch Klíma, aus dem Zentralausschuss ausgeschlossen. Die gesamte Redaktion der Literární noviny wurde entlassen. Klíma, bis dahin stellvertretender Chefredakteur, und einige andere Schriftsteller wurden des Revisionismus und der feindlichen Haltung gegenüber dem sozialistischen Staat bezichtigt und aus der Kommunistischen Partei ausgeschlossen. In einer Entgegnung schrieb Klíma, dass er einer Partei, die weder eine eigene Meinung noch freie Kreativität dulde und in der man der Willkür von Funktionären ausgesetzt sei, die auf undurchsichtige Weise in Führungspositionen gelangt seien, auch nicht länger angehören könnte.

Ein gutes Jahr später, am 21. August 1968, fielen die Truppen des Warschauer Pakts in Prag ein, und der als Prager Frühling in die Geschichte eingegangene Versuch, einen menschlicheren, freieren Sozialismus umzusetzen, wurde mit militärischer Gewalt abgewürgt.

Die nun folgenden Jahre der Besatzung und politischen Gleichschaltung mit Moskau brachten unter dem beschönigenden Ausdruck »Normalisierung« jegliche Äußerungen einer freien, unabhängigen Kultur zum Verstummen. Wissenschaftler und Künstler, die den Mut hatten, sich selbst treu zu bleiben und der Wahrheit ihren Tribut zu zollen, wurden als »Dissidenten« abgestempelt und zu Verrätern und Volksfeinden erklärt. Sie und ihre Familien und Freunde wurden von den Behörden schikaniert, ihrer beruflichen Existenzgrundlage beraubt, strafrechtlich verfolgt und ins Exil oder die Emigration gedrängt.

Klíma gelang es zunächst noch, sich den widrigen Umständen zu entziehen. Er folgte 1969 einer Einladung an die University of Michigan in Ann Arbor, wo er knapp zwei Semester lang tschechische Literatur lehrte. Obwohl er von der rapiden Verschlechterung der politischen Verhältnisse zu Hause wusste, kehrte er 1970 nach Prag zurück. Nach seiner Rückkehr wurde Klíma auf die Liste der verbotenen Autoren gesetzt. Seine Werke konnten ab 1970 in der ČSSR nur in illegalen Abschriften verbreitet werden, die unter regimekritischen Intellektuellen von Hand zu Hand gingen, sowie als Übersetzungen im westlichen Ausland (mit immensem Erfolg!) und in tschechischen Exilverlagen. Seine *Stunde der Stille* verschwand in der Versenkung. Über sie und alle weiteren Erzählungen, Theaterstücke und Romane, die der Schriftsteller in der Zeit bis zur Wende zur Demokratie 1989 noch schrieb, legte sich in der Tschechoslowakei jene unheimliche Decke des Schweigens, wie sie Ivan Klíma in seinem Romandebüt so zutreffend und eindrücklich beschrieben hatte. Erst 2009 wurde Ivan Klímas Roman *Stunde der Stille* im Prager Verlag Academia wiederaufgelegt, und ist nun erstmals auch in deutscher Übersetzung zu lesen.

Maria Hammerich-Maier
Februar 2012

ANMERKUNGEN

Schwarze Uniformen, Schwarze Garde: Gemeint ist die Hlinka-Garde, eine paramilitärische Vereinigung der Slowakischen Volkspartei Hlinkas, die nach dem ersten Parteivorsitzenden Andrej Hlinka benannt war. Sie galt als Sammelbecken der ultranationalistischen, faschistischen und radikal-antisemitischen Kräfte in der Slowakei von 1938 bis 1945.

Janko Kráľ: (1822-1876) Slowakischer Dichter der Romantik und nationaler Aktivist. Autor von Versepen mit historischen Themen, volkstümlichen Liedern und Gedichten.

Říp: Dem Mythos zufolge war der Berg Říp der Ort, an dem sich der slawische Stamm der Tschechen unter der Führung des Urvaters Čech erstmals auf böhmischem Gebiet niederließ. Nationales Symbol der Tschechen.

UNRRA: United Nations Relief and Rehabilitation Administration – Nothilfe- und Wiederaufbauorganisation der Vereinten Nationen.

Karel Čapek: Čapek (1890-1938): Einer der bedeutendsten tschechischen Schriftsteller der ersten Hälfte des 20. Jahrhunderts. Besonders bekannt wurden seine utopischen Romane und Dramen.

Tomáš Garrigue Masaryk: (1850-1937) Mitbegründer und erster Staatspräsident der Tschechoslowakei, Philosoph und Schriftsteller.

UPA: Ukrainische Aufständischenarmee. Eine nationalistische Unabhängigkeitsbewegung gegen die Sowjetherrschaft, die während des Zweiten Weltkriegs vor allem in der Westukraine gegen die Rote Armee kämpfte.

Jan Kryštof: Bezieht sich auf den Roman »JeanChristophe« von Romain Rolland.

Pavel Korčagin: Bezieht sich auf den Helden des Romans »Wie der Stahl gehärtet wurde« des ukrainischen Schriftstellers Nikolai Alexejewitsch Ostrowski. Der Roman ist eines der bekanntesten Beispiele des Sozialistischen Realismus.

Nationalausschuss: Die Nationalausschüsse waren Organe der Staatsverwaltung in der Tschechoslowakei von 1945 bis 1990. Die formell gewählten Organe gab es auf allen Ebenen der Staatsverwaltung. Die Nationalausschüsse wurden von einem Vorsitzenden geleitet, der ab 1948 grundsätzlich der Kommunistischen Partei angehörte.

Weiße Legion: Slowakische klerikale antikommunistische Widerstandsgruppe. Die kommunistischen Behörden betrachteten jede Mitarbeit in der Gruppe als Hochverrat und begannen diese 1951 zu zerschlagen.

I.A. Kairow: Sowjetischer Pädagoge..

Milan Rastislav Štefánik: (1880-1919) Slowakischer General und Diplomat. 1918 Mitbegründer und erster Kriegsminister der Tschechoslowakei.

LESEN SIE WEITER :

256 Seiten,
geb. mit Schutzumschlag
ISBN 978 3 88747 258 0
transit-verlag.de

»Barbal schafft es, mit ihrer ruhig und schlicht erzählten Geschichte die Menschen zu berühren. Sie stellt die Beobachter am Rande ins Zentrum, diejenigen, die sich nicht trauen, laut zu sprechen, die erröten und zu stottern beginnen, wenn man sie anredet. Diesen Menschen mit kleinem Ego entlockt Maria Barbal grosse Geschichten.«

Brigitte Kramer, NEUE ZÜRCHER ZEITUNG

»2007 gelang der katalanischen Autorin mit ihrem Büchlein ›Wie ein Stein im Geröll‹ der Überraschungserfolg auf dem deutschen Buchmarkt. Mit »Cámfora« erscheint nun ein weiterer Roman von Barbal, der den Vergleich mit ihrem großen Erfolg nicht zu scheuen braucht.«

DER BUCHLADEN SAARBRÜCKEN

LESEN SIE WEITER :

104 Seiten,
geb. mit Schutzumschlag
ISBN 978 3 88747 269 6
transit-verlag.de

Ein Mann, Ende zwanzig, steht vor den Trümmern seiner Existenz: eine Liebe ist zerbrochen, der Betrug bei seiner Examensarbeit ist aufgeflogen, seine Karriere zerstört. Er fährt ans Meer um Abstand zu gewinnen, um über sich und sein Leben nachzudenken. Dazu kommt er aber nicht ...

»Henning zeigt sich als Meister der Beobachtung,
präzise lotet er die Brüche im Alltäglichen aus.«
Jobst Ulrich Brand, FOCUS

»Eine wunderbare Novelle. So rätselhaft und
schön wie die Unbekannte vom Strand.«
Benedict Wells